# SCHUTZ FÜR ADDISON

## SEALS OF PROTECTION: ALLIANCE
### BUCH 5

# SUSAN STOKER

Titelbild entworfen von: Chris Mackey, AURA Design Group

ISBN Taschenbuch: 978-1-64499-458-0

Besuchen Sie Susan im Netz!
www.stokeraces.com
facebook.com/authorsusanstoker
twitter.com/Susan_Stoker
bookbub.com/authors/susan-stoker
instagram.com/authorsusanstoker
Email: Susan@StokerAces.com

# EBENFALLS VON SUSAN STOKER

## SEALs of Protection: Alliance
*Schutz für Remi*
*Schutz für Wren*
*Schutz für Josie*
*Schutz für Maggie (1 Apr)*
*Schutz für Addison (6 May)*
*Schutz für Kelli*
*Schutz für Bree*

## Ein Spiel des Glücks
*Ein Beschützer für Carlise*
*Ein Prinz für June (1 Jun)*
*Ein Held für Marlowe (1 Aug)*
*Ein Holzfäller für April (1 Okt)*

## Die Rescue Angels
*Hilfe für Laryn (1 Jul)*
*Hilfe für Amanda (4 Nov)*
*Hilfe für Zita*

*Hilfe für Penny*
*Hilfe für Kara*
*Hilfe für Jennifer*

## Die Männer von Silverstone
*Vertrauen in Skylar*
*Vertrauen in Taylor*
*Vertrauen in Molly*
*Vertrauen in Cassidy*

## Die Zuflucht in den Bergen
*Zuflucht für Alaska*
*Zuflucht für Henley*
*Zuflucht für Reese*
*Zuflucht für Cora*
*Zuflucht für Lara*
*Zuflucht für Maisy*
*Zuflucht für Ryleigh*

## Das Bergungsteam vom Eagle Point
*Ein Retter für Lilly*
*Ein Retter für Elsie*
*Ein Retter für Bristol*
*Ein Retter für Caryn*
*Ein Retter für Finley*
*Ein Retter für Heather*
*Ein Retter für Khloe*

## SEALs of Protection: Legacy
*Ein Beschützer für Caite*
*Ein Beschützer für Brenae*
*Ein Beschützer für Sidney*
*Ein Beschützer für Piper*
*Ein Beschützer für Zoey*

*Ein Beschützer für Avery*
*Ein Beschützer für Kalee*
*Ein Beschützer für Jane*

## Die SEALs von Hawaii:
*Die Suche nach Elodie*
*Die Suche nach Lexie*
*Die Suche nach Kenna*
*Die Suche nach Monica*
*Die Suche nach Carly*
*Die Suche nach Ashlyn*
*Die Suche nach Jodelle*

## Delta Team Zwei
*Ein Held für Gillian*
*Ein Held für Kinley*
*Ein Held für Aspen*
*Ein Held für Jayme*
*Ein Held für Riley*
*Ein Held für Devyn*
*Ein Held für Ember*
*Ein Held für Sierra*

## Mountain Mercenaries:
*Die Befreiung von Allye*
*Die Befreiung von Chloe*
*Die Befreiung von Morgan*
*Die Befreiung von Harlow*
*Die Befreiung von Everly*
*Die Befreiung von Zara*
*Die Befreiung von Raven*

## Ace Security Reihe:
*Anspruch auf Grace*

*Anspruch auf Alexis*
*Anspruch auf Bailey*
*Anspruch auf Felicity*
*Anspruch auf Sarah*

## Die Delta Force Heroes:

*Die Rettung von Rayne*
*Die Rettung von Emily*
*Die Rettung von Harley*
*Die Hochzeit von Emily*
*Die Rettung von Kassie*
*Die Rettung von Bryn*
*Die Rettung von Casey*
*Die Rettung von Wendy*
*Die Rettung von Sadie*
*Die Rettung von Mary*
*Die Rettung von Macie*
*Die Rettung von Annie*

## SEALs of Protection:

*Schutz für Caroline*
*Schutz für Alabama*
*Schutz für Fiona*
*Die Hochzeit von Caroline*
*Schutz für Summer*
*Schutz für Cheyenne*
*Schutz für Jessyka*
*Schutz für Julie*
*Schutz für Melody*
*Schutz für die Zukunft*
*Schutz für Kiera*
*Schutz für Alabamas Kinder*
*Schutz für Dakota*

# SUSAN STOKER

## Eine Sammlung von Kurzgeschichten
### *Ein langer kurzer Augenblick*

# KAPITEL EINS

Ricardo »MacGyver« Douglas drehte sich auf die Seite und warf einen Blick auf die Uhr auf dem kleinen Tisch neben dem Bett. Es war halb vier Uhr morgens und er war hellwach. Und der Grund dafür lag neben ihm in seinem Bett. Er drehte den Kopf zur anderen Seite und sah seine Frau an.

Seine *Frau*.

Es war immer noch seltsam, das zu sagen. Na ja ... darüber nachzudenken. Er war jetzt seit einem Monat mit Addison Wentz verheiratet, und er war ehrlich gesagt überrascht gewesen, als sie seinen Antrag angenommen hatte. Es war nicht romantisch. Sie waren nicht verliebt. Es war für beide eine reine Zweckehe. Er brauchte sie, um ihm bei der Betreuung von drei Kindern zu helfen, die er während einer Mission gerettet hatte, und sie brauchte ihn für die Krankenversicherung, die sie als seine Frau von der Marine bekommen konnte.

Er hatte nicht viel darüber nachgedacht, was passieren würde, nachdem er sie und ihre zwölfjährige Tochter zu sich nach Hause gebracht hatte, aber das hätte er tun sollen. In seinem kleinen Haus war es ziemlich eng. Er hatte es gekauft, als er gerade nach Riverton, Kalifornien gezogen war. Es hatte drei Schlafzimmer, was ihm, als er noch allein lebte, geradezu riesig erschien. Er hatte viel Platz für sein Hobby, das Basteln mit Elektronik und das Bauen von Dingen aus verschiedenem Metall-, Plastik- und Keramikschrott.

Jetzt, da fünf weitere Personen unter seinem Dach lebten – vier davon Kinder –, musste er sein Haus aufräumen, die meisten seiner Sachen in die Garage stellen und irgendwie ein gemütliches Zuhause für die drei Waisenkinder aus der Ukraine schaffen, die er adoptieren wollte, sowie für eine Frau und einen Fast-Teenager.

Ellory, Addisons Tochter, war mit Yana, die vor Kurzem fünf Jahre alt geworden war, in einem Zimmer. Die Jungen – der achtjährige Artem und der siebenjährige Borysko – teilten sich das andere Zimmer. An den meisten Morgen fand MacGyver Yana im Doppelbett im Zimmer ihrer Brüder, eng aneinander-gekuschelt. Es würde eine Weile dauern, bis sie sich in ihrer neuen Umgebung sicher fühlte, und der Kinderpsychologe, den die Kinder aufsuchten, hatte ihm geraten, keine große Sache aus der Schlafsituation zu machen.

Aber es war seine *eigene* Schlafsituation, die MacGyver jeden Morgen in aller Herrgottsfrühe aufwachen ließ. Er drehte sich auf die Seite und starrte die Frau in seinem Bett an.

Es war eine Sache, eine Zweckehe zu führen ... Addison aus praktischen Gründen zu heiraten, und zwar aus Gründen, die für beide Seiten galten. Es war eine andere, zu spät zu erken-nen, dass er sich bis über beide Ohren in die Frau verliebt hatte.

Er hatte sich immer gewünscht, das zu haben, was seine Eltern hatten. Eine liebevolle Beziehung. Seine Mutter und sein Vater liebten sich offen. Als Kind war MacGyver das oft peinlich gewesen. Sie hielten immer Händchen und küssten sich. Aber es dauerte nicht lange, bis sein Vater zu seinem Vorbild wurde. Er scheute keine Mühen, um dafür zu sorgen, dass seine Frau sicher, glücklich und beschützt war. Er setzte sich für sie ein, wenn ein Verkäufer unhöflich war oder jemand sie nicht respektierte. MacGyver war mit dem Wunsch aufgewachsen, genau wie er zu sein, was einer der Gründe für seinen Eintritt in die Marine gewesen war. Er wollte diejenigen beschützen, die schwächer waren als er. Sein Land beschützen. Er hatte nicht geplant, ein SEAL zu werden, aber hier war er nun.

MacGyver blinzelte schläfrig und betrachtete seine Frau weiter. Addison Wentz – nein ... jetzt Douglas – war wunderschön. Groß, mit kastanienbraunen Locken, die nie in der Haarspange oder dem Haargummi blieben, mit dem sie sie zurückzubinden versuchte. Ihre waldgrünen Augen waren die meiste Zeit zu ernst. Sie trug viel Sorge und Verantwortung auf ihren schmalen Schultern. Schon in dem Moment, in dem sie sich das erste Mal begegnet waren, wollte MacGyver ihr etwas von der Sorge nehmen, unter der sie zu ertrinken schien.

Aber unter all der lähmenden Verantwortung war Addison eine lustige, fürsorgliche und schöne Frau. Eine, zu der MacGyver sich hingezogen fühlte. Er liebte es, dass sie genauso groß war wie er. Er hatte bis zu Addison nicht einmal bemerkt, dass er sich zu großen Frauen hingezogen fühlte. Er konnte ihr in die Augen schauen, ohne den Hals zu recken, sie hatte die perfekte Größe, um seinen Arm bequem um ihre Taille zu legen, und als sie sich umarmt hatten, nachdem sie zu Mann und Frau erklärt worden waren, fand er heraus, wie gut ihre Körper zusammenpassten.

Und in letzter Zeit konnte er an nichts anderes denken.

Auch jetzt nicht. Was bedeutete, dass sein Schwanz hart war ... wie jeden Morgen. Mit dreiunddreißig hatte er gedacht, dass die Zeiten seines spontanen morgendlichen Ständers vorbei seien, aber er hatte sich geirrt. Neben Addison zu schlafen, den Geruch der Zitronenlotion zu riechen, die sie jeden Abend vor dem Schlafengehen benutzte, zu spüren, wie sich die Matratze ganz leicht bewegte, wenn sie ihre Position veränderte ... all das machte MacGyver überdeutlich bewusst, dass die Frau, die er mehr wollte, als er laut zuzugeben bereit war, nur wenige Zentimeter entfernt war.

Aber sie hatten eine Abmachung. Im Gegenzug für den Zugang zu medizinischer Versorgung für Ellory würde sie ihm bei der Betreuung von Artem, Borysko und Yana helfen ... und ihn als besseren Kandidaten für eine Adoption dastehen lassen. Das war das Ausmaß ihrer Ehe.

Addison hatte ihm keinen Grund gegeben zu glauben, dass sie etwas anderes von ihm wollte als das, was er bereits geleistet hatte – Schutz und Sicherheit für ihre Tochter.

MacGyver atmete tief ein und dann langsam wieder aus. Obwohl sein Schwanz pochte und es körperlich schmerzhaft war, tat er sein Bestes, um die Reaktion seines Körpers auf die Frau in seinem Bett zu ignorieren. Er würde nie etwas tun, das ihr in seiner Gegenwart Unbehagen bereitete. Nicht absichtlich. Zwei volle Wochen lang hatte er tatsächlich auf dem Boden in seinem eigenen Schlafzimmer geschlafen, nur weil er spürte, dass es ihr unangenehm war, das Bett zu teilen.

MacGyver fühlte sich drei Meter groß, als sie schließlich entschied, dass es albern sei, dass er jede Nacht auf dem Boden schlief. Ihm gefiel nicht, dass der Sinneswandel hauptsächlich darauf zurückzuführen war, dass sie ein schlechtes Gewissen hatte, weil sie es sich im Bett bequem machte, während er auf dem harten Boden lag. Er hatte schon an den schlimmsten Orten geschlafen und ihr das auch gesagt, aber er musste zugeben, dass er froh war, wieder in seinem eigenen Bett zu sein.

Aber jetzt wachte er jeden Morgen mit einem Ständer auf, der so hart war wie seine vorherige Schlaffläche, etwa eine Stunde bevor sein Wecker klingelte. Ein Grund, warum er Hilfe brauchte, war, dass seine Tage als Navy SEAL früh begannen. Viel zu früh für die drei Kinder, für die er sorgte. Und wegen Addison noch früher aufstehen? Erschöpfend.

Aber das war sein neuer Alltag.

Außerdem war es *noch* anstrengender, Vater zu sein ... und MacGyver liebte jede Sekunde davon. Artems große Augen zu sehen, als er zum ersten Mal Frühstücksflocken probierte ... Boryskos Begeisterung, wenn er aufgeregt von der Schule nach Hause kam, weil er etwas Neues gelernt hatte ... die Erleichterung und der Stolz, als Yana zwischen ihren beiden Arztterminen an Gewicht zugenommen hatte.

Die Kinder blühten auf und MacGyver wusste, dass dies zum Teil Addison zu verdanken war. Sie konnte wunderbar mit den Kindern umgehen – fürsorglich, geduldig und mitfühlend.

Sie seufzte im Schlaf und drehte sich auf die Seite, sodass sie ihm zugewandt war.

MacGyver hielt den Atem an. Gott, diese Frau war so weit außerhalb seiner Liga, dass es nicht mehr lustig war. Er war herrisch, ein Einzelgänger und ein Nerd von Kopf bis Fuß. Er verbrachte lieber Zeit allein in seiner Garage und bastelte an seinen Erfindungen, als gesellig zu sein ... selbst mit seinen SEAL-Teamkameraden, die ihm so nahestanden wie Brüder.

Addison war ein helles, leuchtendes Licht, und er war ... Was war er?

MacGyver lächelte. Er war die Energiequelle hinter ihrem Licht. Der Nerd hinter den Kulissen, der sie mit Strom versorgte. So ähnlich wie der Typ in *Der Zauberer von Oz*. Derjenige, der hinter dem Vorhang herumlief und an diesem und jenem herumfummelte. Der die Dinge am Laufen hielt.

Es war ein alberner Gedanke, aber einer, den er ziemlich genoss. MacGyver würde gern hinter den Kulissen bleiben, um diejenigen zu unterstützen, die er liebte, und sie im Rampenlicht stehen zu lassen.

»Wie spät ist es?«

MacGyver blinzelte und bemerkte, dass Addison aufgewacht war ... irgendwie. Sie klang noch halb verschlafen. Ein Stich der Zärtlichkeit traf ihn hart. »Zu früh, um aufzustehen. Schlaf, Addy.«

Ihre Lippen verzogen sich zu einem leichten Lächeln. »Ich hatte noch nie einen Spitznamen.«

»Macht es dir etwas aus? Ich habe angefangen, dich so zu nennen, ohne überhaupt zu fragen, ob das in Ordnung ist. Ich kann dich Addison nennen«, sagte MacGyver leise.

Aber sie schüttelte den Kopf. »Ich mag ihn.«

»Okay.«

Eine Weile herrschte Stille zwischen ihnen. Dann fragte sie: »Was steht heute bei dir auf dem Programm?«

»Training, wie immer. Dann komme ich nach Hause, dusche und helfe beim Frühstück. Ich kann Artem und Borysko zur Schule bringen, wenn du Ellory und Yana bringen kannst.«

»Natürlich.«

»Ich sollte früh zu Hause sein. Wir haben ein paar Besprechungen, aber Kevlar hat uns gestern gesagt, dass wir bis fünfzehn Uhr fertig sein sollten.«

»Cool.«

»Und du? Was hast du vor?«

»Ich muss drei Torten backen.«

»Drei?«, fragte MacGyver ungläubig.

»Ja. Ich habe einer Last-Minute-Torte zugesagt, weil die Frau verzweifelt war.«

»Du musst nicht mehr jedem zusagen«, erinnerte er sie sanft.

Addisons Blick aus ihren grünen Augen waren fest auf seinen gerichtet. MacGyver liebte das. Das intime Gefühl, im schummrigen Licht des frühen Morgens zu reden. Wenn die Kinder schliefen und es nur sie beide gab.

»Ich weiß. Ich meine, ich vergesse manchmal, dass ich nicht jeden Cent für alle Fälle zur Seite legen muss. Habe ich dir heute schon gedankt?«

MacGyver schüttelte den Kopf. »Lass es. Du hast mir mehr als genug gedankt. Wir machen weiter.«

»Ich wollte nur ... was du Ellory und mir gegeben hast ... es ist ... es ist mehr, als du je wissen wirst.«

MacGyver streckte eine Hand aus und strich ihr über den Kopf, wobei er ihr das zerzauste Haar aus dem Gesicht kämmte. Er liebte es, sie zu berühren, er hatte nicht oft genug die Gelegenheit dazu. Sie schloss die Augen, als er sie streichelte. MacGyver konnte sich kaum davon abhalten, sich zu ihr herunterzubeugen und sie zu küssen. Sein Verlangen nach ihr war wie ein körperlicher Schmerz. Aber er wollte nichts tun, was sie erschrecken oder glauben lassen könnte, dass er etwas nahm, das sie nicht freiwillig geben wollte.

»Wenn du nicht hier wärst, müssten Artem, Borysko und Yana wahrscheinlich in dieses Höllenloch zurückgeschickt werden, wo ich sie gefunden habe. Du gibst mir, *ihnen*, also mehr, als du weißt.«

Sie lächelte ihn an. Ein träges, schläfriges Lächeln, für das MacGyver alles geben würde, um es für den Rest seines Lebens jeden Tag zu sehen.

»Welche Meisterwerke wirst du heute schaffen?«, fragte er und wechselte das Thema zurück zu den Torten, die sie den ganzen Tag backen würde.

»Elsa aus *Die Eiskönigin*, *Jurassic Park* und eine Torte zur goldenen Hochzeit.«

»Machst du Fotos davon?«, fragte MacGyver.

Sie lachte leise. »Meine Elsa-Torte hast du doch schon gesehen.«

»Ist mir egal. Ich bin beeindruckt, was du aus Mehl, Eiern, Zucker und Zuckerguss zaubern kannst.«

Addison lächelte noch breiter. »Das ist keine große Sache.«

»Machst du Witze? Du bist eine wahre Künstlerin, Addy. Was du machst, ist verdammt beeindruckend. Du backst nicht nur Torten, die in einem Dekorationsmagazin vorgestellt werden sollten – Moment mal, gibt es so etwas?«

Addison kicherte. »Wahrscheinlich.«

»Wie auch immer, du bist nicht nur eine verdammte Künstlerin, du hilfst Familien, Erinnerungen zu schaffen. Und das ist etwas, das wichtiger ist als alles andere.«

»Ricky«, murmelte sie.

Eine Hitzewelle schoss durch seine Brust bis hinunter zu seinem Schwanz und ließ diese Gliedmaße umso mehr pochen. Er liebte es, seinen Spitznamen aus ihrem Mund zu hören. Er hatte den Spitznamen MacGyver erhalten, weil er in der Lage war, Geräte zusammenzubauen, die ihm und seinem SEAL-Team halfen, wenn sie es am dringendsten benötigten. Aber es hatte etwas so Intimes, wenn Addy ihn bei seinem Spitznamen aus Kindertagen nannte.

»Das meine ich ernst«, sagte er. »Da ich mit vier Geschwistern aufgewachsen bin, gab es bei uns ständig Geburtstagspartys, und meine Mutter hat sich alle Mühe gegeben, dass jede davon etwas Besonderes war, selbst mit gekauften Keksen und Kuchen. Aber dass du diese Meisterwerke machst, die nicht nur toll aussehen, sondern auch noch gut schmecken? Die Erinnerungen daran werden diese Kinder und Erwachsenen für immer begleiten.«

»Danke«, sagte sie leise. »Je nachdem, wie es Ellory dieses Wochenende geht ... meinst du, es würde dir etwas ausmachen ...« Ihre Stimme versagte.

»Natürlich würde es mir nichts ausmachen«, antwortete MacGyver sofort.

»Du weißt ja gar nicht, was ich sagen wollte.«

»Das ist egal. Wenn sie etwas tun möchte, werde ich es möglich machen.«

Addison starrte ihn so lange an, dass MacGyver sich unbehaglich fühlte. Er konnte nicht lesen, was sich hinter ihren grünen Augen abspielte.

Schließlich fuhr sie fort, ihre Worte überstürzt und aneinandergereiht, als hätte sie Angst, er würde Nein sagen. »Sie hat gefragt, ob ich mit dir darüber sprechen könnte, ihr zu zeigen, wie man einem Fahrzeug Starthilfe gibt. Und einen Reifen wechselt. Und ob du ihr vielleicht etwas zeigst, was du während einer Mission gemacht hast, die geholfen hat, die Situation zu retten.«

MacGyver wurde von Freude erfüllt. »Natürlich werde ich das tun. Es wäre mir ein Vergnügen.« Sofort schossen ihm viele Dinge durch den Kopf, die er ihr zeigen könnte und die nicht zu gefährlich wären. »Wie geht es ihr?«

Addison zuckte mit den Schultern. »Im Moment ganz gut. Wir werden sehen, wie die neuen Medikamente wirken, die sie nimmt. Wir haben schon so viele Kombinationen ausprobiert, und alle scheinen zunächst zu wirken, aber dann kommt die Entzündung zurück.«

Ellory hatte Morbus Crohn, eine chronisch entzündliche Darmerkrankung. Normalerweise waren Kinder nicht betroffen, aber bei ihr hatten die Probleme vor etwa vier Jahren eingesetzt. Die Symptome begannen mit Krämpfen, Fieber, Müdigkeit und einem extremen Gewichtsverlust, hauptsächlich weil das Essen so unangenehm war. Sie war oft im Krankenhaus gewesen, hatte unzählige Tests gemacht, von denen keiner billig war, und hatte bis heute mit den schrecklichen Symptomen zu kämpfen.

MacGyver hatte viel über die schreckliche Krankheit gelernt und war erleichtert, dass sie nun, da sie über seine Krankenversicherung versichert war, besser versorgt werden konnte. Die Tatsache, dass das Mädchen Zeit mit ihm verbringen wollte, gab ihm ein gutes Gefühl. Ein *wirklich* gutes Gefühl. Es war nur eine Frage der Zeit, bis sie in die Pubertät kam und wahrscheinlich nichts mehr mit ihrem nerdigen Stiefvater zu tun haben wollte.

Addison gähnte und lächelte ihn verlegen an.

MacGyver wollte sich am liebsten selbst ohrfeigen. Hier war er und führte ein Gespräch, das sie später beim Frühstück hätten führen sollen. Sie brauchte ihren Schlaf. Addison riss sich jetzt, da sie drei weitere Kinder zu versorgen hatte, den Hintern auf. Sie arbeitete den ganzen Tag, backte und verzierte Torten, und er war egoistisch, weil er reden wollte.

»Schlaf, Addy. Wir können beim Frühstück weiterreden.«

»Ich rede gern mit dir«, sagte sie.

Es war zu dunkel, um es genau zu erkennen, aber MacGyver war sich sicher, dass ihre Wangen rot wurden. »Ich rede auch gern mit dir. Aber es ist mitten in der Nacht. Du brauchst deinen Schlaf.«

»Du aber auch.«

»Weißt du es nicht? SEALs sind immun gegen so etwas Banales wie Schlaf«, scherzte er.

Sie lächelte ... und tat dann etwas, das MacGyver umhaute. Sie streckte eine Hand aus und legte sie auf seine auf der Matratze. Dann schloss sie die Augen und seufzte.

MacGyver rührte sich nicht. Keinen Zentimeter. Die Wärme ihrer Hand drang in seine ein. Es war irgendwie erbärmlich, wie sehr er sich über die kleine Berührung freute. Aber es war das erste Mal seit ihrer Hochzeitszeremonie, dass sie ihn freiwillig berührte.

MacGyver war nicht mehr müde. Er beobachtete, wie Addisons Atmung tiefer wurde, als sie wieder einschlief. Er hatte keine Ahnung, was die Zukunft für sie bereithielt, aber er machte sich keine Illusionen. Addison würde auf keinen Fall mit ihm verheiratet bleiben. Nicht auf lange Sicht. Dies war eine für beide Seiten vorteilhafte Vereinbarung. Irgendwann würde sie einen Mann finden, mit dem sie den Rest ihres Lebens verbringen wollte. Und obwohl es ihn innerlich zerreißen würde, würde MacGyver sie gehen lassen. Er wollte mehr, dass sie glücklich war, als dass er sie zwang, bei ihm zu bleiben.

Aber in der Zwischenzeit würde er der beste Vater sein, der er sein konnte. Der beste Ehemann. Er würde dafür sorgen, dass es Addison an nichts fehlte und dass sie so behandelt wurde, wie sein Vater seine Mutter behandelt hatte. Mit Respekt. Liebe.

MacGyver beobachtete sie so lange wie möglich beim Schlafen, bevor er sich umdrehte und seinen Wecker ein paar Minuten vor dem eingestellten Weckzeitpunkt ausschaltete. Er wollte Addison nicht noch einmal wecken. Er stand langsam auf und ging ins Badezimmer, um sich seine Trainingskleidung anzuziehen. Dann kehrte er ins Schlafzimmer zurück und zögerte, bevor er zur Tür hinausging.

Er holte tief Luft und näherte sich Addisons Seite des Bettes. Sie hatte sich auf den Rücken gedreht und schlief tief und fest. Er zog die Bettdecke höher, um sicherzustellen, dass sie zugedeckt war. Dann beugte er sich vor und küsste sie kaum spürbar auf die Stirn.

MacGyver starrte sie noch einen Moment lang an, bevor er sich umdrehte und zur Tür ging.

# KAPITEL ZWEI

Addison Wentz, jetzt Douglas, lächelte, als sie den Teller mit Pfannkuchen auf den Esstisch stellte. Artem und Borysko rissen bei der Größe des Stapels die Augen auf, während Yana sich mehr dafür interessierte, die Haare der Barbie-Puppe zu kämmen, die sie in der Hand hielt. Leider hatte Ellory aktuell einen Schub, sodass sie noch in ihrem Zimmer im Bett lag und hoffte, dass es ihr besser gehen würde, wenn sie zur Schule gehen musste.

Jedes Mal wenn ihre Tochter vor Schmerzen weinte, wollte Addison ihren Platz einnehmen. Sie würde gern jedes einzelne Symptom an Ellorys Stelle ertragen, wenn sie könnte. Morbus Crohn war eine schreckliche Krankheit, besonders für ein kleines Kind. Ihre Tochter hatte mit einer Krankheit zu kämpfen, die niemals geheilt werden würde. Sie würde ihr ganzes Leben lang mit den Folgen von Morbus Crohn zu kämpfen haben. Es war schrecklich.

Und jetzt, da sie in der siebenten Klasse war, hatten die Mobber auch noch beschlossen, dass ihre Tochter ein gutes Ziel abgab. Sie war untergewichtig und hatte aufgrund von Mangelernährung noch keinen Wachstumsschub erlebt. Sie aß einfach nicht so viel, wie ein heranwachsendes Mädchen sollte, und das zeigte sich in ihrer Größe und ihrem Gewicht im Vergleich zu anderen Mädchen in ihrem Alter. Morbus Crohn machte das Essen vieler Lebensmittel schwierig, wenn nicht sogar unmöglich. Das machte sie in der Schule zur Zielscheibe. Außerdem hatte sie die gleichen roten Haare wie Addison. Sie waren wunderschön, aber alles, was anders war, alles, was einen in der Mittelstufe auffallen ließ, war nie eine gute Sache. Addison hatte das auf die harte Tour herausgefunden, als sie in Ellorys Alter gewesen war.

»Alles für uns?«, fragte Artem.

Seine Frage holte Addison in die Gegenwart zurück. »Ja. All diese Pfannkuchen sind für euch. Aber ihr müsst nicht das Gefühl haben, dass ihr sie alle essen *müsst*. Wenn ihr satt seid, heben wir den Rest für einen Snack nach der Schule auf.« Als sie die Kinder zum ersten Mal traf, hatten sie sich jedes Mal, wenn ihnen Essen angeboten wurde, so vollgestopft, dass ihnen schlecht wurde. Es hatte eine Weile gedauert, aber schließlich wurde ihnen klar, dass sie sich nicht in einer Situation des Nahrungsmittelmangels befanden, wie sie es in der ausgebombten Stadt in der Ukraine erlebt hatten, in der sie gelebt hatten.

»Yana, du musst deine Puppe weglegen und frühstücken«, sagte Addison sanft, aber bestimmt.

»Barbie«, sagte sie und hielt die Puppe stolz in die Höhe.

Das kleine Mädchen war nicht so gut in Englisch wie ihre Brüder, da die Jungen vor Ausbruch des Krieges in ihrem Land zur Schule gegangen waren. Yana war zu jung gewesen und hatte daher nur das gelernt, was sie von Artem und Borysko aufgeschnappt hatte. Sie konnte viel mehr verstehen als sprechen, aber nach nur wenigen Wochen in einem speziellen Programm für Kinder mit Englisch als Zweitsprache – das nach ihren regulären Vormittagen im Kindergarten stattfand – lernte sie es schnell.

»Ja, ich verstehe. Barbie ist hübsch. Aber du musst essen«, wiederholte Addison, legte einen Pfannkuchen auf einen Teller, gab etwas Sirup darauf und schob ihn dem Mädchen zu.

Yana schaute zu ihren Brüdern hinüber, die sich fröhlich Pfannkuchen in den Mund schaufelten, und nahm ihre Gabel in die Hand.

Zufrieden darüber, dass die Kinder aßen, ging Addison zurück in die Küche, um das Geschirr, das sie für das Frühstück benutzt hatte, abzuwaschen und mit den Vorbereitungen für das Backen ihrer ersten Torte zu beginnen. Während sie arbeitete, dachte sie an den Morgen.

Insbesondere an den Kuss.

Sie hatte nicht mehr tief und fest geschlafen, als Ricky aus dem Bett gestiegen war, um sich für das Training mit seinem SEAL-Team fertig zu machen. Sie spürte, wie die Matratze nachgab, als er aufstand, und öffnete gerade noch rechtzeitig die Augen, um zu sehen, wie sein wohlgeformter Hintern im Badezimmer verschwand.

Der Mann war gut gebaut – und je mehr Zeit sie mit ihm verbrachte, desto mehr wollte Addison ihn. Er war alles, was sie sich von einem Partner erträumt hatte. Und die Art, wie er Ellory behandelte? Das war das Sahnehäubchen auf dem Kuchen.

Als sie ihn zum ersten Mal traf, hatte sie sich sofort zu Ricky hingezogen gefühlt. Dann, seltsamerweise, trafen sie sich immer häufiger in der Stadt ... an Tankstellen, in Cafés. Als er ihr und Ellory in einem örtlichen Imbiss begegnete und schließlich an ihrem Tisch landete, mochte ihre Tochter ihn sofort. Aber ihre Beziehung war immer noch so etwas wie eine Bekanntschaft. Freundlich, aber unpersönlich.

Bis er eines Tages auf eine weitere Mission ging und mit drei Kindern im Schlepptau nach Hause kam ... und sie bat, ihn zu heiraten – zu ihrem beiderseitigen Nutzen.

So verrückt es für andere auch erscheinen mochte –

schließlich waren sie nie auch nur miteinander ausgegangen –, sie hatte nicht gezögert, Ja zu sagen. Nach Jahren der Krankenhausaufenthalte und Besuche in der Notaufnahme für Ellory war Addison nur noch eine Arztrechnung davon entfernt, obdachlos zu werden, und Ricky brauchte dringend ihre Hilfe mit den Kindern, für die er plötzlich die Verantwortung hatte.

Nun war ein Monat vergangen und getreu ihrer Abmachung hatte Ricky ihr gegenüber kein einziges Mal sexuelle Annäherungsversuche unternommen ... sehr zu ihrem Leidwesen. Es war beschissen, nur eine Freundin zu sein, aber das hatte sie sich selbst zuzuschreiben. Sie war zu schüchtern, um ihm zu sagen, dass sie nichts dagegen hätte, mehr als nur Freunde zu sein, nicht nur auf dem Papier verheiratet zu sein. Auf keinen Fall wollte sie das Gute ruinieren, das sie hatte. Für ihre Tochter würde sie *alles* tun. Absolut alles, um sicherzustellen, dass sie die medizinische Versorgung erhielt, die sie brauchte. Und wenn das bedeutete, mit dem Mann zusammenzuleben, den sie mehr wollte, als sie jemals etwas anderes auf der Welt gewollt hatte, und ihn *nicht* zu berühren, dann würde sie es tun.

Aber heute Morgen ... war es das erste Mal, dass sie einen so intimen Moment miteinander geteilt hatten. Ricky gab sich alle Mühe, sie nicht zu bedrängen. Sie nicht ohne ihre Erlaubnis zu berühren. Aber heute Morgen, im schwachen Schein der Nachtlichter, die er in jede Steckdose in seinem Zimmer gesteckt hatte, hatte er ihr nicht nur das Haar aus dem Gesicht gestrichen, sondern sich auch nicht zurückgezogen, als sie spontan ihre Hand über seine legte.

Und dann dieser Kuss ...

Nachdem sie gehört hatte, wie die Haustür hinter ihm ins Schloss fiel, konnte Addison nicht anders, als zwischen ihre Beine zu greifen und sich selbst zu befriedigen, während sie davon träumte, ihm die Jogginghose herunterzureißen, die er jede Nacht im Bett trug, und ihm ohne Worte zu zeigen, wie sehr sie ihn wollte.

»Addy, Milch? Bitte?«, fragte Yana vom Tisch aus. Die Kinder hatten sofort den Spitznamen aufgegriffen, den Ricky ihr gegeben hatte, und sie liebte ihn.

Addison schüttelte den Nebel der Erinnerungen ab, ging zum Kühlschrank und holte den Milchkarton heraus. Sie füllte den Becher des kleinen Mädchens nach und füllte auch die von Artem und Borysko auf, während sie dabei war. Sie drehte sich gerade um, um zum Kühlschrank zurückzugehen, als sich die Haustür öffnete.

»Ricky!«, schrie Yana, sprang von ihrem Stuhl auf und lief auf den Mann zu, an den Addison nicht aufhören konnte zu denken.

Er fing Yana mitten im Sprung auf und hob sie über seinen Kopf, was sie beide zum Lachen brachte. Er trug sie zum Tisch und setzte sie wieder auf ihren Stuhl. »Sieht nicht so aus, als hättest du dein Frühstück schon beendet, Kleine. Wie viele Pfannkuchen hast du schon gegessen, Borysko?«, fragte er.

Der kleine Junge lächelte und sagte stolz: »Vier.«

»Sprich nicht mit vollem Mund. Das ist unhöflich und eklig«, schimpfte Ricky sanft. »Was ist mit dir, Artem?«

Der andere Junge kaute angestrengt, schluckte dann und sagte: »Sechs.«

»Wow. Hast du dann noch Platz für das tolle Pausenbrot, das Addy bestimmt für dich gemacht hat?«, fragte Ricky.

Beide Jungen nickten eifrig. Es gab nichts, was sie mehr liebten als Mahlzeiten. Addison lächelte von ihrem Platz in der Küche aus. Sie lehnte sich gegen die Theke und beobachtete Ricky mit den Kindern. Er konnte so gut mit ihnen umgehen.

Bevor sie sich darauf gefasst machen konnte, drehte er sich um und ging auf sie zu. Als sie sich daran erinnerte, was sie getan hatte, nachdem er an diesem Morgen gegangen war, wurden Addisons Wangen rot. Sie zwang sich, ihm in die Augen zu sehen, als er in die Küche kam.

Zu ihrer Überraschung beugte er sich vor und küsste sie auf die Wange.

»Morgen«, murmelte er, bevor er sich dem Kaffee zuwandte, den Addison zuvor gebrüht hatte. »Mmmmm, Haselnuss?«

Addison schluckte schwer und stieß ein »Ja« hervor.

»Du verwöhnst mich. Uns.« Seine Stimme wurde leiser. »Welchen Spaß hast du heute für ihr Pausenbrot geplant?«

Addison lächelte. »Ich habe ein paar neue Ausstechformen, also sind ihre Sandwiches heute wie Dinosaurier geformt. Die Kekse sind natürlich auch Dinosaurier.«

»Verziert?«, fragte er.

»Ist ein Keks ein Keks, wenn er keine Glasur drauf hat?«, erwiderte sie.

Ricky lachte. Dann beugte er sich zu ihr und flüsterte: »Sind vielleicht noch welche übrig?«

Er roch, als hätte er trainiert. Nach Schweiß. An seiner Wange klebte sogar Sand. Und Addison musste sich sehr zusammenreißen, um sich nicht auf ihn zu stürzen. Es würde sie umbringen, wenn die Adoption durchging und die Kinder alt genug waren, um kein Kindermädchen mehr zu brauchen. Denn warum sollte er sie behalten, wenn er sie nicht mehr brauchte? Diese Fantasie, die sie von der glücklichen Familie hatte, würde enden. Das musste sie sich vor Augen halten. Sie durfte sich nicht noch mehr an ihn binden, als sie es bereits tat.

»Natürlich«, antwortete sie mit einem kleinen Lächeln. »Ich weiß, wie sehr du meine Kekse magst.«

»Ich liebe deine ... Kekse«, sagte er.

Addison hatte das Gefühl, als hätte sie sich die kleine Pause in seinen Worten eingebildet. Denn natürlich sprachen sie über Kekse, oder?

»Hallo, Ricky.«

Addison drehte sich beim Klang der Stimme ihrer Tochter

um. Ricky ebenfalls. Er trat auf sie zu, zog sie in eine feste Umarmung und hob sie hoch. Das war nur eine weitere Sache, die Addison an diesem Mann liebte. Er scheute sich nicht, ihrer Tochter körperliche Zuneigung zu zeigen. Und sie sog seine Aufmerksamkeit in sich auf, als würde sie vor Durst sterben und als sei er ein großes Glas Wasser. Ähnlich wie ihre Mutter.

»Wie geht es dir heute Morgen?«, fragte er, ließ sie los, behielt aber seine Hände auf ihren Schultern.

Ellory zuckte mit den Schultern. »Mir geht es gut.«

»So schlecht, was?«, sagte Ricky, der sie nicht darüber lügen ließ, wie sie sich fühlte. »Musst du heute zu Hause bleiben?«

Addison hatte sie vorhin dasselbe gefragt.

»Nein. Mir geht es gut.«

»Möchtest du etwas essen?«

»Nein«, sagte Ellory erneut.

»Okay, aber wenn es dir bis zur Pause nicht besser geht, ruf deine Mutter an. Du kannst nicht den ganzen Tag ohne Nährstoffe auskommen. Sie kann dir etwas Hühnchen backen. Vielleicht kannst du heute Morgen eine Banane und einen Protein-Smoothie probieren?«

Addisons Herz schmolz dahin. Ricky hatte seit ihrer Hochzeit so viel über Morbus Crohn gelernt. Er hatte stundenlang im Internet recherchiert, um herauszufinden, welche Lebensmittel für Ellory am besten geeignet waren und was zu tun war, wenn sie einen Schub hatte.

»Okay«, sagte Ellory und umarmte Ricky noch einmal, bevor sie zum Kühlschrank ging.

Addison hätte überrascht sein sollen, dass ihre Tochter einwilligte. Immerhin hatte sie Ellory zwanzig Minuten zuvor einen Smoothie vorgeschlagen, aber ein klares Nein als Antwort erhalten. Aber wenn Ricky es vorschlug, war sie sofort dafür. Addison wäre verärgert gewesen, wenn sie nicht dankbar dafür gewesen wäre, dass *jemand* ihre Tochter zum Essen bewegen konnte. Sie war untergewichtig und brauchte alle Kalorien, die sie bekommen konnte.

»Ricky?« Ellory wandte sich vom Kühlschrank ab.

»Ja, El?«

»Du stinkst«, sagte der Fast-Teenager unverblümt.

Ricky lachte. »Ja, nun, das liegt daran, dass Kevlar dachte, es sei lustig, wenn wir heute Morgen Liegestütze im Sand machen. Ich hasse Liegestütze aus tiefster Seele.« Dann knurrte er, beugte sich vor und stapfte mit ausgestreckten Armen auf Ellory zu, als sei er eine Art Sandmonster.

Ellory kreischte und schrie: »Bleib mir vom Leib, Stinkemann!«

Ricky lachte. »Eben hast du mir nicht gesagt, ich solle mich von dir fernhalten«, sagte er.

»Wie auch immer.«

Es war eine so typische Teenager-Antwort, dass Addison nicht anders konnte, als zu kichern. »Vergiss nicht, deine Wasserflasche aufzufüllen, bevor du gehst. Und trink den ganzen Tag über so viel wie möglich.«

Ellory rollte erneut mit den Augen und murmelte wieder: »Wie auch immer, Mom.« Dann nahm sie ihren Smoothie und ihre Banane, ging zum Tisch, setzte sich neben Yana und Borysko und begann sofort, mit ihnen über die Schule zu reden.

Addison war dankbar, dass ihre Tochter so gut mit den Kindern zurechtkam. Sie hätte gekränkt sein können, dass sie einen Teil der Zeit und Aufmerksamkeit ihrer Mutter von ihr wegnahmen, aber das war sie nicht. Sie schien froh zu sein, dass sie da waren, und dankbar für die Ablenkung, die sie ihr von den ständigen Schmerzen verschafften, unter denen sie die meiste Zeit litt. Und obwohl Addison befürchtet hatte, dass sie es hassen würde, ihr Zimmer mit einer Fünfjährigen teilen zu müssen, schien Ellory es zu lieben, Yana um sich zu haben. Sie war eine große Hilfe für die Kinder, nicht zuletzt, weil sie sie beschäftigte. Artem und Borysko unterhielten sich gern mit ihr, übten gern ihr Englisch und Yana war zufrieden damit, mit Ellory mit ihren Puppen zu spielen.

»Alles in Ordnung?«, fragte Ricky und lenkte Addisons Aufmerksamkeit wieder auf sich.

»Ja. Warum sollte es nicht so sein?«, fragte sie aufrichtig neugierig.

»Weil du jetzt für sechs kochst, überall Kinder herumlaufen hast, immer noch Vollzeit arbeitest und die ganze Wäsche machst, putzt *und* dich um die Behörden kümmerst, wenn unerwartet jemand auftaucht, um nach den Kindern zu sehen.«

»Mir geht es gut«, antwortete Addison ehrlich. »Warum? Gibt es etwas, das ich tun sollte, aber nicht tue, oder etwas, das ich nicht tun sollte, aber tue?«

»Nein!«, sagte Ricky fast energisch. »Das ... es ist einfach viel. Und ich möchte sichergehen, dass du mit allem einverstanden bist. Ich möchte nie, dass du das Gefühl hast, ich würde dich ausnutzen oder meinen Teil nicht erfüllen. Ich möchte, dass das hier funktioniert, Addy. Und das wird es nicht, wenn du mir nicht sagst, wenn du unglücklich bist.«

Da. Genau das. Nur einer der Gründe, warum er so ein guter Mann war. Und eines Tages würde er für eine Frau einen großartigen *echten* Ehemann abgeben. »Ganz ehrlich, es geht mir gut. Du tust viel, Ricky. Du machst den ganzen Einkauf, du arbeitest auch Vollzeit – in einem viel stressigeren Job als ich, möchte ich hinzufügen –, und wenn du hier bist, tust du so viel wie möglich, um zu helfen.«

»Nun, wenn ich noch irgendetwas für dich tun kann, lass es mich bitte wissen. Ich möchte nie, dass du das Gefühl hast, der einzige Elternteil zu sein.«

»Das habe ich nicht.«

»Gut. Jetzt muss ich duschen. Ich habe aus zuverlässiger Quelle erfahren, dass ich stinke«, sagte Ricky mit einem kleinen Lachen.

»So schlimm ist es nicht«, platzte Addison heraus und errötete sofort.

»Schön, dass du das so siehst«, sagte er. Dann schockte er sie total, indem er sich zu ihr beugte und sie erneut auf die Wange küsste.

Sie konnte den Kaffeeduft in seinem Atem riechen, bevor er sich umdrehte, seine Tasse mitnahm und aus der Küche ging. Er blieb am Tisch stehen, berührte jedes der jüngeren Kinder am Kopf und sagte etwas mit leiser Stimme, das Addison nicht hören konnte. Er drückte Ellory die Schulter, bevor er den kurzen Flur entlang in Richtung ihres Schlafzimmers verschwand.

Als er weg war, schien die Spannung in der Luft zu verschwinden. Das war immer so, wenn Ricky in der Nähe war. Er erfüllte jeden Raum, in dem sie sich befanden, mit Licht und ließ alles so ... aufregend erscheinen. Es hätte anstrengend sein sollen, aber stattdessen war es spannend.

Als Ricky zurückkam, war er frisch geduscht und trug seine blaue Marine-Tarnuniform. Addison konnte sich nur mit Mühe zurückhalten, ihn nicht sofort zu bespringen. Seine Uniform machte ihn noch attraktiver als zuvor ... und das wollte etwas heißen.

»Besser?«, fragte er Ellory und breitete die Arme aus, als sollte sie ihn inspizieren.

Zu Addisons Belustigung ging Ellory auf ihn zu, beugte sich vor und schnupperte. Dann zog sie sich zurück und lächelte. »Besser«, stimmte sie zu.

Ricky lachte und zog sie für eine weitere lange Umarmung an seine Brust. Dann packte er sie an den Schultern und sah mit ernstem Gesicht zu ihr hinunter. »Bist du sicher, dass du heute zur Schule gehen kannst?«

»Ja.«

»Hast du keine Schmerzen?«, fragte er.

»Das habe ich nicht gesagt«, erwiderte Ellory mit einem Achselzucken.

Ihre Antwort brach Addison das Herz. Es gab nichts Schlimmeres, als zu wissen, dass das eigene Kind Schmerzen hatte, und nichts dagegen tun zu können.

Ricky ging es offensichtlich genauso, denn er runzelte die Stirn.

Aber Ellory war Ellory, sie tätschelte ihm die Brust und sagte: »Aber heute ist es nicht so schlimm. Es wird schon gehen.«

»Nimmst du deine Medikamente?«, fragte Ricky.

»Natürlich.«

Das Mädchen nahm eine ganze Reihe von Medikamenten ein, um ihr Morbus Crohn unter Kontrolle zu halten. Antibiotika, ein entzündungshemmendes Mittel, einen Säureblocker und ein Immunsuppressivum, um die Schwellung in ihren Eingeweiden zu reduzieren. Addison hasste es, dass sie so jung war und so viele Medikamente nehmen musste, aber sie schienen wirklich zu helfen. Außerdem war der nächste Schritt eine Operation, die sie zwar nicht heilen, aber die schlimmsten Symptome für eine Weile in Schach halten würde. Aber der Gedanke, dass jemand ihr Baby aufschneiden würde, war abscheulich.

»Gut. Wenn es dir schlecht geht, zögere nicht, deine Mutter oder mich anzurufen«, sagte Ricky zu ihr.

Ellory rollte mit den Augen. »Ich weiß.«

Ihre Tochter wurde vor ihren Augen erwachsen. Addison wusste nicht, ob sie sie für ihre Respektlosigkeit zurechtweisen oder über die Verzweiflung in ihrem Ton lachen sollte.

»Ich weiß, ich bin nicht dein Vater, aber ich sorge mich um dich«, sagte Ricky ernst.

Ellory neigte den Kopf, während sie den Mann vor sich anstarrte. »Warum?«

»Warum ich mich sorge?«

»Ja. Wie du schon sagtest, du bist nicht mein Vater. Und du kennst mich und meine Mutter noch nicht sehr lange.« Ihre Stimme wurde leiser, sodass die drei anderen Kinder sie nicht hören konnten. Addison selbst musste sich anstrengen, um zu verstehen, was sie sagte. »Und ich weiß, dass du meine Mutter geheiratet hast, damit sie eine Versicherung für mich hat und du einen Babysitter für die anderen haben kannst. Also ... warum *sorgst* du dich, ob ich Schmerzen habe oder nicht?«

Addison sog die Luft ein. Sie hatte nicht gewollt, dass Ellory die Umstände ihrer Ehe kannte, aber sie mochte es auch nicht, ihre Tochter anzulügen. Als Ellory sie eines Abends ansprach und wissen wollte, warum sie Ricky geheiratet hatte, obwohl sie nicht einmal miteinander ausgegangen waren, war Addison vollkommen ehrlich gewesen. Nun ... so ehrlich sie konnte, ohne zu erwähnen, dass sie den Mann liebte.

»Ich habe deine Mutter *nicht* nur aus diesen Gründen geheiratet«, sagte Ricky.

Addison hielt den Atem an.

»Ja, unsere Ehe hat es einfacher gemacht, dass du die Gesundheitsversorgung bekommst, die du brauchst. Und ja, dass sie hier ist, ist eine enorme Hilfe mit Artem, Borysko und Yana. Aber ich habe deine Mutter geheiratet, weil ich sie mag und respektiere. Wir kennen uns schon eine ganze Weile und es gab niemanden, den ich auch nur in Betracht gezogen hätte zu heiraten.«

Es war eine Art Nicht-Antwort, aber trotzdem wurde Addison ganz warm ums Herz.

»Liebst du sie?«, fragte Ellory fast beiläufig.

Das warme Gefühl verschwand in einer Rauchwolke. Sie wollte am liebsten zu ihrer Tochter eilen, die mit Ricky dort stand, und über ihre Frage lachen. Sie wollte seine Antwort hören und hatte gleichzeitig Angst davor.

In diesem Moment hob er den Blick und traf ihren. Addison schluckte schwer, als sie zurückstarrte. Er sah sie nur eine Sekunde lang an, aber es fühlte sich an, als sei in dieser kurzen Zeitspanne etwas Bedeutendes passiert.

»Deine Mutter ist eine der großzügigsten, talentiertesten und schönsten Frauen, die ich je getroffen habe. Sie würde alles für dich und ihre Freundinnen tun. Sie stellt alle anderen an erste Stelle, auch wenn das bedeutet, dass sie selbst auf etwas verzichten muss. Sie hat mehr Liebe in ihrem kleinen Finger als viele Menschen in ihrem ganzen Körper. Ich würde alles für sie tun. Ich werde sie und dich mit jedem Atemzug meines Körpers beschützen. Und bevor du wieder fragst warum, das tue ich, weil sie eine reine Seele hat. Und sie macht mich zu einem besseren Menschen. Wenn das keine Liebe ist, dann weiß ich auch nicht.«

Addison war, als würde sie ohnmächtig werden. Die Leute hatten ihr gesagt, dass sie schönes Haar habe, dass sie Glück habe, so schlank zu sein, dass sie nett sei. Aber was Ricky gerade gesagt hatte? Es überwältigte sie. Er hatte nicht direkt gesagt, dass er sie liebte, aber offensichtlich hatte er Ellory zufriedengestellt, denn sie nickte.

»Okay?«, fragte Ricky.

»Okay«, sagte Ellory.

»Keine Zweifel mehr daran, ob ich mich um dich oder deine Mutter sorge, okay?«

»Ja.«

»Hilfst du Yana, sich für die Schule fertig zu machen, während ich ganz schnell mit deiner Mutter spreche?«

»Klar.« Ellory drehte sich zum Tisch und streckte dem kleinen Mädchen die Hand entgegen. »Komm schon, Yana. Willst du dein Elsa-Hemd oder das von Arielle tragen?«

»Elsa!«, kreischte Yana fast.

Ellory lachte und ging Hand in Hand mit dem kleinen Mädchen den Flur entlang zu ihrem Zimmer. Artem und Borysko hatten ihr schmutziges Geschirr in die Spülmaschine gestellt und liefen wilder als die Mädchen den Flur entlang, schubsten und drängelten sich gegenseitig, um als Erste in ihrem Zimmer zu sein und ihre Rucksäcke zu holen.

Addison wusste, dass sie und Ricky nur noch ein paar Minuten hatten, bevor die Kinder zurück sein würden, und sie alle würden gehen müssen, um pünktlich zur Schule zu kommen. Sie hielt den Atem an, als Ricky auf sie zukam.

»Es tut mir leid.«

Addison runzelte die Stirn und zog die Augenbrauen zusammen.

»Ich wollte nicht zu weit gehen. Ich ... ich hasse nur die Vorstellung, dass sie Schmerzen hat. Ich hoffe, du bist nicht beleidigt wegen dem, was ich gesagt habe.«

Das war nicht das, was sie fühlte. »Beleidigt? Nein, überhaupt nicht.«

»Gut. Ich respektiere dich, Addy. So verdammt sehr. Du hast diese Rolle, ohne zu zögern, übernommen. Du hast mich und die Kinder aufgenommen, als seist du dafür geboren. Ohne dich könnte ich das nicht. Meistens fühle ich mich völlig überfordert. Ich kann mich aus einer gefährlichen Situation herausschießen, mich aus einer Falle herausmanövrieren, und im Grunde genommen alles, was mit dem Militär oder Elektronik zu tun hat. Aber drei Kinder? Ich weiß nicht, was ich mir dabei gedacht habe. Tue ich das Richtige? Wären sie in ihrem eigenen Land, umgeben von ihrer eigenen Kultur, besser dran?«

Addison reagierte, ohne nachzudenken. Sie trat auf Ricky zu und legte eine Hand auf seinen Arm. »Du bist ein großartiger Vater. Artem schaut zu dir auf. Ich weiß nicht, ob dir das bewusst ist, aber er schaut immer zu dir. Er beobachtet dich, und was auch immer du tust, *er* tut es auch. Heute Morgen hast du Borysko gesagt, er solle nicht mit vollem Mund sprechen, und Artem, der den ganzen Morgen dasselbe getan hatte, hat sofort gekaut und geschluckt, bevor er sprach. Und Borysko blüht unter deiner Obhut auf. Als ich ihn zum ersten Mal traf, war er schüchtern und schaute zu seinem Bruder auf, um sich zu vergewissern. Jetzt gewinnt er an Selbstvertrauen und trifft tatsächlich einige Entscheidungen selbst. Und Yana hat dich um den kleinen Finger gewickelt.« Sie lächelte. »Sie ist auch so verdammt schlau. Und ich kann nicht einmal ansatzweise alles ausdrücken, was du für Ellory getan hast. Du machst das Richtige, Ricky, ehrlich.«

Seine Schultern entspannten sich, als hätte er ihre Worte gebraucht. Addison wollte ihn so sehr küssen, aber sie hielt sich zurück ... gerade so.

»Und du?«, fragte Ricky grinsend. »Bereust du, mich geheiratet zu haben?«

Das war eine einfache Frage. »Nein.«

»Gut. Bist du bereit, dich mit mir in der Öffentlichkeit sehen zu lassen?«

»Was?«

»In der Öffentlichkeit. Du weißt schon, außerhalb dieses Hauses? Seit wir geheiratet haben, haben wir nichts mehr zusammen unternommen. Einige SEAL-Freunde von mir veranstalten ein Treffen. Ich dachte, wir könnten hingehen.«

Addison leckte sich nervös die Lippen. Es war nicht so, dass sie sich nicht mit Ricky in der Öffentlichkeit zeigen wollte. Es ging ihr mehr um Selbstschutz. Je mehr sie sich in sein Leben integrierte, desto mehr würde es wehtun, wenn er das dauerhafte Sorgerecht für die Kinder bekam und beschloss, sie nicht mehr zu brauchen. Sie war sich bewusst, dass diese Art von Gedanken Ricky nicht in einem sehr schmeichelhaften Licht erscheinen ließen, aber sie glaubte nicht, dass er mit ihr würde zusammen sein wollen, wenn er nicht mehr musste.

Er verstand ihr Schweigen als Ablehnung und sprach schnell weiter, um sie zu überzeugen. »Es ist eine zwanglose Sache. Wolf und Caroline hatten nie Kinder, aber sie lieben die Kinder ihrer Freunde, als seien es ihre eigenen. Sie treffen sich ständig, um Kinder um sich zu haben. Es wird verrückt sein.

Die Kinder sind jetzt älter, aber sie toben immer noch wie die Wilden herum. Die Erwachsenen sitzen herum und trinken Bier oder Limonade und tauschen sich über das Leben aller aus. Es ist entspannt und eine Gelegenheit für alle, über andere Dinge als die Arbeit zu reden.«

»Natürlich komme ich mit«, sagte Addison und gab widerwillig nach.

»Ja?«

»Ja.«

»Gut. Alle werden dich lieben.«

»Du hast ihnen doch gesagt, dass wir verheiratet sind, oder?«, fragte sie etwas zögerlich.

Er sah verwirrt aus. »Natürlich habe ich das.«

»Oh.« Aus irgendeinem Grund dachte Addison, dass er ihre Ehe geheim hielt.

»Meine Teamkameraden wussten es am Tag danach. Sie waren nicht begeistert, dass ich sie nicht eingeladen hatte, aber sie verstanden auch, dass es für dich und Ellory überwältigend sein könnte. Seitdem nerven sie mich, euch einander vorzustellen. Und natürlich haben diejenigen, die eine Freundin haben, sie über uns informiert, und jetzt werde ich auch von Remi, Wren, Josie und Maggie belagert.«

Addison wusste alles über seine SEAL-Teamkameraden. Ricky hatte kein Problem damit, über sie zu sprechen. Es war offensichtlich, dass er sie sehr respektierte und mochte. Was nicht gerade überraschend war, da sie gemeinsam in Situationen gerieten, in denen es um Leben und Tod ging. Sie hatte alles darüber gehört, wie er Artem, Borysko und Yana in der Ukraine kennengelernt hatte, wie beängstigend ihre Situation in dem vom Krieg zerrütteten Land gewesen war und wie sie in die USA gekommen waren, weil Borysko angeschossen wurde, als Ricky, sein Teamkamerad und Maggie gerettet wurden. Die Geschichte war beängstigend. Zu hören, was Maggie durchgemacht hatte, war ebenso erschreckend.

Addison war nicht im Geringsten so, wie sie sich Maggie vorstellte, und der Gedanke, dass sie sich überlegen musste, worüber sie mit der Frau sprechen sollte, wenn sie sie traf, jagte ihr eine Heidenangst ein. Aber sie war Rickys Frau, und sie wusste, dass damit gewisse Verpflichtungen verbunden waren. Also würde sie zu diesem Treffen gehen, ihre Pflicht erfüllen und dann hoffentlich für eine lange Zeit nicht mehr dazu gezwungen sein.

»Es wird auf jeden Fall toll. Jeder bringt etwas mit, also müssen wir uns etwas einfallen lassen, aber darum können wir uns später Gedanken machen.«

Addison lächelte. *Das* war etwas, worum sie sich ohne Probleme kümmern konnte. »Ich kann etwas machen«, sagte sie.

»Bist du sicher? Ich dachte, du backst so viel für die Arbeit, dass du das nicht auch noch machen willst. Wir können unterwegs beim Supermarkt anhalten und ein paar Kekse oder etwas aus der Feinkostabteilung mitnehmen.«

Addison riss die Augen auf und stieß einen gespielt empörten Schrei aus. »Gekaufte Kekse? Nur über meine Leiche!«, rief sie dramatisch.

Ricky lachte, und das Lächeln auf seinem Gesicht verwandelte ihn von gut aussehend in umwerfend. »Sicher.«

»Wann ist die Sache?«

»Dieses Wochenende.«

Addison nickte. »Okay.«

»Sagst du das, weil du denkst, dass ich das hören will, oder bist du wirklich damit einverstanden hinzugehen?«, fragte Ricky.

Er war so scharfsinnig, dass es fast beängstigend war. »Ich bin ein bisschen nervös, aber das sind deine Freunde. Ich möchte sie kennenlernen. Und es wird gut für Ellory und die anderen sein, mit neuen Leuten abzuhängen.«

»Großartig. Ich sage Wolf und Caroline Bescheid. Und den Mädchen auch.«

»Den Mädchen?«

»Wren, Josie, Remi und Maggie. Sie machen mich verrückt, schreiben ständig SMS und wollen deine Nummer. Ist es okay, wenn ich sie ihnen gebe?«

»Ich denke schon. Aber ich habe nicht viel Zeit zum Telefonieren«, warnte Addison ihn.

Ricky sah nicht besorgt aus. »Sie schreiben gern SMS. Das ist ihre bevorzugte Art der Kommunikation. Du kannst antworten, wann immer du Zeit hast.«

Addison entspannte sich ein wenig. Sie hasste es, am Telefon zu sprechen. Oft wusste sie nicht, was sie sagen sollte, und diese unangenehmen Pausen ließen sie erschaudern. »Okay.«

»Okay.«

Sie starrten sich eine Weile an, und Addison hätte schwören können, dass er sich zu ihr beugte, bevor Artem und Borysko in den Raum stürmten und auf Ukrainisch miteinander stritten.

»Englisch«, rief Ricky sanft.

Mitten im Streit wechselten die Jungen ins Englische. Es war immer noch etwas holprig und gestelzt, aber sie wurden von Tag zu Tag besser. Es war erstaunlich, wie schnell sie die Sprache lernten.

Jeder intime Moment, den sie und Ricky vielleicht hatten, war verloren, als Ellory und Yana zu den anderen stießen. Addison schnappte sich schnell ihre Handtasche und ging mit Ricky und den Kindern zur Tür. Sie würde Ellory und Yana absetzen, da ihre Schulen nahe beieinander lagen. Ricky nahm Artem und Borysko mit. Sie besuchten derzeit eine Privatschule für Kinder, die Englisch als Zweitsprache lernten. Sie waren die Einzigen aus der Ukraine dort. Die meisten Kinder sprachen Spanisch, aber es gab auch einige, die Farsi, Koreanisch, Tagalog sprachen, und sogar ein kleines Mädchen, das aus Frankreich kam.

Die Kinder liefen zu den Fahrzeugen, um sich anzuschnallen. Nachdem Addison die Haustür hinter sich verschlossen hatte, berührte Ricky ihren Arm. Als sie sich zu ihm umdrehte, beugte er sich bereits vor, um sie zu küssen. Seine Lippen berührten ihre in einem kurzen, keuschen Kuss. Addison musste sich sehr zusammenreißen, um nicht ehrfürchtig mit der Hand über ihre Lippen zu streichen.

»Ich melde mich in der Mittagspause, um zu sehen, wie alles läuft. Wenn du in der Zwischenzeit etwas brauchst, zögere nicht, mir eine SMS zu schreiben. Ich bin fast den ganzen Tag in Besprechungen, aber nichts so Wichtiges, dass ich nicht kurz weggehen könnte, um mit dir zu reden, wenn du mich brauchst.«

Er machte immer deutlich, dass er in jedem Notfall für sie da sein würde. Das war beruhigend. Addison hatte schon zu viele gesundheitliche Probleme mit Ellory allein durchgestanden, um nicht zu erkennen, was für ein Geschenk Ricky ihr mit seinen Zusicherungen machte. »In Ordnung.«

»Soll ich etwas zum Abendessen mitbringen?«

»Nein. Ich werde Hühnchen für Ellory machen, da sie einen Schub hat. Ich dachte, ich mache Lasagne für alle anderen. Ist das in Ordnung?«

»Ich kann mich nicht erinnern, wann ich das letzte Mal hausgemachte Lasagne gegessen habe. Das klingt perfekt. Aber ich hasse es, dass Ellory fades Essen haben muss, während der Rest von uns Pasta isst.«

»Ich weiß, aber sie ist es gewohnt. Und was noch wichtiger ist: Sie vermisst das reichhaltige Essen, das wir zu uns nehmen können, nicht. Sie weiß, dass sie sich später nur schrecklich fühlen würde.«

»Trotzdem. Das ist ätzend«, beharrte Ricky.

»Das ist es.«

Er seufzte und nickte dann. »Ich wünsche dir einen schönen Tag, Addy.«

»Ich dir auch.«

Er lächelte sie an, trat dann beiseite und ging zu seinem Explorer. Die Jungs saßen bereits angeschnallt auf dem Rücksitz.

Viermal. So oft hatte Ricky sie heute geküsst. Dreimal mehr als jemals zuvor. Das einzige andere Mal war an ihrem Hochzeitstag gewesen. Sie hatte keine Ahnung, warum er plötzlich so zärtlich war ... aber es gefiel ihr. Sehr sogar.

Er winkte ihr noch einmal zu, bevor er aus der Einfahrt fuhr und auf die Straße bog. Addison setzte zurück und fuhr in die entgegengesetzte Richtung.

Alles in allem lief ihr Leben wirklich gut. Was sie beunruhigte, denn ihrer Erfahrung nach schien das Leben ihr immer dann einen Strich durch die Rechnung zu machen, wenn alles gut lief.

In der Hoffnung, dass sie das hinter sich gelassen hatte, konzentrierte sie sich auf den Verkehr. Sie musste zwei Mädchen zur Schule bringen und drei Torten backen. Sie hatte keine Zeit für unerwartete Ereignisse.

# KAPITEL DREI

»Ich kann immer noch nicht glauben, dass du verheiratet bist, Mann«, sagte Safe mit einem Kopfschütteln.

Das SEAL-Team saß in einem kleinen Konferenzraum und wartete darauf, dass ihr Kommandant zu ihnen stieß, um ihre nächste Mission zu besprechen.

»Nicht wahr? Ich meine, wir haben diese Braut noch nicht einmal kennengelernt«, beschwerte sich Flash.

»Na und? *Du* bist nicht mit ihr verheiratet«, sagte MacGyver zu seinem Freund.

»Ich weiß, aber wir wollen sichergehen, dass sie gut für dich ist.«

MacGyver schnaubte. »Gut für mich? Sie ist weit außerhalb meiner Liga. Wenn überhaupt, dann bin *ich* nicht gut genug für *sie*.«

»Also das ist der größte Schwachsinn, den ich je gehört habe«, sagte Kevlar. »Du bist der Beste von uns allen, MacGyver.«

»Hey! Das nehme ich dir übel«, meckerte Smiley.

Alle lachten.

»Aber da ihr alle so besorgt seid, bringe ich sie und die Kinder dieses Wochenende zu Wolfs Haus mit.«

»Super!«

»Toll!«

»Das wurde auch Zeit!«

Alle schienen begeistert zu sein, dass sie endlich die geheimnisvolle Frau kennenlernen würden, die er geheiratet hatte.

»Wie geht es Artem, Borysko und Yana?«, fragte Preacher. Er war bei MacGyver gewesen, als sie die Kinder in der Ukraine getroffen hatten. Er hatte ihre schrecklichen Lebensumstände aus erster Hand gesehen und war der Einzige im Team, der eine Ahnung von MacGyvers Plan gehabt hatte, Addison zu heiraten, um das Sorgerecht für die Kinder zu erlangen. Natürlich war er genauso überrascht wie alle anderen, dass es so schnell ging, nachdem sie von dieser Mission zurückgekehrt waren.

»Ihnen geht es gut«, sagte MacGyver. »Ich habe neulich mit Artems und Boryskos Lehrerin gesprochen, und sie sagte, sie habe noch nie Kinder gesehen, die so schnell lernen. Und ihre mathematischen Fähigkeiten liegen weit über dem Durchschnitt für Kinder in ihrem Alter.«

»Das ist großartig. Dann kommen sie nach ihrem Vater«, sagte Blink. »Da du ein Genie bist, wenn es um technische Dinge geht.«

»Ich weiß nicht. Aber ich bin erleichtert. Ich hatte Angst, dass sie so traumatisiert sind von dem, was ihren Eltern, ihrem Dorf und allem anderen widerfahren ist, dass sie sich nicht einleben können«, sagte MacGyver.

»Läuft es mit den Sitzungen bei der Psychologin gut?«, fragte Safe.

»Ja. Ich kenne nicht alle Details, aber die Frau sagt, dass sie mental und emotional gut heilen.«

»Und Yana?«, fragte Blink.

»Sie ist bezaubernd«, sagte MacGyver. »Heute Morgen war sie ganz in ihre Elsa-Kleidung gehüllt.«

»Du verwöhnst sie«, warnte Kevlar.

»Jup«, erwiderte MacGyver, ohne zu zögern, ein breites Lächeln im Gesicht. »Das tue ich allerdings.«

»Sie haben Glück«, sagte Smiley.

»Nein. Ich bin der Glückliche. Ich habe nie wirklich darüber nachgedacht, Vater zu werden. Es war nichts, was ich unbedingt werden wollte. Aber jetzt? Ich kann mir mein Leben ohne sie nicht vorstellen«, sagte er.

»Ich kann es kaum erwarten«, sagte Preacher. »Ich weiß, dass Maggie noch nicht so weit ist, aber ich bin mehr als bereit, dass das Baby kommt.«

»Es muss noch etwas länger marinieren«, erinnerte Flash ihn.

»Ich weiß. Und das nervt.«

Alle lachten erneut.

»Habt ihr schon Pläne, Kinder zu bekommen?«, fragte Flash Kevlar, Safe und Blink.

»Wir wollen mindestens drei«, sagte Blink. »Hoffentlich Zwillinge, da sie in meiner Familie liegen.«

»Wir wollen auch welche, aber Wren und ich genießen im Moment unsere gemeinsame Zeit«, sagte Safe.

»Berühmte letzte Worte«, fügte Smiley lachend hinzu. »Das sagst du, und dann – BAMM. Schwanger.«

Alle redeten durcheinander und waren sich einig.

»Kevlar? Was ist mit dir und Remi?«, fragte Flash.

»Ja. Wir wollen mindestens eins. Vielleicht auch mehr. Wir könnten adoptieren, wie du, MacGyver. Vielleicht ein Pflegekind aufnehmen. Ein Kind, das jemanden braucht, der es liebt.«

»Bei all der Zeit, die du mit deiner ehrenamtlichen Tätigkeit bei den Pfadfindern verbringst, kann ich mir dich mit mehreren kleinen Mädchen vorstellen«, sagte Safe zu ihm.

Kevlar lächelte. »Ja.«

»Gut, also alle wollen Kinder, außer mir«, sagte Smiley. »Sie stinken, sind laut und nehmen viel zu viel Zeit in Anspruch.«

»Du könntest deine Meinung ändern, wenn du jemanden kennenlernst«, entgegnete Kevlar. »Ich habe mir erst Gedanken über Kinder gemacht, nachdem Remi und ich zusammengekommen waren.«

»Das glaube ich nicht. Ich meine, ich mag die Kinder anderer Leute, aber ich will eigentlich keine eigenen.«

»Was ist, wenn du eine Frau findest, die zehn Kinder haben will?«, scherzte Flash.

»Ich würde gern glauben, dass wir, *falls* ich tatsächlich jemanden finde, der mit meinem mürrischen Charakter klarkommt, in einer so wichtigen Frage einer Meinung sind. Wenn nicht, bin ich mir nicht sicher, ob ich mich überhaupt in sie verlieben würde.«

»Ich glaube nicht, dass es so funktioniert«, sagte Kevlar ernst.

Smiley zuckte nur mit den Schultern. »Ehrlich gesagt glaube ich nicht, dass das überhaupt ein Problem sein wird. Ich habe das Gefühl, dass ich der einzige Single in unserer Gruppe sein werde. Ich werde der nervige Onkel sein, der alle *eure* Kinder mitnimmt und ihnen Schimpfwörter beibringt, wie man auf einem Parkplatz mit quietschenden Reifen im Kreis fährt, wie man sich aus dem Haus schleicht und wie man mit der Schrotflinte auf eine Bierdose schießt.«

»Das war's, du darfst offiziell nicht in die Nähe von Artem oder Borysko. Und schon gar nicht in die Nähe meiner Töchter«, sagte MacGyver.

»Töchter«, sagte Flash mit einem Kopfschütteln. »Es ist so schwer für mich, mir vorzustellen, dass einer von uns Kinder hat. Und ein Fast-Teenager? Das ist überwältigend.«

Alle nickten.

»Wie geht es Ellory? Sie hat doch diese Darmerkrankung, oder?«, fragte Safe.

»Morbus Crohn, ja. Und es ist okay. Heute war kein guter Tag. Sie will sich nichts anmerken lassen, aber ich merke immer, wenn es ihr schlecht geht. Es ist scheiße, weil keiner von uns etwas tun kann, um es besser zu machen.«

»Aber jetzt, da sie eine kontinuierliche Gesundheitsversorgung erhält, wird das helfen, oder?«, fragte Kevlar. »Ich meine, deshalb hat Addison dich geheiratet, oder?«

Aus irgendeinem Grund trafen die Worte seines Freundes MacGyver. »Nun, sie hätte mich nicht geheiratet, wenn sie mich nicht *ein bisschen* mögen würde ... zumindest würde ich das gern glauben.«

»Natürlich nicht«, stimmte Preacher sofort zu. »Ich bin kein Experte in Sachen Frauen, nicht mal annähernd. Aber es war ja nicht so, dass die Ehe ihr letzter Ausweg war. Du hast mir erzählt, dass du angeboten hast, die Kosten für Ellorys Behandlungen zu übernehmen, auch wenn sie dich nicht heiraten würde.«

Das stimmte. Nachdem MacGyver Addison einen Heiratsantrag gemacht hatte, hatte er versprochen, dass er ihr auch dann bei der medizinischen Versorgung von Ellory helfen würde, wenn sie Nein sagte. Er hatte das Mädchen mehrmals getroffen und mochte sie wirklich gern. Der Gedanke, dass sie nicht die Hilfe bekommen konnte, die sie brauchte, weil Addison sie sich nicht leisten konnte, war für ihn unerträglich. Ja, er brauchte Hilfe mit den Kindern, aber er hätte Addison nie zu etwas gedrängt, was sie nicht tun wollte.

»Wir hoffen, dass die Ärzte im Krankenhaus auf dem Stützpunkt ihre Medikamente so einstellen können, dass sie nicht so viele Höhen und Tiefen hat. Ihr Arzt hat eine Reihe von Untersuchungen des oberen Verdauungstrakts geplant, um zu sehen, ob er auf den Scans etwas Neues entdecken kann«, sagte MacGyver zu seinen Freunden.

»Ach. Da muss sie dieses eklige Zeug trinken, das ihr Inneres zum Leuchten bringt, wenn sie durch die Maschine geht, oder?«, fragte Smiley.

MacGyver musste darüber ein wenig lachen. Bevor er Ellory getroffen und sich über Morbus Crohn informiert hatte, hätte er die Prozedur wahrscheinlich genauso beschrieben. »Ja. Sie trinkt eine Mischung mit Barium darin, und das wird ihren Verdauungstrakt auf den Röntgenbildern zum Leuchten bringen.«

»Und das wird helfen herauszufinden, was los ist?«, fragte Kevlar.

»Nun, die Ärzte wissen so ziemlich, was los ist, aber es wird zeigen, wo die Entzündung ist, und vielleicht, wie man den Druck lindern kann.«

»Klingt, als hättest du einen Plan. Und den anderen Kindern geht es gut. Wie geht es *dir*?«, fragte Kevlar.

MacGyver warf seinem Freund einen Blick zu und runzelte die Stirn. »Was meinst du?«

»Du hast in sehr kurzer Zeit viel durchgemacht. Drei traumatisierte Kinder – eines davon erholt sich noch von einer Schussverletzung –, eine Stieftochter, die fast schon ein Teenager ist, eine neue Frau, ein volles Haus ... das ist *eine Menge*. Wie kommst du mit all dem zurecht?«

MacGyver nahm sich einen Moment Zeit, um über die Frage seines Freundes nachzudenken. Zu seiner Überraschung stellte er fest, dass er zwar das Gefühl hatte, jeden Moment des Tages beschäftigt zu sein, und dass er keine Freizeit mehr hatte, um zu Hause an seinen elektronischen Geräten und seinem Kram herumzubasteln, aber dass ihn nichts davon unglücklich machte. »Mir geht es gut«, sagte er mit einem kleinen Achselzucken.

»Wirklich?«, fragte Safe.

»Wirklich«, bestätigte er. »Ich arbeite den ganzen Tag hart, dann gehe ich nach Hause und Yana rennt auf mich zu und schreit meinen Namen, als hätte sie mich seit Jahren nicht mehr gesehen und nicht nur seit ein paar Stunden. Artem und Borysko reden durcheinander, weil sie mir unbedingt von ihrem Tag erzählen wollen und welche neuen Wörter sie gelernt haben. Das Haus riecht nach der Mahlzeit, die Addison zum Abendessen gekocht hat, und die Backwaren, die sie für uns macht, sind buchstäblich das Sahnehäubchen. Und wenn ich Ellory trotz ihrer Schmerzen zum Lächeln bringen kann, ist mein Tag so gut wie gerettet. Ich gehe jeden Abend erschöpft, aber erfüllt ins Bett. Was ein tolles Gefühl ist.«

»Verdammt, ich glaube, ich bin neidisch«, murmelte Flash.

»Freut mich für dich«, sagte Kevlar.

»Danke.«

»Ich kann es kaum erwarten, Addison kennenzulernen«, sagte Preacher. »Ist sie bereit für die Mädchen?«

MacGyver schnaubte. »Ist irgendjemand *jemals* bereit für die Mädchen?«

»So schlimm sind sie auch wieder nicht«, protestierte Kevlar und verteidigte seine Frau und die anderen.

MacGyver hob nur eine Augenbraue.

»Okay, sie können viel sein, aber nur, weil sie so sehr darauf aus sind, Freunde zu finden. Damit sich andere in unserem Kreis willkommen fühlen.«

»Ich habe Addy gewarnt, dass ich euch ihre Nummer geben werde, damit ihr sie weitergeben könnt. Wir werden heute Abend sehen, wie sie über die inoffizielle-offizielle SEAL-Begrüßung im Team denkt«, sagte MacGyver.

»Das wird schon«, sagte Safe zuversichtlich.

»Maggie hat mir schon gesagt, dass sie sich so sehr freuen wird, jemanden zu haben, mit dem sie über ihre Schwangerschaft reden kann, weißt du, da Addison selbst ein Baby bekommen hat. Sie ist supernervös und sie ist erst im ersten Trimester«, sagte Preacher.

»Ich bin sicher, Addy wird gern mit ihr über ihre Erfahrungen sprechen«, beruhigte MacGyver seinen Freund.

Die Tür öffnete sich und ihr Kommandant betrat den Raum, einen Stapel Papiere in der Hand und ein leichtes Stirnrunzeln im Gesicht. Er sah ernst aus. Es war offensichtlich Zeit, sich an die Arbeit zu machen.

Normalerweise hatte MacGyver kein Problem damit, in seinem Kopf von seiner neuen Familie zur Arbeit zu wechseln. Aber heute, egal wie sehr er sich bemühte, sich voll und ganz auf die Mission zu konzentrieren, zu der sie wahrscheinlich in ein paar Wochen aufbrechen würden, war Addison nicht weit von seinen Gedanken entfernt. Er fragte sich, was sie gerade tat, ob die Mädchen ihr schon eine SMS geschickt hatten, wie das Tortenverzieren lief und ob sie von Ellory gehört hatte. Es war ein Summen in seinem Hinterkopf. Es lenkte ihn nicht vollständig von der Arbeit ab, aber es war so, als würde man an einem kalten Wintertag vor dem Kamin unter einer dicken, flauschigen Decke liegen. Es war tröstlich. Beruhigend. Herzerwärmend.

Er hatte keine Ahnung, dass eine Familie eine so erdende Kraft sein konnte. Und Addison war die Person, die sie alle zusammenhielt. Daran hatte er keinen Zweifel. Ja, die Kinder waren gern in seiner Nähe und freuten sich, wenn er jeden Abend nach Hause kam. Aber Addy war diejenige, die sie auf Kurs hielt. Sie fütterte sie, weckte sie auf und machte sie bettfertig ... der Klebstoff, der sie alle zusammenhielt.

Und MacGyver hatte keine Ahnung, wie er ihr klarmachen sollte, dass er mehr wollte als eine Zweckehe. Auf keinen Fall wollte er das zerstören, was sie hatten. Wenn er zu schnell vorging, könnte er sie verschrecken. Oder sie dazu bringen, ihre Zustimmung zurückzuziehen. Er musste es langsam angehen lassen.

Er hatte heute Morgen seine Deckung fallen gelassen und sich nicht davon abhalten können, sie zu küssen – vier verdammte Male. Das war weniger, als er wollte, und mehr, als er hätte tun sollen. Aber er tröstete sich mit der Erinnerung daran, dass sie ihn nicht abgewiesen hatte. Ihn nicht gebeten hatte, sich nicht solche Freiheiten herauszunehmen. Zugegeben, beim ersten Kuss hatte sie geschlafen. Dann hatte er sie die nächsten beiden Male überrascht. Aber als seine Lippen das letzte Mal die ihren berührt hatten ... Es hatte ihn all seine Selbstbeherrschung gekostet, sie nicht an der Taille zu packen, an seinen Körper zu ziehen und so zu küssen, wie er es sich erträumt hatte. Lange, hart und innig.

Sein Kommandant räusperte sich laut, und als MacGyver ihn ansah, merkte er, dass er für einen Moment in Gedanken versunken gewesen war. Er nickte seinem Vorgesetzten zu und verdrängte die fleischlichen Gedanken an seine Frau aus seinem Kopf. Okay, vielleicht lenkte sie ihn *doch* ab. Er musste sich konzentrieren. Und das konnte er nicht, wenn er daran dachte, wie gut Addy sich an und unter ihm anfühlen würde.

Herrgott. Er tat es schon wieder. Er war wieder wie ein verdammter Teenager. Unfähig, an etwas anderes als Sex zu denken. Wenn und falls die Zeit reif war, würde er Addy wissen lassen, was er für sie empfand. Was er *wirklich* für sie empfand.

Es war schwierig gewesen, nicht einfach Ja zu sagen, als Ellory ihn gefragt hatte, ob er ihre Mutter liebte. Vielleicht würde er eines Tages in der Lage sein, Addy diese Worte ins Gesicht zu sagen. Der Welt genau zu sagen, was er für seine Frau empfand. Dass er sie nicht nur geheiratet hatte, um die Adoption von Artem, Borysko und Yana zu erleichtern. Aber vorerst würde er sich noch etwas gedulden.

Zuerst mussten sie die Party bei Wolf überstehen, dann Ellorys medizinische Behandlung, dann ihre erste gemeinsame Mission, das Kennenlernen seiner Eltern und Geschwister und was sonst noch kommen mochte. Wenn all das gut lief, würde er Addy langsam zu verstehen geben, dass er eine richtige Ehe wollte. Dass er sie die ganze Nacht an sich drücken wollte, anstatt einfach nur neben ihr zu schlafen. Dass sie ihm mehr bedeutete als ein Mittel zum Zweck.

Keine Mission war jemals wichtiger gewesen, als Addy zu gewinnen. Als sie auf alle wichtigen Arten zu seiner Frau zu machen.

———

Addison wischte sich mit dem Ärmel ihres Hemdes über die Stirn und lächelte die Torte an, die sie gerade fertig dekoriert hatte. Zwei geschafft und eine noch zu erledigen. Die Torten zu backen war der einfache Teil; dafür zu sorgen, dass sie perfekt aussahen und genau das waren, was der Kunde wollte, war die schwierigere Aufgabe. Der lohnendste Teil war die Freude ihrer Kunden, wenn sie ihre Torten zum ersten Mal sahen. Das machte all die harte Arbeit wett. Und wenn sie Bilder ihrer Torten in den sozialen Medien teilten? Das war die Bestätigung für das Blut, den Schweiß und die Tränen, die sie in die Herstellung jedes einzelnen Backwerks gesteckt hatte. Es schadete auch nicht, dass sie in der Regel nach jedem Beitrag ein paar Anfragen von potenziellen neuen Kunden erhielt.

Und Rickys Küche machte ihre Arbeit so viel einfacher. Sie hatte sich mit ihrer Küche in der Wohnung begnügt, die sie mit Ellory geteilt hatte. Aber Rickys Küche war der wahr gewordene Traum eines jeden Bäckers. Sie hatte doppelt so viel Arbeitsfläche, sodass sie sich ausbreiten und mehr als eine Sache gleichzeitig erledigen konnte. Es gab Platz für einen Schockkühler, der unerlässlich war, um Torten schnell abzukühlen, sodass sie sie in der Hälfte der Zeit dekorieren konnte, die sie früher dafür gebraucht hatte. Die erste Torte stand bereits in ihrer Schachtel auf der Theke und wartete auf die Abholung, und die zweite würde in Kürze dazukommen.

Addison war heute glücklicher als sonst. Vielleicht lag es an dem Orgasmus, mit dem sie in den Tag gestartet war, vielleicht an den Küssen ihres Mannes oder daran, wie ihre Tochter sich über den Rücksitz gebeugt hatte, bevor sie in der Schule aus dem Wagen gestiegen war, um zu sagen, dass sie froh sei, dass ihre Mutter Ricky geheiratet hatte.

Oder vielleicht lag es daran, dass ihr Handy auf der Arbeitsplatte neben der Torte, die sie gerade fertig dekoriert hatte, ständig vibrierte.

Wie Ricky sie gewarnt hatte, hatten die »Mädchen« ihr SMS geschickt, sobald sie ihre Nummer bekommen hatten. Sie war in einen Gruppenchat mit allen aufgenommen worden, und die Menge der bisher verwendeten Ausrufezeichen war amüsant. Alle schienen sich wirklich zu freuen, dass sie an diesem Wochenende zu ihnen stoßen würde.

Jede Frau hatte sich vorgestellt und ein wenig darüber erzählt, was sie beruflich machte. Addison hatte sich revanchiert und sie gewarnt, dass sie nicht viel texten könne, da sie heute drei Torten backen müsse. Niemand schien beleidigt zu sein, und um das zu beweisen, gingen die SMS den ganzen Tag über weiter. Wenn die Mädchen Pausen von ihrer eigenen Arbeit machten, meldeten sie sich bei allen anderen. Sagten Hallo. Fragten, was jeder zum Treffen an diesem Wochenende mitbringen wolle.

Remi nahm sich die Zeit, Addison eine kurze Geschichte über Wolf und Caroline zu erzählen. Wer sie waren und woher die SEALs sie kannten.

Addison fühlte sich einbezogen und willkommen. Sie konnte sich nicht erinnern, dass eine Gruppe von Frauen jemals so freundlich gewesen war.

Sie war fast immer die Außenseiterin gewesen. Sowohl in der Grundschule als auch in der Highschool war sie wegen ihrer Größe und ihrer Haare oft gehänselt worden. In der siebenten Klasse hatte das schlimmste Mobbing für Addison begonnen, als die sogenannte beliebte Clique große Freude daran hatte, sie zu quälen und sich über sie lustig zu machen.

Es war die Hölle gewesen, und von diesem Moment an hatte sie sich wie eine Außenseiterin gefühlt. Deshalb machte sie sich auch solche Sorgen um Ellory, da ihre Tochter gerade dasselbe durchmachte.

Aber Remi, Josie, Wren und Maggie ließen all diese alten Gefühle an einem einzigen Nachmittag verschwinden. Durch ihre ständigen SMS, Witze und lockeren Scherze hatte Addison das Gefühl, als sei sie bereits mit den Frauen befreundet. Natürlich könnte sie enttäuscht werden, wenn sie sie an diesem Wochenende persönlich traf, aber sie hoffte, dass dies nicht der Fall sein würde.

Ein paar Stunden später, gerade als sie die letzte Torte fertigstellte, klingelte ihr Handy. Es war Ellory. Addison wischte sich die Hände an einem Handtuch in der Nähe ab und nahm den Anruf schnell entgegen.

»Hey, El.«

»Mom? Kannst du mich abholen?«

»Natürlich. Geht es dir gut?« Addison zögerte nicht, ihre Schürze auszuziehen und um den Tresen herum zu ihrer Handtasche zu gehen. Ellory war nicht die Art von Kind, die darüber lügen würde, ob sie krank war oder nicht. Sie liebte die Schule. Sie liebte das Lernen. Wenn sie also darum bat, nach Hause zu kommen, stimmte etwas nicht.

»Ich fühle mich einfach nicht gut.«

Ihre Tochter klang nicht wie sie selbst. Da steckte mehr dahinter ... und Addisons Magen zog sich vor Sorge zusammen. »Ich bin auf dem Weg.«

»Danke. Tschüss.«

Addison starrte eine Weile auf ihr Handy, bevor sie es in die Tasche steckte. Ellory war am Telefon kurz angebunden. So hatte sie noch nie aufgelegt. Ihre Sorge wuchs noch mehr. Sie hatte ihre Tochter nur einmal zuvor so erlebt, kurz bevor sie für eine Woche im Krankenhaus gelandet war. Die Schmerzen waren so stark gewesen, dass sie weder stehen noch gehen konnte, und die Ärzte hatten ihr schließlich einige starke Schmerzmittel gegeben, während sie einen Test nach dem anderen machten, um herauszufinden, was ihr fehlte. Damals hatte sie die Diagnose Morbus Crohn erhalten.

Sie betete, dass Ellory in Ordnung war. Dass sie nicht wieder ins Krankenhaus musste. Auf dem Weg zur Schule fuhr sie viel zu schnell und parkte planlos, bevor sie sich eilig ins Gebäude begab. Ellory wartete im Büro der Krankenschwester, und nachdem Addison sie abgemeldet hatte, folgte sie ihrer Mutter schweigend zum Wagen.

»Rede mit mir, El«, sagte Addison mit leiser Stimme.

»Mir geht es gut. Ich will mich nur hinlegen«, antwortete Ellory.

Addison runzelte die Stirn. Es war nicht ihre Art, nicht über ihre Schmerzen zu sprechen. Seit der ersten Diagnose hatten sie über alles und jedes gesprochen. Sogar über die peinlichen Dinge. Der blutige Durchfall, der schwarze Stuhl, die Krämpfe, die Blähungen, die Verstopfung – alles. Dass sie jetzt nicht über das sprechen wollte, was sie wirklich belastete, war ... besorgniserregend.

Sobald Ellory im Wagen saß und sich anschnallte, beugte sie sich nach vorn und hielt sich dabei den Bauch.

Zum millionsten Mal wünschte Addison, sie könnte ihrer Tochter die Schmerzen nehmen.

»Mom?«, fragte Ellory. Sie hatte sich nicht aufgesetzt, sondern war immer noch vornübergebeugt und hatte die Arme um den Bauch geschlungen.

»Ja, Schatz?«

»Warum sind die Leute so gemein?«

Addison rutschte das Herz in die Hose und sie presste die Lippen zusammen. Sie wusste besser als die meisten anderen, wie schrecklich sich das anfühlte. Wie es ihr jeden Tag Angst machte, zur Schule zu gehen. Wie sie sich bemüht hatte, bestimmte Flure und Kinder zu meiden. Sie *hasste* es so sehr, dass Ellory jetzt dasselbe durchmachte.

»Ich weiß es nicht, Schatz. Weil sie sich in irgendeiner Weise minderwertig fühlen und ihre Gefühle an anderen auslassen müssen? Weil ihnen niemand jemals den üblichen menschlichen Anstand beigebracht hat? Weil sie einfach schlechte Menschen sind? Ich weiß nicht, ob es darauf eine gute Antwort gibt.« Ihre Antwort fühlte sich unzureichend an, aber sie wusste nicht, was sie sonst sagen sollte. Sie hatte keine Antworten für ihre Tochter. Zumindest keine, die ihr ein besseres Gefühl geben würden.

Ellory antwortete nicht und Addison drängte nicht weiter. Sie wollte zurück zur Schule gehen, die Mädchen finden, die Ellory belästigten, und sie zur Rede stellen. Aber wenn sie sie zur Rede stellte, würde Ellorys Situation sich nur verschlimmern. Das wusste sie aus eigener Erfahrung. Ihre eigene Mutter hatte mit dem Schulleiter gesprochen, und er hatte die Eltern der Mädchen kontaktiert, die sich über sie lustig machten. Das hatte die Mädchen nur noch mehr dazu angespornt, sie zu schikanieren … sie achteten nur noch mehr darauf, nichts zu tun oder zu sagen, wo Erwachsene es mitbekommen könnten.

Ihre Tochter schniefte, und das leise Geräusch brach Addison das Herz. »Was brauchst du von mir?«, fragte sie leise.

»Nichts.«

Dieses eine Wort zerstörte Addisons Herz noch mehr. Sie hatte angefangen, ihrer Tochter diese Frage zu stellen, als sie zum ersten Mal krank wurde. Wenn sie sich hilflos fühlte und nicht wusste, was sie tun sollte, stellte sie diese Frage, und Ellory sagte ihr, was sie brauchte. Eine Rückenmassage, mit ihr im Bett liegen, bis sie einschlief, ihr ein Buch vorlesen, ein Lieblingskuscheltier … Jetzt würde nichts davon helfen.

»Okay, Schatz. Wenn dir etwas einfällt, sag mir Bescheid.«

»Mach ich.«

Der Rest der Heimfahrt verlief schweigend, und als sie ankamen, schlurfte Ellory ins Haus und ging direkt in ihr Zimmer.

Addison stellte ihre Handtasche auf die Arbeitsplatte und starrte auf die Torte, die sie noch einpacken musste. Es war eine ihrer besten Kreationen. Die Torte zur goldenen Hochzeit bestand aus drei Schichten mit einer Kaskade aus Fondantblumen, die sich von oben nach unten über die Seite schlängelte. Die Herstellung der Blumen hatte am Vortag Stunden gedauert – und volle vierundzwanzig Stunden zum Trocknen – und Addison war so stolz darauf gewesen, wie sie geworden waren.

Aber als sie jetzt auf die Torte starrte, fühlte sich die Leistung angesichts von etwas viel Wichtigerem hohl an, und ihre Sicht verschwamm vor Tränen.

Es gab nichts, was sie für Ellory tun konnte. Nicht in Bezug auf ihre Gesundheit, nicht in Bezug auf die Mobber in der Schule. Sie hatte das Gefühl, als Mutter zu versagen, und sie hatte keine Ahnung, was sie tun sollte.

Ihr Handy vibrierte an ihrer Hüfte und mit einem Seufzer zog sie es aus der Tasche. Als sie sah, dass Ricky anrief, ging sie ran. »Hey.«

»Was ist los?«

Addison war überrascht von der Sorge, die sie in seiner Stimme hörte ... und dass er mit nur einem Wort ihren Kummer erkannt hatte. »Nichts.«

»Tu das nicht. Rede mit mir, Addy.«

Sie seufzte. »Ich habe gerade Ellory von der Schule abgeholt.«

»Scheiße. Ging es ihr wieder schlechter?«

»Ja, ich glaube schon, aber es war mehr als das. Sie hat mir nicht erzählt, was passiert ist, aber diese Mädchen, die sie schikanieren, waren offensichtlich wieder dabei.«

»Ich werde mit ihr reden, wenn ich nach Hause komme.«

Addison biss sich auf die Lippe. Sie wusste nicht, wie sie

sagen sollte, was sie sagen *wollte*, ohne seine Gefühle zu verletzen.

»Was? Raus damit, Addison.«

Wie konnte dieser Mann sie nach so kurzer Zeit so gut lesen? Und das, obwohl sie nicht einmal im selben Raum waren? Sie hatte keine Ahnung, aber es gefiel ihr nicht. »Es ist nur so, dass ... sie in einem Alter ist, in dem sie über *nichts* reden will. Wir haben eine sehr enge Beziehung, und sie will nicht mit *mir* darüber reden, obwohl ich dasselbe mit Mobbern durchgemacht habe. Ich möchte nur nicht, dass du dich schlecht fühlst, wenn sie nicht mit dir reden will.«

»Ich gebe zu, dass ich keine Erfahrung mit Teenagern habe. Oder Fast-Teenagern. Aber vielleicht hilft es ihr, sich einem Außenstehenden anzuvertrauen.«

»Vielleicht«, sagte Addison skeptisch.

»Ich werde nichts sagen oder tun, was die Situation verschlimmert«, versicherte Ricky ihr.

»Das hätte ich auch nicht von dir erwartet«, sagte Addison ehrlich schockiert, dass er so etwas überhaupt denken könnte. »Sie respektiert dich. Sie liebt es, dich um sich zu haben. Du hast ihr etwas gegeben, was ich ihr in einer Million Jahren nicht geben könnte.«

»Und was wäre das?«

»Ein positives männliches Vorbild. Ich weiß, dass du nicht ihr Vater bist, und du hast es wahrscheinlich nicht bemerkt, da du sie vorher nicht sehr gut kanntest, aber sie hat sich sehr geöffnet, seit wir eingezogen sind. Sie redet mehr. Lächelt mehr. Wenn du bereit wärst, mit ihr zu reden, wäre ich dir dankbar.«

»Natürlich werde ich das«, sagte Ricky, ohne zu zögern.

»Ellory ist ein wunderbarer Mensch. Aber mehr als das, sie ist knallhart ... genau wie ihre Mutter. Sie wird das durchstehen, versprochen. Sind deine Torten fertig?«

Der Themenwechsel kam abrupt, aber Addison war froh

darüber. Seine Worte trafen sie hart. Sie hatte ihre Tochter immer für stark gehalten, aber es fühlte sich wirklich gut an zu hören, dass Ricky ihre Gefühle bestätigte. »Ja. Ich muss nur noch die letzte einpacken und sie zur Abholung bereitstellen.«

»Wie ist sie geworden?«

»Gut.«

Ricky lachte. »Was bedeutet, dass sie verdammt gut ist. Tut mir leid ... verflixt gut. Machst du ein Foto und schickst es mir? Ich möchte mit den Dekorationsfähigkeiten meiner Frau angeben.«

»Wie auch immer«, sagte Addison, insgeheim begeistert. »Wie läuft die Arbeit?«

»Es ist Arbeit. Ich hatte zwei Besprechungen und jetzt bin ich unterwegs, um den Möchtegern-SEALs, die kurz vor der Höllenwoche stehen, eine aufmunternde Rede zu halten, und dann geht es zu einer weiteren Besprechung.«

»Also wirst du ihnen einen Riesenschrecken einjagen, indem du ihnen von all den schlimmsten Dingen erzählst, die du auf Missionen tun musstest?«, scherzte Addison.

Ricky lachte. »So ziemlich. Ich will nicht, dass jemand denkt, dass diese SEAL-Sache ein Kinderspiel ist. Soll ich heute Nachmittag auf dem Heimweg etwas mitbringen?«

»Nein. Ich denke, ich komme klar.«

»In Ordnung. Wenn dir noch etwas einfällt, schreib mir einfach eine SMS.«

»Okay.«

»Addy?«

»Ja?«

»Du bist eine großartige Mutter. Ellory vergöttert dich. Und Artem, Borysko und Yana geht es nicht anders, obwohl sie dich erst seit Kurzem kennen. Du machst das toll mit ihnen allen. Ich bewundere dich.«

Addison traten erneut Tränen in die Augen. Es gab so viele Momente, in denen sie das Gefühl hatte zu versagen. Sie versuchte, genügend Geld für Ellorys Arztrechnungen zu verdienen, herauszufinden, was sie essen konnte, ohne dass sich ihr Zustand verschlimmerte, und jetzt mit den drei Kleinen versuchte sie, ihre Bedürfnisse zu interpretieren, die sich aufgrund ihrer Erfahrungen so sehr von denen ihrer Tochter unterschieden. Es war eine Menge. Und zu hören, dass Ricky dachte, sie mache einen guten Job, bedeutete ihr die Welt. »Danke.«

»Gern geschehen. Vergiss nicht, mir ein Bild von dieser tollen Torte zu schicken. Ich kann es kaum erwarten, sie zu sehen. Wir sehen uns in ein paar Stunden. Wenn du mich brauchst, ruf einfach an.«

»Okay.«

»Tschüss, Addy.«

»Tschüss.«

Als sie auflegte, fühlte Addison sich besser. Nichts war gelöst. Ihre Tochter litt immer noch, körperlich und seelisch, sie musste diese Torte immer noch verpacken, damit der Mann, der sie für seine Eltern bestellt hatte, sie abholen und sicher transportieren konnte ... und sie musste immer noch das Abendessen zubereiten, die Kinder von der Schule abholen und die SMS beantworten, die sie weiterhin von den anderen Frauen aus Rickys Freundeskreis erhielt. Aber erstaunlicherweise lasteten die Verpflichtungen nicht mehr so schwer auf ihren Schultern.

# KAPITEL VIER

MacGyver blickte sich am Esstisch um und staunte erneut über die Richtung, die sein Leben eingeschlagen hatte. Niemals in einer Million Jahren hätte er jemandem geglaubt, der ihm vor zwei Monaten erzählt hätte, dass er mit vier Kindern und einer Frau an seinem Tisch sitzen würde. Es war ein Chaos, und er konnte sich nicht vorstellen, zu dem zurückzukehren, wie es früher einmal gewesen war.

»Ich nicht mag Rechtschreibung«, verkündete Artem entschieden.

»Du *magst* Rechtschreibung nicht«, korrigierte Addison ihn sanft. »Warum nicht?«

»Es ist schwer«, sagte Artem.

»Das ist es«, stimmte sie zu. »Ich war schrecklich darin, als ich in deinem Alter war. Und ich kann verstehen, warum du es nicht magst. Englisch ist eine schwer zu erlernende Sprache, selbst für Muttersprachler. Aber du machst das so gut, Artem. Ich bin so beeindruckt, wie schlau du bist. Gib einfach dein Bestes bei der Rechtschreibung. Mehr können wir nicht verlangen.«

MacGyver beobachtete, wie der kleine Junge sich bei Addisons Lob auf seinem Stuhl aufrichtete.

»Ich bin Klassenbester in Mathe«, prahlte Borysko, der offensichtlich auch Anerkennung wollte.

»Das überrascht mich nicht«, sagte Addison mit einem kleinen Lächeln. »Als ich dir bei deinen Mathehausaufgaben geholfen habe, hast du jede Frage richtig beantwortet.«

»Rot!«, sagte Yana und zeigte auf das Plastik-Tischset unter ihrem Teller.

»Ja, gut!«, rief Addison. »Welche Farbe hat das?«, fragte sie und zeigte auf ihr Hemd.

»Blau!«

»Und das?«, fragte sie und zeigte auf die Milch in der Tasse vor dem kleinen Mädchen.

»Weiß!«

MacGyver lächelte, als seine Frau abwechselnd mit jedem der Kinder sprach, sie lobte, herausforderte und bemutterte. Er hatte die richtige Entscheidung getroffen, als er sie um ihre Hand bat, das wusste er bis ins Mark. Und das nicht nur, weil sie so gut mit den Kindern umgehen konnte. Sie brachte sein Leben ins Gleichgewicht. Vor Addison war er so lange wie möglich bei der Arbeit geblieben, dann nach Hause gekommen und hatte an irgendeiner Erfindung herumgebastelt, bevor er Sport gemacht hatte und ins Bett gegangen war.

Jetzt eilte er so schnell wie möglich nach Hause, um ihr beim Abendessen zu helfen und Zeit mit den Kindern zu verbringen ... und mit Addison. Es war einfach, mit ihr zusammen zu sein. Es war einfach, mit ihr zu reden. Sie erhob nie ihre Stimme gegenüber den Kindern, regte sich nie auf, wenn etwas verschüttet wurde oder wenn die vielen Spielsachen, die er den Kindern gekauft hatte, im ganzen Wohnzimmer verstreut waren.

Je mehr er mit ihr zusammen war, desto mehr *wollte* er mit ihr zusammen sein. Für MacGyver war das ein ganz neues

Gefühl. Wenn er früher mit jemandem ausgegangen war, wollte er umso weniger Zeit mit ihr verbringen, je länger sie zusammen waren und je mehr er über die Frau erfuhr. Aber nicht bei Addison. Wenn er könnte, würde er den ganzen Tag an ihrer Seite verbringen. Er war fasziniert davon, wie talentiert sie mit ihren Torten war. Sie sollte in einem schicken Hotel oder einer Bäckerei arbeiten. Nicht bei ihm zu Hause. Aber er hatte Glück, dass sie es tat. Sie alle hatten Glück.

Als er zu Ellory hinüberblickte, sah er, wie sie ihre neuen Geschwister leicht anlächelte ... aber sie schob das gegrillte Hähnchen, das ihre Mutter extra für sie gemacht hatte, auf ihrem Teller herum und aß nicht wirklich. Es war klar, dass ihr etwas auf dem Herzen lag, und es war an der Zeit zu sehen, ob er etwas tun oder sagen konnte, um ihr zu helfen.

»Ellory, kommst du mit in die Garage und hilfst mir bei etwas?«

»Klar«, sagte sie eifrig.

MacGyver schob seinen Stuhl zurück und nahm seinen Teller. Er beugte sich vor und küsste Addison auf den Kopf, unfähig, seine Hände – oder besser gesagt seine Lippen – von ihr zu lassen. »Danke für die tolle Lasagne. Du kochst genauso gut, wie du backst und dekorierst.«

Sie errötete ein wenig und er schwor sich, ihr öfter Komplimente zu machen.

»Ich auch?«, fragte Artem, der sich neben seinen Stuhl stellte.

»Nächstes Mal, Kumpel«, sagte MacGyver sanft. »Du hast Hausaufgaben, und danach wollte Addison euch allen eine oder zwei Folgen von *Der Zauberschulbus* ansehen lassen.«

»Juhu! In Ordnung!«

MacGyver und Ellory brachten ihre Teller in die Küche und stellten sie in die Spülmaschine, dann gingen sie in die Garage.

»Wenn du dich nicht in der Lage fühlst, etwas zu unternehmen, können wir einfach im Garten sitzen«, sagte er zu ihr.

»Mir geht es gut. Das Nickerchen heute Nachmittag hat geholfen«, erwiderte Ellory.

MacGyver nickte. Das Mädchen kannte ihren Körper und wusste besser als er, wie sie sich fühlte. Er vertraute darauf, dass sie ihm Bescheid sagen würde, wenn sie genug hatte.

Er öffnete das Garagentor und zuckte zusammen, als er das Licht einschaltete. Er musste wirklich daran arbeiten, den Raum zu entrümpeln, damit sie ihre Fahrzeuge hineinstellen konnten, aber er war bis zum Rand mit dem Zeug gefüllt, das er aus dem Haus geschafft hatte, um Platz für alle zu machen. Es gab Kabel und Plastikrohre, alte Batterien, mehr Werkzeuge, als ein Mensch in seinem ganzen Leben je brauchen könnte, Holzreste und Dinge, die er auf Schrottplätzen gefunden hatte und von denen er dachte, dass er eines Tages etwas damit anfangen könnte. Kurz gesagt, es war ein Paradies für Bastler.

»Hmmmm, wo soll ich anfangen?«, überlegte er.

Ellory kicherte. »Ich habe keine Ahnung, wie du hier drin irgendetwas finden kannst.«

MacGyver zuckte mit den Schultern. »Ganz ehrlich? Ich auch nicht.«

Sie lachten beide. Es war schön, das Mädchen lächeln zu sehen. Er ging zu einem der beiden Stühle in der Mitte des Chaos und setzte sich, wobei er mit einer Kopfbewegung auf den anderen Stuhl deutete. »Setz dich. Weißt du, die meisten Leute würden sich in diesem Raum umsehen und denken, dass es sich um einen Haufen Müll handelt. Und für sich genommen ist es das wohl auch. Aber es steckt mehr dahinter, als man auf den ersten Blick sieht. So ähnlich wie das, was ich mache.«

»Ein SEAL zu sein?«

»Ja. Viele Leute denken, dass es bei einem SEAL darum geht, sich einen Haufen Waffen umzuschnallen und erst zu schießen und dann Fragen zu stellen. Oder dass wir herumlaufen und Leute erstechen und Scheiße in die Luft jagen. Und ja, manchmal müssen wir das machen, aber meistens geht es darum, unseren Verstand zu benutzen, um verschiedene Situationen zu lösen. Zu entscheiden, wie man feindliche Linien infiltriert, ohne gesehen oder gehört zu werden. Geiseln ohne Verluste zu retten. Herauszufinden, wie man mit einem Minimum an Aufhebens aus kniffligen Situationen herauskommt.«

»Man muss also superheimlich sein«, sagte Ellory.

»Ja. Vor Jahren hatten SEALs beispielsweise keine Möglichkeit, leise zu kommunizieren, und dank eines klugen Beraters wurde ihnen klar, dass die amerikanische Gebärdensprache eine perfekte Möglichkeit für uns war, mit unseren SEAL-Kollegen zu sprechen, ohne ein Wort zu sagen. Eine so einfache Lösung, aber gleichzeitig genial. Von diesem Moment an lernte jede Klasse von SEALs Zeichen, die für unseren Job geeignet waren.«

»Schlau«, sagte Ellory mit einem Nicken.

»Ja.« MacGyver beugte sich vor und hob eine Büroklammer auf, die auf dem Boden lag. »Siehst du das?«

»Mh-hm. Es ist eine Büroklammer.«

»Richtig. Aber sie ist auch ein Schlüssel. Ein Dietrich. Ein Flaschenzug für leichtes Gewicht. Eine Elektrode, mit der man ein Audiosignal mit einem Telefon erzeugen kann. Man kann damit eine Flasche mit gefährlichen Chemikalien frei machen. Mit ein paar Centmünzen und dieser Büroklammer ein Licht machen. Sie kann ein magnetischer Kompass sein. Oder man kann sie einfach zu einer lustigen Form drehen, um ein Kleinkind zu unterhalten, das vielleicht hysterisch weint.«

Ellory sah skeptisch aus.

»Alles um dich herum kann in einem Notfall verwendet werden. Der Trick besteht darin, den Müll als das Werkzeug zu erkennen, das er sein *kann*.«

»Deshalb nennen deine Freunde dich MacGyver, oder? Wegen dieser alten Serie mit dem seltsamen Typen, der sich mit solchen Dingen wie dieser blöden Büroklammer auf magische Weise aus unmöglichen Situationen befreit.«

MacGyver lachte leise. »Teenager sind heutzutage so schwer zu beeindrucken«, sagte er.

»Wir sind Realisten«, entgegnete Ellory. »Außerdem hat doch jeder ein Handy. Wir können einfach Hilfe rufen.«

»Das ist ja alles schön und gut ... wenn man sein Handy *hat*. Aber was ist, wenn man keins hat? Was ist, wenn man es vergisst und beim Spazierengehen in ein tiefes Loch im Boden fällt?«

»Erstens vergesse ich mein Handy nie. Es ist fest mit meiner Hüfte verbunden«, gab Ellory schnippisch zurück. »Und wenn ich in ein Loch falle, klettere ich einfach wieder hoch.«

»Ah, die Schornstein-Klettertechnik. Ja, das ist eine Möglichkeit, aber das ist schwieriger, als man denkt«, sagte MacGyver. »Vor allem wenn man verletzt ist. Man könnte auch Erde von den Seiten des Loches auf den Boden schaufeln und so den Boden selbst anheben. Das würde allerdings lange dauern. Und das Risiko, zu dehydrieren und schwach zu werden, ist enorm. Aber schau dir an, was du hast. Deine Kleidung, Schnürsenkel, Schuhe. Alles kann verwendet werden, um dir beim Graben zu helfen, dir Halt zu geben oder sogar, um eine Art Fahne herzustellen, die du aus dem Loch werfen kannst, um anderen zu zeigen, dass du da bist. Oder um Wasser aufzufangen, wenn es regnet. Es gibt viele Dinge, die du verwenden oder tun kannst, um dir selbst zu helfen.«

»Das ergibt Sinn.«

»Das Wichtigste ist, nicht dazusitzen und dich in Selbstmitleid zu suhlen. Benutze deinen Verstand. In neun von zehn Fällen gibt es etwas in deiner Umgebung, das dir in jeder Situation helfen kann.«

»Wirst du mir beibringen, wie man aus Nägeln, einer Batterie und dieser Büroklammer eine Bombe baut?«, fragte Ellory.

Er brach in schallendes Gelächter aus. »Nein. Aber wir können damit anfangen, wie man einen Reifen wechselt, wie wäre das?«

Ellory rollte mit den Augen, nickte aber.

MacGyver stand auf und öffnete das Garagentor. »Ich denke, wir sollten den Käfer deiner Mutter als Testobjekt verwenden, da du im Fall eines Platten höchstwahrscheinlich in diesem Wagen unterwegs sein wirst.«

»Ist dein Wagen immun?«, fragte Ellory mit einem Lächeln.

»Klugscheißerin. Nein. Aber wenn wir in meinem Wagen eine Reifenpanne haben, würde ich dich auf keinen Fall dazu zwingen, ihn zu wechseln.«

»Weil du der große böse Navy SEAL bist und ein Mann, und du denkst, dass ein Mädchen das nicht kann?«

»Nein. Denn der Tag, an dem ich herumsitze und jemandem, der mir wichtig ist, bei einer Arbeit zusehe, die ich selbst perfekt ausführen kann, ist der Tag, an dem mir mein menschlicher Anstand genommen wird.«

Ellory starrte ihn an, sagte aber kein Wort.

»Aber wenn du bei mir bist, wenn ich eine Reifenpanne habe, würde ich deine Hilfe bei der Reparatur sicherlich begrüßen.«

»Du würdest nicht wollen, dass ich einfach im Wagen sitze und darauf warte, dass du es machst?«

»Nur, wenn du das willst. Die Sache ist die, Ellory, ich bin nicht der Typ Mann, der gern am Rand steht. Ob ich deiner Mutter zuschaue, wie sie uns das Abendessen kocht, den Abwasch macht oder Wäsche wäscht, ich möchte helfen. Oder wenn ich sehe, dass einer meiner Teamkameraden oder ihre Freundinnen oder Ehefrauen mit etwas zu kämpfen haben, versuche ich in zehn von zehn Fällen, eine Lösung für das Problem zu finden. Sei es, wenn mein Team in einem fremden Land von Terroristen gefangen gehalten wird oder ich im Supermarkt bin und sehe, wie jemand eine der Kassiererinnen ohne triftigen Grund beschimpft. Ich werde immer das Wort ergreifen. Ich werde immer tun, was ich kann, um zu helfen.«

Er konnte sehen, wie sich die Gedanken in ihrem Kopf überschlugen, aber er ließ ihr keine Zeit zu antworten. »Komm schon, lass uns den Wagenheber aus dem Kofferraum holen. Ich zeige dir, wo er ist, wie man den Ersatzreifen herausholt und wie man den Reifen wechselt.«

MacGyver *zeigte* Ellory eigentlich nichts, er ließ sie alles selbst machen. Seiner Erfahrung nach war das die einzige Möglichkeit, etwas zu lernen. Irgendwann stand Addison in der Haustür und schüttelte den Kopf, als sie sah, wie ihr unversehrter Reifen in der Auffahrt stand, während Ellory die Radmuttern des Ersatzreifens festzog, den sie an seiner Stelle montiert hatte. Dann lächelte sie MacGyver zu und ging wieder hinein.

Es fühlte sich gut an, dass sie nach ihnen sah und ihm sowohl ihre Tochter als auch ihr Fahrzeug anvertraute. MacGyver wusste, wie sehr Addison ihren kleinen VW Käfer liebte. Es war nicht das beste Fahrzeug, wenn man vier Kinder hatte, aber er würde sie nie dazu ermutigen, etwas loszuwerden, das sie so sehr liebte. Wenn es hart auf hart käme, würde MacGyver ihr einen Geländewagen oder Minivan kaufen.

»So?«, fragte Ellory und lenkte seine Aufmerksamkeit wieder auf das, was sie tat.

»Ja, genau so«, lobte er. Dann holte er tief Luft und sprach das an, worüber er schon den ganzen Abend hatte sprechen wollen. »Deine Mutter hat gesagt, dass du heute einen harten Tag in der Schule hattest.«

Er rechnete mit einer Fifty-fifty-Chance, dass sie ihn abwimmeln würde. Oder wütend werden würde, dass er das überhaupt angesprochen hatte. Zu seiner Erleichterung seufzte Ellory jedoch. Sie hörte nicht mit dem auf, was sie tat, was einer der Gründe war, warum er sich entschlossen hatte, ihr heute Abend beizubringen, wie man einen Reifen wechselt. Er wollte, dass ihre Hände beschäftigt waren, eine Ablenkung.

»Menschen sind Idioten.«

»Ja«, sagte MacGyver gelassen und hoffte, dass sie die Stille füllen würde, wenn er es nicht tat.

Und er lag richtig. Ellory redete weiter.

»Als könnte ich etwas dafür, dass ich an Morbus Crohn leide. Oder dass ich rote Haare habe. Oder dass ich klein bin. Nur weil Chrys schon Brüste hat und sie die ganze Zeit in engen Hemden zur Schau stellt und ich nicht, heißt das nicht, dass ich keine Jungs mag.«

MacGyver fühlte sich völlig fehl am Platz, aber er machte weiter. »Chrys ärgert dich also.«

Ellory wandte sich vom Reifen ab und setzte sich auf ihre Fersen. »Ja. Und sie hat auch Hilary, Mariah und Nikki dazu gebracht, es zu tun. Nikki und ich waren in der Grundschule befreundet, aber jetzt tut sie alles, was Chrys ihr sagt. Es ist, als ob all die guten Zeiten, die wir hatten, nichts bedeuten. Und sie hat ihnen erzählt, was ich wegen meines Morbus Crohn durchmache, sodass sie jetzt jedes Mal, wenn ich vorbeigehe, Furzgeräusche machen und so tun, als würde ich stinken.«

MacGyver ballte die Hände zu Fäusten. Kinder konnten schrecklich zueinander sein. Ja, einige Leute bestanden darauf, dass dies einfach zum Erwachsenwerden gehörte, aber er war anderer Meinung.

»Ich weiß nicht, was ich tun soll, damit sie aufhören«, sagte Ellory und blickte auf ihre Hände. »Ich weiß einiges über Nikki. Über die Scheidung ihrer Eltern. Sie hat mir davon erzählt, als wir noch Freundinnen waren. Ich habe darüber nachgedacht, es ihr heimzuzahlen und allen zu erzählen, dass ihre Mutter in einem Stripklub gearbeitet und ihr Vater seine Sekretärin gevögelt hat. Aber das fühlt sich ... gemein an.«

»Sie ist gemein zu *dir*«, sagte MacGyver so lässig wie möglich.

Ellory sah zu ihm auf. »Ich weiß. Aber Mom hat immer gesagt, ich soll den richtigen Weg gehen. Wenn ich mich auf das Niveau der Gemeinheit eines anderen herablasse, bin ich genauso schlimm wie diese Person.«

MacGyver wurde warm ums Herz. Er fand Addison bereits großartig, aber die Worte ihrer Tochter bestätigten das nur noch mehr. »Sie hat recht. Was könntest du also noch tun? Lass uns ein Brainstorming machen. Könntest du zu einem Lehrer oder der Schulleitung gehen?«

Ellory schnaubte. »Und eine Petze sein? Das würde es noch schlimmer machen.«

»Versuchen, mit Nikki zu reden und ihr zu sagen, wie sehr sie deine Gefühle verletzt?«

Ellory zuckte mit den Schultern. »Vielleicht. Aber ich glaube, es gefällt ihr wahrscheinlich zu sehr, Teil der beliebten Gruppe zu sein, als dass sie sich ändern würde.«

»Die Schule wechseln? Hausunterricht? Diese Chrys verprügeln? Einen Freund finden, der groß und stark ist und dich beschützen kann? Oder eine Freundin, die dasselbe tut? Dich mit deinen anderen Freunden umgeben? Sie meiden?« MacGyver machte so viele Vorschläge wie möglich. Ehrlich gesagt war er sich nicht sicher, was in dieser Situation das Richtige war, und er bemühte sich, einen Weg zu finden, diesem kleinen Mädchen an der Schwelle zum Frausein zu helfen.

»Chrysanthemum zu verprügeln wäre ein tolles Gefühl«, murmelte Ellory.

»Moment mal, Moment mal ... Chrys heißt mit vollem Namen Chrysanthemum? Ernsthaft? Und sie macht sich über *dich* lustig?«, fragte MacGyver ungläubig.

Ellory kicherte. »Nicht wahr?«

»Ernsthaft, was haben ihre Eltern sich dabei gedacht?«

»Ricky?«

»Ja, Schatz?«

»Nächste Woche ist in der Schule der Tag der Berufe. Ich

habe gehört, wie mein Klassenlehrer mit dem Sportlehrer darüber gesprochen hat, dass es schwierig ist, neue und interessante Leute zu finden, die zu den Schülern kommen und mit ihnen sprechen. Meinst du, du könntest ... Du hast wahrscheinlich keine Zeit und es ist dumm, aber ...«

»Ja.«

»Ja?«, fragte Ellory.

»Wenn du mich fragst, ob ich bereit wäre, vorbeizukommen und mit deinen Klassenkameraden über die Navy und das SEAL-Team zu sprechen, lautet die Antwort ja. Und nicht nur das, ich kann auch den Rest meines Teams dazu bringen vorbeizukommen.«

»Wirklich?«

»Wirklich. Und wenn diese Chrysanthemum-Tussi es wagt, dich auch nur schräg anzusehen, werde ich dafür sorgen, dass sie weiß, dass das eine *sehr* schlechte Entscheidung ihrerseits wäre.«

»Danke!«, sagte Ellory mit mehr Begeisterung als den ganzen bisherigen Abend. Sie sprang auf und umarmte MacGyver fest. »Das wird großartig! Chrys hat die ganze Zeit mit ihrem Cousin angegeben, der auf einem U-Boot arbeitet, und wie toll er ist, aber ich habe sein Bild gesehen. Er ist klein, dick und irgendwie hässlich. Du und deine Freunde seid heiß, und alle werden *so* neidisch sein, dass ich einen DILF habe!«

»Einen was?«

»Oh, ähm ... egal. Morgen spreche ich mit meiner Klassenlehrerin und frage sie, ob sie denkt, dass es funktionieren würde. Ich hoffe es! Und ich sage dir dann, wann du dort sein sollst und so weiter. Ich glaube aber nicht, dass du deine Waffen oder Messer mitbringen darfst.«

»Das hatte ich auch nicht vor«, sagte MacGyver mit einem kleinen Lächeln.

»Okay. Oh, ich kann es kaum *erwarten*, das Chrys unter die

Nase zu reiben! Und Hilary, Mariah und Nikki auch. Ich werde Sara eine SMS schreiben und ihr sagen, dass mein Stiefvater und seine SEAL-Freunde kommen werden!« Das Mädchen wirbelte herum und ging zum Haus. Sie hatte ihr Handy bereits in der Hand und ließ die Finger über das Display fliegen.

Als MacGyver das Chaos in der Einfahrt sah, konnte er sich ein schnaubendes Lachen nicht verkneifen. Es sah so aus, als müsste er das Reserverad von Addisons Wagen abnehmen und die Dinge wieder in Ordnung bringen.

Er hatte gerade das Reserverad abgenommen und hob den normalen Reifen auf, als Addison aus dem Haus kam.

»Alles in Ordnung drinnen?«, fragte er stirnrunzelnd.

»Alles in Ordnung. Die Hausaufgaben sind erledigt und alle schauen sich *Der Zauberschulbus* an. Alle, bis auf meine Tochter, die gerade ins Haus kam und glücklicher aussah als den ganzen bisherigen Tag. Was ist passiert?«

Während er daran arbeitete, den Reifen wieder an ihrem Wagen anzubringen, fragte er: »Wusstest du, dass eines der Mädchen in der Schule Chrysanthemum heißt? Wer nennt sein Kind so?«

Addison kicherte. »Das dachte ich auch, als ich es zum ersten Mal hörte. Interessante Namen sind der letzte Schrei. Das waren sie anscheinend auch vor zwölf Jahren.«

»Nun, das Blumen-Miststück hat Ellory gemobbt. Und ihre Miststück-Anhängerinnen dazu gebracht, dasselbe zu tun. Sie prahlt mit ihren Brüsten und macht sich über Ellory lustig, weil sie noch keine hat. Und noch schlimmer, sie ärgert sie wegen Dingen, auf die sie keinen Einfluss hat. Sie und ihre Clique machen Furzgeräusche, wenn Ellory im Flur an ihnen vorbeigeht.«

»Ich glaube nicht, dass man Zwölfjährige Miststück nennen kann«, sagte Addison.

»Ich schon, wenn sie das sind«, erwiderte MacGyver. Er zog

die Radmuttern fest und vergewisserte sich, dass sie fest und sicher saßen, bevor er sich Addison zuwandte.

»Ich wusste, dass sie gemobbt wurde, aber ich habe keine Ahnung, wie ich helfen oder was ich tun kann, um es zu stoppen.«

»Ich bin mir nicht sicher, ob man so etwas überhaupt stoppen *kann*. Kinder lernen normalerweise von ihren Eltern, und Chrysanthemums Eltern sind offensichtlich Vollidioten der Sonderklasse. Sie sind wahrscheinlich geizig, was Trinkgeld angeht, und die Art von Menschen, die Verkäufer in Geschäften anschreien und alle ihre Probleme auf andere schieben«, sagte MacGyver.

»Richtig. Aber warum hat Ellory dann so breit gelächelt, als sie reinkam?«

»Weil ihr großer böser Stiefvater und seine Navy-SEAL-Freunde nächste Woche zum Tag der Berufe kommen und mit ihren Klassenkameraden sprechen werden.«

Addison blinzelte. »Wirklich?«

»Ja. Und ich werde Ellory bitten, auf dieses Chrysanthemum-Miststück hinzuweisen, und ich werde dafür sorgen, dass sie weiß, dass sie es mit sieben verärgerten SEALs und ihren Freundinnen zu tun bekommen wird, wenn sie meine Tochter weiterhin schikaniert. Oh, vielleicht kann ich Wolf und seine Crew dazu bringen, sich uns anzuschließen. Wenn wir zu zwölft sind, sie anfunkeln und ihr klarmachen, dass uns nichts beeindruckt, was sie sagt oder tut, während wir Ellory und ihre Freundinnen bewundern, wird sie vielleicht endlich kapieren, was los ist.«

Addison lachte.

»Was? Ich mache keine Witze.«

Sie trat näher heran, und MacGyver streckte seine fettverschmierten Hände aus, damit sie sich nicht schmutzig machte. Addison legte ihre Hände auf seine Schultern und lehnte sich an ihn. »Ich weiß, dass du keine Witze machst. Und ich kann mir nichts vorstellen, was ich mir in Ellorys Alter mehr gewünscht hätte, als dass du und deine Freunde für mich eintretet und vor meiner ganzen Schule die Muskeln spielen lasst.«

»Ich werde nicht die Muskeln spielen lassen ... nicht viel«, sagte MacGyver.

Addison lachte erneut. »Also wirst du uns nicht zeigen, was du und die anderen beim Fitnesstraining macht? Burpees, Sit-ups, Liegestütze?«

MacGyver grinste. »Gute Idee. Ich habe allerdings eine Frage.«

»Ja? Welche denn?«

»Was ist ein DILF?«

Addisons Augen weiteten sich und sie verschluckte sich fast vor Lachen. »Im Ernst?«

»Ja. Ellory sagte, alle würden neidisch sein, dass sie einen DILF hat. Ich kenne viele militärische Abkürzungen, aber von dieser habe ich noch nie gehört.«

»Richtig. Ähm, nun ... es gibt keine gute Möglichkeit, es zu sagen, also sage ich es einfach direkt. Es bedeutet ›Dad I'd like to fuck‹, also ›Vater, den ich ficken würde‹.«

MacGyver blinzelte. Dann lächelte er breit.

»Ich kann nicht glauben, dass du nicht ausflippst«, sagte Addison. »Warum flippst du nicht aus? Ich glaube, *ich* bin ein bisschen am Ausflippen.«

»Vater«, sagte er ehrfürchtig. »Ich meine, ich weiß, dass wir diese Ehe als Geschäftsbeziehung eingegangen sind, und ich bin nicht *wirklich* ihr Vater, aber ...«

»Du bist mehr Vater, als sie je hatte. Selbst als ihr leiblicher Vater für die kurze Zeit nach ihrer Geburt da war, war er nie wirklich ein Vater. In dem einen Monat, den wir verheiratet sind, hast du dir diesen Spitznamen mehr als verdient.«

»Was ist mit ihrem Vater passiert?«

Addison seufzte. »Ich habe ihn geliebt. Ich dachte, er liebt mich. Ich dachte, dass wir nach Ellorys Geburt heiraten würden. Aber er zog sich zurück, hatte keine Lust auf schmutzige Windeln und Weinen. Er ging, und als ich ihn zu finden versuchte, konnte ich es nicht.«

»Ich kenne jemanden, der ihn sofort aufspüren könnte ... wenn es das ist, was du willst.«

»Nein. Ich meine, uns geht es gut. Und warum sollte ich jemanden wollen, der uns ohne einen zweiten Gedanken den Rücken gekehrt hat?«

MacGyver war stolz auf diese Frau. Als sie mit Geldsorgen und Ellorys gesundheitlichen Problemen zu kämpfen hatte, hätte sie einen Privatdetektiv beauftragen können, ihren nichtsnutzigen Ex aufzuspüren und ihn zumindest dazu zu bringen, ihr finanziell zu helfen. Aber das hatte sie nicht getan. »Nun, fürs Protokoll, sie ist eine fantastische junge Frau. Du hast sie ganz allein großgezogen und sie zu einer freundlichen, klugen und netten Person erzogen.«

»Danke«, sagte Addison mit einem schüchternen Lächeln. Dann verblasste ihr Lächeln langsam, als sie zu ihm aufblickte.

»Was? Was ist los?«, fragte er.

»Ich ... Du bist so gut zu ihr. Wir sind so glücklich, dich in unserem Leben zu haben. Ich weiß nicht, wie es dazu kam, aber ich bin dankbar.«

»Ich will deine Dankbarkeit nicht«, knurrte MacGyver.

Sie blinzelte überrascht über seinen rauen Ton und trat einen Schritt zurück.

MacGyver schnappte sich das Handtuch, das er sich vor dem Reifenwechsel in der Garage geschnappt hatte, und wischte sich schnell die Hände sauber. Dann schlang er einen Arm um Addison, drückte seine Hand auf ihren Rücken und zog sie an sich. Er vergrub seine andere Hand in ihrem Haar und hielt sie mit festem Griff an sich gedrückt. Bei der kleinsten Bewegung, sich von ihm zu entfernen, oder bei der geringsten Gegenwehr hätte er losgelassen. Doch stattdessen schien sie mit ihm zu verschmelzen. Sie umklammerte sein Hemd an der Taille und leckte sich die Lippen, während sie ihm in die Augen starrte.

MacGyver musste sich zusammenreißen, um sie nicht auf der Stelle zu küssen. Sie standen Nase an Nase da, und er wollte sie am liebsten nach hinten beugen und seine Lippen auf ihre pressen. Aber er zwang sich stillzustehen.

»Ich weiß, dass diese Ehe nicht das war, was du wolltest«, sagte er, »aber das bedeutet nicht, dass du und deine Tochter mir nicht wichtig seid. Dass ich nicht das Beste für euch beide will. Wenn jemand Ellory schikaniert, ist das genauso mein Problem wie deins und ihres. Ich werde alles tun, um die Dinge für sie und für dich in Ordnung zu bringen. Und das nicht, weil ich dankbar bin, dass du mir mit den Kindern aus der Klemme geholfen hast. Sondern weil du mir wichtig bist, Addy. Sonst hätte ich dich nicht geheiratet. Und weil das nun mal das ist, was Eheleute tun. Sie kümmern sich um ihren Ehepartner und ihre Kinder. Sie helfen beim Einkaufen und bei der Hausarbeit. Sie putzen laufende Nasen, beseitigen Erbrochenes und reden mit den Kindern, wenn sie Probleme haben. Das Letzte, was ich dafür erwarte, ist deine Dankbarkeit, in Ordnung?«

»In Ordnung. Aber darf ich etwas sagen?«, fragte Addison.

»Natürlich.«

»Du willst vielleicht keine Dankbarkeit von mir, aber du bekommst sie trotzdem. Du hast keine Ahnung, wie viele Nächte ich wach gelegen und mir Sorgen darüber gemacht habe, wie um alles in der Welt ich Ellory die medizinische Hilfe geben sollte, die sie brauchte. Wie ich ihre Medikamente bezahlen sollte. Die Tests, die sie brauchte. Ich hätte alles aufgegeben, alles getan, um meiner Tochter das zu geben, was sie zum Gedeihen braucht. Dann traf ich dich. Und du wurdest mein Freund. Du hast mich unterstützt, noch bevor du Artem, Borysko und Yana kennengelernt hast. Allein deine Anwesenheit gab mir ein positiveres Gefühl. Die Hoffnung, dass alles gut werden würde. Und ich habe dich nicht nur wegen Ellory geheiratet. Ich hätte mir etwas einfallen lassen. Irgendwie. Aber es war keine schwere Entscheidung, Ja zu dir zu sagen. Ich habe gesehen, was für ein Mann du bist – die Art von Mann, die ich um meine Tochter haben möchte. Du bringst ihr Dinge bei. Du gehst freiwillig in ihre Schule, um mit einer Gruppe von Jugendlichen über deinen Job zu sprechen, nicht weil du denkst, dass sie das wissen wollen, sondern weil du ihren Tyrannen zeigen willst, dass sie einige der härtesten Navy SEALs im Rücken hat. Das ist für mich unbezahlbar. Du willst meine Dankbarkeit nicht? Pech gehabt. Du bekommst sie.«

MacGyver krallte seine Hand fester in ihr Haar und musste sich bewusst zwingen, sich zu entspannen.

»Okay.«

Addison grinste. »Einfach so? Keine weiteren Kommentare?«

»Nein.«

»Du bist ein Schwächling«, sagte sie immer noch lächelnd.

»Nur bei dir«, entgegnete er, ohne im Geringsten zu lügen.

»Ich habe eine Frage.«

»Schieß los.«

»Mein Wagen wird morgen früh wieder fahrtüchtig sein, oder?«

MacGyver lachte leise. »Natürlich.«

»Okay. Dann sollte ich wieder reingehen und nach den Kindern sehen.«

»Richtig.« Aber MacGyver fiel es schwer loszulassen.

Sie starrten einander eine Weile an, dann schlug sein Herz schneller, als sie sich vorbeugte. Sie küsste ihn und drückte ihre Lippen auf seine. Als sie sich mit rosigen Wangen zurückzog, lächelte sie.

»Bleib nicht zu lange hier draußen, denn ich habe heute ein paar Kekse gebacken und wir werden sie mit gefrorenem Joghurt essen, wenn die Kindersendung vorbei ist.«

»Ich komme bald rein«, sagte MacGyver, während er sich zwang, sie loszulassen.

Sie lächelte ihn noch einmal an und ging dann durch die Garage zurück ins Haus.

Trotz seiner Versuche, seine Hände abzuwischen, bevor er sie berührte, war auf ihrem Hemd am Kreuz ein schwacher schwarzer Handabdruck zu sehen, und MacGyver konnte nicht verhindern, dass sich bei diesem Anblick ein zufriedenes Lächeln auf seinem Gesicht ausbreitete. Er würde es ihr sagen, wenn er drinnen war, damit sie das Hemd in die Wäsche geben konnte.

Er wandte sich dem Wagen zu und hob den Ersatzreifen an, um ihn wieder in den Kofferraum zu legen. Er war sich nicht sicher, ob er heute Abend überhaupt etwas getan hatte, aber er hatte es genossen, Zeit mit Ellory zu verbringen ... und natürlich hatte ihm der Kuss von Addison gezeigt, dass sie nicht gerade immun gegen ihn war. Er liebte es, Zeit mit ihr zu verbringen, und vielleicht, nur vielleicht, empfand sie einen Bruchteil dessen, was er für sie empfand. Ein Mann konnte träumen.

# KAPITEL FÜNF

»Vorsicht damit, Ellory. Lass es nicht fallen.«

»Werde ich nicht!«

»Borysko, richte die Gabel nicht auf deinen Bruder. Wenn du fällst, könntest du ihn damit erstechen. Und Artem ... hör auf, Borysko anzustacheln.«

»Was heißt das?«, fragte Artem.

»Das bedeutet, ihn zu provozieren. Du bringst ihn dazu, dich mit der Gabel zu piksen, weil du ihn absichtlich ärgerst. Yana, du kannst nicht zwanzig Barbie-Puppen zu diesem Picknick mitbringen. Wähle drei aus. Mehr nicht.«

MacGyver konnte sich ein Lächeln nicht verkneifen, als er sah, wie Addison mit ihren Kindern rang. Es war immer so, wenn sie versuchten, das Haus zu verlassen. Sie hatten die Schulroutine im Griff, aber alles andere schien ein Chaos zu sein. Addison handhabe es wie ein Profi. Er stand an der Eingangstür, hielt sie offen und wartete geduldig darauf, dass alle hinaus und zu seinem Explorer gingen.

Ellory hielt den Behälter mit den Keksen, die sie und Addison gestern Abend dekoriert hatten, und er hielt die Torte – die sich von einem einfachen Kreis in ein mehrstöckiges

Meisterwerk verwandelt hatte, komplett mit einem Schiff auf einem Fondant-Ozean, Buttercreme-Wellen und einem Schlauchboot mit kleinen Menschen darin. Ehrlich gesagt war MacGyver noch nie so beeindruckt gewesen. Ja, sie konnte eine fantastische Torte mit Elsa oder Arielle backen. Sogar eine Dinosaurier-Torte, die sie kürzlich gebacken hatte, war nicht von dieser Welt gewesen. Aber zu sehen, wie sie seine Welt mit Zucker und einer Spritztülle zum Leben erweckte, hatte ihn umgehauen.

Yana kam auf ihn zu und hielt die drei Puppen hoch, die sie heute ausgesucht hatte. »Ricky?«

»Ja, mein Schatz?«

»Schau! Ich hatte schon mal Puppe.« Dann sagte sie etwas in schnellem Ukrainisch, das MacGyver offensichtlich nicht verstehen konnte.

»Sie sagte, sie hatte in der Ukraine eine Puppe. Sie sah aus wie diese, war aber nicht so schön. Aber sie vermisst sie«, übersetzte Artem für seine Schwester.

Das kleine Mädchen hatte die Unterlippe vorgeschoben und sah aus, als würde sie gleich weinen. MacGyver hockte sich hin, sodass er auf Augenhöhe mit Yana war. Er balancierte auf den Fußballen und hielt die kostbare Torte vorsichtig mit einer Hand, während er mit der anderen Yanas Wange berührte. »Das mit deiner anderen Puppe tut mir leid.«

Das kleine Mädchen lehnte ihren Kopf für einen Moment an seine Hand, bevor sie sich aufrichtete und nickte. Dann schaute sie auf die drei Barbies in ihren Händen. Addison hatte neulich im Secondhandladen eine Sammlung gefunden, die wohl mal einem kleinen Mädchen gehört hatte. Er hatte versucht, sie davon zu überzeugen, dass sie nicht mehr im Secondhandladen einkaufen müsse, aber alte Gewohnheiten waren schwer zu brechen. Und er musste zugeben, dass es sich gelohnt hatte, als er den Glanz der Freude in Yanas Augen sah, als sie die Schachtel voller Puppen, Kleidung und anderer

Accessoires sah. Sie hatte jetzt schwarze, asiatische und weiße Puppen und spielte mit ihnen allen gleichermaßen.

»Hübsch«, sagte sie glücklich und hielt eine dunkelhäutige Puppe mit einem natürlich aussehenden Afro hoch.

»Ja, das ist sie«, stimmte MacGyver zu.

»Hübsch!«, wiederholte sie und hielt die asiatische Puppe mit dem langen, glatten schwarzen Haar hoch.

»Ja«, sagte MacGyver, während er sich langsam erhob.

Aber Yana war noch nicht fertig. Sie wedelte mit der letzten Puppe, einer Barbie mit langen roten Locken. »Hübsch. Addy.«

MacGyver blickte auf und traf Addisons Blick. »Ja, sie ist genauso hübsch wie unsere Addy, nicht wahr?«, sagte er.

Er hörte Yanas Antwort nicht, da ihr Bruder ihre Hand nahm und sie zur Tür hinausführte und seine Konzentration auf die Frau vor ihm gerichtet war. Sie sah ein wenig mitgenommen aus. Sie hatte einen kleinen Fleck auf ihrem Hemd – wahrscheinlich Marmelade, weil sie Yana an diesem Morgen beim Frühstückmachen geholfen hatte –, ihre Haare lösten sich bereits von der Haarspange, mit der sie sie aus dem Gesicht gebunden hatte, und er konnte Nervosität in ihren Augen sehen. Und für ihn war sie wunderschön.

»Ich bin sicher, dass wir etwas vergessen haben«, sagte sie, als sie auf ihn zukam. »Ich habe vergessen, wie schwer es ist, kleine Kinder für einen Ausflug vorzubereiten. Ellory ist viel besser darin geworden zu gehen, ohne eine Million Dinge erledigen zu müssen, kurz bevor die Tür aufgeht.«

»Wenn wir etwas vergessen haben, ist das keine große Sache«, beruhigte MacGyver sie. »Komm her.«

Addison runzelte ein wenig die Stirn, als sie vor ihm stehen blieb und den Kopf zur Seite neigte, als wollte sie fragen, was los sei.

»Bevor wir gehen, bevor es verrückt wird, wollte ich nur etwas sagen.«

»Ist es nicht schon verrückt?«, fragte sie mit einem kleinen Lachen.

»Du hast noch nichts gesehen«, erwiderte MacGyver. »Ich möchte dir nur sagen, wie stolz ich auf dich bin. Du hast alles, was auf dich eingeprasselt ist, mit einer Anmut angenommen, die unglaublich selten ist. Ich weiß, dass es nicht einfach war, aber du hast es so aussehen lassen. Ich bin stolz darauf, dich heute an meiner Seite zu haben. Alle werden dich lieben. Versuche, dich zu entspannen und den Tag zu genießen.«

»Das werde ich. Ich bin nur ... ich bin nervös«, platzte es aus Addison heraus.

»Es gibt keinen Grund, nervös zu sein.«

Sie schnaubte. »Ricky, das sind deine Freunde. Deine Teamkameraden. Wenn sie mich nicht mögen, wäre das nicht gut.«

»Sie werden dich mögen. Verdammt, das *tun* sie bereits. Ja, sie waren überrascht, dass wir geheiratet haben, und sie sind verärgert über *mich*, weil ich dich für mich allein beanspruche und dich ihnen noch nicht vorgestellt habe. Aber ich habe ihnen alles darüber erzählt, wie talentiert du beim Backen und Dekorieren bist, wie gut dein Geschäft läuft, wie perfekt du mit den Kindern umgehst, über Ellory und wie sehr sie mit ihrer Krankheit zu kämpfen hat, und wie gut du dich um sie kümmerst. Du musst nur du selbst sein. Denn du bist perfekt, genau so, wie du bist.«

»Ricky«, flüsterte sie.

Er konnte nicht anders. Es wurde immer schwieriger, sich zurückzuhalten und dieser Frau nicht zu zeigen, wie sehr er sich zu ihr hingezogen fühlte, trotz seiner Warnung an sich selbst, es langsam angehen zu lassen. Und obwohl er es vielleicht schaffen würde, nicht damit herauszuplatzen, dass er mehr als eine Zweckehe wollte, konnte er es absolut *nicht* unterlassen, sich nach vorn zu beugen und sie zu küssen. Es war wieder nur eine leichte Berührung ihrer Münder, nichts Leidenschaftliches, aber er spürte es bis in die Zehenspitzen.

»Komm schon, wenn wir noch länger herumtrödeln, wird Artem den Wagen starten und *selbst* zu Wolf und Caroline fahren.«

Addison kicherte. »Das würde er, oder?«

»Sofort. Der Junge ist zu schlau für sein eigenes Wohl.« Er legte Addison die Hand auf den Rücken und folgte ihr aus dem Haus. Er wartete, bis sie die Tür abgeschlossen und ihren Schlüsselbund in die Handtasche gesteckt hatte, um dann einen Arm um ihre Taille zu legen. Sie gingen nebeneinander zu seinem Wagen, und MacGyver konnte sich ein zufriedenes Lächeln nicht verkneifen.

Davon hatte er immer geträumt – eine große Familie mit allem, was dazu gehört. Er schwor sich, alles zu tun, um das Glück nicht zu zerstören, und diese Menschen mit allen Mitteln zu beschützen. Nichts und niemand würde ihnen etwas antun ... oder sie ihm wegnehmen.

Ricky hatte ihr gesagt, sie solle nicht nervös sein, aber Addison konnte nicht anders. Sie wollte so sehr, dass seine Leute sie mochten. Sie war es nicht mehr gewohnt, mit anderen zu verkehren. Sie hatte sich daran gewöhnt, mit Ellory abzuhängen und nur dann mit anderen zu sprechen, wenn es ihr Geschäft erforderte oder wenn sie mit Ärzten und Krankenschwestern im Krankenhaus über Ellorys Zustand sprach.

Dies war so unterschiedlich wie Tag und Nacht. Diese Menschen waren Rickys Freunde. Die Männer, die ihn beschützten, wenn sie auf Mission waren. Die Frauen, die sie liebten. SEAL-Kollegen im Ruhestand, zu denen ihr Mann aufschaute. Mentoren. Und *ihre* Ehefrauen, die bereits unzählige Missionen hinter sich hatten und die Rolle der Marine-Ehefrau perfektioniert hatten.

Sie fühlte sich wie eine Hochstaplerin. Ja, sie war mit Ricky verheiratet, aber es war keine echte Ehe ... außer, dass es sich für sie echt genug anfühlte. Nicht so echt, wie sie es sich wünschte, aber abgesehen von der Intimität, nach der sie sich sehnte wie ein Drogensüchtiger, der auf den nächsten Schuss fixiert war, fühlte sie sich wie eine echte Ehefrau.

Aber andererseits hatte sie mit Ricky noch keine Mission hinter sich.

Er half viel im Haushalt mit den Kindern. Artem, Borysko und Yana waren begeistert, ihn jeden Abend zu sehen, wenn er nach Hause kam. Er half bei den Hausaufgaben, schaute mit ihnen fern, half bei der Hausarbeit, überwachte das Zähneputzen und brachte alle ins Bett.

Konnte sie das allein schaffen? Ja, sie hatte es mit Ellory geschafft, aber sie war ein Kind. Drei kleine Kinder, die alle Fragen stellten und sie gleichzeitig brauchten, ohne dass Ricky da war, um zu helfen, schien eine zu große Herausforderung zu sein.

Es würde zweifellos der Zeitpunkt kommen, an dem er auf eine Mission geschickt werden würde. Addison dachte, dass sie früh genug herausfinden würde, ob sie als SEAL-Frau geeignet war. Sie hoffte es. Sie wollte, dass Ricky stolz auf sie war. Aber sie hatte auch Angst, es zu vermasseln. So gut es den drei Kindern auch ging, hatten sie doch gelegentlich psychische Rückschläge. Borysko hatte Albträume, Artem machte nachts manchmal ins Bett. Yana starrte in die Ferne, was Addison sehr beunruhigte.

Und heute traf sie einige Ehefrauen von erfahrenen SEALs, die sich mit Missionen und Kindern und allen möglichen Herausforderungen auseinandergesetzt hatten und scheinbar alles perfekt meisterten.

Das Einzige, was ihre Nervosität linderte, war ihr Gruppenchat – Wren, Josie, Maggie und Remi. Sie hatten ihr ununterbrochen Nachrichten geschickt, seit Ricky ihre Nummer an ihre Männer weitergegeben hatte. Sie waren lustig und freundlich, und es fühlte sich an, als würde sie sie schon ewig kennen. Aber dennoch ... mit jemandem per SMS zu sprechen und sich persönlich zu treffen waren zwei völlig verschiedene Dinge. Es war möglich, dass sie überhaupt nicht miteinander auskamen. Dass sie sich trafen und es unangenehm wurde.

»Atme tief durch, Addy«, sagte Ricky, als er am Straßenrand anhielt. Entlang der Straße standen Fahrzeuge in einer Reihe, und die schiere Anzahl der Menschen, die heute hier sein würden, traf Addison plötzlich und ließ ihren Stresspegel wieder ansteigen.

Alle lösten ihre Sicherheitsgurte und Borysko half Yana aus ihrem Kindersitz, bevor sie alle aus dem Geländewagen kletterten. Sie sammelten gerade die Kekse und den Kuchen ein, als eine Kinderstimme ertönte.

»Sie sind da!«

Ricky schaute lachend in Richtung des Hauses von Wolf und Caroline. Auf dem Rasen vor dem Haus standen mehrere Leute und unterhielten sich. Darunter auch eine Gruppe Kinder.

Zwei Jungen rannten auf Ricky und seine Familie zu, gefolgt von einem Mädchen.

»Hallo! Ich bin James.«

»Und ich bin Matthew.«

»Kommt, lasst uns spielen gehen!«, rief James aufgeregt.

Als seine Kinder zögerten, sagte Ricky: »Geht nur. Es ist okay.«

Das schien alles zu sein, was das Trio brauchte. Seine Zusicherung.

Ricky sagte leise zu Addison: »Das sind Bennys und Jessykas Kinder. Sie sind älter als unsere, aber ich denke, sie werden sich gut verstehen.«

Addison nickte, als alle Kinder auf das Haus zugingen, und Ricky rief: »Passt auf eure Schwester auf!«

Artem drehte sich verwirrt um. »Ja. Warum sollten wir das nicht tun?« Dann nahm er Yanas Hand und wandte sich wieder nach vorn.

»Hallo. Ich bin Taylor«, sagte das Mädchen, das zu ihnen gekommen war. »Du bist Ellory, richtig? Meine Mutter hat mir ein wenig von dir erzählt. Du bist in der siebenten Klasse? Ich bin in der zehnten.«

Ellory nickte ein wenig schüchtern.

»Möchtest du mitkommen und abhängen? Taylor Swifts neuestes Konzert wird gestreamt, wir können es uns ansehen, wenn du willst. Caroline hat gesagt, wir können den Fernseher im Keller benutzen.«

»Das würde mir gefallen. Danke«, sagte Ellory.

Als die beiden Mädchen sich auf dem Weg zum Haus unterhielten, als seien sie schon immer beste Freundinnen gewesen, fragte Addison: »Und wer war das?«

»Die Tochter von Dude und Cheyenne. Ich kenne sie nicht sehr gut, aber bisher bin ich von ihr beeindruckt. Siehst du? Alles wird gut«, sagte Ricky. »Komm schon. Bringen wir die Torte und die Kekse rein. Ich kann es kaum erwarten, dass alle ausflippen, wie fantastisch diese Torte ist.«

Addison rollte mit den Augen, aber sie war enorm erleichtert, dass die Kinder sich bisher zumindest wohlzufühlen schienen.

Sie waren kaum auf den Rasen getreten, als eine Frau mit schulterlangen bräunlichen Haaren, die Hand in Hand mit einem Mann ging, der nur als Silberfuchs beschrieben werden konnte, auf sie zukam.

»MacGyver!«, rief der Mann und zog ihn in eine einarmige Umarmung.

»Vorsicht, Mann, du willst doch nicht, dass ich diese Torte fallen lasse. Glaub mir, sie wird dich umhauen. Nicht nur, weil sie wie ein Meisterwerk aussieht, sondern weil es die beste Torte ist, die du je in deinem Leben essen wirst.«

Die Frau lächelte über Rickys übertriebene Angeberei und strahlte Addison an. »Hallo. Ich bin Caroline. Und das ist mein Mann. Die Jungs kennen ihn als Wolf, aber ich nenne ihn Matthew. Mach dir keine Sorgen, dass du dir die Spitznamen und echten Namen aller merken musst. Es kann sehr schnell verwirrend werden, da wir die Jungs alle unterschiedlich nennen.«

»Oh, das weiß ich bereits. Ich nenne Ricky bei seinem Namen, aber fast alle anderen nennen ihn MacGyver. Und das Gleiche ist mir bei seinen Teamkameraden aufgefallen«, sagte Addison und schüttelte der anderen Frau die Hand.

»Gut, dann passt du schon perfekt dazu. Ich kann es kaum erwarten, diese Torte zu sehen! MacGyver hat in seinem Gruppenchat damit geprahlt, aber den Jungs nicht verraten, was es ist. Alle anderen sind drinnen oder im Garten. Komm mit, ich stelle dich vor, nachdem wir deine Sachen reingebracht haben. Und ich warne dich schon mal, es sieht so aus, als gäbe es genügend Essen für achthundert Leute, aber glaub mir, es wird aufgegessen. Ich habe vor Jahren gelernt, dass wir nie genug haben können.«

Addison holte tief Luft und lächelte die ältere Frau an. Sie hatte sich Caroline als eine Art unberührbare und kalte Matriarchin vorgestellt. Wahrscheinlich weil Ricky ihr die Geschichte erzählt hatte, wie sie sich den Spitznamen »Ice« verdient hatte. Aber stattdessen wirkte sie ... normal. Vom Aussehen her fast schlicht, aber mit einer Persönlichkeit, die sie zum Strahlen brachte.

Sie warf Ricky einen Blick zu. »Soll ich die Torte reinbringen?«

»Nein. Ich mache das. Geh du mit Caroline. Ich bin sicher, die anderen Frauen freuen sich darauf, dich kennenzulernen.«

Das hatte Addison schon vermutet, aber es machte sie wieder nervös, die Bestätigung von Ricky zu hören.

»MacGyver, du stresst sie. Sei still«, schimpfte Caroline. Dann hakte sie ihren Arm bei Addison ein. »Hör nicht auf ihn. Ich meine, ja, alle sind gespannt, die Frau kennenzulernen, die unseren MacGyver um den kleinen Finger gewickelt hat, aber sie werden sich nicht auf dich stürzen, sobald du das Haus betrittst. Wir können es kaum erwarten zu hören, wie ihr euch kennengelernt habt und wie es Artem, Borysko und Yana geht. Sie sahen großartig aus, als ich sie kurz sah, bevor sie mit Jess' Kindern vorbeigerauscht sind, aber als wir hörten, was sie durchgemacht haben, tat es uns allen im Herzen weh.«

Caroline redete weiter, während sie Addison von Ricky wegführte. Sie schaute einmal zurück, wobei Ricky nickte und lächelte. Seine Zusicherung war alles, was sie brauchte, um noch einmal tief durchzuatmen und zu versuchen, sich zu entspannen. Dies waren seine Freunde, die Menschen, die ihm neben seiner leiblichen Familie am meisten bedeuteten. Sie war in guten Händen ... hoffte sie.

Vier Stunden später hatte Addison den größten Spaß ihres Lebens. Sie hatte so viele Leute und Kinder kennengelernt, dass ihr der Kopf schwirrte. Caroline hatte nicht gelogen, als sie sagte, dass die Namen verwirrend seien. Sie war nur dankbar, dass sie die echten Namen und Spitznamen von Rickys Teamkameraden bereits kannte.

Sie saß gerade mit Remi, Maggie, Wren und Josie im Garten und beobachtete die Kinder beim Spielen. Schon seit dem Moment, in dem sie die anderen Frauen kennengelernt hatte, fühlte sie eine Verbundenheit. Es war ein wenig seltsam, aber Addison war es genauso gegangen, als sie Ricky kennengelernt hatte, und das hatte sich als richtig herausgestellt. Nein, mehr als richtig. Indem sie ihre Komfortzone verlassen und sich mit ihm angefreundet hatte, hatte sie ihr Leben und Ellorys Leben zum Besseren verändert.

»Mädchen, diese Torte war fantastisch!«, rief Remi zum gefühlt zehnten Mal aus.

»Ich habe keine Ahnung, wie du das Wasser so echt hast aussehen lassen«, schwärmte Wren.

»Und diese kleinen Leute im Boot? Ich dachte zuerst, sie seien aus Plastik«, stimmte Josie zu.

»Du bist sehr talentiert«, warf Maggie leise ein.

Addison errötete ein wenig. Sie hatte so viele Komplimente erhalten, nicht nur für die Dekoration der Torte, sondern auch für den Geschmack, dass es ihr langsam peinlich wurde. »Danke, Leute.«

»Warum arbeitest du nicht in einer Art Laden oder so? Ich meine, wenn ich fragen darf«, sagte Remi.

»Nun, ich bin mir nicht sicher, ob ich wirklich mehr Geld verdienen würde, und ich müsste zu festen Zeiten da sein und könnte mir nicht die Projekte aussuchen, die ich machen möchte. So wie es jetzt ist, bekomme ich online Anfragen für Torten und eine ungefähre Vorstellung davon, was die Leute wollen. Ich kann die Anfragen filtern und die auswählen, die ich machen möchte, basierend auf meiner verfügbaren Zeit und Erfahrung. Und ... bei all den gesundheitlichen Problemen von Ellory würde es sowieso nicht funktionieren, wenn ich Vollzeit außerhalb des Hauses arbeiten würde. Da ich allein arbeite, kann ich mir die Zeit nehmen, zu ihren Terminen zu gehen. Wenn es einen Notfall gibt, kann ich alles stehen und liegen lassen, um bei ihr im Krankenhaus zu sein.«

»Vincent hat mir ein wenig über ihre Krankheit erzählt«, sagte Remi. »Ich muss zugeben, dass ich nichts über Morbus Crohn wusste.«

»Ich auch nicht«, fügte Maggie hinzu. »Es klingt schrecklich.«

»Das ist es«, stimmte Addison zu. »Ich fühle mich so hilflos, wenn sie Schmerzen hat und ich nichts tun kann.«

»Es ist selten, dass Kinder in ihrem Alter daran erkranken, oder?«, fragte Wren. »Ich habe ein wenig recherchiert, damit ich nicht wie ein Trottel klinge, wenn wir uns treffen.«

Der Gedanke, dass die andere Frau sich die Mühe gemacht hatte, sich über Morbus Crohn zu informieren, bedeutete Addison viel. »Ja. Deshalb war es so schwer, eine Diagnose zu stellen. Die Ärzte dachten, es sei alles andere, bevor sie schließlich entschieden, dass es Morbus Crohn ist. Wir fangen gerade erst an herauszufinden, wie wir sie am besten behandeln können, aber natürlich gibt es immer wieder Rückschläge. Gerade wenn wir denken, dass es ihr gut geht, hat sie eine besonders schlimme Entzündung.«

»Das ist echt ätzend«, sagte Josie.

Addison stimmte ihr zu.

»Sie ist ein tolles Kind«, sagte Remi. »So höflich. Und wie sie Yana vorhin mit ihrem Tortenstück geholfen hat, war einfach bezaubernd. Ich finde es schade, dass sie selbst nichts davon essen konnte.«

»Ich habe mich selbst lange Zeit schlecht gefühlt, weil sie viele der zuckerhaltigen Sachen, die Kinder lieben, nicht essen kann. Aber ich bin so stolz auf sie, dass sie herausgefunden hat, was die Entzündung auslöst. Ich glaube, sie vermisst es an den meisten Tagen gar nicht mehr. Und ja, sie ist eine große Hilfe für Yana und die Jungs.«

»Wie geht es ihnen allen?«, fragte Maggie. »Die Dinge standen ... nicht gut da drüben. Wenn du gesehen hättest, wie sie gelebt haben. In den Ruinen von Gebäuden, auf der Suche nach Nahrung und Wasser. Es war herzzerreißend.«

»Es geht ihnen gut. Sie haben ihre Momente, in denen sie ihr Zuhause und ihre Eltern vermissen und in denen sie mit der Kultur hier zu kämpfen haben, aber die Tatsache, dass sie zusammen sind, hilft meiner Meinung nach sehr. Wie geht es *dir*?« Ricky hatte Addison alles über die Ereignisse in der Ukraine erzählt. Wie Maggie von ihrem Ex-Freund, einem hochrangigen Marineoffizier, entführt worden war, der seine Verbindungen genutzt hatte, um das SEAL-Team ihres *neuen* Freundes Preacher mitten in einem Kriegsgebiet fast im Land zurückzulassen.

»Mir geht es gut«, sagte Maggie und legte unbewusst eine Hand auf ihren Bauch. »Ich bin müde, aber ich fühle mich wirklich großartig, wenn man bedenkt, dass in meinem Körper ein Mensch heranwächst.«

Alle lachten.

»Ich muss gefühlt alle zehn Minuten pinkeln und habe plötzlich Heißhunger auf seltsame Sachen, wie Erdnussbutter und saure Gurken. Was hat das zu bedeuten? Ich meine, saure Gurken kann ich ja noch verstehen, das scheint das typische Schwangerschaftsgelüst zu sein, aber Erdnussbutter? Manchmal finde ich mich selbst eklig.«

»Im ersten Trimester war es bei mir auch nicht so schlimm, dass ich auf seltsame Sachen Lust hatte, aber im zweiten? Ich war eine Fressmaschine«, sagte Addison. »Bananen und Ketchup? Damals das Leckerste überhaupt. Jetzt muss ich schon bei dem Gedanken daran kotzen. Aber eine Sache, die ich drei Monate lang fast jeden Tag gegessen habe, waren Tomaten-Mayonnaise-Sandwiches. Die kann ich heute noch essen.«

Die anderen lachten.

»Ich habe Angst«, platzte Maggie heraus.

»Wovor?«, fragte Wren mit einem besorgten Stirnrunzeln.

»Vor allem. Vor der Geburt selbst. Ich weiß, dass es wehtun wird, und ich bin kein Freund von Schmerzen. Dass mein Baby nicht gesund sein wird, dass Shawn nicht da ist, wenn die Wehen einsetzen, dass ich es vermasseln werde ... so ziemlich vor *allem*.«

»Ich denke, das ist wahrscheinlich normal«, gab Josie zu bedenken.

»Ich weiß, aber ich kann nicht aufhören, an all die Dinge zu denken, die schiefgehen könnten«, sagte Maggie schwach.

Addison rutschte mit ihrem Stuhl näher an die andere Frau heran und legte eine Hand auf ihren Arm. »Ich wusste vier Monate lang nicht, dass ich mit Ellory schwanger war. Und in der Zwischenzeit ging ich immer noch in Kneipen, trank und war mit Leuten zusammen, die rauchten ... Als ich also schließlich merkte, dass ich schwanger war, bin ich ausgeflippt. Ich dachte, ich hätte dem Baby mit Sicherheit geschadet. Selbst als der Arzt mir sagte, dass alles in Ordnung sei, glaubte ich ihm nicht wirklich. Und ich hatte zu der Zeit zwar einen Freund, war aber dennoch ziemlich auf mich allein gestellt. Mein Freund schien nicht viel Interesse an der Schwangerschaft zu haben. Das hätte mir zu denken geben sollen, aber ich lebte immer noch in einem Märchenland, in dem wir am Ende glücklich bis ans Lebensende wären. Wie auch immer, ich kann dir sagen, dass die Ängste in deinem Kopf viel schlimmer sind als die Realität. Die Medikamente, die es heutzutage für die Geburt gibt, sind wirklich gut, was die Schmerzen erheblich lindert, und ich habe gelernt, dass man sein Baby auch dann noch genauso lieben wird, wenn es nicht ganz gesund ist. Natürlich war mein Baby kein Neugeborenes, als ich diese Lektion gelernt habe. Aber ich liebe Ellory heute noch mehr als in dem Moment, in dem sie geboren wurde und ich dachte, sie sei perfekt. Und ihr werdet euer Kind nicht vermasseln. Denn du und Preacher seid ... ihr seid gute Menschen. Nach allem, was ich von Ricky über euch gehört habe, werdet ihr großartige Eltern sein. Und wenn Preacher und die Jungs zufällig nicht da sind, wenn die Wehen einsetzen, bin ich für dich da.«

»Ich auch«, sagte Remi sofort.

»Und ich auch«, stimmte Wren zu.

»Und ich natürlich auch«, warf Josie ein.

»Es wäre schade, wenn Preacher die Geburt seines Babys verpassen würde, aber bei der Geburt anwesend zu sein macht einen Mann noch nicht zu einem guten Vater. Es geht darum, wie er sich verhält, wenn das Kind da ist«, sagte Addison.

»Du denkst an MacGyver«, sagte Remi wissend.

Addison nickte. »Ja. Er hätte Artem, Borysko und Yana nicht aufnehmen müssen. Aber er hat es getan. Und ihr solltet ihn mit ihnen sehen. Er ist ... es ist, als würde er sie schon sein ganzes Leben lang kennen. Er weiß, wann er streng sein und wann er sie Kinder sein lassen muss. Er liebt sie so, wie sie sind, auch wenn sie Fehler machen, ins Bett machen oder ihre Sachen überall liegen lassen.«

»Ich nehme an, Ellorys leiblicher Vater war nicht so?«, fragte Remi. Aber sobald die Frage gestellt war, schüttelte sie den Kopf und sagte: »Tut mir leid, nein, ignoriere das. Das geht mich nichts an.«

»Schon gut«, sagte Addison. »Und nein, das war er nicht. Er war genervt von ihrem Weinen, er hat nie auch nur eine Windel gewechselt. Es war mehr eine Erleichterung als alles andere, als er kurz nach ihrer Geburt Schluss machte. Zumindest konnte ich dann aufhören, mich darauf zu verlassen, dass er Dinge erledigte, nur um jedes Mal enttäuscht zu werden, wenn er mich im Stich ließ.«

»Es tut mir leid«, sagte Remi.

»Das muss es nicht«, entgegnete Addison achselzuckend. »Ich denke, wir haben uns ganz gut geschlagen.«

»Ihr habt euch mehr als gut geschlagen«, sagte Wren leise, während sie Ellory dabei zusahen, wie sie mit Yana im Garten spielte. Sie spielten immer und immer wieder Ringelreihen, und Yana schrie jedes Mal vor Lachen, wenn sie am Ende des Reims »hinfielen«.

Sie schauten den Kindern noch eine Weile beim Spielen zu, bevor Remi sagte: »Also ... Vincent hat mir erzählt, dass

MacGyver gefragt hat, ob sie alle nächste Woche zum Tag der Berufe in Ellorys Schule kommen würden.«

Addison nickte. »Ja.«

»Er hat auch etwas über DILFs gesagt?«

Alle brachen in Gelächter aus. Addison musste an Rickys Gesichtsausdruck denken, als sie ihm erklärt hatte, was das bedeutete.

»Ellory ist begeistert, dass sie ein paar heiße Navy SEALs dort haben wird, die *sie* kennt. Sie hat ein Problem mit Mobbing. Wegen ihrer Haare und ihrer Größe ... weil sie noch nicht in der Pubertät ist und natürlich wegen des Morbus Crohn. Kinder sind grausam, besonders Zwölfjährige.«

Cheyenne kam gerade nach draußen, als Addison sprach, und sagte: »Ich kann Mobbing nicht ausstehen. Tag der Berufe, was? Besteht die Möglichkeit, dass Faulkner und die anderen auch kommen können? Ich meine, wenn Ellory begeistert ist, ein SEAL-Team vorzuführen, wäre es dann nicht noch besser, wenn wir zwei hätten?«

»Wirklich? Das wäre toll. Ricky hat erwähnt, dass er mit dem Team deines Mannes darüber sprechen will. Ich muss mich aber noch mit der Schule in Verbindung setzen, um zu sehen, ob das in Ordnung ist«, sagte Addison.

»Ich meine, ich weiß, dass unsere Jungs älter sind, und vielleicht kommen sie den Kindern wie alte Knacker vor«, überlegte Cheyenne.

»Alte Knacker? Hast du deinen Mann in letzter Zeit gesehen?«, fragte Wren mit großen Augen.

»Äh ... ja. Letzte Nacht. Als er mich nackt ausgezogen, ans Bett gefesselt und alles Mögliche gemacht hat ...«

»Okay. Zu viele Informationen, Cheyenne«, sagte Remi lachend.

Cheyenne schien das überhaupt nicht peinlich zu sein. Addison fand es erfrischend und toll, dass sie und ihr Mann immer noch ein, wie es sich anhörte, sehr aktives Sexualleben hatten.

»Sag mir Bescheid, was die Schule sagt. Ich bin sicher, Faulkner und die Jungs können etwas organisieren, zum Beispiel einen Wettbewerb mit euren jüngeren Männern. So können sie *alle* angeben.«

»Glaubst du, dass die Tyrannen Ellory dann in Ruhe lassen?«, fragte Maggie.

»Ich habe keine Ahnung. Vielleicht? Ich weiß allerdings nicht, was wir sonst tun könnten«, sagte Addison stirnrunzelnd.

»Ich schätze, MacGyver kann nicht zur Schule gehen, ganz groß und böse sein und die gemeinen Mädchen bedrohen, oder?«, schlug Remi vor.

Addison musste kichern. »Nein, aber er will es. Er war nicht glücklich, als er hörte, was Ellory durchgemacht hat. Ich habe keine Ahnung, warum Kinder so verdammt gemein sind.«

»Wenn mein Kind ein gemeines Mädchen oder ein gemeiner Junge ist, hole ich es so schnell aus der Schule, dass ihm schwindelig wird!«, rief Maggie aus. »Keines meiner Kinder wird der Grund dafür sein, dass das Kind eines anderen verletzt wird.«

»Obwohl es wirklich kein Wunder ist, dass das Mädchen, das hauptsächlich für das Mobbing verantwortlich ist, so ist, wie es ist«, überlegte Addison.

»Warum?«, fragte Wren.

»Weil sie Chrysanthemum heißt.«

»Nein, das ist nicht wahr!«

»Du machst Witze!«

»Ach du meine Güte, im Ernst?«

Addison kicherte. »Kein Witz. Das ist wirklich ihr Name. Obwohl sie Chrys genannt wird.«

»Jetzt tut sie mir ein bisschen leid«, sagte Maggie.

»Addy, pinkeln!« Die kleine Yana war näher gekommen, während sie sich unterhielten.

Addison wollte aufstehen, aber Cheyenne schüttelte den Kopf und sagte: »Ich übernehme das.« Sie streckte dem Mädchen die Hand entgegen und sagte: »Ich glaube, ich habe einen Keks gesehen. Wenn du auf der Toilette warst, können wir ihn uns schnappen, bevor die Jungs ihn stehlen können.«

»Keks!«, rief Yana glücklich und nahm Cheyennes Hand.

Addison war erneut überrascht, wie vertrauensselig das kleine Mädchen war. Wie gut sie sich an die Fremden gewöhnt hatte, die sie heute kennengelernt hatte. Doch kurz bevor sie und Cheyenne im Haus verschwanden, schaute Yana über die Schulter zurück zu ihren Brüdern, die dort spielten. Artem hielt inne, winkte ihr zu und gab ihr zu verstehen, dass alles in Ordnung war.

Sie gewöhnte sich gut ein, aber einige Dinge – wie das Verlassen auf ihre Brüder, um sie zu beschützen – waren offensichtlich tief in ihrer Psyche verankert. Was nicht schlecht war. Der Gedanke daran, wie sie sich gefühlt hätte, wenn sie von ihnen getrennt worden wäre, zerriss Addison das Herz.

Zwei Stunden später lag Yana erschöpft in Rickys Armen in Carolines Wohnzimmer, und fast alle hatten die Party verlassen, bis auf Cheyenne, Dude, ihre Tochter Taylor sowie Addison und ihre Familie.

Ihre Familie.

Diese beiden Worte waren ihr fremd, und doch klangen sie in ihrem Kopf so richtig.

Artem und Borysko saßen am Tisch und aßen noch etwas. Sie konnten definitiv einiges essen, aber da es ihnen so lange daran gemangelt hatte und sie aktive, heranwachsende Jungen waren, machte Addison sich keine Sorgen. Sie saß neben Ricky und Yana, während Caroline und Wolf ihnen auf einem Zweiersofa gegenübersaßen. Dude saß in einem übergroßen Sessel, mit Cheyenne auf seinem Schoß. Ellory und Taylor waren im Keller und schauten einen Film.

Addison war müde, aber auf die beste Art und Weise. Der

Tag war besser gewesen, als sie es sich hätte vorstellen können. Sie war nervös und besorgt gewesen, Rickys Leute kennenzulernen, aber alle waren so verdammt nett zu ihr und ihren Kindern. Es fühlte sich an, als hätte sie endlich gefunden, wonach sie ihr ganzes Leben lang gesucht hatte. Echte Freunde.

»Also ... ich weiß nicht, wie es euch geht, aber ich habe das Gefühl, dass der Tag erfolgreich war«, sagte Caroline mit einem Lächeln.

»Er war perfekt«, entgegnete Wolf und beugte sich vor, um seiner Frau einen Kuss auf die Stirn zu geben. Die offensichtliche Liebe, die das Paar teilte, war wunderschön.

»Danke für die Einladung«, sagte Ricky.

»Natürlich. Je mehr, desto besser. Und das meine ich so. Ice und ich haben uns vielleicht bewusst gegen Kinder entschieden, aber das heißt nicht, dass wir sie nicht lieben und sie nicht gern um uns haben. Wir mögen es einfach, sie auch wieder nach Hause schicken zu können.«

Sie alle lachten.

»Alles in Ordnung bei euch?«, fragte Wolf Ricky mit ernster Stimme. »Braucht ihr etwas? Essen? Kleidung? Bettwäsche?«

»Uns geht es gut. Danke.«

»Gibt es schon etwas Neues über die Adoption?«, fragte Cheyenne.

»Noch nicht. Tex hat uns eine Notfallgenehmigung als Pflegeeltern besorgt, aber es gibt noch eine Menge zu erledigen, bevor wir adoptieren dürfen. Besuche, psychologische Gutachten, Gespräche mit Leuten auf der Arbeit und so weiter«, sagte Ricky.

»Das wird schon«, sagte Dude bestimmt. »Jeder, der euch länger als ein oder zwei Minuten zusammen sieht, merkt, dass ihr füreinander bestimmt seid. Diese Kinder sind in guten Händen.«

»Danke«, entgegnete Ricky. »Apropos ... bevor Artem und

Borysko Wolf und Caroline noch die Haare vom Kopf fressen, sollten wir uns wohl auf den Weg machen.«

»Jetzt schon?«, fragte Caroline schmollend.

Addison musste lachen. »Wir sind schon seit Stunden hier.«

»Ich weiß, aber im Haus wird es so still sein, wenn ihr geht. Weißt du, wenn du Ellory irgendwann mal hier übernachten lassen möchtest ... vielleicht wenn Taylor hier ist, da sie sich so gut verstehen ... wir hätten Freude daran.«

»Das klingt toll«, sagte Dude. »Wir könnten das Haus für uns allein haben.« Er sah seine Frau mit wackelnden Augenbrauen an.

Cheyenne schlug ihm auf den Arm, kicherte aber.

»Wirklich?« Auch Addison gefiel der Gedanke. Ihre Eltern lebten zu weit weg, als dass ihre Tochter eine enge Beziehung zu ihnen haben könnte. Rickys Eltern waren näher dran, aber sie war sich immer noch nicht sicher, ob sie sich damit wohlfühlen würde, mehrere Stunden Fahrt von Ellory entfernt zu sein. Natürlich würde es an Ellory liegen, ob sie bei Caroline übernachten wollte, aber nach dem zu urteilen, was sie heute gesehen hatte, war Addison sich ziemlich sicher, dass es ihrer Tochter gefallen würde.

»Natürlich, wirklich. Sie ist ein Schatz.«

»In Ordnung. Wir werden sehen, was die Zukunft bringt«, sagte sie diplomatisch.

Alle standen auf und Caroline ging mit Cheyenne in den Keller, um die Mädchen zu holen. Dude und Wolf gingen zum Tisch, um sich um die Jungs zu kümmern. Ricky beugte sich zu Addison. »Alles in Ordnung?«

»Mir geht es großartig«, sagte sie mit einem breiten Lächeln. »Alle waren so nett.«

»Hab ich doch gesagt«, erwiderte er mit einem Grinsen.

»Ja, das hast du.« Addison konnte sich nicht einmal über seine Selbstgefälligkeit ärgern. Er hatte ihr gesagt, dass alle sie lieben würden, und das schienen sie auch zu tun. Ihre Kekse und die Torte waren ein Riesenerfolg gewesen, und alle Männer, Frauen und Kinder waren entspannt und freundlich gewesen.

»Zumindest werden die Kinder heute Nacht schlafen wie ein Stein«, sagte Ricky, als er ihre Hand in seine nahm.

Seine Finger umschlossen ihre so natürlich. Als würden sie jeden Tag ihres Lebens Händchen halten. In Wahrheit war es das erste Mal, und Addison hatte das Gefühl, dass sich diese Erinnerung in ihr Gehirn einbrennen würde.

Ellory kam mit Taylor nach oben, und sie umarmten sich, bevor sie sich verabschiedeten. Den Jungs fielen die Augen zu, aber sie bedankten sich brav bei den Erwachsenen, bevor sie das Haus verließen.

Sie waren noch nicht einmal auf halbem Weg nach Hause, als alle außer ihr und Ricky im Wagen tief und fest schliefen. Die Stille war angenehm, und Addison genoss das Gefühl der Zufriedenheit.

Zu Hause nahm Ricky die immer noch schlafende Yana auf den Arm, und Artem und Borysko gingen direkt in ihr Zimmer, um sich fürs Bett umzuziehen.

»Mom?«, sagte Ellory, als Ricky mit Yana ging, um sie ins Bett zu bringen.

»Ja, Schatz?«

»Ich hatte heute riesigen Spaß. Taylor war super. So nett, obwohl ich jünger bin als sie. Wir haben eine Menge gemeinsam. Und stimmt es, dass ihr Vater und sein Team vielleicht zusammen mit Ricky und seinen Freunden zum Tag der Berufe kommen?«

»Ja, wenn es für die Schule in Ordnung ist. Ich rufe dort am Montag an, um sicherzugehen.«

»Super!«

»Hast du Hunger? Du hast heute nicht viel gegessen.«

»Mir geht's gut.«

»Ist dein Bauch in Ordnung?«

Ellory zuckte mit den Schultern und Addison runzelte die Stirn. Wenn ihre Tochter nicht sofort sagte, dass es ihr gut ging, bedeutete das normalerweise, dass es ihr alles andere als gut ging und sie versuchte, ihre Schmerzen herunterzuspielen.

»Ellory«, warnte Addison.

»Ich bin kein Baby mehr«, gab sie scharf zurück. »Ich sage dir, wenn es schlimm wird.«

»Ich weiß, dass du kein Baby mehr bist. Ich mache mir nur Sorgen um dich.«

Ihre Tochter holte tief Luft. »Ich weiß. Aber mir geht es gut. Du kannst dich nicht für den Rest meines Lebens um mich sorgen.«

»Wer sagt das?«, entgegnete Addison mit einem Kichern. Dann streckte sie die Hand nach Ellory aus und zog sie für eine lange Umarmung an sich. »Ich liebe dich, Kleines. Ich bin sehr stolz auf die junge Dame, die aus dir wird.«

Ellory errötete und nickte. Dann zog sie sich zurück und ging in ihr Zimmer.

Addison seufzte. Sie vermisste die Tage, an denen Ellory sich stundenlang an sie kuscheln wollte. Sie musste sich der Tatsache stellen, dass sie erwachsen wurde.

Dreißig Minuten später lagen die Kinder nach einem langen, unterhaltsamen Tag alle tief und fest schlafend in ihren Betten. Es war noch nicht zu spät, aber Addison bemerkte, dass ihre Augenlider schwer wurden.

»Warum gehst du nicht auch ins Bett?«, schlug Ricky vor. »Ich komme gleich nach.«

»Macht es dir nichts aus?«

»Natürlich nicht. Du musst nicht aufbleiben, nur weil ich es tue.«

»In Ordnung. Danke für heute. Es war großartig.«

»*Du* bist großartig. Gute Nacht.«

»Nacht.«

Addison ging in ihr Zimmer und verbrachte einige Zeit im

angrenzenden Badezimmer, bevor sie sich unter die Bettdecke kuschelte und darüber nachdachte, wie viel Spaß sie heute gehabt hatte, wie wunderbar alle waren ... wie sehr sie sich umsonst unter Stress gesetzt hatte.

Sie war halb eingeschlafen, als Ricky kurze Zeit später ins Zimmer kam und sich auf der anderen Seite des Bettes unter die Decke kuschelte. Deshalb dachte sie nicht wirklich darüber nach, was sie tat, als sie sich näher zu ihm rollte und einen Arm um seine Brust legte.

»Addy?«, fragte er leise.

»Hmmmm?«

Er schwieg einen Moment. Dann ... »Nichts. Wir sehen uns morgen früh.«

»'kay.«

In dieser Nacht schlief sie so gut wie seit Monaten nicht mehr. Sie kuschelte sich an den Mann, den sie respektierte ... und von dem sie allmählich dachte, dass sie ohne ihn nicht leben könnte.

# KAPITEL SECHS

Während MacGyver vor einer siebenten Klasse voller Jungen und Mädchen stand, dachte er immer noch an das letzte Wochenende. Wie schon seit Tagen. Er hatte nicht erwartet, dass Addison sich an ihn kuscheln würde, als er nach dem Treffen bei Wolf und Caroline ins Bett kam. Der Tag war so gut verlaufen, und er hatte ein gutes Gefühl in Bezug auf die Beziehung zwischen ihm und Addy gehabt. Aber als sie ihren Arm um ihn legte und zufrieden seufzte, musste er sich zusammenreißen, um sich nicht zur Seite zu rollen, bis sie unter ihm lag.

Er wollte sie. Auf alle Arten, wie ein Mann seine Frau wollte. Sie war eine großartige Mutter, eine fleißige Arbeiterin, freundlich, mitfühlend und verdammt sexy. Jedes Mal wenn er jetzt in ihrer Nähe war, wurde er halb hart, und das war oft. Es wurde immer schwieriger, seine ständige Erektion zu verbergen, aber er wollte sie auf keinen Fall abschrecken oder zu etwas drängen, wozu sie noch nicht bereit war.

Denn wenn Addy aus einem Gefühl der Verpflichtung heraus mit ihm intim wurde oder weil sie das Gefühl hatte, ihm etwas schuldig zu sein, würde ihn das zerstören.

»Wie viele Bösewichte habt ihr getötet?«

Die Frage kam von einem der Jungen. MacGyver überließ Kevlar die Antwort. Es war nicht so, dass ihnen in der Vergangenheit keine unangemessenen Fragen gestellt worden wären, aber es war immer ein wenig unangenehm.

»Musstet ihr wirklich stundenlang im Meer knien, während ihr erfroren seid?«, fragte ein anderer Junge. Er hatte offensichtlich einen Film oder eine Dokumentation über die Ausbildung gesehen.

»Ja. Es war nicht lustig, aber weißt du, warum wir das in unserer Ausbildung machen mussten?«, fragte Safe. Einige mutige Kinder versuchten, die Frage zu beantworten, aber schließlich erklärte Safe: »Es sollte uns abhärten. Wenn wir auf einer Mission sind und uns kalt oder heiß wird oder wir uns verletzen, können wir nicht einfach aufstehen und eine Auszeit nehmen. Normalerweise ist niemand da, der uns helfen kann, außer unseren Teamkameraden. Wir müssen uns durch unangenehme Dinge durcharbeiten, um unsere Aufgaben zu erfüllen.«

Die Kinder in der Klasse waren von der Präsentation begeistert, was MacGyver ein gutes Gefühl gab. Wenn sie heute nur ein Kind dazu inspirieren könnten, seinem Land dienen zu wollen, wenn es erwachsen war, wäre es gut investierte Zeit.

Die Präsentation für die aktuelle Gruppe von Kindern endete, und sie verließen das Klassenzimmer. Wolfs Team befand sich in einem anderen Raum; das Interesse an den SEAL-Teams war so groß, dass die Mitarbeiter der Schule Addison mitgeteilt hatten, sie würden sich freuen, wenn eine weitere Gruppe käme, um mit den Kindern zu sprechen. Anscheinend waren sie eine größere Attraktion als die Steuerberater, Ärzte und Ingenieure. Obwohl das Tierarztpaar den SEALs einen harten Wettkampf lieferte. Aber MacGyver glaubte, dass sie geschummelt hatten, indem sie nicht nur einen Hund und eine Katze mitgebracht hatten, sondern auch ein Faultier, um das sie sich kümmerten.

Während sie auf die nächste Gruppe warteten, kam Smiley auf MacGyver zu. »Ich werde früher gehen, wenn das okay ist«, sagte er zu ihm.

»Warum sollte mich das interessieren?«, fragte MacGyver.

»Nun, das hier ist die Sache deines Mädchens. Ich wollte nicht, dass du traurig bist, wenn ich früher gehe. Es ist nicht so, dass es mir egal wäre. Das hier hat tatsächlich Spaß gemacht und war irgendwie interessant. Es ist nur so, dass ich früh ins Wochenende starten möchte. Ich fahre ein letztes Mal nach Vegas, um zu sehen, ob ich Bree finden kann.«

MacGyver wusste, wie viel es Smiley bedeutete, die geheimnisvolle Frau zu finden. Bree Haynes war von ihrem Freund an einen Sexhändler verkauft worden – derselbe Mann, an den die Familie von Josies verstorbenem Ex-Freund versucht hatte, sie zu verkaufen. Blink und Smiley hatten Bree aus dem Wagen des Mannes befreit, aber in dem darauffolgenden Drama war die Frau verschwunden. Smiley war seitdem fast besessen davon, sie zu finden ... aber er hatte kein Glück gehabt.

»Du gibst auf?«, fragte MacGyver.

Smiley zuckte mit den Schultern. »Ich weiß nicht, was ich sonst tun soll. Wo ich sonst noch suchen soll. Tex hat mir ein wenig geholfen, zwischen wichtigeren Jobs. Aber ihre Wohnung wurde ausgeräumt, sie hat weder ihr Handy noch ihre Kreditkarten benutzt und er kann keine Spur von ihr finden. Entweder wurde sie von ihrem Ex gefunden oder sie hat die Stadt verlassen. Ich hoffe auf Letzteres.«

MacGyver runzelte die Stirn. »Brauchst du Hilfe? Ich kann mit dir kommen.«

Sein Freund lachte leise. »Klar, weil du hier ja nichts zu tun hast.«

Er zuckte mit den Schultern. »Ich gebe zu, dass ich alle Hände voll zu tun habe, aber wenn du Hilfe brauchst, lasse ich alles stehen und liegen, um zu helfen, wo ich kann.«

»Das weiß ich zu schätzen, aber ich bin wahrscheinlich

sowieso auf einer aussichtslosen Suche. Ich weiß nicht, warum ich mir einbilde, dass ich sie finden kann, wenn selbst Tex es nicht schafft. Es ist ziemlich sinnlos, durch die Stadt zu fahren und nach einer Frau zu suchen, die ich nur einmal getroffen habe. Verdammt, ich würde sie wahrscheinlich nicht einmal erkennen, *falls* ich sie tatsächlich wiedersehen würde.«

MacGyver war sich da nicht so sicher. Smiley war einer der aufmerksamsten Männer im Team. Niemand hatte ihn jemals so ernsthaft erlebt wie bei der Suche nach dieser Bree. »In Ordnung, aber wenn du uns brauchst, musst du nur fragen.«

»Ich weiß. Und ich weiß das zu schätzen. War das Miststück schon da?«

MacGyver unterdrückte ein Grinsen. Er wusste genau, von wem Smiley sprach. »Ich glaube nicht, dass man ein Kind Miststück nennen darf«, sagte er, obwohl er dasselbe gesagt hatte, als Ellory ihm zum ersten Mal von Chrys erzählt hatte.

»Sie mobbt Ellory wegen Dingen, die sie nicht kontrollieren kann. Sie bringt auch ihre Freundinnen dazu, sich gegen sie zu wenden. Sie macht dieses Mädchen unglücklich. Ich kann sie ein Miststück nennen, wenn ich will.«

»Na ja, hoffentlich wird ihr klar, dass es nicht der richtige Weg ist, ein gemeines Mädchen zu sein«, sagte MacGyver diplomatisch.

»Bei einem Namen wie Chrysanthemum würde ich nicht darauf wetten«, murmelte Smiley, bevor er sich zurückzog, um mit Kevlar zu sprechen. Gerade als eine neue Gruppe von Kindern in den Raum strömte, ging Smiley zur Tür.

MacGyver hoffte wirklich, dass er Bree finden würde. Sie hatte offensichtlich einen Nerv bei dem normalerweise wortkargen und emotionslosen SEAL getroffen, und MacGyver konnte nur hoffen, dass es ihr gut ging, wo auch immer sie war.

»Ricky!«

Als er sich umdrehte, sah er, wie Ellory auf ihn zustürmte.

Er breitete die Arme aus und freute sich, als sie, ohne zu zögern, hineintrat und ihn fest umarmte. »Hey, El.«

»Ihr seid der Hit«, sagte sie leise. »In der ganzen Schule reden die Leute über euch und eure Präsentation. Und sie können es kaum erwarten, euch nach der Pause in Aktion zu sehen, wenn ihr und Wolfs Team draußen auf dem Platz einige eurer Aktionen vorführt!«

MacGyver lächelte. Sie hatten vor der Mittelschule einen kleinen Hindernisparcours aufgebaut und die Ausrüstung mitgebracht, die sie normalerweise bei einer Mission trugen, allerdings ohne die Waffen, um sie den Kindern zu zeigen.

»Cool«, sagte er.

»Sie ist hier«, flüsterte Ellory. »Chrys. Ich habe versucht, nicht in ihre Gruppe zu kommen, aber da unsere Nachnamen beide mit W beginnen, sitze ich normalerweise mit ihr fest.«

MacGyvers erster Gedanke war, dass sie dieses Problem nicht mehr hätte, wenn sie *seinen* Nachnamen hätte. Douglas. Aber dafür war es noch viel zu früh.

»Hat sie dir heute Probleme gemacht?«, fragte er leise.

Aber Ellory zuckte nur mit den Schultern. »Nicht mehr als sonst.«

Was bedeutete, dass sie es getan hatte.

»Okay, Kinder, sucht euch alle einen Platz, damit wir anfangen können«, rief eine Lehrerin.

»Ich muss los«, sagte Ellory.

MacGyver nickte, umarmte sie aber noch einmal, bevor er sie gehen ließ.

Als alle saßen, begann Kevlar erneut mit seiner Rede. Sie hatten den Ablauf inzwischen im Griff, da sie die Präsentation heute zum vierten Mal hielten. Er sprach über die Geschichte der Navy SEALs, ihr Motto *Der einzige leichte Tag war gestern*, und dann erzählte jeder von ihnen eine unterhaltsame Geschichte über die Höllenwoche. Nachdem die Grundlagen besprochen waren, wurde das Wort für Fragen erteilt.

Viele der Fragen der Kinder waren dieselben, die auch andere in früheren Runden gestellt hatten. Aber als ein Mädchen, das nur die berüchtigte Chrysanthemum sein konnte – basierend auf Ellorys Beschreibung von ihr –, die Hand hob, richtete MacGyver sich auf.

»Ihr seid alle so groß und stark«, sagte sie mit einem Lächeln. »Wart ihr alle Sportler in der Highschool und im College?«

Es war eine lächerliche Frage, aber vielleicht nicht so sehr für eine Zwölfjährige. MacGyver wollte unbedingt antworten.

»Wir sind alle stark, weil wir *sehr* hart dafür gearbeitet haben. Muskeln wachsen nicht über Nacht – Gehirne auch nicht. Man muss beides trainieren. Und um deine Frage zu beantworten, ich war in der Highschool klein. Ich war wahrscheinlich das Kind, über das man sich lustig machen würde ... dünn, klein und ein Nerd. Ich habe in der Band Posaune gespielt. Ich wurde oft gemobbt. Von Kindern, die dachten, sie seien schlauer, cooler und besser aussehend als ich. Weißt du, was meine Mobber heute machen? Einer ist drogenabhängig, ein anderer ist ein Geschäftsmann, der viel Geld verdient hat, aber wegen Steuerhinterziehung ins Gefängnis musste, und der dritte – derjenige, der mich am meisten gemobbt hat – ist stark übergewichtig und hatte vier Herzinfarkte. Nur weil jemand kein Sportler ist oder nicht den Schönheitsidealen der Gesellschaft entspricht, heißt das nicht, dass er nicht jemand Wichtiges oder Erfolgreiches werden kann. Die Person, die du heute mobbst, könnte in Zukunft der Rettungssanitäter sein, der an deiner Tür auftaucht, wenn du den Notruf wählst, weil dein Baby erstickt. Oder sie ist die nächste Taylor Swift oder Lady Gaga. Aber selbst wenn nicht ... selbst wenn sie nicht berühmt, reich oder ein Navy SEAL wird ... bedeutet das nicht, dass sie kein guter Mensch ist, der Gutes für die Gesellschaft tut. Diese Männer, die neben mir stehen? Sie wären meine besten Freunde, selbst wenn wir keine SEALs wären. Ich kann mich darauf verlassen, dass sie mir den Rücken freihalten, egal was passiert. Egal, ob mir auf der Autobahn das Benzin ausgeht, ich ein paar Dollar für einen Hamburger brauche oder ob ich vom feindlichen Feuer eingekesselt bin und keine Chance auf Entkommen habe, es sei denn, sie riskieren ihr Leben, um mir zu helfen. Ihr seid alle jung. Ihr habt euer ganzes Leben noch vor euch. Ihr müsst kein Sportler oder beliebt sein, um erfolgreich zu sein. Ihr müsst nur ein anständiger Mensch sein. Tut, was richtig ist. Seid die Art von Teamkameraden, die ihr an *eurer* Seite haben möchtet, wenn alles in eurer Welt zum ... äh, den Bach runtergeht.«

Er war nicht sehr subtil, aber das war MacGyver egal. Er war gerade mit seiner kleinen Rede fertig, als ihm noch etwas einfiel, das er sagen wollte. Eine Art Warnung.

»Oh, und ein Sportler zu sein bedeutet nicht immer, der größte oder stärkste Mensch in einer Gruppe zu sein. Es geht oft darum, sich richtig verteidigen zu können. Ich bringe meiner eigenen Frau und meinen Kindern bei, sich gegen jeden zu behaupten, der ihnen schaden will. Es geht nicht um Gewalt, genauso wie es bei einem Navy SEAL nicht nur darum geht, die Bösewichte zu erschießen. Ein SEAL zu sein bedeutet, für sich selbst und sein Land einzustehen. Nicht nachzugeben, wenn die Tyrannen, die andere Länder regieren, beschließen, ihre Muskeln spielen zu lassen. Zuhause bedeutet das, dass ich möchte, dass sie sich verteidigen können, wenn jemand in einem Geschäft oder einer Kneipe beschließt, meine Frau zu schikanieren – oder wenn ein Kind in der Nachbarschaft oder in der Schule meine Kinder bedroht.«

Wieder nicht gerade subtil, aber MacGyver wollte, dass Chrysanthemum die Botschaft verstand. Er wollte an diesem Abend damit beginnen, Ellory und Addison grundlegende Selbstverteidigungstechniken beizubringen. Er billigte zwar keine Gewalt, aber wenn die Dinge für Ellory so weitergingen wie bisher, könnte die Qual in Gewalt *umschlagen*. Tyrannen liebten es, wenn Menschen Angst vor ihnen hatten. Das galt sowohl für Staatsoberhäupter als auch für Mädchen der siebenten Klasse.

Die Präsentation ging weiter, andere Kinder stellten Fragen, und bald war ihre Zeit zu Ende. Chrys sah Ellory nicht an, als sie den Raum verließ, und MacGyver wertete das als Erfolg. Die Zeit würde zeigen, ob das, was er gesagt hatte, bei dem gemeinen Mädchen angekommen war.

Ellory kam auf ihn zu und umarmte ihn noch einmal fest, bevor sie den Raum verließ. Sie flüsterte ihm ein »Danke« an die Brust, bevor sie sich zurückzog und ihren Klassenkameraden folgte.

MacGyver sah die Tränen in ihren Augen und hoffte wie verrückt, dass er das Richtige getan hatte.

»Gut gemacht, Mann«, sagte Blink zu ihm, als sie wieder allein waren. Sie hatten noch eine letzte Gruppe vor ihrer Vorführung draußen. »Ich denke, du hast sie vielleicht zum Nachdenken gebracht.«

»Das hoffe ich. Ich meine, sie ist zu jung und hübsch, um so ein Fiesling zu sein.«

Flash hörte seine Bemerkung und brach in Gelächter aus. »Fiesling?«, fragte er.

»Hey, wir sind in einer Schule. Ich kann nicht genau sagen, was ich denke«, erwiderte MacGyver.

»Stimmt.«

»Du hast in der Highschool nicht Posaune gespielt«, sagte Safe mit einem kleinen Lachen.

»Nein. Und ich war tatsächlich in unserem Footballteam. Wir haben sogar eine Staatsmeisterschaft gewonnen«, prahlte er. »Aber ich dachte nicht, dass das Ellorys Fall helfen würde, also habe ich es ein wenig ausgeschmückt.«

»Ich war in der Band«, sagte Flash. »Ich habe Klarinette gespielt. Und ich war in der Theatergruppe. Ich wurde die ganze Zeit gemobbt, aber ich habe die Arschlöcher meistens ignoriert. Außer einmal, als ich von drei Typen in die Enge getrieben wurde.«

»Und?«, fragte Kevlar, als Flash seine Geschichte nicht zu Ende erzählte.

»Ich habe sie windelweich geprügelt, und danach hat mich nie wieder jemand belästigt«, sagte Flash selbstgefällig. »Du hast also recht, MacGyver. Es geht nicht darum, groß und stark zu sein. Die Karate-Stunden, die ich als Kind hatte, haben sich ausgezahlt. Selbstverteidigung für *alle* unsere Frauen ist keine schlechte Idee.«

»Unsere Frauen? Du hast doch gar keine Frau«, sagte Preacher grinsend.

»Na ja, wenn ich mit euch Kerlen zusammen bin, muss das ja irgendwann auf mich abfärben«, sagte Flash lächelnd. »Vielleicht finde ich ja eine durch Osmose oder so.«

Er machte sich lächerlich, aber MacGyver konnte etwas in dem Tonfall seines Freundes hören. Er mochte zwar so tun, als sei es ihm egal, ob er eine Freundin hatte, aber die ständige Anwesenheit von Paaren könnte seinen Freund ein wenig ermüden.

Kevlar warf Safe einen vielsagenden Blick zu, dann stürzten sich die beiden Männer auf Flash und begannen, sich von beiden Seiten an ihm zu reiben.

»Hey! Was zum Teufel macht ihr da? Hört auf!«, rief Flash und versuchte vergeblich, seine Freunde wegzustoßen.

»Läuse! Freundinnen-Läuse! Wir verteilen sie überall auf dir. Vielleicht zieht das eine Frau an«, sagte Safe.

Alle lachten hysterisch, und es half nicht, als die nächste Gruppe von Kindern den Raum betrat und zwei große Männer vorfand, die im Grunde genommen Dirty Dancing an einem dritten vollführten.

Es war schwierig, die Präsentation zu halten, da alle ständig kicherten und es fast unmöglich war, ernst zu bleiben. Als es vorbei war und sie sich mit Wolf und seinem Team trafen, lachten alle erneut, als sie zu erklären versuchten, was so lustig war.

Der Rest des Tages verlief reibungslos. Der Hindernisparcours war ein großer Erfolg bei den Kindern und es war lustig zu sehen, wie sie versuchten, ihn zu bewältigen. Selbst die größten Jungs hatten Probleme, ihn zu Ende zu bringen, und MacGyver fand es toll, dass es am Ende ein Mädchen war, das alle anderen übertraf.

Dann durften die Schüler die Rüstung anprobieren, die die SEALs trugen, und die Tauchausrüstung und die Neoprenanzüge ansehen, die sie für Unterwassermissionen verwendeten. Es war zum Totlachen, ihnen dabei zuzusehen, wie sie versuchten, die zwanzig Kilo schweren Rucksäcke zu heben und damit herumzulaufen.

Alles in allem war es ein guter Tag. MacGyver hatte es genossen, und das nicht nur, weil er Ellorys Hauptmobberin die Meinung sagen konnte. Er hatte keine Ahnung, ob es einen Unterschied machen würde oder nicht, aber die Dankbarkeit in den Augen seiner Stieftochter war Dank genug.

Er war in bester Stimmung – was den Anruf, den er erhielt, als sie die Ausrüstung und den Hindernisparcours zusammenpackten, zu einem totalen Schock machte.

Die Nummer auf seinem Bildschirm war unterdrückt. Normalerweise nahm er solche Anrufe nicht entgegen, weil sie in der Regel von Spammern stammten, aber aus irgendeinem Grund sagte ihm sein Bauchgefühl, er solle rangehen.

»Hallo?«

»Ist dort Ricardo Douglas?«

»Ja, wer ist da?«

»Mein Name ist Samantha Price und ich arbeite für das Jugendamt. Wir haben erfahren, dass Sie versuchen, drei Kinder aus der Ukraine zu adoptieren. Wie Sie wahrscheinlich wissen, ist unser Büro mit Fällen überlastet und wir haben vor Kurzem mit der Bearbeitung Ihres Falls begonnen. Dabei sind uns einige Unregelmäßigkeiten aufgefallen. Daher wurden die Kinder während der laufenden Untersuchung aus Ihrer Obhut genommen.«

»Was?«, blaffte MacGyver, dem das Blut in den Adern gefror.

»Sie wurden von ihren Schulen abgeholt und werden in diesem Moment befragt.«

»Das können Sie nicht tun. Geht es ihnen gut? Was haben Sie ihnen erzählt?«

»Es geht ihnen gut, Sir.«

»Wann sind Sie fertig? Wann kann ich sie abholen?«

»Sie werden in einer Pflegefamilie untergebracht, bis die Angelegenheit gründlich untersucht werden kann.«

»Soll das ein verdammter Scherz sein? *Wir* sind ihre Pflegefamilie. Meine Frau und ich. Sie können sie uns nicht einfach wegnehmen.«

»Das können wir tatsächlich, Mr. Douglas«, sagte Samantha. »Wir müssen sicherstellen, dass sie an dem bestmöglichen Ort untergebracht sind. Und es sieht nicht gut aus, wenn Soldaten drei Kinder aus einem vom Krieg zerrütteten Land ohne Erlaubnis mitnehmen, ohne auch nur zu versuchen, sie zuerst bei einer Familie aus ihrem *eigenen* Land unterzubringen.«

»Matrosen«, korrigierte MacGyver automatisch. Ihm brach das Herz. Die Kinder mussten so verwirrt und verängstigt sein.

»Was ist los?«, fragte Kevlar, der offensichtlich MacGyvers Verzweiflung hörte und eilig zu ihm herüberkam. Der Rest seines Teams stand in der Nähe.

»Kann ich sie sehen?«

»Leider nein. Nicht jetzt. Vielleicht nachdem die ersten Befragungen stattgefunden haben und Empfehlungen ausgesprochen wurden. Wir arbeiten so schnell wie möglich daran, Sir. Ich weiß, dass es belastend ist, aber wir wollen das Beste für die Kinder.«

»Nein, das wollen Sie nicht«, sagte MacGyver mit zusammengebissenen Zähnen. »Sie haben keine Ahnung, was diese Kinder durchgemacht haben. Was sie gesehen und getan haben. Wissen Sie, wer es weiß? Ich. Weil ich dort war. Sie sind in einem guten Zuhause, mit einer Mutter und einem Vater, die sie lieben, mit einer Schwester, die alles für sie tun würde. Sie bekommen Nahrung und Wasser, ohne danach suchen zu müssen. Sie gehen zur Schule. Ich habe keine Ahnung, von welchen *Unregelmäßigkeiten* Sie sprechen, aber niemand wird diese Kinder so sehr lieben wie meine Frau und ich. Das Beste für diese Kinder ist, wenn sie nach Hause gebracht werden. In *ihr* Zuhause.«

»Wie gesagt, wir prüfen die Dinge und melden uns bald wieder. Sie sind in guten Händen, Mr. Douglas. Machen Sie sich keine Sorgen.«

Dann legte sie auf.

Sie *legte* verdammt noch mal *auf*! MacGyver war wütend. Und verängstigt.

»Was? Was ist passiert?«

»Sie haben Artem, Borysko und Yana mitgenommen. Sie verhören sie und stecken sie in eine andere Pflegefamilie! Ich verstehe das nicht.«

»Hat jemand ihretwegen angerufen?«, fragte Safe.

»Keine Ahnung. Sie sagte nur, dass sie im Rückstand sind und sich gerade erst um unseren Fall kümmern, und dass es einige ›Unregelmäßigkeiten‹ gab, die sie untersuchen. Yana hat wahrscheinlich Angst. Was ist, wenn sie ihre Brüder nicht sehen darf? Wenn sie in ein anderes Heim als die beiden Jungs gesteckt wird? Scheiße!« MacGyver schloss die Augen. Er spürte, wie sein Blutdruck stieg. Dann riss er die Augen auf. »Verdammt. Wie soll ich das Addison beibringen? Sie wird am Boden zerstört sein.«

»Komm schon«, sagte Kevlar und packte MacGyver am Arm. »Ich fahre. Flash, ruf Tex an. Hol ihn dazu. Blink, benachrichtige den Kommandanten. Safe, könnt du und Preacher den Rest einpacken?«

»Schon dabei.«

»Ich rufe den Kommandanten sofort an.«

»Natürlich.«

MacGyver ließ sich von seinem Freund zu seinem Subaru führen und ihm wurde schlecht, als sie vom Parkplatz der Schule losfuhren. Er hörte, wie Kevlar während der Fahrt mit jemandem sprach, aber er konnte sich nicht konzentrieren. Er konnte nur daran denken, wie viel Angst seine Kinder haben mussten. Erst als sie in seine Einfahrt einbogen und Safes Jeep Wrangler hinter ihnen auftauchte, wurde ihm klar, wo sie waren.

Wren und Remi stiegen aus dem Jeep und eilten zu Kevlars Wagen. Er war froh über die Verstärkung, aber im Moment wollte er nur Addison sehen.

Er eilte zur Tür, schloss sie auf und trat ein, gefolgt von seinen Freunden. Der Geruch von Schokolade war fast überwältigend. Addison war damit beschäftigt gewesen, glutenfreie Brownies für eine einzigartige Brownie-Torte für einen Kunden zu backen. Er hatte heute Morgen alles darüber gehört.

»Ricky?«, rief sie aus der Küche.

Plötzlich wollte MacGyver nicht mehr dort sein. Er wollte nicht, dass der Tag seiner Frau ruiniert wurde, so wie es mit seinem geschehen war. Aber es war zu spät, um jetzt noch einen Rückzieher zu machen. Sie kam aus dem offenen Küchen- und Essbereich in Sichtweite – und hielt inne, als sie ihn und die anderen im Eingangsbereich stehen sah.

Das Lächeln auf ihrem Gesicht verschwand, als sie fragte: »Was ist los? Ist es Ellory? Die Kinder?«

MacGyver wusste nicht, wie er es ihr sagen sollte.

»Ricky?«, sagte sie mit zitternder Unterlippe.

Scheiße, er konnte das nicht in die Länge ziehen. »Ellory geht es gut. Es sind … es sind die Kinder. Das Jugendamt glaubt offenbar, dass etwas daran faul ist, wie sie hierherge-kommen sind. Sie haben sie von der Schule abgeholt und ermitteln.«

»*Was?*«

MacGyver holte tief Luft. »Sie kommen nicht nach Hause. Nicht heute Abend. Ich weiß nicht wann. Das Jugendamt bringt sie in einer anderen Pflegefamilie unter, bis sie sich ein Bild gemacht haben.«

»Zusammen? Oder getrennt?«

»Ich weiß es nicht.«

Er hatte erwartet, dass Addison verzweifelt sein würde. Dass sie weinen und zusammenbrechen würde. Aber er hatte seine Frau unterschätzt. Eigentlich hätte es ihn nicht überra-schen dürfen. Sie war mit Ellory durch die Hölle und zurück gegangen. Warum er gedacht hatte, dass sie jetzt zusammen-brechen würde, war ihm ein Rätsel.

»In Ordnung. Sie werden Kleidung brauchen. Und Yana wird ihre Barbies wollen. Vielleicht nicht alle vierhundertdrei-undzwanzig, die wir ihr gekauft haben, aber einige. Und Artem und Borysko werden die Bücher wollen, die sie gerade lesen. Sie alle brauchen ihre Sachen. An wen wenden wir uns, um ihnen ihre Sachen zu bringen? Und was tun wir, um sie zurück-zubekommen? Wem müssen wir in den Hintern treten, dass das überhaupt erst passiert ist?«

MacGyver holte tief Luft und erkannte, dass dies genau das war, was er brauchte. Die praktische Art seiner Frau ... und ihre Wut, die nur knapp unter der Oberfläche brodelte. Sie war nicht glücklich über das, was passiert war, aber da sie nicht einfach mit den Fingern schnippen und die Dinge ändern konnten, tat sie, was sie konnte, um nach vorn zu schauen. Um ihre Kinder zurückzubekommen.

Er trat auf sie zu und riss sie an sich. Sie stieß ein leises »Uff« aus, als sie nach vorn fiel, zögerte aber nicht, die Arme um ihn zu schlingen und ihn genauso festzuhalten, wie er sie festhielt. Er spürte, wie ihr der Atem stockte, aber dann beherrschte sie sich.

Sie zog sich gerade so weit zurück, dass sie ihm in die Augen sehen konnte. »Was machen wir jetzt, Ricky?«

In diesem Moment klingelte sein Telefon. MacGyver ignorierte es. Aber wer auch immer anrief, rief erneut an. Da er dachte, es könnte das Jugendamt sein, das ihm mitteilte, dass sie einen Fehler gemacht hatten, griff er in seine Tasche, um sein Handy herauszuholen. Wieder war die Nummer unterdrückt.

»Hallo?«, blaffte er in den Hörer.

»Was zum Teufel? Das ist doch verdammter Schwachsinn! Die verdammten Mistkerle haben sich mit dem falschen Mistkerl angelegt. Wie können die es *wagen*, so eine verdammte Scheiße abzuziehen! Nach allem, was diese Kinder durchgemacht haben. Ich habe keine Ahnung, wer es für eine gute Idee hielt, sich verdammt noch mal mit dir anzulegen, aber das werde ich verdammt noch mal nicht dulden. Du hast diese Kinder morgen vor Ende des Tages zurück, oder ich heiße nicht Tex Keegan. Ich habe den verdammten Papierkram nicht vermasselt. Irgendein Arschloch muss einen Stock im Arsch haben, aber ich werde herausfinden, wer es ist, und diesen verdammten Stock so lange drehen, bis er ein fester Bestandteil seines Körpers ist. Zu denken, es sei besser gewesen, diese Kinder in diesem Land zu lassen, der Gnade eines verdammten Systems ausgeliefert, das bereits mit Waisen überfordert ist, ist verdammt lächerlich! Und es ist ja nicht so, als würdet du und Addison nicht dafür sorgen, dass sie über ihre Herkunft Bescheid wissen. Diese verdammten Mistkerle haben sich mit den falschen Leuten angelegt! Bleib ruhig, MacGyver, deine Kinder werden zu Hause sein, bevor du verdammt noch mal blinzeln kannst.«

Die Verbindung wurde unterbrochen und MacGyver nahm langsam das Handy vom Ohr.

»War das Tex?«, fragte Kevlar.

Er warf seinem Teamleiter einen Blick zu. »Ja.«

»Ich konnte ihn von hier aus hören. Ich glaube nicht, dass ich ihn jemals so oft das Wort ›verdammt‹ habe sagen hören. Normalerweise ist er ziemlich stoisch und ruhig.«

»Ja«, sagte MacGyver erneut. Aus irgendeinem Grund fühlte er sich durch Tex' Wut besser. Viel besser. Ein wütender Tex war keine gute Sache, zumindest nicht für denjenigen, auf den sich sein Zorn richtete. Er glaubte nun wirklich, dass Artem, Borysko und Yana so schnell wie möglich zurückkehren würden. Es war zwar beschissen, dass sie höchstwahrscheinlich die Nacht an einem fremden Ort verbringen mussten, aber wenn Tex sagte, er würde die Dinge regeln, dann würde er das auch tun.

»Ricky?«, sagte Addison.

»Tex wird sie nach Hause bringen.«

»Sollen wir einen Koffer für sie packen? Sie brauchen ihre Sachen wirklich ... Pyjamas, Bücher, Puppen ... vertraute Dinge.«

»Ich denke, wir sollten Tex sein Ding machen lassen.«

Addison sah nicht überzeugt aus. Das war eine weitere Sache, die er an ihr liebte. Dass sie sich so viele Sorgen um die Kinder machte.

»Hat uns jemand gemeldet? Oder sie? Wie konnte das passieren?«

»Ich weiß es nicht. Aber wie gesagt, Tex wird es herausfinden.«

»Okay.«

MacGyver drehte sich zu seinen Freunden um. »Könnt ihr uns einen Moment allein lassen?«

»Natürlich. Sollen wir gehen?«, fragte Kevlar.

»Addy?«, fragte MacGyver.

»Ähm ... sie können bleiben.«

»Wir sind in der Küche«, sagte Remi.

»Aber keine Sorge, wir werden nichts anfassen«, versicherte Wren Addison.

Sie lächelte leicht.

»Soll ich Ellory abholen, wenn die Schule aus ist?« Kevlar schaute auf die Uhr. »In einer halben Stunde, oder?«

»Ja. Macht es dir etwas aus?«

»Überhaupt nicht. Ich werde meine Muskeln besonders spielen lassen, damit ihre Mobber es sehen, falls sie in der Nähe sind.« Kevlar klopfte MacGyver auf die Schulter. »Bis dann.«

Als sie allein im Eingangsbereich waren, sagte MacGyver: »Es tut mir so leid.«

»Was denn?«

Er war sich nicht sicher. Nur, dass er die Vorstellung hasste, dass Addison seinetwegen leiden könnte. Wenn sie ihn nicht geheiratet hätte, wäre sie Artem, Borysko und Yana nicht nähergekommen. Aber andererseits hätte er sie wahrscheinlich auch nicht behalten können, wenn sie nicht zugestimmt hätte, ihn zu heiraten. Seine Gedanken überschlugen sich.

Addison beugte sich vor und legte ihre Stirn an seine. Da sie gleich groß waren, fiel es ihr leicht. Ihre Hände lagen auf seiner Taille und seine auf ihren. Ihr Atem vermischte sich, während sie so dastanden. Es war eine intime Position und genau das, was MacGyver brauchte.

»Glaubst du, es geht ihnen gut?«, flüsterte sie.

»Wahrscheinlich haben sie Angst und sind verwirrt.«

»Ja. Ich wünschte, ich wüsste, was passiert ist, damit wir verhindern können, dass es wieder passiert.«

»Ich auch. Und Tex wird herausfinden, was schiefgelaufen ist. Ich vermute, er wird tun, was nötig ist, um sicherzustellen, dass sie nie wieder weggebracht werden.«

»Dieser Tex klingt irgendwie beängstigend.«

»Er ist ein Teddybär.«

Addison schnaubte und hob ihre Stirn von seiner. »Geht es dir gut?«

»Mir? Ja, warum?«

»Weil. Ich weiß, wie viel diese Kinder dir bedeuten. Ich liebe sie, ja, aber ihr vier ... ihr habt eine besondere Bindung. Eine, die in dieser zerbombten Stadt entstanden ist. Das muss dich schwer getroffen haben.«

MacGyver schloss für einen Moment die Augen. Sie hatte recht. Es hatte ihn kalt erwischt. Nach diesem Anruf war er nicht mehr in der Lage gewesen zu funktionieren. Er war sich nicht sicher, was er getan hätte, wenn Kevlar nicht da gewesen wäre und die Kontrolle übernommen hätte. »Sie sind so unschuldig. Sie haben nicht darum gebeten, dass ihr Land bombardiert wird. Dass ihre Eltern getötet werden. Dass sie so jung auf sich allein gestellt sind und versuchen zu überleben. Wenn wir nicht da gewesen wären ... wenn wir nicht in einem ihrer Verstecke Schutz gesucht hätten ...« Seine Stimme versagte.

»Aber ihr wart dort. Und jetzt sind sie hier. Bei uns.«

»Addison?«

»Ja?«

»Wenn es nicht klappt, wenn Tex seine Magie nicht wirken lassen kann ... wenn die Kinder in die Ukraine zurückkehren müssen ... dann werde ich dich nicht an unsere Ehe binden. Ich meine, ich bleibe mit dir verheiratet, damit Ellory die Gesundheitsversorgung bekommt, die sie braucht, aber du kannst hier im Haus bleiben und ich suche eine Wohnung.«

»Was?«, keuchte Addison schockiert.

»Wir wissen beide, dass diese Ehe wegen dieser Kinder zustande kam. Und wenn sie kein Faktor mehr sind, ist es nicht fair, dich zu bitten, bei mir zu bleiben.«

Addison richtete sich auf. »Im Ernst?«, fragte sie und klang jetzt sauer.

»Nun ... ja.«

»Das ist *Blödsinn*, Ricardo Douglas.«

MacGyver konnte nicht anders, als es tatsächlich zu *mögen*, dass seine Frau sauer wurde, wo er doch erwartet hatte, dass sie sich aufregen, vielleicht sogar weinen würde. Nicht dass er sie verärgern wollte.

»Ja, wir haben geheiratet, damit es für die Kinder einfacher ist, bei dir zu bleiben, aber ich will nicht, dass du gehst. Und glaubst du, Ellory will dich verlieren? Nein. Will sie nicht. Sie liebt es, bei dir zu leben. Sie lernt von dir Sachen, die ich ihr in einer Million Jahren nicht beibringen könnte. Sie interessiert sich mehr für den Mist in deiner Garage als dafür, Backen oder Kochen zu lernen. Wenn du einen Weg aus dieser Ehe heraus suchst, dann sag es einfach. Benutze diese Kinder nicht als Ausrede.«

»Du glaubst, *ich* will raus?«, fragte MacGyver. Diesmal war er schockiert.

»Willst du das nicht?«, fragte Addison herausfordernd.

Frustriert über die Ereignisse des Tages, mit dem Gefühl, Artem, Borysko und Yana nicht helfen zu können; wütend, dass die Regierung – eine Regierung, für die er sein Blut, seinen Schweiß und seine Tränen gegeben hatte – es gewagt hatte, ihm drei der wichtigsten Dinge in seinem Leben wegzunehmen; verärgert, dass die Frau, die er liebte, dachte, er wolle sie nicht ...

MacGyver schob eine Hand in ihr Haar und zog sie an sich.

Er küsste sie. Heftig.

Ihre Lippen öffneten sich vor Schock, und er nutzte dies aus, stieß seine Zunge in ihren Mund und nahm ihn aggressiv in Besitz. Er war sich nicht wirklich bewusst, was er tat, bis er sie stöhnen hörte. Dann bemerkte er, dass sie mit den Fingern den Stoff an seiner Brust umklammerte, sich an ihn lehnte und sich ihm hingab.

Was als lächerlicher Versuch begonnen hatte, einige seiner Frustrationen zu lindern, wurde zu viel mehr. Sein Bedürfnis nach ihr stieg augenblicklich von eins auf tausend, selbst als der Kuss sanfter wurde und es mehr darum ging, ihr zu zeigen, wie sehr er sich sorgte, als um einen Akt der Dominanz.

Sie keuchten beide, als er widerwillig den Kopf zurückzog. Seine Hand war immer noch in ihrem Haar vergraben und sie lehnte sich immer noch an ihn. Ihre Finger waren gegen seine Brust gedrückt.

»Ich will nicht aus dieser Ehe raus«, sagte er, unsicher, was er in diesem angespannten Moment sonst sagen sollte.

»Ich auch nicht«, flüsterte sie.

»Muss ich mich für diesen Kuss entschuldigen?«

»Wenn du das tust, könnte ich gewalttätig werden.«

MacGyver lächelte. Der Tag hatte gut begonnen, war dann den Bach runtergegangen und jetzt sah er erstaunlicherweise wieder besser aus. Tex würde das Chaos beheben, das ihm – ihnen – die Kinder genommen hatte, und wenn er die Situation richtig einschätzte, schien die Frau, die er seit Monaten wollte, etwas von seinen Gefühlen zu erwidern.

Jetzt war er an der Reihe, seine Stirn an ihre zu legen. »Diese Ehe mag vielleicht nicht auf konventionelle Weise begonnen haben, aber ich mag dich, Addy. Sehr. So sehr, dass mir der Gedanke, dass du mich verlässt, das Gefühl gibt, ein unerfahrener SEAL auf seiner ersten Mission zu sein. Nervös. Unruhig. Panisch.«

»Dann ist es ja gut, dass ich dich nicht verlasse«, sagte Addison leise.

»Niemals?«, platzte er heraus. »Entschuldige, ignoriere das einfach.«

»Niemals«, stimmte sie zu. »Was mich betrifft, ist dies eine echte Ehe.«

Sein Schwanz zuckte, und da er dicht an Addison gepresst war, spürte sie, was ihre Worte in ihm auslösten.

Sie zog den Kopf zurück, entfernte sich aber nicht. Das Lächeln auf ihrem Gesicht war schüchtern ... und erfreut. »Ich meine, wir haben nun mal vier Kinder und schlafen im selben Bett.«

»Glaubst du, dass du eines Tages mehr tun willst, als nur zu schlafen?« MacGyver hätte die Frage nicht stoppen können, selbst wenn sein Leben davon abgehangen hätte.

»Oh ja.«

Die Sehnsucht in ihrer Stimme hätte MacGyver fast dazu gebracht, sie über seine Schulter zu werfen und in diesem Moment in ihr Schlafzimmer zu schleppen. Das Einzige, was ihn davon abhielt, war Remis Stimme aus der Küche.

»Addison? Hier piept irgendetwas!«

»Meine Brownies«, sagte sie zu MacGyver.

»Geh. Lass sie nicht anbrennen.«

»Okay. Ricky?«

»Ja, Schatz?«

»Glaubst du wirklich, dass sie morgen zurückkommen?«

»Das glaube ich.«

»Okay. Ich vertraue dir.« Dann legte sie eine Hand auf seine Wange und beugte sich noch einmal zu ihm hinüber. Diesmal war der Kuss keusch, aber MacGyver spürte ihn bis in die Zehenspitzen. Addison lächelte ihn an und ging dann in die Küche.

Er hatte keine andere Wahl, als sie loszulassen, auch wenn er es nicht wollte. Als sie weg war, lehnte MacGyver sich an die Wand und schloss die Augen. Er spürte, wie seine Lippen kribbelten, und er schloss und öffnete seine Fäuste an den Seiten. Das seidige Gefühl ihrer Haare hallte noch in der einen Hand nach, und die andere erinnerte sich daran, wie perfekt sie in die Rundung ihrer Taille passte.

Er hatte keine Ahnung, was kommen würde, aber er wusste plötzlich, dass er in seiner Ehe mit Addison alles bewältigen konnte, was auch immer das Leben ihnen in den Weg werfen mochte.

Addison hatte keine Zeit, über das nachzudenken, was gerade passiert war. Ihre Gefühle schwankten hin und her. Sie hatte Angst vor dem, was mit Artem, Borysko und Yana geschah. Sie hasste es, dass sie wahrscheinlich Angst hatten und sich fragten, warum sie bei Fremden waren. Sie war auch sauer auf das System, das sie überhaupt erst weggebracht hatte. Es war nicht so, als würden sie zu Hause misshandelt. Wenn jemand die Rechtmäßigkeit der Einreise der Kinder in die USA prüfen musste, hätte derjenige das tun können, ohne sie aus ihrem derzeitigen Zuhause zu holen.

Und dann war da noch Ricky. Niemals in einer Million Jahren hätte sie gedacht, dass sie einmal in ihrem Eingangsbereich rummachen würden. Aber es war gut gewesen. Nein, es war großartig gewesen. Lebensverändernd. Diese Beziehung war für sie ein wahr gewordener Traum. Sicher, es würde nicht einfach werden, und sie würden wahrscheinlich einige schwierige Zeiten durchmachen, einfach aufgrund der Art und Weise, wie sie angefangen hatten. Aber er war es wert, um ihn zu kämpfen. Das wusste sie ohne Zweifel.

»Alles in Ordnung?«, fragte Remi, sobald sie die Küche betrat.

Addison zog einen Ofenhandschuh an, um die Brownies herauszunehmen. Sie waren ein bisschen zu dunkel, aber das ließe sich mit etwas mehr Zuckerguss beheben.

Sie stellte das Blech auf den Herd und wandte sich ihrer neuen Freundin zu. »Ja, ich denke schon.«

»Tex ist unglaublich. Josie hat uns alles über ihn erzählt. Wie er ständig SEAL-Teams und andere Spezialeinheiten aufspürt, wenn sie auf Mission sind. Blink hatte einen Peilsender in seiner Unterwäsche, und so wurden sie aus dem Gefängnis im Iran gerettet.«

»Wirklich?«

»Ja. Und Caroline und ihren Freundinnen hat er im Laufe der Jahre auch direkt geholfen«, sagte Wren. »Wenn jemand dem Jugendamt Feuer unterm Hintern machen kann, dann Tex.«

»Das ist gut.«

Remi legte den Kopf schief und senkte die Stimme. »Ist noch etwas anderes passiert, als du und MacGyver euch unterhalten habt?«

Addison spürte, wie sie rot wurde, und nickte. Sie war sich nicht sicher, ob sie diesen Frauen all ihre Geheimnisse anvertrauen sollte, aber sie mochte die Vorstellung, so enge Freundinnen zu haben. »Er hat mich geküsst«, flüsterte sie.

»Ach ja?«, fragte Remi grinsend.

»Moment mal, ihr seid verheiratet. Ihr habt euch noch nie geküsst?«, fragte Wren verwirrt.

Dann erzählte Addison ihnen von ihrer Zweckehe und wie sie, obwohl sie ein Bett teilten, eher wie Mitbewohner als Mann und Frau waren.

»Also ist das gut«, folgerte Wren, als sie mit ihrer Erklärung fertig war.

»Ich denke schon ...«

»Mädchen, du solltest sehen, wie dieser Mann dich ansieht. Das ist definitiv eine gute Sache«, sagte Remi bestimmt.

Addison hoffte es. Sie hoffte es wirklich, *wirklich*.

# KAPITEL SIEBEN

»Mom?«

Kaum hatte Ellory das Haus betreten, rief sie schon nach Addison.

Sie wandte sich von dem Turm aus Brownies ab, den sie zu einer Torte geformt hatte, und wischte sich hastig die Hände an einem Handtuch ab, bevor Ellory in die Küche stürmte.

»Ist es wahr? Sie haben Artem, Borysko und Yana mitgenommen? Kommen sie zurück? Was ist passiert?«

Addison umarmte ihre Tochter fest. In solchen Momenten wurde ihr bewusst, dass sie im Grunde selbst noch ein Kind war. Sie war sichtlich von der Sorge um ihre Brüder und ihre Schwester überwältigt.

»Es ist wahr. Aber sie kommen zurück. Hoffentlich morgen. Ricky hat einen Freund, der uns hilft, die Bürokratie zu umgehen.«

Ellorys Augen füllten sich mit Tränen. »Warum haben sie uns weggenommen? Dachten sie, wir seien keine gute Familie für sie?«

Bei dieser Frage brach Addison das Herz. Sie hasste es, ihre

Tochter leiden zu sehen, und auch wenn es sich nicht um körperlichen Schmerz handelte, war es dennoch qualvoll.

»Komm her, El«, sagte Ricky, legte die Hände auf Ellorys Schultern und drehte sie zu sich um. Er kniete sich auf den Küchenboden, sodass er auf Augenhöhe mit ihr war. »Ganz ehrlich? Wir wissen nicht, was passiert ist. Aber *niemand* wird unsere Familie auseinanderreißen. Deine Mutter und ich werden dafür kämpfen, dass Artem, Borysko und Yana dorthin zurückkehren, wo sie hingehören. Manchmal laufen die Dinge im Leben nicht so, wie wir es uns wünschen, aber wir geben nicht auf. Wir kämpfen weiter für das, was richtig und fair ist.«

»So wie ich mit Morbus Crohn«, sagte Ellory mit einem Schniefen.

»Genau. Es ist nicht fair, aber keiner von uns wird einfach mit den Schultern zucken und sagen: ›Ach, na ja‹, oder?«

»Ja. Liegt es daran, dass sie ohne Papiere aus der Ukraine hergebracht wurden?«, fragte Ellory mit weitaus mehr Verständnis, als Addison erwartet hatte.

»Ich vermute ja. Es ist natürlich illegal, Menschen ohne die entsprechenden Genehmigungen und Papiere in ein anderes Land zu transportieren. Aber wir hatten keine andere Wahl.«

»Weil Borysko verletzt war«, sagte Ellory mit einem Nicken. Sie wischte sich Gesicht und Nase am Ärmel ab.

»Genau. Und sobald wir konnten, haben deine Mutter und ich die notwendigen Schritte unternommen, um es ihnen zu ermöglichen, legal hierzubleiben.«

»Ihr habt geheiratet«, sagte Ellory.

»Na ja, nicht ganz. Wir haben die Papiere bei der Marine und dem Land eingereicht, um ihnen Asyl zu gewähren, und dann haben wir alles getan, um ihnen die Entscheidung zu erleichtern, bei uns zu bleiben.«

»Indem ihr geheiratet habt«, wiederholte Ellory.

»Ja«, stimmte Ricky mit einem Achselzucken zu.

»Wenn sie für immer weggebracht werden, lasst ihr euch dann scheiden?«

Ricky sah sie an und lachte schnaubend. »Nein, Ellory. Deine Mutter und ich trennen uns nicht. Egal was passiert.«

»Versprochen?«

»Nun, ich weiß nicht, was die Zukunft bringt, aber ich kann dir eines versprechen ... Ich werde alles in meiner Macht Stehende tun, damit deine Mutter mich nie verlassen will. Ich werde ihr – und dir, Artem, Borysko und Yana – das bestmögliche Leben bieten. Ich werde der beste Vater und Stiefvater sein, der ich sein kann. Wie klingt das?«

Ellory nickte. Dann drehte sie sich um und sah Addison an. »Können wir eine Party machen, wenn sie alle zurück sind? Ich glaube, das würde ihnen gefallen.«

»Klar«, stimmte Addison, ohne zu zögern, zu.

»Okay. Mom, du hättest Ricky und seine Freunde heute sehen sollen. Sie waren der Hammer!«

Addison war früher immer überrascht gewesen, wie abrupt ihre Tochter das Thema – und die Stimmung – wechseln konnte, aber inzwischen hatte sie sich daran gewöhnt. Ricky stand auf und lehnte sich an die Theke.

»Stimmt, das hatte ich bei all dem anderen Trubel vergessen. Wie war der Tag der Berufe?«, fragte Addison.

Remi, Wren und Kevlar waren ins Wohnzimmer gegangen, um dem Trio ein wenig Privatsphäre zu geben, aber sie kehrten schnell in die Küche zurück, als sie hörten, dass das Thema gewechselt wurde.

»Wir haben unsere Muskeln spielen lassen und bewiesen, dass wir die größten und stärksten Jungs in der Schule sind«, scherzte Kevlar hinter seiner Frau. Er hatte sich an Remis Rücken gestellt, die Arme um ihre Taille gelegt und sie so weit nach hinten gezogen, dass sie an ihm lehnte.

Remi rollte mit den Augen. »Oh ja, als sei das schwer, wenn man schwerer als alle anderen und Jahrzehnte älter ist als sie.«

»Lass es nicht so klingen, als sei ich ein alter Mann«, beschwerte Kevlar sich.

Addison kicherte über das Geplänkel ihrer Freunde.

»Die SEAL-Sitzungen waren am beliebtesten«, schwärmte Ellory. »Alle wollten sie kennenlernen, und als sie nach der Pause den Hindernisparcours absolvierten, waren selbst die alten SEALs beeindruckend.«

Addison blickte Ricky an und unterdrückte ihr Lachen so gut sie konnte. »Ach ja?«, fragte sie und ermutigte ihre Tochter fortzufahren.

»Ja. Aber das *Beste* war, als Ricky Chrys eine Abreibung verpasst hat.«

»Was?«, fragte Addison etwas beunruhigt.

»Nicht körperlich, nur verbal. Sie hat eine dumme Frage gestellt, und er sagte ihr ins Gesicht, dass Mobber dumm seien, und sagte ihr, sie solle sich das Lied ›Sk8er Boi‹ von Avril Lavigne anhören. Oh, und er wird uns Selbstverteidigungsunterricht geben, damit ich, wenn sie versucht, ihre Mädchengruppe auf mich zu hetzen, ihnen in den Hintern treten kann. Es. War. Der. *Hammer!*«

Addison hob überrascht die Augenbrauen, als sie Ricky ansah.

»Ich werde unser Zimmer aufräumen, damit es für Yana bereit ist, wenn sie nach Hause kommt. Ich möchte ihre Barbies so aufstellen, dass sie alle auf sie warten.« Dann drehte Ellory sich um und eilte aus der Küche in Richtung ihres Zimmers.

»Ähm ... kannst du mir das bitte mal in einfachen Worten erklären?«, forderte Addison Ricky auf.

Er lachte. »So war das nicht ganz«, protestierte er.

»Ich kann mich nicht daran erinnern, dass Avril Lavigne erwähnt wurde, aber er hat im Grunde gesagt, dass die Nerds von heute in Zukunft sehr wichtige Leute sein könnten. Er hat einige wirklich gute Argumente vorgebracht, die sich das

Blumenmädchen hoffentlich zu Herzen nehmen wird«, erklärte Kevlar.

»Ich bin nicht sehr optimistisch«, murmelte Addison.

»Ich möchte an diesen Selbstverteidigungskursen teilnehmen«, sagte Wren interessiert.

»Ich auch!«, stimmte Remi zu und blickte zu Kevlar auf. »Wann können wir anfangen?«

»Sobald ihr und die anderen Zeit habt«, sagte Ricky zu ihr.

»Super!«

»Ich rufe Josie und Maggie an. Moment, Maggie kann teilnehmen, obwohl sie schwanger ist, oder?«, fragte Wren.

»Natürlich. Wir werden nur vorsichtig sein bei dem, was sie tut«, sagte Ricky.

»Alles klar bei euch?«, fragte Kevlar. »Ich möchte nach Hause und mich mit dem Kommandanten und vielleicht sogar mit Tex in Verbindung setzen. Ich möchte ihm aber etwas Zeit geben, sich ein wenig zu beruhigen. Ich glaube nicht, dass meine empfindlichen Ohren noch mehr von den Kraftausdrücken vertragen, die er von sich gegeben hat.«

Ricky warf Addison einen Blick zu. »Alles klar bei uns?«, fragte er.

»Ich denke schon. Ich muss diese Brownie-Torte fertig machen und dann etwas zum Abendessen vorbereiten.«

»Pizza. Ich denke, ein Filmabend mit uns dreien auf der Couch ist angesagt.«

Addison stimmte zu. Sie war immer noch ein wenig mitgenommen und das Haus würde sich heute Abend ohne die anderen Kinder sehr leer anfühlen. »Klingt gut.«

»Wollt ihr morgen Gesellschaft für eure Willkommensparty haben?«, fragte Remi.

»Das wäre schön.«

»Wenn ich Josie und Maggie wegen des Selbstverteidigungsunterrichts anrufe, sage ich ihnen, dass wir uns morgen Abend hier alle treffen. Aber wenn sich etwas ändert, wenn ihr denkt, dass die Kinder nicht in der Stimmung sind, oder wenn ihr einen ruhigen Abend zu Hause mit nur der Familie verbringen wollt, lasst es uns wissen. Wir sind nicht beleidigt.«

»Danke. Wir werden sehen, wie es läuft. So sehr ihr auch behauptet, dass dieser Tex gut ist, bin ich mir nicht sicher, ob die Dinge mit dem Jugendamt so schnell gehen werden«, sagte Addison etwas zögerlich.

»Tex ist nicht nur gut. Er ist der Beste. Wenn er sagt, dass die Kinder morgen zu Hause sein werden, werden sie morgen zu Hause sein«, sagte Kevlar bestimmt.

Addison begleitete alle zur Tür, zusammen mit Ricky. Er dankte Kevlar dafür, dass er Ellory abgeholt und nach Hause gefahren hatte. Seine Teamkameraden hatten bereits vereinbart, seinen Explorer von der Mittelschule abzuholen und ihn ihm später zurückzubringen.

Bald standen nur noch die beiden in ihrem Eingangsbereich. Addison war etwas nervös, was mit Artem, Borysko und Yana geschehen würde, aber es half ihr, Ricky an ihrer Seite zu haben. Sehr sogar.

»Hast du Chrys wirklich zurechtgewiesen?«

»Es ging wahrscheinlich über ihren Horizont«, sagte Ricky mit einem lässigen Achselzucken, »aber ich konnte nicht einfach dastehen und nichts sagen. Sie ist hübsch, und das weiß sie. Sie hat bereits gelernt, dass sie ihr Aussehen nutzen kann, um Aufmerksamkeit und Lob zu bekommen. Und dass sie umso mehr Aufmerksamkeit bekommt, je gemeiner sie ist. Ich bezweifle, dass das, was ich gesagt habe, viel ändern wird, aber vielleicht überlegt sie sich zweimal, ob sie Ellory weiterhin belästigen will. Wenn schon nichts anderes, wird unser Mädchen lernen, sich zu behaupten, und sie wird in Zukunft in der Lage sein, sie zu ignorieren.«

Dass Ricky sich für Ellory einsetzte, bedeutete Addison die Welt. Sie wollte ihn am liebsten wieder küssen. Um ihm ohne Worte zu zeigen, wie viel er ihr bedeutete. Aber sie musste noch eine Torte fertig machen, eine Pizza bestellen und nach ihrer Tochter sehen, um sich davon zu überzeugen, dass sie mit dem neuesten Mist zurechtkam, den das Leben ihnen in den Weg warf.

»Habe ich dir in letzter Zeit gesagt, wie froh ich bin, dass wir uns kennengelernt haben?«, fragte sie.

Ricky lächelte. »Nein. Heute jedenfalls nicht.«

Addison grinste. »Ich bin froh, dass wir uns kennengelernt haben«, wiederholte sie.

Zu ihrer Überraschung trat Ricky auf sie zu und zog sie grob an sich. Ihre Hände waren an seine Brust gedrückt, während sie ihn überrascht ansah.

»Dich kennenzulernen war das Beste, was mir je passiert ist. Und ich will dir nicht nur Honig ums Maul schmieren. Ich wache jeden Morgen auf und freue mich auf den Tag, anstatt zwiespältig zu sein. Es riecht immer köstlich im Haus, ich lache jetzt immer und mache mir keine Sorgen, ob du mit allem fertigwirst, was auf dich zukommt, während ich auf Mission bin.«

Addison runzelte die Stirn. »Ist das bald so weit? Dass du gehst, meine ich?«

»Wahrscheinlich.«

»Was mache ich, wenn das Jugendamt beschließt, dir die Kinder wegzunehmen, während du weg bist? Oder wenn sie einen schweren psychischen Rückfall erleiden? Du bist ihre ganze Welt, Ricky. Ohne dich wären sie nicht halb so gut dran wie jetzt.«

Ricky lachte, und Addison blinzelte überrascht. Sie war irgendwie beleidigt, dass er über ihre Ängste lachte.

Er musste ihre Bestürzung in ihrem Gesichtsausdruck gelesen haben, denn er wurde ernst und schüttelte den Kopf. »Ich lache nicht über dich, Schatz. Ich lache darüber, dass du denkst, ich sei der Grund, warum es den Kindern so gut geht. Addy, *du* bist diejenige, die ihnen etwas zu essen zubereitet, mit ihnen spielt, bei den meisten Hausaufgaben hilft, ihr Pausenbrot schmiert und noch eine Million andere Dinge tut. Klar, sie werden mich vermissen, aber sie werden nicht mit der Wimper zucken, wenn ich weg bin ... weil du zu Hause bei ihnen bist.«

Addison war sich da nicht so sicher. Ja, sie hatte ihren Teil dazu beigetragen, sich um die Kinder zu kümmern, aber sie hatten sich mit Ricky in der Ukraine auf eine Weise angefreundet, die nicht reproduzierbar war.

»Du bist eine großartige Mutter«, fuhr er fort. »Du hast drei Kinder aufgenommen, die kaum Englisch sprechen und eine neue Kultur kennenlernen. Und das alles, während du dich um einen Teenager mit einer chronischen Krankheit kümmerst. Und wenn während meiner Mission etwas passiert, rufst du Wolf an. Er wird alles tun, was nötig ist, um sicherzustellen, dass für euch alle gesorgt ist. Besser noch, ich gebe dir die Nummer von Tex, du kannst ihn direkt anrufen. Aber ich habe das Gefühl, dass es nach diesem kolossalen Fehler niemand mehr wagen wird, unsere Kinder noch einmal aus unserer Obhut zu nehmen.«

»Ich weiß, dass es zum Leben als Ehefrau eines Soldaten gehört, mit Missionen umzugehen ... aber ich glaube nicht, dass es mir gefallen wird«, gab Addison zu.

Ricky lächelte erneut.

»Was? Das macht dich glücklich?«, fragte sie frustriert.

»Nein. Aber ich möchte weder dich noch die Kinder verlassen. Und zu wissen, dass es dir genauso geht ... das hatte ich noch nie. Ich hatte noch nie jemanden, den es kümmerte, ob ich gehe oder zurückkomme.«

»Mich kümmert es«, sagte Addison.

»Und deshalb lächle ich«, erwiderte Ricky. Er leckte sich die Lippen und sah ihr in die Augen. »Darf ich dich küssen?«

Jetzt war Addison an der Reihe zu lächeln. »Du fragst diesmal?«

Er wirkte ein wenig verlegen, als er ihren Blick erwiderte.

»Ja. Mir ist klar, dass ich bisher nicht wirklich deine Zustimmung eingeholt habe, bevor ich dich geküsst habe, sowohl früher als auch in letzter Zeit.«

»Du hast meine Erlaubnis«, sagte Addison ernst. »Jederzeit, überall, auf jede Art und Weise, wie auch immer du mich berühren willst. Du darfst.«

Seine Pupillen weiteten sich, als sie ihm in die Augen starrte. »Sag das nicht, wenn du es nicht so meinst«, warnte Ricky sie.

»Ich meine es ernst. Ich weiß nicht, was die Zukunft für uns bereithält, aber ich habe es satt, mich selbst und dich anzulügen. Ich will dich, Ricky. Jede Nacht neben dir zu schlafen war eine Qual.«

Er stöhnte – und bewegte sich schnell. Er schlang einen Arm um ihre Taille, beugte sich vor und lehnte sie nach hinten, bis er sie praktisch hochhielt.

»Ricky!«, rief sie und packte seine Arme. »Lass mich nicht fallen!«

»Niemals«, flüsterte er. Dann senkte er den Kopf.

Addison vergaß völlig, dass sie nur durch Rickys Arme um sie herum nicht auf den Boden krachte. Sie konnte nur an die elektrischen Impulse denken, die von der Stelle, an der sich ihre Lippen trafen, durch ihren ganzen Körper schossen. Das Vertrauen, dass er sie hochhielt und nicht fallen ließ, machte den Kuss irgendwie noch intensiver.

»Igitt, wie eklig.«

Bei Ellorys Worten spürte Addison, wie Ricky an ihren Lippen lächelte. Er richtete sich auf und zog Addison mit sich, nahm aber seine Arme nicht von ihr.

»Wenn ihr mit dem Knutschen fertig seid, kann mir dann einer von euch helfen, ein paar Möbel zu verrücken?«

»Was in aller Welt, El?«, fragte Addison.

Sie zuckte mit den Schultern. »Ich dachte nur, da Yana gern in Artems und Boryskos Zimmer geht und in einem ihrer

Betten schläft, könnte ich vielleicht versuchen, unsere Betten zusammenzuschieben. Ich weiß, dass ich nicht wie ihre Brüder bin, aber vielleicht würde sie sich besser fühlen, wenn ich näher bei ihr wäre.«

Addison wurde ganz warm ums Herz. Ihre Tochter war großartig.

»Ich helfe dir. Deine Mutter muss diese Brownie-Torte fertigstellen«, sagte Ricky.

»Danke.« Ellory kehrte ihnen den Rücken zu und machte sich auf den Weg in ihr Zimmer. Doch im letzten Moment drehte sie sich noch einmal um und sagte über ihre Schulter: »Fangt nicht wieder an zu knutschen, sonst wird diese Torte nie fertig!« Dann kicherte sie und verschwand aus dem Blickfeld.

Addison dachte, dass es ihr peinlich sein sollte, aber sie konnte dieses Gefühl nicht aufbringen.

»Bald«, sagte Ricky in ernstem Ton. »Bald wirst du mehr als nur dem Namen nach mein sein.« Dann küsste er sie hart und schnell, bevor er Ellory folgte.

Addison stand in der Küche und versuchte, ihre Libido unter Kontrolle zu bringen. Der Mann war tödlich ... und er gehörte ganz ihr.

Seufzend wandte sie sich wieder ihrer Brownie-Torte zu. Sie musste sich jetzt beeilen, wenn sie fertig sein wollte, bis die Frau, die sie bestellt hatte, zur Abholung kam. Und so besorgt sie auch wegen Artem, Borysko und Yana war, sie würde diesen Abend des Kuschelns auf der Couch mit Ellory und Ricky brauchen.

---

Später am Abend, während der Filmklassiker *Pretty in Pink* lief, saß MacGyver zwischen seinen Mädchen und ließ seinen Gedanken freien Lauf. Ellory schlief tief und fest an seiner Seite, und Addison lag nicht weit hinter ihrer Tochter. Die beiden im Arm zu halten kam ihm wie ein Traum vor. Wie er es geschafft hatte, das Glück zu haben, sich um sie zu kümmern, war ihm ein Rätsel.

Da war er gewesen, hatte sich um seine eigenen Angelegenheiten gekümmert und das Leben eines alleinstehenden Navy SEALs gelebt, und ehe er sichs versah, war er Vater von vier Kindern und der Ehemann einer Frau, von der er kaum die Finger lassen konnte. Er war ein verdammter Glückspilz, und das wusste er.

Und so sehr er das auch liebte – die Verbundenheit mit seinen Mädchen heute Abend und ein weiteres ernstes Gespräch, das sie über Mobber geführt hatten – vermisste er Artem, Borysko und Yana doch sehr. MacGyver fragte sich, ob es ihnen gut ging. Ob sie Angst hatten ...

Natürlich hatten sie Angst. Sie waren aus dem einzigen Zuhause, das sie hier in den USA kannten, herausgerissen worden und wussten nicht, ob sie die Menschen, auf die sie sich verlassen hatten, jemals wiedersehen würden.

Er hatte keine Ahnung, was passiert war. Ob jemand eine Beschwerde gegen sie eingereicht oder ob jemand in irgendeinem Büro Anstoß daran genommen hatte, dass die Kinder illegal mit dem Militärtransportflugzeug ins Land gekommen waren. Ihr Antrag auf Aufnahme in eine Pflegefamilie war dank Tex schnell durch das System geschleust worden, und es war möglich, dass irgendwo ein Fehler gemacht worden war. Aber er bezweifelte es. Tex machte normalerweise keine Fehler.

»Es wird ihnen gut gehen, dafür sorgen wir«, flüsterte Addison neben ihm. Er hatte einen Arm um ihre Schultern gelegt und sie war an seine Seite geschmiegt.

»Ja«, stimmte er zu. Sie hatte recht. Gemeinsam würden sie alles Nötige tun, damit die Kinder sich wieder sicher fühlten. Er beugte sich vor und küsste Addison auf den Scheitel. Die Gefühle, die er für sie hatte, waren fast überwältigend. Er war sich nicht sicher, wie Kevlar und die anderen das machten. Wie konnten sie auf Missionen gehen, obwohl sie wussten, dass sie die wichtigsten Menschen in ihrem Leben zurückließen? Der Gedanke, sie mit vier Kindern allein zu lassen, kam ihm unglaublich egoistisch und grausam vor.

»Ich muss morgen nur zwei Torten backen. Ich werde früh aufstehen, um zu beginnen, lange bevor Ellory zur Schule geht. Ich möchte bis zum Vormittag fertig sein, damit ich bereit bin, wenn die Kinder nach Hause kommen. Sie werden wahrscheinlich hungrig sein, also werde ich ein großes Mittagessen machen, nur für den Fall, dass sie früh zu Hause sind. Wenn sie erst am Nachmittag zurückkommen, essen wir früh zu Abend, dann können sie während der Willkommensfeier Junkfood essen. Ich muss in den Laden gehen und etwas Fingerfood besorgen, und wir brauchen mehr Milch. Ellory geht auch das Hühnchen aus. Oh, und ich möchte eine Ladung Wäsche waschen, damit sie morgen Abend in sauberem, frisch duftendem Bettzeug schlafen können.«

MacGyver lächelte, während er leer auf den Fernseher starrte. Da war er nun, besorgt darüber, ob Addison mit vier Kindern zurechtkommen konnte, aber es schien, als hätte sie die Dinge mehr als im Griff. »Okay. Sag mir, was ich tun soll.«

»Deine Aufgabe wird es sein, den Kindern zu versichern, dass nicht *wir* sie weggeschickt haben. Dass wir alles tun werden, was nötig ist, um sie zurückzubekommen, falls sie wieder jemand mitnimmt. Warte, sag das nicht, das könnte sie beunruhigen, dass es wieder passiert. Liebe sie einfach, Ricky. Das werden sie am meisten brauchen.«

»Das musst du mir nicht sagen, Schatz. Das ist der einfache Teil.«

»Ja«, stimmte sie zu.

Es dauerte nicht lange, bis auch Addison an seiner Seite einschlief. MacGyver hasste diesen verdammten Film, aber er rührte sich nicht, um nach der Fernbedienung zu greifen, weil es eine der beiden hätte aufwecken können. Stattdessen saß er ganz still da, während der Arm taub wurde, den er um Addison gelegt hatte, aber das war ihm egal. Er liebte es, ein Kissen zu sein. Er liebte das Vertrauen, das sie ihm entgegenbrachten, indem sie ihre Deckung vor ihm völlig fallen ließen. Dafür hatte er gekämpft. Dafür waren Männer gestorben. Um ihre Familien sicher und glücklich zu halten.

Er schloss die Augen, lehnte den Kopf gegen die Rückenlehne der Couch und schlief schließlich selbst ein.

# KAPITEL ACHT

Tex hielt sein Wort, und am nächsten Tag um vierzehn Uhr fuhr ein weißer Lieferwagen des Jugendamtes vor dem Haus vor, und Artem, Borysko und Yana sprangen heraus und liefen auf MacGyver zu. Er hatte eine Vorwarnung bekommen, wann sie ankommen würden, und die Erlaubnis erhalten, früher Feierabend zu machen, um dort zu sein. Natürlich wollte sein gesamtes Team auch kommen, zusammen mit ihren Frauen.

So waren alle versammelt, um die Kinder zu begrüßen und sie zu Hause willkommen zu heißen. Es schien, als seien sie wochenlang weg gewesen und nicht nur einen Tag.

Yana weinte, als MacGyver sie hochhob und in den Arm nahm, und auch Artem und Borysko wirkten nicht sehr gefestigt. Zu seiner Erleichterung zogen seine Freunde sich nach der Begrüßung des Trios zurück und ließen ihnen etwas Raum, um unter vier Augen mit den Kinder zu reden.

MacGyver ging auf die Knie und stellte Yana auf die Füße, wobei er auch die beiden Jungen in seine große Umarmung schloss.

»Sie haben uns weggenommen«, sagte Borysko mit Tränen in den Augen.

»Sie haben uns nicht gesagt warum. Es war beängstigend«, sagte Artem zu MacGyver.

Ihm brach das Herz. »Ich weiß. Es tut mir so leid. Ich habe alles getan, was ich konnte, um euch so schnell wie möglich zurückzuholen.«

»Warum haben sie uns mitgenommen?«, fragte Artem.

»Ganz ehrlich? Ich weiß es nicht wirklich. Ich kann nur vermuten, dass es etwas damit zu tun haben könnte, wie ihr in die USA gekommen seid. Jemand war offensichtlich der Meinung, dass die Dinge nicht legal und ordnungsgemäß waren. Aber ich versichere euch, dass ich Freunde habe, die dafür sorgen, dass so etwas nicht noch einmal passiert.«

MacGyver hasste den skeptischen Blick in den Gesichtern der beiden Jungen. Sie waren in ihrem kurzen Leben schon zu oft enttäuscht worden, und er wünschte, er wäre nicht noch eine weitere Person, die zu diesen Gefühlen beitrug ... auch wenn es unbeabsichtigt gewesen war.

»Es war nicht, weil du entschieden, dass du uns nicht willst?«, fragte Artem.

»Nein!«, sagte MacGyver laut. Er holte tief Luft, um seine Gefühle zu kontrollieren. »Ich will euch. Euch alle drei. Ihr habt mir damals in der Ukraine das Leben gerettet. Aber schon vorher war etwas zwischen uns. Ich hatte das Gefühl, dass ihr für mich bestimmt seid. Dass ihr in die Staaten kommen und bei mir leben und erwachsen werden solltet, um später Großes zu vollbringen. Ihr werdet nie erfahren, wie leid es mir tut, dass ihr ohne ein Wort von mir weggebracht wurdet. Ich wusste nicht, dass das passieren würde. Ich schwöre es. Und als ich es herausfand, habe ich alles getan, um euch so schnell wie möglich zurückzubekommen.«

Artem nickte. Dann zuckten seine Mundwinkel. »Die Frau, die uns abgeholt hat, war heute Morgen sehr nett. Sie hat oft gefragt, ob es uns gut geht. Sie wirkte ... ich kenne das Wort nicht.«

»Nervös? Ängstlich? Besorgt?«, schlug MacGyver vor. Ihm war aufgefallen, dass die Frau beim Absetzen der Kinder übermäßig sorgsam gewesen war. Sie hatte sich mehrmals für die Verwechslung entschuldigt und mehr als einmal geschworen, dass die Kinder gut versorgt worden seien. Er vermutete, dass Tex einige Leute beim Jugendamt das Fürchten gelehrt hatte. Er schätzte die Männer und Frauen, die diese Arbeit machten, denn sie musste emotional und körperlich belastend sein, aber er war nicht bereit, jemandem zu vergeben, der daran beteiligt gewesen war, ihm seine Kinder wegzunehmen.

»Ja!«, sagte Artem glücklich.

»Nun, ihr seid jetzt zu Hause, und Addy und ich haben eine kleine Party organisiert. Sie hat eure Lieblingsspeisen zubereitet, eine besondere Torte nur für euch, und Ellory hat sich um die Dekoration gekümmert.«

»Eine Party? Für uns? Wir haben noch nie eine Party gehabt«, sagte Borysko mit großen Augen.

»Nur für euch«, sagte MacGyver. »Ich bin so froh, dass ihr wieder zu Hause seid«, fügte er hinzu, emotional aufgewühlt, diese drei Kinder wieder in den Armen zu halten.

»Zu Hause!«, sagte Yana. Sie hatte Tränenspuren auf den Wangen, aber MacGyver war glücklich, sie wieder lächeln zu sehen.

Er spürte eine Berührung an seiner Schulter und blickte auf, um Addison hinter sich stehen zu sehen.

»Addy!«, rief Yana, löste sich von MacGyver, umkreiste ihn und umarmte Addison. Sie kuschelte sich an sie, hob dann den Kopf und sagte: »Torte!«

Auch Artem und Borysko umarmten Addison.

»Yana hat recht. Sie riecht nach Torte«, sagte Artem lächelnd.

Addison lachte. »Das liegt daran, dass ich in der Küche eine ganz besondere Torte für drei ganz besondere Kinder gebacken habe, die ich kenne.«

»Uns?«, schrie Borysko praktisch.

»Ja.«

»Gehen wir jetzt rein?«, fragte Artem.

»Ja, geht schon. Vergesst nicht, euch bei allen für ihr Kommen zu eurer Party zu bedanken«, ermunterte MacGyver sie.

»Ja! Wir machen!«, sagte Borysko, dann eilten die drei Kinder zur Haustür und zu ihrer Party.

MacGyver stand langsam auf. »Es werden schwierige Zeiten auf sie zukommen, wenn die Aufregung abgeklungen ist«, sagte er traurig.

»Ja, aber wir werden für sie da sein. Wir werden dafür sorgen, dass sie verstehen, dass das, was passiert ist, eine Anomalie war«, sagte Addison, legte ihre Hand in seine und lehnte sich an ihn.

Sofort legte MacGyver einen Arm um ihre Taille. Er liebte es, sie so frei berühren zu können, ohne sich fragen zu müssen, ob sie dachte, er überschreite eine imaginäre Grenze. Jetzt, da sie ihm gesagt hatte, dass er sie berühren durfte, wann immer er wollte, konnte er die Hände nicht mehr von ihr lassen.

Gestern Abend, als der Film vorbei gewesen war und sie steif und wund auf der Couch aufgewacht waren, hatte er Ellory in ihr Zimmer begleitet und sich dann zu Addison ins Bett gelegt. Sie hatte sich, ohne zu zögern, an ihn gekuschelt, und dieses Mal hatte sie nicht geschlafen. Gestern Abend war nicht der richtige Zeitpunkt gewesen, ihr zu zeigen, wie sehr er sich zu ihr hingezogen fühlte, aber dieser Moment würde kommen. Daran hatte er keinen Zweifel. Und die Vorfreude war Segen und Fluch zugleich.

Aber eines wusste MacGyver: Er würde diese Frau nie als selbstverständlich betrachten. In seinen Augen war sie Superwoman. Sie hatte sich, ohne zu klagen, der Aufgabe gestellt. Sie arbeitete nicht nur für ihr Geschäft, sondern auch dafür, dass ihr Haushalt reibungslos und mit so viel Liebe wie möglich funktionierte. Er hätte sich keine bessere Frau zum Heiraten aussuchen können. Ihre Zweckehe entwickelte sich schnell zu seiner Traumbeziehung. Wer hätte das gedacht?

Der Nachmittag war voller Gelächter und viel zu viel Zucker. Die Kinder stopften sich mit der besonderen Torte voll, die Addison für sie gebacken hatte. Als alle nach Hause gingen, war es nach neunzehn Uhr.

»In Ordnung, muss jemand noch Hausaufgaben machen?«, fragte MacGyver.

Artem und Borysko sahen ihn an, als hätte er drei Köpfe.

»Wir haben Party. Keine Schule.«

Aber MacGyver schüttelte den Kopf. »Die Party ist vorbei. Jetzt kehrt wieder Normalität ein. Und das bedeutet Hausarbeit und Hausaufgaben. Wie wollt ihr schlauer werden, wenn ihr eure Schulaufgaben nicht macht? Schnappt euch eure Rucksäcke und wir sehen mal, was da drin ist«, sagte er in seinem sachlichen Ton.

Dreißig Minuten später saß Ellory neben Borysko und half ihm bei seinen Englischhausaufgaben, und Addison war bei Artem und half ihm bei einigen Matheaufgaben. MacGyver saß auf der Couch, hatte Yana auf dem Schoß und las ihr laut ein Buch vor.

Er seufzte zufrieden. Für einen Moment hatte er geglaubt, das alles verloren zu haben. Dass ihm die Kinder, die er so lieben gelernt hatte, als seien sie aus seinem eigenen Schoß entsprungen, irgendwie genommen werden würden. Aber hier waren sie. Alle unter einem Dach. Glücklich und gesund. Vielleicht etwas vorsichtiger, was ihre unmittelbare Zukunft anging, aber er hoffte, dass das schon bald vergehen würde.

Er schuldete Tex viel. Der Mann mochte es nicht, wenn man ihm dankte. Er hasste es sogar. Aber das war ihm egal. MacGyver würde seine Wertschätzung auf eine Weise zeigen, über die der ehemalige SEAL sich nicht beschweren konnte.

Aber wie dankte man jemandem dafür, dass er die Familie gerettet hatte?

Die Schlafenszeit war etwas unruhig. Yana hatte einen Heulkrampf und Artem und Borysko schienen Angst zu haben, das Licht auszuschalten. Aber schließlich, nachdem er drei Bücher gelesen und ein riesiges Nest aus Decken und Kissen auf dem Boden des Jungenzimmers gemacht hatte, in dem sich alle drei Kinder und Ellory niederließen, war alles ruhig.

MacGyver war erschöpfter als nach einigen der Missionen, an denen er teilgenommen hatte, und fiel ins Bett.

»Puh«, seufzte Addison, als sie sich neben ihn legte.

MacGyver zögerte nicht, er streckte eine Hand aus und zog sie näher zu sich heran. Sie kam bereitwillig. Ihr Kopf ruhte auf seiner Schulter, während sie zufrieden seufzte.

»Ich werde morgen früh mit Yanas Lehrerin sprechen. Ich werde sie über die Situation informieren. Es wäre vielleicht eine gute Idee, wenn du dasselbe machst, wenn du Artem und Borysko hinbringst.«

»Natürlich«, versicherte MacGyver ihr.

»Es fühlt sich richtig an.«

»Was denn?«

»Sie zu Hause zu haben.«

MacGyver konnte dem nur zustimmen. »Ja. Wird das einfacher werden?«

»Was?«

»Sie großzuziehen.«

Addison lachte leise. »Nein.«

»Nein?«

»Nein. Dies *sind* die einfachen Jahre. Wenn sie ihre Eltern tatsächlich mögen und bei uns sein wollen. Die Schule macht ihnen nichts aus, es gibt nicht viele Tyrannen. Lernen macht Spaß und sie sind leicht zu unterhalten. Warte, bis sie in Ellorys Alter sind. Die Hormone werden einsetzen. Pickel werden auftreten. Kleinigkeiten werden ihr Leben für immer ruinieren. Soziale Medien. SMS. Handys. Es wird die Hölle sein.«

MacGyver lachte.»Ich kann es kaum erwarten.«

»Ja, ich auch nicht.«

Überraschenderweise waren sie beide aufrichtig.

»Eines Abends, wenn wir mehr Energie haben, werde ich dir zeigen, wie glücklich ich bin, dich bei diesem Abenteuer an meiner Seite zu haben«, sagte MacGyver.

»Also ... in fünfzehn Jahren oder so?«, scherzte Addison.

MacGyver lachte.»Hoffen wir, dass es früher ist.«

Er spürte, wie Addison ein wenig näher heranrutschte. Sie legte einen Arm über seine Bauchmuskeln und bewegte ihren Kopf leicht, um seine Brust zu küssen.»Ja«, stimmte sie zu.

Und wieder hielt MacGyver seine Frau fest, während sie an seiner Seite einschlief. Es wurde schnell zu seiner Lieblingsbeschäftigung. Er hatte eine kurze Vision davon, wie sie dasselbe tat, aber nachdem er sie erschöpft hatte, indem er sie wieder und wieder liebte.

Innerhalb weniger Minuten schlief er mit einem breiten Lächeln im Gesicht ein.

---

Addison war überrascht, dass ihr Leben nach der Aufregung um die Wegnahme der Kinder durch das Jugendamt sehr schnell in einen normalen Rhythmus zurückfand. Tex versuchte, die Adoption zu beschleunigen, und erstaunlicherweise kehrten Artem, Borysko und Yana nach nur ein paar Anlaufschwierigkeiten zu ihrem gewohnten Alltag zurück.

Ihr Tortengeschäft boomte und sie musste eine schwere Entscheidung treffen, um die Anzahl der angenommenen Bestellungen zu begrenzen. Ricky hatte sich kürzlich eines Abends mit ihr zusammengesetzt und gesagt, dass sie sich bis zur Erschöpfung abrackere und er nicht länger bereit sei, ihr dabei zuzusehen. Mit den Kindern und dem Backen hatte sie ihr Limit erreicht.

Also hatte sie sich auf maximal zwei Torten pro Tag beschränkt und festgestellt, dass ihr das angemessenere Tempo tatsächlich Spaß machte. Das Dekorieren war zu einer lästigen Pflicht geworden, und jetzt gefiel ihr wieder, was sie tat. Da sie nur noch ein oder zwei Torten am Tag backte, hatte sie auch an einigen Nachmittagen Zeit, Besorgungen zu machen, sich mit den anderen Frauen zu treffen – was zu einem der Höhepunkte ihrer Woche geworden war – und an Schulaktivitäten teilzunehmen, wenn diese anstanden.

Alles lief so gut, dass Addison die Tatsache, dass Ricky und sein Team bald zu einer Mission aufbrechen mussten, verdrängen konnte. Sie hatten sich während der letzten vier Wochen auf eine Mission vorbereitet und der Countdown lief. Er konnte nicht genau sagen, wann sie losziehen würden, aber er hatte begonnen, mit den Kindern darüber zu sprechen, dass er eine Weile weg sein würde, und er stellte sicher, dass sie verstanden, dass dies Teil seines Jobs war und dass er zurückkommen würde.

Addison wollte nicht daran denken, wie einsam sie ohne Ricky sein würde. Er war eine große Hilfe mit den Kindern. Er war ein sehr engagierter Vater. Sie würden ihn alle sehr vermissen, wenn er weg war.

Und irgendwie hatten sie, obwohl es offensichtlich war, dass sie beide ihre Beziehung körperlich vertiefen wollten, weder die Zeit noch die Energie gefunden, etwas dafür zu tun. Addison genoss die Küsse und das Kuscheln auf jeden Fall. Aber sie war auch frustriert. Es fühlte sich an, als würde immer etwas dazwischenkommen, wenn sie gerade die Entscheidung getroffen hatten, es zu versuchen.

Borysko wurde krank und übergab sich über sein ganzes Bett, was dazu führte, dass sie ihn sauber machen und die Bettwäsche wechseln mussten. Artem hatte einen Albtraum. Yana weinte wegen etwas, das sie nicht gut artikulieren konnte. Das gehörte alles dazu, wenn man Kinder hatte, aber es war trotzdem ärgerlich. Sie wollte ihren Mann und begann, darüber nachzudenken, alle vier Kinder zu Carolines Haus zu schicken, damit sie dort übernachteten, nur damit sie etwas ungestörte Zeit mit Ricky haben konnte.

Einige ihrer Lieblingsmomente waren kurz bevor Ricky aufstand, um zum Stützpunkt zum Training zu fahren. Sie hatte sich angewöhnt, kurz vor seinem Wecker aufzuwachen, und sie genossen ein paar Minuten ruhiger Unterhaltung, bevor er aufstehen musste und sie für ein paar Stunden wieder einschlief.

Dieser Morgen war keine Ausnahme.

»Bist du wach?«, flüsterte er.

Addison nickte an ihm. Wie immer lag sie eng an seiner Seite. Irgendwann in der Nacht hatte sie eines ihrer Beine über seinen Oberschenkel geschoben, und sie konnte fast jeden Zentimeter seines harten Körpers an ihrem eigenen spüren.

»Ich mache mir Sorgen wegen Ellorys Termin«, gab er zu.

Addison auch, aber sie tat ihr Bestes, um seine Ängste zu zerstreuen. »Es ist nur ein Treffen, um die Ergebnisse der Untersuchung des oberen Magen-Darm-Trakts zu besprechen, die sie gemacht haben, und das Darmruheprogramm, das der Arzt versuchen möchte.«

»Ich weiß, aber mir gefällt der Gedanke nicht, dass sie nichts essen kann.«

»Ich glaube, sie freut sich sogar darauf. Du weißt, dass sie in letzter Zeit mehr Schmerzen hatte. Selbst wenn sie genau das isst, was auf ihrer Liste steht, hat sie immer noch Probleme. Das wird wie Fasten sein. Sie wird die Nährstoffe, die sie braucht, durch die speziellen Getränke bekommen und hoffentlich keine schmerzhaften Krämpfe oder Durchfall haben.«

»Ich hasse das für sie.«

»Ich auch. Aber ehrlich gesagt glaube ich, dass Essen für sie meistens sehr stressig ist. Denn sie kann nur daran denken, wie sie sich später dadurch fühlen wird.«

»Was ist mit der Schule? Wird sie noch mehr verspottet, weil sie nichts isst?«

Addison liebte diesen Mann so sehr, weil er sich so um Ellory sorgte. »Sie wird die Mittagspause in der Bibliothek verbringen. Das wurde bereits genehmigt. Du weißt ja, wie gern sie liest. Das ist für sie eine Win-win-Situation.«

»Das Blumenmädchen hat sie nicht geärgert ... nicht mehr als sonst, oder?«

Addison lachte über seinen Spitznamen für Chrysanthemum. »Ellory behauptet, dass sie es nicht getan hat. Nicht seit sie ein paar der Konter verwendet hat, die du ihr beigebracht hast ... was ich für keine so gute Idee halte, aber da sie zu funktionieren scheinen, werde ich dich nicht zu sehr schelten.«

»Hey, ich habe nur gesagt, dass sie, wenn sie sie beleidigt, mit kreativen und unerwarteten Antworten zurückschlagen soll, um sie zu verwirren. Wie zum Beispiel als das Blumenmädchen sagte, dass sie stinke, und Ellory mit den Schultern zuckte und sagte: ›Gut, dass ich nett bin.‹ Und als sie ihr sagte, dass sie dünn wie ein Stock sei, lächelte unser Mädchen nur und sagte: ›Zumindest bin ich nicht hässlich. Und ich kann immer zunehmen, um mich zu verändern.‹ Klassiker.«

Addison tat ihr Bestes, um nicht zu lachen. »Ich bin nur froh, dass ihre Begegnungen nicht gewalttätig geworden sind.«

»Wenn doch, wird Ellory den Boden mit ihr aufwischen«, sagte Ricky selbstgefällig.

Er hatte bisher ein paar Selbstverteidigungsstunden gegeben, und Ellorys Selbstbewusstsein schien nach jedem Mal zuzunehmen. Addison war zwar kein Fan davon, dass ihre Tochter Probleme mit Gewalt löste, aber sie war nicht so naiv zu glauben, dass so etwas nie passieren könnte.

»Also ... heute ist der Arzttermin, und dann?«

»Ich habe heute nur eine Tortenbestellung, also komme

ich zurück, um das zu erledigen. Danach hat Yana ihr Treffen mit der Kinderpsychologin, Artem und Borysko haben Fußball, ich muss einkaufen gehen und falls du es noch nicht bemerkt hast, die schmutzige Wäsche nimmt in diesem Haus überhand.«

Er lachte leise. »Ich werde eine Ladung in die Maschine stecken, bevor ich heute Morgen losfahre.«

»Danke. Weißt du schon, wann du abreist?«

Er seufzte. »Bald. Mehr wissen wir im Moment nicht.«

»Okay.«

Einen Moment lang herrschte Stille zwischen ihnen. Dann bewegte Ricky sich, drückte sie sanft auf den Rücken und beugte sich über sie. Das Nachtlicht im Zimmer war hell genug, dass sie sein Gesicht sehen konnte.

»Ricky?«

»Du hast mir gesagt, dass ich dich überall und jederzeit berühren kann. Gilt das auch jetzt?«, fragte er.

Addison stockte der Atem. Sie konnte nicht sprechen, selbst wenn ihr Leben davon abgehangen hätte. Also nickte sie.

Er strich ihr Haar aus dem Gesicht, fuhr mit den Fingern über ihre Wange bis zum Schlüsselbein ... und dann über ihre Brust. Ihre Brustwarzen verhärteten sich sofort unter dem lockeren Trägerhemd, das sie trug. Aber er hörte nicht auf. Er ließ seine Hand weiter nach unten wandern, bis sie auf ihrem Bauch ruhte.

»Du bist so verdammt schön«, sagte er ehrfürchtig. »Jedes Mal wenn ich dich anschaue, frage ich mich, was zum Teufel du mit mir machst.« Er glitt mit einem Finger unter den Bund der Schlafshorts, die sie trug.

Addison hielt den Atem an.

»Okay?«, fragte er.

Wieder konnte sie nur nicken.

»Ich möchte, dass du dich gut fühlst. Ich möchte dir einen Orgasmus verschaffen. Darf ich?«

»Glaubst du, dass du das kannst?« Die Worte sprudelten einfach aus ihr heraus. Sie zuckte zusammen.

Aber Ricky lächelte nur. »Das klang wie eine Herausforderung.«

»Es ist nur so, dass Männer meiner bescheidenen Erfahrung nach nicht immer gut darin sind, das zu können.«

»Es geht darum, den Signalen einer Frau zu folgen. Wie sie ihre Hüften kreisen lässt. Welche Bewegungen sie zum Stöhnen bringen, was ihre Schenkel unkontrolliert zittern lässt. Wie wäre es damit ... du lässt mich mein Bestes geben, und wenn ich es nicht kann, kannst du mir danach sagen: ›Ich habe es dir ja gesagt.‹ Okay?«

Addison atmete schwer. Sie konnte sich nur mit Mühe davon abhalten, ihn auf den Rücken zu drücken und zu vernaschen. Aber wenn er sie mit den Fingern zum Orgasmus bringen wollte, wer war sie, sich zu beschweren? Zumindest würde es sich gut anfühlen. Im besten Fall würde sie besonders entspannt in den Tag starten. »Okay«, flüsterte sie.

»Heb deine Hüften an«, befahl er.

Sie tat es, und er hatte ihr die Shorts über ihre Hüften und Beine heruntergezogen, bevor sie blinzeln konnte. »Spreiz die Beine für mich. Ja, so. Bleib so. Beweg dich nicht«, befahl er.

Seine Hand bedeckte ihre Muschi, und sie konnte nicht anders, als unter ihm ein wenig zu zucken.

»Ruhig, Addy. Ich habe dich.«

»Es ist eine Weile her«, gab sie zu.

»Für mich auch. Es könnte einen Moment dauern, bis ich wieder den Dreh raushabe.«

»Kommst du zu spät zum Training?« Sie konnte sich die Frage nicht verkneifen.

»Ist mir egal. Jetzt sei still.«

Er bewegte seine Finger, streichelte sie und lernte sie kennen. Dann legte er eine Hand flach auf sie, seine Finger auf ihrem Schambereich und sein Daumen direkt über ihrer Klitoris. Er begann mit einer leichten Liebkosung und übte schließlich immer mehr Druck aus.

Sein Gesicht zu beobachten, während er sie musterte, als er sie liebkoste, war intimer als alles, was Addison je getan hatte. Alles, was er dachte, spiegelte sich darin wider. Er leckte sich die Lippen, runzelte konzentriert die Stirn, lächelte und seufzte zufrieden, als ihre Säfte flossen.

»Genau so. Ich habe dich, Addy. Entspann dich und genieße es.«

Oh, sie genoss es, das war sicher. Ricky wusste genau, was er tat. Er widmete sich einige Momente lang ihrer Klitoris, bewegte sich dann tiefer und tauchte mit den Fingern in ihren Körper ein, bevor er sich wieder ihrer Klitoris zuwandte.

Als er sich über sie beugte und sich auf ihre Schenkel setzte, schaute sie überrascht zu ihm auf. »Ich brauche beide Hände«, sagte er.

Als Addison nach unten schaute, konnte sie seine Erektion unter den Boxershorts sehen, die er im Bett trug. Früher hatte er immer eine Jogginghose getragen, aber in letzter Zeit hatte er sich auf Boxershorts beschränkt. Sie konnte seine Beinbehaarung an ihren Schenkeln spüren, und das steigerte ihre Erregung noch mehr.

Ricky verlagerte erneut das Gewicht, sodass seine Knie nun auf der Innenseite ihrer Schenkel lagen und sie ihre Beine weit öffnen musste.

»Okay?«, fragte er und unterbrach seine Liebkosungen.

»Okay«, bestätigte sie. Addison fühlte sich sehr entblößt und war dankbar, dass das einzige Licht im Raum von den Nachtlichtern kam. Dann bewegte er seinen Daumen zurück zu ihrer Klitoris und sie konnte nicht mehr denken. Sie griff nach unten und packte seine Unterarme. Nicht, um ihn aufzuhalten, sondern um etwas zum Festhalten zu haben.

»So ist es gut. Ich habe dich. Du bist perfekt. Ich kann es kaum erwarten, diese Muschi im Licht zu sehen. Zu sehen, wie dein rotes Schamhaar sich mit meinem dunklen vermischt. Du bist so nass, Schatz. Und du riechst köstlich. Ich will dich kosten. Würde dir das gefallen? Meine Lippen auf dir? Genau so, bewege deine Hüften. Zeig mir, was dir gefällt.«

Addison fühlte sich, als hätte sie eine außerkörperliche Erfahrung. Der Mann zwischen ihren Beinen spielte mit ihr wie ein Meister. Mit einer Hand streichelte er ihre Klitoris und mit der anderen verteilte er die Feuchtigkeit, die aus ihrem Körper sickerte.

Sie zuckte zusammen, als er einen Finger in sie einführte.

»So eng. Du wirst meinen Schwanz umklammern, wenn du mich nimmst. Das wird sich fantastisch anfühlen. Genau so, drück mich. Du fühlst dich so verdammt gut an. Mal sehen, ob ich ... da? Nein, anscheinend nicht. Hier ...?«

Addison war sich nicht sicher, wonach er suchte, aber was sein Daumen mit ihrer Klitoris anstellte, fühlte sich so gut an, dass sie sich auf kaum etwas anderes konzentrieren konnte.

Aber als er seine Hand drehte und einen weiteren Finger in ihren Körper einführte, zuckte sie heftig zusammen, als er etwas tief in ihr berührte.

»Ahhhh, da ist es.«

Er klang selbstgefällig und so stolz auf sich selbst, aber Addison konnte nur fühlen. Es fühlte sich an, als hätte er einen Schockstab oder etwas anderes in ihr. Es war fast schmerzhaft, aber so verdammt gut.

Seine Finger bewegten sich schneller, glitten hinein und hinaus und berührten immer wieder dieselbe Stelle in ihr.

»Ricky!«, rief sie aus.

»Schhh, weck die Kinder nicht auf«, warnte er mit einem kleinen Lachen.

Entsetzt, dass sie unterbrochen werden könnten, presste Addison die Lippen aufeinander und tat ihr Bestes, nicht zu laut zu stöhnen.

»Komm für mich, Schatz. Halte dich nicht zurück. Gib es mir.«

Sie dachte nicht daran, irgendetwas zurückzuhalten. Sie konnte nicht. Sie war Wachs in den Händen dieses Mannes. Ihre Schenkel begannen zu zittern, genau wie er es beschrieben hatte. Als sie an sich hinunterblickte, sah sie, dass Ricky mit einer Ehrfurcht zwischen ihre Beine starrte, die sie noch nie zuvor im Gesicht eines Mannes gesehen hatte.

Dann, bevor sie bereit war, schien ihr Körper von innen heraus zu explodieren. Sie stieß einen kleinen Schrei aus und ihr ganzer Körper verkrampfte sich. Sie umklammerte seine Finger, während sich jeder Muskel anspannte. Der Orgasmus, den er ihr entlockt hatte, fühlte sich an, als hätte er sie unwiderruflich verändert.

Seine Finger in ihr bewegten sich nicht mehr, als sie an ihm pulsierte, und erst als sie ein protestierendes Stöhnen ausstieß, hörte sein Daumen auf, sich über ihrer Klitoris zu bewegen.

Sie fühlte sich, als sei sie gerade einen Marathon gelaufen. Ihr Atem kam stoßweise, ihr Herzschlag pochte fast aus ihrer Brust. Sie konnte nur erschöpft unter ihm liegen, die Beine weit gespreizt.

»Ein kleiner Vorgeschmack, um mir über die Runden zu helfen«, murmelte Ricky, bevor er sich herunterbeugte.

Addison spürte, wie seine Zunge von ihrem Schlitz zu ihrer Klitoris glitt und ihre reichlich vorhandenen Säfte ableckte. Dann setzte er sich auf und leckte sich die Lippen, als hätte er gerade das dekadenteste Dessert gegessen, das man sich vorstellen konnte.

»So verdammt gut«, sagte er. Er beugte sich über sie, seine Hände auf ihren Schultern, sein Schwanz hart und pochend gegen ihre immer noch extrem empfindliche Muschi.

»Guten Morgen, Schatz«, sagte er heiser, bevor er eine Art Liegestütz machte und sich zu ihr hinabließ, um sie zu küssen. Addison konnte sich selbst auf seinen Lippen schmecken, und überraschenderweise machte sie das eher an, als dass es ihr peinlich war.

Mit einer Hand versuchte sie, seinen Schwanz zu umfassen. Sie wollte ihn. In sich. Jetzt. Sie würde sterben, wenn sie ihn nicht sofort tief in ihrem Körper spürte. Aber er hielt ihre Hand fest und führte sie zu seinen Lippen.

Er küsste ihre Knöchel und sagte: »Keine Zeit. Ich muss wirklich zur Arbeit.«

Das Wimmern, das ihr entwich, war nichts, worauf Addison stolz war, aber sie konnte es nicht zurückhalten.

»Bald«, flüsterte er. »Wenn wir uns lieben, wird es nichts Eiliges oder Gehetztes sein, weil einer von uns irgendwo sein muss. Ich werde mir Zeit nehmen wollen. Wenn ich erst einmal in dieser heißen, nassen Muschi bin, werde ich nicht mehr gehen wollen. So wie du meine Finger umklammert hast? Ja, ich kann es kaum erwarten, das an meinem Schwanz zu spüren. Schlaf, Addy. Du hast einen langen Tag vor dir. Lässt du mich wissen, wie das Treffen mit Ellorys Arzt gelaufen ist?«

Sie nickte sofort. »Natürlich.«

»Gut. Ich fange mit der Wäsche an und sehe dich beim Frühstück.«

Dann küsste er sie sanft auf die Stirn und kletterte von ihr herunter. Aber nicht bevor Addison die Beule in seinen Boxershorts sah.

»Ich kann mich darum kümmern, bevor du gehst«, bot sie an.

Aber Ricky lächelte nur. »Noch mal, wenn du mich berührst, komme ich nicht aus diesem Bett. Ich kümmere mich in der Dusche darum. Dauert nicht länger als dreißig Sekunden.« Dann zwinkerte er ihr zu und ging ins Badezimmer.

Der Orgasmus hatte das bewirkt, was er beabsichtigt hatte: Addison war entspannt und müde. Sie hörte, wie die Dusche angestellt wurde, und wie er gesagt hatte, wurde das Wasser keine Minute später abgestellt. Nicht allzu lange danach tauchte er über ihr auf, gekleidet in das T-Shirt und die Shorts, die er beim Training mit seinem SEAL-Team trug.

Er beugte sich über sie und küsste sie noch einmal. Lange und innig. Als er sich zurückzog, wollte Addison ihn sofort wieder.

»Ich liebe es, dich so in unserem Bett zu sehen. Müde, satt und gierig nach mehr«, murmelte er.

Dann drehte er sich um und verschwand durch die Tür. Addison wusste, dass er in den anderen Zimmern kurz nach den Kindern sehen würde, bevor er zum Training aufbrach. Sie hörte, wie die Waschmaschine ansprang, und dann wusste sie nichts mehr, als sie wieder einschlief.

———————

Später an diesem Tag konnte Addison sich noch immer an das Gefühl erinnern, wie Rickys Finger sich in ihrem Körper bewegten. Es war beunruhigend, weil sie sich ihrer weiblichen Körperteile normalerweise nicht so bewusst war, während sie ihren normalen Alltagsaktivitäten nachging. Sie saß im Wartezimmer des Krankenhauses auf dem Militärstützpunkt und wartete darauf, Ellorys Arzt zu sehen. Ihre Tochter war auf der anderen Seite des Raumes und spielte mit einem Kind, das wahrscheinlich zwei oder drei Jahre alt war. Addison hatte keine Ahnung, warum das Kleinkind dort war, aber die Mutter sah erleichtert aus, dass jemand anderes ihren Sohn für ein paar Minuten beschäftigte.

Addison war in Gedanken versunken und erinnerte sich daran, was an diesem Morgen passiert war, als sie jemanden ihren Namen sagen hörte.

»Addison? Addison Wentz? Bist du das?«

Als sie aufblickte, sah sie ein Gesicht, von dem sie nie gedacht hätte, es jemals wiederzusehen.

Ihr Ex.

Brady Vogel.

Es war ein Schock, ihn zu sehen. Niemals hätte sie gedacht, dass er jemals wieder hier in Riverton auftauchen würde. Er war gegangen, nachdem er ihr gesagt hatte, dass er nicht dafür geschaffen sei, Vater zu sein, aber sicher Geld schicken würde, um zu helfen. Sie hatte nie wieder von ihm gehört.

Und jetzt war er hier.

Er trug einen Kittel mit einem Namensschild an der Hüfte. Er setzte sich schnell auf den Stuhl neben ihr und lächelte, als hätte er sie nicht einfach im Stich gelassen, um ihr Kind allein großzuziehen. Er war zwanzig gewesen, als sie sich kennengelernt hatten, sie dreiundzwanzig. Sie waren so jung gewesen. So verdammt jung. Aber bei Ellorys Geburt war er einundzwanzig und mehr als fähig gewesen, die Verantwortung zu übernehmen und der Vater zu sein, den Ellory brauchte ... und ein Mann, auf den Addison sich stützen konnte. Aber das war ziemlich schnell zu Ende gegangen. Er hatte herausgefunden, dass es nicht nur Spaß und Spiel bedeutete, ein Baby um sich zu haben, und das war's. Weg war er.

»Brady«, sagte sie.

»Schön, dich zu sehen. Du siehst toll aus. Wie ich sehe, ist dein rotes Haar nicht schwächer geworden, was?«

Sie widerstand dem Drang, mit den Augen zu rollen. »Bist du Arzt?«, fragte sie, nicht sicher, was er hier wollte.

»Oh nein.« Er lachte etwas zu laut. »Ich bin im Gebäudedienst tätig.«

Addison konnte ihr Schnauben kaum zurückhalten. »Hausmeister.«

»Na ja, aber es wird wirklich gut bezahlt. Vor allem im Gesundheitswesen. Du wärst überrascht, wie viele Leute die Nase rümpfen, wenn es darum geht, ein wenig Blut oder andere Körperflüssigkeiten zu reinigen. Ich bin heutzutage erstaunlich immun gegen den Anblick von Kot.«

Das war besonders ironisch, wenn man bedachte, dass er

hatte würgen müssen, wenn Addison Ellorys Windeln wechselte.

»Was machst *du* denn hier? Warte mal, bist du krank?«, fragte er.

»Nein. Ich bin mit Ellory hier«, sagte Addison und deutete auf das andere Ende des Raumes, wo ihre Tochter noch immer mit dem Kleinkind spielte, ohne zu bemerken, dass ihr leiblicher Vater zum ersten Mal seit fast zwölf Jahren mit ihr im selben Raum war.

Er drehte den Kopf, und die Art, wie seine Augen sich weiteten, war fast schon komisch. »Ach du meine Güte. Sie sieht genau aus wie du. Wie alt ist sie jetzt, acht?«

»Zwölf«, informierte Addison ihn, und die Verärgerung war in ihrer Stimme deutlich zu hören. Die Tatsache, dass er keine Ahnung hatte, wie alt seine eigene Tochter war, hätte sie nicht so sehr überraschen dürfen, und doch war es so.

»Ich möchte sie kennenlernen«, sagte Brady.

Sofort zog Addisons Magen sich zusammen. Sie war nicht bereit dafür. Und sie würde Ellorys Vater definitiv nicht aus heiterem Himmel auf sie loslassen. Sie hatte gerade den Mund aufgemacht, um ihm zu sagen, dass jetzt nicht der richtige Zeitpunkt sei, als eine Krankenschwester den Warteraum betrat und Ellorys Namen rief.

»Wir müssen gehen, tut mir leid«, sagte sie zu Brady und stand auf, was ihr überhaupt nicht leidtat.

»Warte ...«

»Geht nicht, wir haben einen Termin.«

»Kann ich dich anrufen?«

Sie wollte Nein sagen. Dass er zwölf Jahre lang kein Interesse an seiner Tochter gezeigt hatte und sie nicht verstand, warum es jetzt anders sein sollte ... aber Tatsache war, dass der Mann Ellorys leiblicher Vater war. Wenn ihre Tochter ihn in ihrem Leben haben wollte, war das ihre Entscheidung, aber innerhalb der Grenzen, die Addison setzte. Sie würde nicht zulassen, dass Ellory verletzt wurde. Nicht mit allem anderen, mit dem sie sich auseinandersetzen musste.

Sie griff in ihre Handtasche, holte eine Quittung und einen Stift heraus und kritzelte schnell ihre Nummer auf die Rückseite. »Hier ist meine Nummer. Schreib mir später eine SMS, damit ich deine habe, und wir reden darüber.«

»Toll! Danke. Es war schön, dich zu sehen, Addison. Du siehst wirklich gut aus. Vielleicht können wir mal zusammen essen gehen oder so und uns austauschen.«

»Tut mir leid, ich bin verheiratet. Bis dann.«

Es fühlte sich großartig an, das zu ihrem Ex sagen zu können. Keine Ausrede erfinden zu müssen, warum sie nicht mit ihm zu Abend essen wollte. Addison eilte zu Ellory, die mit der Krankenschwester in der Tür wartete. Sie schaute sich noch einmal um, bevor sich die Tür hinter ihnen schloss, und sah, wie Brady ihre Tochter anstarrte. Er hatte einen Ausdruck in den Augen, den sie nicht deuten konnte, aber sie hatte keine Zeit, zu viel darüber nachzudenken. Sie musste sich auf Ellory und ihren Termin konzentrieren.

Aber aus irgendeinem Grund beschlich sie ein ungutes Gefühl. Brady war kein guter Partner gewesen, und er war offensichtlich ein schrecklicher Vater. Sie musste ihm widerwillig zugutehalten, dass er sofort darum gebeten hatte, seine Tochter kennenzulernen. Sie hatte keine Ahnung, was in Zukunft in Bezug auf ihn und Ellory passieren würde ... aber wie bei allem anderen im Leben würde sie sich wohl einfach auf das Abenteuer einlassen müssen.

---

»Wie ist es gelaufen?«, fragte MacGyver, als er Addisons Namen auf seinem Handydisplay sah.

»Der Arztbesuch ... gut. Er ist die Ergebnisse der Untersuchung durchgegangen. Sie wird heute mit dem Darmruheprotokoll beginnen. Zuerst ein paar Tage lang nur Flüssigkeiten, dann viel Eiweiß, viele, aber gute Fette und wenig bis gar keine Ballaststoffe. Wenn das nicht hilft, einige ihrer Symptome zu lindern, werden wir sehen, ob wir das Fasten verlängern können.«

»Ist das gesund?«, fragte MacGyver besorgt.

»Wir werden sie genau beobachten. Und sie muss regelmäßig zum Arzt gehen, um Blutuntersuchungen durchführen zu lassen. Die Hauptsorge gilt ihrem Gewicht.«

»Gut. Also ... was ist noch passiert?«

»Was meinst du? Woher weißt du, dass noch etwas passiert ist?«, fragte Addison.

»Du hast gesagt, dass der Arztbesuch gut verlaufen ist, was darauf hindeutet, dass etwas anderes *nicht* gut verlaufen ist«, sagte MacGyver.

Sie seufzte. »Es ist nichts, worüber ich am Telefon sprechen möchte.«

»Geht es dir gut? Den anderen Kindern?«, fragte MacGyver eindringlich.

»Uns geht es gut. Ich bin heute nur jemandem aus meiner Vergangenheit begegnet und möchte mit dir darüber sprechen. Später.«

»Okay. Bist du sicher, dass es dir gut geht?«

»Ich bin mir sicher. Wie war dein Tag? Gibt es schon Neuigkeiten?«

MacGyver wusste, dass Addison das fragen würde. Er wünschte, er hätte ein genaues Datum, wann sie sich auf den Weg in den Nahen Osten machen würden, aber die Spannungen dort waren in diesen Tagen hoch und die Marine hatte viele Eisen im Feuer. Die Lage war also ziemlich unübersichtlich. Aber in Wahrheit war das gesamte Team bereit. Sie hatten studiert, recherchiert und trainiert und waren bereit, sich auf den Weg zu machen, um die hochrangige Zielperson, die sie verfolgt hatten, auszuschalten. Er war kein guter Kerl, und niemand würde es bedauern, wenn er weg wäre.

»Bald, Schatz. Mehr kann ich im Moment nicht sagen.«

»Okay. Gibt es etwas Bestimmtes, was du zum Abendessen möchtest?«

MacGyver verehrte diese Frau. Er nahm an, dass es zum Teil daran lag, dass sie so lange alleinerziehend gewesen war, aber sie konnte sich so leicht anpassen. Er hatte keine Bedenken, sie zurückzulassen, wenn er auf Mission war. Nun, keine Bedenken, dass sie in der Lage sein würde, vier Kinder und ein Unternehmen zu versorgen und dabei nicht den Verstand zu verlieren. Er machte sich definitiv Sorgen um ihr Wohlergehen, aber das tat er jedes Mal, wenn er sie verließ. Es war ein seltsames Gefühl, eines, das er noch nie zuvor bei jemandem verspürt hatte, aber nachdem er mit Kevlar, Safe, Blink und Preacher gesprochen hatte, wurde ihm klar, dass es einfach ein Teil davon war, wenn man jemanden mehr liebte als jemals zuvor.

Liebe.

Er *liebte* Addison. Das Gefühl war von Anfang an da gewesen, als er sie um ihre Hand gebeten hatte, aber es war seitdem exponentiell gewachsen. Mit jedem Tag, den er mit ihr verbrachte, und je besser er sie kennenlernte, wuchs seine Überzeugung, dass sie die perfekte Frau für ihn war. Jetzt musste er nur noch herausfinden, wie er sie dazu bringen konnte, ihn genauso zu lieben. Das war der Haken. Er hatte keine Ahnung, wie er das anstellen sollte.

»Ricky? Abendessen?«

»Tut mir leid, nein. Was immer du kochst, ich esse es.«

»Leber mit Zwiebeln?«

MacGyver würgte fast, als er die Worte nur hörte. »Ähm ...«

Sie ließ ihn vom Haken und kicherte. »Nur ein Scherz. Ich weiß, wie sehr du dieses Zeug hasst. Ich habe die Geschichte nicht vergessen, die du mir erzählt hast, als du es im Haus eines

Würdenträgers im Ausland hinunterschlucken musstest. Wie wäre es mit Hamburgern?«

»Klingt perfekt. Addy ... geht es dir wirklich gut?«

»Ja. Danke. Und wir reden heute Abend, versprochen.«

»Okay. Ich wünsche dir noch einen schönen Tag und lass mich wissen, wenn du mich brauchst.«

»Ich brauche dich immer, aber ich denke, ich komme schon klar.«

Sein Schwanz zuckte bei ihren Worten. Sie hatte keine Ahnung, was sie mit ihm anstellte. Dann kicherte sie wieder ... und er dachte, dass sie es vielleicht doch wusste und die Macht genoss, die sie über ihn hatte.

»Du bringst mich um, Addy«, sagte er.

»Ich will dich nur auf Trab halten. Wir sehen uns, wenn du nach Hause kommst. Pass auf dich auf.«

»Immer. Bis später.«

»Tschüss.«

Es fiel ihm schwer, ihre Gespräche nicht mit »Ich liebe dich« zu beenden, aber er wollte sie auf keinen Fall verschrecken, also behielt er seine Gefühle vorerst für sich. Aber nach diesem Morgen, nachdem er gespürt hatte, wie sie unter und um ihn herum kam, fühlte MacGyver sich besser, dass er ihr zeigen konnte, wie viel sie ihm bedeutete, auch wenn er die Worte noch nicht sagen konnte. Nach diesem Morgen gab es kein Zurück mehr. Nicht nachdem er gespürt hatte, wie feucht sie für ihn wurde. Wie sie schmeckte.

Lächelnd ging MacGyver die Treppe hinauf zum Konferenzraum, den er und sein Team heute benutzten. Sie mussten noch ein paar Dinge besprechen, dann waren sie für heute fertig. Es gab nichts, was er weniger wollte, als das Land zu verlassen, jetzt, da es mit seiner Frau endlich körperlich voranging, aber er hatte so lange gewartet. Er konnte noch ein wenig länger warten, um Addison in jeder Hinsicht zu seiner Frau zu machen.

# KAPITEL NEUN

Später am Abend, als die Kinder im Bett waren, wusste Addison, dass es Zeit war, mit Ricky über Brady zu sprechen. Sie wollte es nicht. Sie hatte immer noch ein mulmiges Gefühl, dass ihr Ex so plötzlich wieder in ihr Leben getreten war. Sie konnte nicht genau sagen warum, aber es lief so gut mit ihr, Ricky und ihrer Familie, dass sie nicht anders konnte, als zu glauben, dass Bradys Ankunft alles durcheinanderbringen würde ... auf eine nicht so gute Weise.

»Komm her«, sagte Ricky vom Sofa aus und streckte ihr eine Hand entgegen.

Addison ging zu ihm und ließ sich von ihm neben sich ziehen. Sie lehnte sich an ihn und spürte, wie sich ein Teil des Stresses des Tages ein wenig auflöste. Bei ihm zu sein tat ihr immer gut. Sie war eine unabhängige Frau, seit über einem Jahrzehnt alleinerziehende Mutter, und doch war es ein Geschenk, das sie bis jetzt nicht wirklich zu schätzen gewusst hatte, jemanden zu haben, an den sie sich anlehnen und mit dem sie über stressige Situationen sprechen konnte.

Sie beschloss, nicht um den heißen Brei herumzureden, sondern Ricky direkt zu erzählen, was im Krankenhaus passiert war. Sie setzte sich ein wenig auf und sagte: »Ellorys leiblicher Vater war heute im Krankenhaus.«

»*Was?* Machst du Witze?«

Okay, vielleicht war es keine so gute Idee, Ricky diese Neuigkeit so zu überbringen. Er war offensichtlich schockiert, aber überraschenderweise klang er auch sauer. »Nein. Wir haben darauf gewartet, aufgerufen zu werden, als er auf mich zukam.«

»War Ellory auch da?«

»Na ja, schon, aber auf der anderen Seite des Raumes. Sie hat ihn nicht gesehen und nicht gehört, worüber wir gesprochen haben.«

»Was wollte er? Wo war er die ganze Zeit? Hat er sich dafür entschuldigt, dass er dich mit einem Kleinkind allein gelassen hat? Dass er dir nichts von dem versprochenen Geld geschickt hat?«

»Ähm ... nein zu den letzten beiden Fragen, und ich weiß nicht, wo er war. Er schien genauso überrascht zu sein, mich zu sehen, wie ich, ihn zu sehen. Ich schätze, er arbeitet dort. Im Krankenhaus. Er ist Hausmeister.«

»Und? Was wollte er?«, fragte Ricky, dessen haselnussbrauner Blick sich in ihren bohrte.

»Er sagte, er wolle Ellory treffen. Ich nehme an, er will sie kennenlernen.«

Daraufhin stand Ricky auf und begann, auf und ab zu gehen. »Nein.«

»Ricky, er ist ihr Vater.«

»Ist er das?«, konterte er, blieb stehen und starrte sie an. »War er da, als sie mitten in der Nacht geweint hat? Wie viele Windeln hat er gewechselt? Er hat dir keinen Cent geschickt, Addison. Er ist abgehauen, ohne sich noch einmal umzusehen, als sie einen Monat alt war. Und *jetzt* will er ein Teil ihres Lebens sein? Das ist Schwachsinn.«

Addison hätte nicht überrascht sein dürfen, dass er ihrem

Ex gegenüber feindselig eingestellt war, und doch war sie es irgendwie. Aber das zeigte nur, was für einen guten Mann sie geheiratet hatte. Er war erst seit so kurzer Zeit Vater, und doch war er für ihre Tochter mehr Vater, als es ihr Erzeuger je gewesen war.

»Ricky? Setz dich. Bitte«, sagte Addison und tätschelte das Kissen neben sich.

Sie sah, wie er tief durchatmete, bevor er wieder an ihre Seite zurückkehrte.

»Ich weiß. Ich habe dasselbe gedacht wie du. Aber er ist nun mal ihr leiblicher Vater. Was für eine Mutter wäre ich, wenn ich ihr nicht erlauben würde, ihn wenigstens kennenzulernen?«

»Eine kluge?«, knurrte Ricky.

Addison seufzte. Er machte es ihr extrem schwer, aber sie verstand es. Das tat sie wirklich.

»Entschuldige, ich beschütze sie«, sagte Ricky und fuhr sich mit der Hand durch die Haare. »Und dich. Ich mag diesen Kerl nicht. Ich weiß, ich habe ihn noch nicht einmal getroffen, aber was für ein Mann verlässt seine Freundin direkt nach der Geburt seiner Tochter?«

»Ein junger, unreifer Mann?«, fragte Addison mit einem Achselzucken.

»Das ist keine Entschuldigung. Es gibt viele Väter, die jung sind oder jünger als dein Ex, die Verantwortung übernommen haben. Sie haben ihre Kinder nicht im Stich gelassen. Ich stelle nur seine Motive infrage. Er hätte sich jederzeit melden können. Warum jetzt? War es wirklich ein Zufall, dass er dich heute gesehen hat? Wusste er die ganze Zeit, dass du hier in Riverton bist? War er hier? Moment, ist er verheiratet? Hat er noch andere Kinder?«

»Ich weiß es nicht.«

Jetzt war Ricky an der Reihe zu seufzen. »Okay. Und was jetzt?«

»Ich muss mich wohl mit Ellory zusammensetzen und mit ihr reden. Ihr sagen, dass ihr leiblicher Vater hier in der Stadt lebt und sie kennenlernen möchte. Danach können wir weitersehen. Sie ist ein kluges Kind. Wenn er Hintergedanken hat, wird sie das spüren. Aber wenn er es ernst meint mit seinem Wunsch, seine Tochter kennenzulernen, dann will ich das für sie.«

»Wirst du Unterhalt für das Kind verlangen?«, knurrte Ricky fast.

»Nein.«

»Das solltest du aber.«

»Die Sache ist die: Wenn er anfängt, mir Geld zu geben, gibt ihm das mehr Recht, Ellory zu sehen. Wenn es nicht gut läuft, möchte ich nicht, dass sie *gezwungen* ist, ihn zu sehen. Ja, er könnte mich immer noch vor Gericht bringen, aber ich glaube nicht, dass er das tun wird.«

»Du kennst die Person, die er jetzt ist, nicht.«

»Stimmt. Aber trotzdem will und brauche ich sein Geld nicht.«

»Was brauchst du von mir?«

Genau das war einer der vielen Gründe, warum sie diesen Mann liebte und respektierte. Es war offensichtlich, dass er nicht glücklich darüber war, dass Brady wieder in ihr Leben trat, aber er war bereit, sie zu unterstützen, während sie sich mit dieser neuen Situation auseinandersetzten ... und das bedeutete ihr die Welt.

»Ich werde ihn auf keinen Fall mit ihr allein lassen, zumindest am Anfang nicht. Kommst du mit, wenn wir uns mit ihm treffen?«

»Das ist selbstverständlich. Auf keinen Fall würde ich euch allein gehen lassen. Was noch?«

»Hilfst du mir, sie zu beobachten? Auf Anzeichen dafür zu achten, dass sie sich mit ihm trifft, weil sie denkt, dass es das ist, was *ich* will, oder dass sonst etwas nicht stimmt? Hörst du ihr zu, wenn sie darüber sprechen möchte? Ich bin mir nicht sicher, ob sie mit mir darüber sprechen wird, wie sie sich fühlt.«

»Das kann ich machen. Wie geht es *dir* damit?«, fragte Ricky.

»Es geht nicht wirklich um mich.«

»Natürlich geht es darum. Das ist ein Mann, von dem du einmal dachtest, dass du den Rest deines Lebens mit ihm verbringen würdest. Du hattest ein Kind mit ihm. Und dann ist er einfach gegangen, und jetzt ist er aus heiterem Himmel zurück. Hast du noch Gefühle für ihn?«

»Was? Nein! *Zum Teufel, nein.* Ich bin ein völlig anderer Mensch als mit Anfang zwanzig. Außerdem, warum sollte ich ihn wollen, wenn ich dich habe?«

Ricky lächelte. »Stimmt.«

»Ein großer, böser Navy SEAL oder ein Versager von Vater ... kein Vergleich«, sagte Addison.

»Hey ... hörst du das?«, fragte Ricky und neigte den Kopf zur Seite.

Addison runzelte die Stirn. »Nein? Ich höre nichts.«

»Genau. Die Kinder schlafen. Mit etwas Glück bleibt das auch so. Was hältst du davon, wenn wir in unser Schlafzimmer gehen?«

Und Addison verstand sofort, worauf er anspielte. »Ja.«

»Ja?«, fragte Ricky.

Als Antwort darauf stand Addison auf und streckte ihm schweigend eine Hand entgegen.

Er stand auf, nahm ihre Hand und führte sie den Flur entlang zu ihrem Schlafzimmer. Er schloss die Tür fest hinter sich und drehte sich zu ihr um. »Sei dir sicher, Addy.«

»Ich bin mir sicher«, sagte sie und spürte, wie Vorfreude durch ihre Adern strömte.

»Geh schon mal ins Badezimmer«, befahl er und blickte ihr dabei unverwandt in die Augen.

Addison wich von ihm zurück in Richtung Badezimmer und drehte sich erst um, als sie durch die Tür war. Drinnen holte sie tief Luft, benutzte dann schnell die Toilette und putzte sich die Zähne. Sie war in wenigen Minuten fertig und mehr als bereit für das, was kommen würde.

Ricky stand noch immer dort, wo sie ihn zurückgelassen hatte. In der Mitte des Raumes starrte er auf die Tür hinter ihr, als hätte er Angst, sie würde sich wieder umdrehen und aus dem Badezimmerfenster springen oder so etwas.

»Alles erledigt«, sagte sie und fühlte sich ein wenig unbehaglich.

Ricky nickte schließlich und blieb auf dem Weg an ihr vorbei stehen, um sie auf die Schläfe zu küssen, bevor er ins Badezimmer ging.

In der Sekunde, in der sich die Tür hinter ihm schloss, wirbelte Addison zur Kommode herum. Sie zog ihre Schlafshorts und ihr Oberteil heraus und streifte ihre Kleidung ab. Sie schaffte es gerade noch unter die Decke, als die Badezimmertür sich wieder öffnete.

Zu ihrer Überraschung kam Ricky völlig nackt heraus. Addison hatte das Gefühl, dass ihr der Mund offen stand, aber sie konnte nichts dagegen tun. Sie hatte den Mann nur in seinen Boxershorts gesehen, aber *nichts* hätte sie auf den Anblick vorbereiten können, den er ihr bot, als er kein einziges Kleidungsstück mehr am Leib trug.

Er war sexy, gut gebaut und einschüchternd.

Sie war eine Mutter in den Dreißigern. Ja, sie war groß und schlank ... aber fast zu schlank. Sie hatte sich immer gewünscht, mehr Kurven zu haben. Auf keinen Fall wollte sie sich Gedanken darüber machen, wie sie gerade aussah, aber sie konnte nicht anders, wenn sie mit Rickys absoluter Perfektion konfrontiert wurde.

Er zögerte nicht, zum Bett zu gehen und die Bettdecke

zurückzuziehen. Er kletterte hinein und rutschte zu Addison, die wie erstarrt auf einen Ellbogen gestützt dalag.

»Hey«, sagte er leise.

»Hey«, erwiderte sie.

»Wir müssen das nicht tun, wenn du noch nicht bereit bist«, sagte er, da er offensichtlich ihre Körpersprache las.

»Doch, ich will es. Ich bin nur ... Ricky, du bist perfekt.«

Er schnaubte. »Wohl kaum.«

Addison leckte sich nervös über die Lippen.

Eine seiner Hände ruhte auf ihrem Brustbein in der Mitte ihres Oberkörpers. »Atme, Addy. Lass mich dafür sorgen, dass du dich gut fühlst. Wir können einfach das Gleiche machen wie heute Morgen. Hier gibt es keinen Druck. Keinen. Verstanden?«

Und einfach so legten sich ihre Nerven. Dies war Ricky. Der Mann, der nicht mit der Wimper zuckte, wenn er ein mit Urin vollgesogenes Bettlaken wechseln musste. Der Mann, der Yana geduldig viermal hintereinander dasselbe Buch vorlas, weil sie es von ihm verlangte. Der sich freiwillig bereit erklärte, am Tag der Berufe in Ellorys Schule teilzunehmen, obwohl er und sein Team gerade mitten in der Planung einer wahrscheinlich sehr gefährlichen Mission an einem entlegenen Ort der Welt steckten. Der sich gegen Ellorys Tyrannen zur Wehr setzte. Der sich weigerte, drei Waisenkinder in einem vom Krieg zerrütteten Land zurückzulassen. Der nicht nur heiratete, um diesen Kindern zu helfen, sondern auch, weil er wusste, dass sie eine Krankenversicherung für ihre Tochter brauchte.

Ricky mochte einen Körper haben, der durch unzählige Trainingsstunden und gefährliche Dinge geformt worden war, aber es war sein Herz, in das sie verliebt war. Selbst wenn dieser Mann fünfzig Kilo zunehmen und einen Bierbauch bekommen würde, wäre er immer noch der einzige Mann, den sie in ihrem Leben haben wollte ... und in ihrem Bett.

Sie setzte sich auf, zog ihr Oberteil über den Kopf und legte sich wieder hin. Es war das erste Mal, dass sie sich ihm so entblößt hatte, und sie konnte nicht anders, als den Atem anzuhalten.

Aber sie hätte sich keine Sorgen machen sollen. Rickys Pupillen weiteten sich so sehr, dass sie den haselnussbraunen Ring drumherum kaum noch sehen konnte. Dann senkte er den Kopf.

Während er eine ihrer Brüste mit der Hand bedeckte, saugte er an ihrer anderen Brustwarze.

Addison stieß einen leisen, verhaltenen Lustschrei aus und krümmte sich ihm entgegen.

Er machte keine halben Sachen, er saugte und knabberte und leckte an ihrer Brustwarze, bis sie so hart war, dass es fast wehtat. Addisons Bauch verkrampfte sich vor Verlangen und sie spürte, wie ihre Muschi vor Erregung zu sprudeln begann.

»Ricky«, murmelte sie, vergrub die Finger in seinem Haar und hielt ihn an sich gedrückt.

Er bewegte sich und ging zu ihrer anderen Brustwarze über. Seine Bartstoppeln kratzten leicht an der empfindlichen Haut ihrer Brust, während er sie verwöhnte. Sie konnte seine Erektion an der Seite ihres Oberschenkels spüren und es war ein berauschendes Gefühl. Sie, die Frau, die man wegen ihrer Flachheit, ihrer Schlankheit, ihrer Größe, ihrer Rothaarigkeit und ihrer Sommersprossen verspottet hatte, erregte diesen fantastischen Mann. Er konnte jede Frau haben, die er wollte, das wusste sie ohne Zweifel, und doch war er hier bei *ihr*.

Ricky hob den Kopf und begegnete ihrem Blick mit seinem eigenen. Seine Hand ersetzte seinen Mund und er spielte mit ihrer erigierten Brustwarze, während er auf sie hinunterstarrte. »Ich möchte es langsam angehen lassen, aber ich glaube nicht, dass ich das kann«, sagte er.

»Die Kinder könnten aufwachen«, hauchte Addison. »Schnell ist gut. Denn wenn du jetzt aufhörst, muss ich dich vielleicht umbringen.«

Er lachte, schien es aber nicht eilig zu haben, die Dinge voranzutreiben.

»Ricky?«, fragte sie und hielt sich nervös an seinem Bizeps fest.

»Schhhh«, murmelte er. »Ich präge mir diesen Moment ein. Den Moment, in dem ich zum ersten Mal mit meiner Frau Liebe mache.«

Ihre Muschi zuckte.

Er bewegte sich, bis er zu ihren Füßen kniete. »Hoch«, befahl er.

Es war wie ein Déjà-vu von heute Morgen, als er ihr die Schlafshorts ausgezogen hatte. Dieses Mal riss er sie ihr jedoch mit viel weniger Feingefühl von den Beinen. Dann rutschte er auf den Knien vorwärts und zwang sie, ihre Beine weiter zu spreizen.

Als Addison zu ihm aufsah, spürte sie, wie ihr Herz heftig in ihrer Brust pochte.

»Ich liebe deine Sommersprossen«, murmelte er und ließ seinen Blick an ihrem Körper auf und ab schweifen.

»Das ist gut so«, scherzte sie. »Denn wenn ich zu viel Sonne abbekomme, scheinen sie sich zu verzehnfachen.«

»Eines Tages werde ich jede einzelne küssen«, sagte Ricky und fuhr mit dem Finger über die Sommersprossen um ihre Brüste.

»Ricky«, flüsterte sie.

»Ja?«

»Bitte.«

»Bitte was?«, fragte er grinsend.

Er spielte mit ihr, und Addison konnte sich nicht entscheiden, ob sie verärgert oder amüsiert war. Sie nahm die Sache selbst in die Hand – im wahrsten Sinne des Wortes – und beugte sich vor, um ihre Hand um seine Erektion zu legen.

Er atmete scharf ein, bevor er erschauderte. Obwohl er über ihr schwebte, hatte Addison in diesem Moment das

Gefühl, die ganze Macht zu haben. Er stützte sich mit einer Hand auf ihrer Schulter über ihr ab und drückte mit der anderen eine ihrer Brustwarzen.

Zu ihrer Überraschung wurde Rickys Schwanz noch härter, als sie ihn streichelte. An der Spitze bildete sich ein Lusttropfen, den sie benutzte, um die Eichel zu befeuchten, während sie ihre Liebkosungen fortsetzte.

»Verdammt, Addy, warte mal eine Sekunde«, bat Ricky plötzlich und schluckte schwer.

Sie erstarrte, nicht sicher, was los war.

Er setzte sich auf, nahm ihre Hand von seinem Schwanz und legte sie auf seine Brust. »Ich habe keine Kondome«, sagte er.

Scheiße. Sie hatte nicht einmal an Verhütung gedacht. Was dumm war, denn sie war schon einmal schwanger geworden, obwohl sie damals verhütet hatte.

»Es tut mir so leid. Ich hätte nie ... Ich hätte nicht gedacht ... *Verdammt*«, fluchte Ricky. Er schloss die Augen und holte tief Luft. Dann riss er die Augen auf und sah entschlossener aus als je zuvor. »Ist schon gut. Ich kann dich trotzdem zum Höhepunkt bringen.«

»Ich habe welche«, platzte es aus Addison heraus.

»Was?«

»Ich habe Kondome«, sagte sie und spürte, wie ihre Wangen heiß wurden. »Ich habe sie letzte Woche gekauft. Ich weiß nicht warum, ich dachte einfach ... es sei vielleicht eine gute Idee.«

»Du bist ein verdammtes Genie. Wo?«, fragte Ricky.

Addison drehte den Kopf und nickte zur Kommode hinüber. »Oberste Schublade. Rechte Seite.«

Ricky bewegte sich, noch bevor sie zu Ende gesprochen hatte. Er riss die Schublade auf, in der sie ihre Socken aufbewahrte, und lächelte, als er die Schachtel hochhielt.

»Du hast sogar die richtige Größe gekauft. Extragroß.«

Addison rollte mit den Augen. Die Wahrheit war, dass sie keine Ahnung gehabt hatte, welche Größe sie nehmen sollte, aber bei der Erektion, die sie ab und zu an ihrem Bein gespürt hatte, hatte sie das Gefühl, dass er die größeren brauchen würde. Sie hatte recht behalten.

Kondome flogen durch die Luft, als er die Schachtel hastig aufriss, aber sein Grinsen verschwand nie. Er hatte eine Packung im Mund, als er sich wieder über sie legte. Er spreizte ihre Beine erneut und riss dann die Folie auf.

Addison sah zu, wie er das Kondom über seine Erektion rollte. Sie hätte es vorgezogen, wenn er keines getragen hätte, aber sie nahm kein Verhütungsmittel, und vier Kinder waren im Moment mehr als genug, vielen Dank auch. Sie wagte es nicht, ihm anzubieten, auf den Schutz zu verzichten.

»Ich werde nicht lange durchhalten, wenn ich erst einmal in deiner heißen, feuchten Muschi bin, also müssen wir sicherstellen, dass du bereit bist, mich zu nehmen.« Und damit legte Ricky eine Hand auf ihren Bauch, wie er es am Morgen getan hatte, und machte sich sofort daran, ihre Klitoris mit dem Daumen auf eine Art zu streicheln, von der er wusste, dass sie sie am liebsten mochte.

Es dauerte nicht lange, bis Addisons Verlangen zunahm. Rickys andere Finger waren mit ihrem Saft bedeckt, als er sie benutzte, um sie auf ihn vorzubereiten, indem er sie sanft in ihre Muschi hineinstieß.

»So ist es gut, Schatz. Komm für mich. Du bist fast so weit.«

Das war sie. Addison presste die Lippen zusammen und explodierte.

---

MacGyver hatte noch nie etwas so Schönes gesehen wie seine Frau, die sich unter ihm wand und zum Orgasmus kam. Ihre Brust war mit roten Flecken übersät und ihre Brustwarzen waren steinhart. Sie hatte keine sehr großen Brüste, aber er hatte festgestellt, dass sie extrem empfindlich waren. Er schwor sich, sie allein durch das Spielen mit ihnen zum Orgasmus zu bringen ... später.

Im Moment musste er sich zusammenreißen, um nicht zwischen ihre klatschnassen Schamlippen zu tauchen und sie so zu nehmen, wie er es sich wochenlang erträumt hatte.

Er liebte es, wie ihre Schenkel zitterten, als sie kam. Wie sich ihr Bauch sichtbar zusammenzog. Wie fest sie seine Finger mit ihrer Muschi umklammerte und wie sie für ihn triefte.

MacGyver war ein Idiot, dass er keine Kondome hatte, aber Addison, die großartige, organisierte Geschäftsfrau und Mutter, die sie war, hatte sich darum gekümmert. Als er auf seinen Schwanz hinunterblickte, wünschte er sich, er könnte das Gummi abreißen und sie vollkommen nackt nehmen, aber er würde seine Frau auf keinen Fall so respektlos behandeln. Bis sie sich hinsetzen und über Babys und Verhütung sprechen konnten, würde er keine ungeplante Schwangerschaft riskieren.

Addison zuckte immer noch vor Lust, als er die Spitze seines Schwanzes zwischen ihre Beine schob. Er biss sich auf die Lippe und griff nach der legendären Kontrolle, die er bei der Arbeit hatte. Aber keine Mission war so schwierig gewesen wie das Warten auf Addisons Zustimmung.

Sie ließ ihn nicht warten. Sie hob die Beine an und legte ihre Knöchel auf seine Schultern.

»Bitte«, flüsterte sie und durchbohrte ihn mit einem Blick aus ihren grünen Augen.

»Halt dich fest«, sagte er mit heiserer Stimme. Dann war er mit einem einzigen Stoß bis zu den Hoden in ihr.

Sie schnappten beide nach Luft. MacGyver hatte in seinem ganzen Leben noch nie etwas so Angenehmes empfunden. Er hatte schon oft Sex gehabt, aber nichts hatte sich jemals so angefühlt. Er war auf Augenhöhe mit Addison und es war faszinierend und intim zu sehen, wie sich die Röte auf ihrer Brust über ihren Hals und ihre Brüste ausbreitete.

»Beweg dich«, befahl sie.

Aber MacGyver schüttelte den Kopf. Er konnte nicht. Wenn er sich bewegte, würde er kommen. Daran hatte er keinen Zweifel. Das Vergnügen, in ihr zu sein, war so intensiv. Er fühlte sich wie eine Jungfrau.

Dann lächelte seine Frau zu ihm auf und spannte ihre inneren Muskeln an.

Ein Schwall von Lusttropfen schoss aus seinem Schwanz.

»*Leck mich!*«, rief er aus.

»Vielleicht später«, neckte Addison ihn.

MacGyver setzte sich auf, hielt ihre Beine auf seinen Schultern und wusste, dass er etwas tun musste, um sie abzulenken. Um sie genauso zu quälen, wie er in diesem Moment gequält wurde. Er schaffte es, zwischen sie zu greifen, und begann erneut, ihre Klitoris zu streicheln.

Sie zuckte in seinem Griff und stöhnte. Aber der Witz ging auf seine Kosten, denn wenn er versuchte, sie mit Vergnügen zu quälen, verletzte er sich eigentlich nur selbst. Ihre inneren Muskeln zogen sich zusammen und entspannten sich einmal, dann noch einmal, als er ihre Lust steigerte. Sie fickte ihn im Grunde von innen heraus – und er hatte es satt, sich zurückzuhalten.

Er nahm ihre Füße von seinen Schultern, legte sie um seinen Rücken und beugte sich dann wieder über sie. Sie starrte zu ihm auf, als er zu stoßen begann. Rein und raus. Rein und raus. In einem gleichmäßigen Rhythmus.

Addison hakte ihre Knöchel an seinem Hintern ein, während sie sich an seinem Bizeps festhielt. Ihr Körper bewegte sich auf dem Bett auf und ab, während er sie nahm. Ihre Brüste waren nicht groß genug, um bei seinen Bewegungen zu schwingen, aber er konnte sehen, wie sie wackelten, wenn ihr ganzer Körper bei seinen Stößen gegen die Matratze gepresst wurde.

Er konnte das. Es in die Länge ziehen. Es gut für sie machen ...

Bis sie eine Hand zwischen sie schob und seinen Schwanz streichelte, als er sich aus ihrem Körper zurückzog. Dann verlor er die Beherrschung und begann, sie hart und schnell zu ficken.

Sie stöhnten beide, und MacGyver spürte, wie Addisons Hüften ihm bei jedem Stoß entgegenkamen. Seine Hoden klatschten bei jeder Bewegung gegen ihren Hintern, und er konnte Sex an ihren Körpern und auf der Bettwäsche riechen. Jeder Sinn war darauf ausgerichtet, Liebe mit ihr zu machen, und er konnte sich an nichts erinnern, was sich jemals besser angefühlt hatte, als mit seiner Frau zusammen zu sein.

Zu seiner Überraschung begannen ihre Beine zu zittern. Sie kam wieder. Verdammt, war das schon das dritte Mal? Er liebte es, dass seine Frau multiorgastisch war, das würde zukünftige Liebesspiele noch aufregender machen.

Aber ihr Orgasmus bedeutete, dass sich jeder Muskel in ihrem Körper verkrampfte, was es für ihn schwieriger machte, in ihre Muschi hineinzustoßen. Und das führte dazu, dass er die Kontrolle verlor, an der er mit jeder Faser seines Körpers festgehalten hatte. Sie machte ihn schwach wie ein Kätzchen – und er liebte es verdammt noch mal.

Obwohl er kurz davor war, überraschte sein Orgasmus ihn dennoch. Er setzte bei einem Stoß ein, und als er sich vollständig in Addison vergrub, ließ er los. Ein zu lautes Stöhnen entwich seinem Mund und es fühlte sich an, als sei er von innen nach außen gekehrt worden. Er kam weiter und füllte das Kondom bis zum Rand. Und doch zuckte sein Schwanz immer noch.

»Heilige Scheiße«, sagte er, als er auf Addison zusammensackte und sich in letzter Sekunde auffing, um sie nicht zu erdrücken.

Sie kicherte, und das Geräusch hallte in ihm wider. Er spürte es tatsächlich an seinem erschlaffenden Schwanz, der immer noch tief in ihrem Körper steckte.

MacGyver hob den Kopf und starrte auf die Frau hinunter, der sein Herz und seine Seele gehörten. An ihren Schläfen war Schweiß, und ihr Gesicht war rot. Sie lächelte ihn an, als hätte er ihr gerade den Mond und die Sterne geschenkt.

»Hey«, sagte sie leise.

Ohne nachzudenken, senkte MacGyver den Kopf und küsste sie. Er konnte nicht glauben, dass er das nicht schon früher getan hatte. Sein Kopf bewegte sich von einer Seite zur anderen, während er versuchte, den besten Winkel zu finden. Sie vergrub eine Hand in seinem Haar, während sie sich küssten. Es war ein Kuss voller Versprechen. Hoffnung. Liebe.

Er hob den Kopf und starrte sie erneut an. Dieses Mal schenkte sie ihm ein träges Lächeln.

»Danke«, platzte es aus MacGyver heraus.

»Ich glaube, das ist mein Satz«, erwiderte sie.

Aber MacGyver schüttelte den Kopf. »Nein. Dass du mir das schenkst? Dass du mir *deinen* Körper schenkst? Ich werde es nie vergessen. Mit meiner Frau zu schlafen ... es war ... ich finde keine Worte dafür.«

»Ricky«, hauchte sie.

»Sag es«, befahl er.

»Was sagen?«, fragte sie.

»Dass ich dein Ehemann bin.« Er wusste nicht, warum er hören musste, dass Addison ihn als ihren Ehemann bezeichnete ... aber er musste es.

»Ich wusste nicht, dass mein Ehemann so ein Hengst ist«, scherzte sie.

Ihre Worte ließen sich in seiner Seele nieder. Er war ein

Ehemann. *Addisons* Ehemann. Er gehörte ihr genauso wie sie ihm. Es fühlte sich unglaublich an.

Langsam bewegte er sich zur Seite und verzog das Gesicht, als sein Schwanz aus ihr herausglitt. Er ging ins Badezimmer, entsorgte das Kondom und befeuchtete einen Waschlappen mit warmem Wasser. Dann brachte er ihn ins Schlafzimmer und lächelte, als Addison errötete, während sie sich säuberte.

Er ging zurück ins Badezimmer, warf den Waschlappen ins Waschbecken und wusch sich selbst ein wenig. Widerwillig zog er seine Boxershorts an, und als er sah, dass Addison ihr Oberteil und ihre Schlafshorts angezogen hatte, wusste er, dass er die richtige Entscheidung getroffen hatte. Er zögerte nicht, sie an sich zu ziehen, als er sich wieder unter die Decke kuschelte. Mit einem Seufzer küsste er sie auf die Stirn, wirklich sprachlos in diesem Moment.

Das war ... lebensverändernd gewesen. Er hatte Addison schon vor dieser Nacht geliebt, aber jetzt, da er wusste, wie gut sie wirklich zusammenpassten? Er würde alles in seiner Macht Stehende tun, um dafür zu sorgen, dass sie ihn nie verlassen wollte.

Sie hatten einige Hürden vor sich. Seine Missionen, ihren Ex, Ellorys Morbus Crohn, den Adoptionsprozess ... aber sie würden es schaffen. Dafür würde er sorgen.

# KAPITEL ZEHN

Addison fiel es schwer, sich auf ihre Arbeit zu konzentrieren. Während sie lächelnd an der Batman-Torte arbeitete, die sie für den sechsjährigen Sohn einer Kundin backte, dachte sie über die letzten Tage nach. Sie und Ricky hatten seit dem ersten Mal nicht mehr miteinander geschlafen, aber er hatte bewiesen, wie gut er im Oralsex war, und sie hatte sich dafür erkenntlich gezeigt. Nichts mit ihm schien unangenehm zu sein. Ihre Zeit war auf die Zeit begrenzt, sobald alle Kinder im Bett waren, und selbst dann war es ein Glücksspiel, ob Yana oder einer der Jungen aufwachte und etwas brauchte. Aber sie nutzten die wenige Zeit, die sie hatten.

Sie stand auf und streckte den Rücken, wobei ihr Lächeln verblasste, als ihre Gedanken zu einem weniger angenehmen Thema abschweiften.

Heute nach der Schule würde Ellory ihren leiblichen Vater zum ersten Mal treffen.

Zu ihrer und Rickys Überraschung hatte sie sich gefreut, etwas über Brady zu erfahren, und noch mehr, zu hören, dass er sie treffen wollte. Addison war erleichtert, aber auch vorsichtig. Sie hoffte nur, dass Brady es durchziehen würde, sie nicht nur einmal treffen und dann entscheiden würde, dass er kein Vater mehr sein wollte. Das würde Ellory das Herz brechen.

Da Ricky mitkam, würden Artem, Borysko und Yana nach der Schule hier im Haus mit Preacher und Maggie abhängen. Ihre Freunde würden die Jungen von der Schule abholen, während Ricky die Mädchen abholte.

Die Wahrheit war, je näher der Zeitpunkt rückte, an dem Ellory ihren leiblichen Vater treffen würde, desto besorgter wurde Addison. Die Zeit hatte die Dinge klarer gemacht, die sie damals in ihren Zwanzigern nicht gesehen hatte. Brady war ungeduldig gewesen, hatte sich um Äußerlichkeiten gekümmert und besaß keine hohe Toleranz für Verhaltensweisen, die außerhalb der Norm lagen. Sie hoffte nur, dass er sich im Laufe der Jahre geändert hatte.

Ein paar Stunden später kam die Frau, die die Batman-Torte bestellt hatte, und schwärmte davon, wie bezaubernd sie geworden war. Addison war selbst ziemlich zufrieden damit. Sie hatte noch etwa eine Stunde Zeit, bis Ricky mit Ellory und Yana nach Hause kam, und sie dachte, sie sollte etwas Produktives tun, wie Wäsche waschen oder staubsaugen, aber sie war zu nervös.

Sie setzte sich auf die Couch und stand dann sofort wieder auf. Sie konnte nicht aufhören, sich zu fragen, wie der Tag wohl verlaufen würde. Immer wieder kamen ihr Sorgen darüber in den Sinn, wie Brady Ellory behandeln könnte.

Als ihr Telefon klingelte, war Addison froh über die Ablenkung. Als sie nach unten schaute, sah sie Maggies Namen auf dem Display.

»Hallo, Maggie.«

»Hey.«

»Bitte sag mir, dass du nicht anrufst, um abzusagen«, flehte Addison.

»Nein. Shawn und ich werden bald da sein. Ich habe nur angerufen, um mich nach dir zu erkundigen und zu fragen, wie es dir geht. Ich weiß, dass wir später nicht viel Zeit zum Plaudern haben werden.«

»Oh ... mir geht es gut.«

»Wir sind noch nicht lange befreundet, aber du kannst mit mir reden.«

Und damit schüttete Addison der anderen Frau all ihre Sorgen aus. »Es ist nur so, dass ... Brady vor zwölf Jahren nicht zuverlässig war, und ich habe keine Ahnung, was für ein Mensch er heute ist. *Ich* kann damit umgehen, dass er ein Idiot ist, aber das will ich nicht für Ellory.«

»Du hast sie gewarnt, dass die Dinge vielleicht nicht so laufen, wie sie es sich wünscht, oder?«, fragte Maggie.

»Natürlich. Aber das heißt nicht, dass sie nicht trotzdem hofft, dass er am Ende der perfekte Vater sein wird.«

»Richtig. Also ... was ist das Worst-Case-Szenario?«

»Hm?«

»Der schlimmstmögliche Fall? Wenn man darüber nachdenkt, was das sein könnte, muss alles, was er tatsächlich tut, besser sein, oder?«

Addison lachte leise. »Richtig. Ähm ... er ist ein Drogenboss, der Ellory dazu benutzen will, Drogen zu vertreiben?«

»Oder er besitzt einen Zirkus und will, dass Ellory bei ihm einzieht und seine Hauptattraktion wird.«

Beide lachten. Addison holte tief Luft. »Oder er ist ein anderer Mensch, möchte seine Tochter wirklich kennenlernen, sie verstehen sich gut und alles wird gut«, sagte sie leise.

»Ja. Darauf hoffe ich«, stimmte Maggie zu.

»Ich weiß es zu schätzen, dass du vorbeikommst, um bei den Kindern zu bleiben, während wir uns mit Brady treffen.«

»Natürlich. Ich vermisse sie. Und da sie Shawn und mich bereits kennen, werden sie hoffentlich nicht so nervös sein, wenn ihr weg seid.«

Addison hatte Maggie bereits gewarnt, dass die drei immer noch etwas schreckhaft waren, wenn es darum ging, von ihr und Ricky getrennt zu werden. Sie nahm ihnen das nicht übel, und sie arbeiteten daran, ihr Selbstvertrauen wieder aufzubauen. »Sie freuen sich darauf, mit euch abzuhängen«, sagte sie. »Wie geht es *dir*? Ist mit dem Baby alles in Ordnung?«

»So weit, so gut. Morgens ist mir ein bisschen übel, aber ich hoffe, das ist das Schlimmste.«

Addison musste unwillkürlich kichern.

»Scheiße. Ich weiß, ich weiß, es wird wahrscheinlich schlimmer werden. Ich *hasse* es einfach, mich zu übergeben. Im Ernst.«

»Da stimme ich dir zu. Ich werde dir also nicht erzählen, dass ich, als ich mit Ellory schwanger war, vier Monate lang unter Morgenübelkeit litt.«

»Nein, das will ich definitiv nicht hören«, sagte Maggie entsetzt.

»Nun, wenn du dich danach fühlst, ich habe etwas Neues ausprobiert und Brownies aus Kuchenteig gebacken.«

»Ich habe keine Ahnung, was das ist, aber es klingt köstlich.«

Addison lächelte. »Oh, das ist es. Es ist eine Mischung aus Brownies, die irgendwie wie ein Kuchen aussieht und schmeckt.«

»Die Einzelheiten sind mir egal, ich will es nur in meinem Bauch haben«, scherzte Maggie.

Addisons Lächeln verblasste. »Maggie?«

»Ja?«

»Ich bin wegen heute wirklich nervös. Ich möchte Ellory vor jeglichem Schmerz bewahren, und ich habe einfach das Gefühl, dass dieses Treffen nicht gut verlaufen wird.«

»Natürlich willst du sie vor Schmerzen bewahren, aber so funktioniert das Leben nicht. Du kannst ihr nur beibringen, wie sie mit Enttäuschungen umgeht und Erfolge feiert, und für sie da sein, wenn die Dinge nicht so laufen, wie sie es sich wünscht. Und nach allem, was ich über dich weiß, tust du das bereits alles. Sei einfach für sie da. Liebe sie.«

Durch ihre Worte fühlte Addison sich besser. »Ja.«

»Wenn ich nur halb so eine Mutter werde wie du, betrachte ich das als Erfolg.«

Addison war überwältigt von den Worten ihrer neuen Freundin. »Danke«, sagte sie.

»Gern geschehen. Okay, ich muss mich fertig machen, um Shawn zu treffen, wenn er von der Arbeit kommt, damit wir die Jungs abholen können. Geht es dir gut?«

»Mir geht es gut«, bestätigte Addison.

»In Ordnung. Wir werden in etwa einer halben Stunde da sein. Mach dir keine Sorgen. Was auch immer passiert, wird passieren.«

»Mache ich das Richtige?«, platzte es aus Addison heraus. »Ich meine, indem ich Ellory Brady treffen lasse.«

»Ja. Du willst nicht, dass sie später herausfindet, dass sie die Möglichkeit hatte, ihn zu treffen, und du es nicht erlaubt hast. Egal, wie die Dinge laufen, sie hat ein Recht darauf, ihrem Vater zu begegnen. Um ihre eigenen Entscheidungen darüber zu treffen, ob sie eine Beziehung zu ihm haben möchte oder nicht.«

»Du hast recht.«

»Ich weiß«, sagte Maggie. »Aber das bedeutet nicht, dass die Entscheidung einfach ist. Er hat dir wehgetan. Und es gibt keine Garantie, dass er seiner Tochter nicht wehtut. Aber du musst dieses Risiko eingehen und dich später mit den Konsequenzen auseinandersetzen.«

»Wie bist du so schlau geworden?«, fragte Addison.

»Das ist einfach, wenn ich nicht in deinen Schuhen stecke. Wenn ich es täte, würde ich sicher anders denken. Bis gleich.«

»In Ordnung. Tschüss.«

Addison legte auf und merkte, dass sie sich besser fühlte. Maggie hatte recht. Wenn es auch nur die geringste Chance gab, dass Brady sich geändert hatte, dass er wirklich eine Beziehung zu seiner Tochter wollte, würde sie dem nicht im Wege stehen. Es bedeutete eine neue Komplikation in ihrem und Rickys ohnehin schon ziemlich hektischen Leben, aber wenn es klappte, würde Ellory jemand weiteren haben, der sie liebte. Und das wäre nie eine schlechte Sache.

Sie beschloss, dass sie Zeit hatte, eine Ladung Wäsche zusammenzulegen – sie hätte schwören können, dass die verdammten Klamotten sich vermehrten, wenn sie nicht hinsah –, und hatte die saubere Wäsche gerade in Kommoden und Schränken verstaut, als sie ein Klopfen an der Tür hörte.

Es waren Maggie und Preacher mit Artem und Borysko.

Der jüngere Junge lief sofort auf Addison zu, als sich die Tür öffnete, und umarmte sie fest. Er war der anhänglichere der beiden. Artem umarmte sie zwar nicht, aber er sah trotzdem erleichtert aus, sie zu sehen.

»Hey. Wie war die Schule?«, fragte Addison.

»Gut«, sagte Borysko. »Ich gelernt, wie man Lasagne buchstabiert. Es ist seltsames Wort, aber gut im Magen.«

Addison lachte. »Sehr wahr. Leider gibt es in der englischen Sprache viele Wörter, die seltsam geschrieben werden. Artem? Was hast du heute gelernt?«

»Mädchen sagen eine Sache, meinen aber anderes.«

Addison spürte, dass sich hier eine Geschichte verbarg. »Ja?«, sagte sie und ermutigte ihn weiterzumachen.

Er nickte. »Ein Mädchen in Klasse sagt, sie mich nicht mag, aber wenn wir draußen, will sie, dass ich sie jage. Also habe ich gemacht. Als ich sie gefangen habe, sie mich geküsst! *Igitt!*«

Addison, Maggie und Preacher lachten alle. »Ja, Mädchen können seltsam sein, wenn es darum geht, den Jungs zu sagen, dass sie sie *wirklich* mögen«, sagte Addison zu ihm. »Wie wäre es, wenn ihr euch umzieht? Dann könnt ihr einen Snack bekommen.«

»Käse!«, schrie Borysko, bevor er in sein Zimmer rannte.

Artem war etwas zurückhaltender, aber Addison wusste, wie sehr auch er seine Snacks liebte. Er lächelte sie an und folgte dann seinem Bruder, gerade als ein Wagen in die Einfahrt fuhr. Es war Ricky mit Ellory und Yana.

Yana lief ins Haus, umarmte Addison und eilte dann los, um ihre Brüder zu suchen. Das war immer das Erste, was sie tat, wenn sie nach Hause kam.

Ricky legte einen Arm um Addisons Taille. »Bereit?«

Sie nickte. Ellory war im Wagen geblieben und wartete auf sie.

»Ist sie okay?«, fragte Addison.

»Aufgeregt. Nervös. Aber okay.«

»Hier wird alles gut sein. Lasst euch so viel Zeit, wie ihr wollt«, sagte Preacher zu ihnen.

»Ja, wir werden uns einfach mit deinem Brownie-Kuchen-Ding vollstopfen«, sagte Maggie mit einem Lächeln.

»Moment, was? Brownie-Kuchen?«, fragte Ricky.

Addison lächelte. Ihr Mann war eine riesige Naschkatze ... es war einfach nur süß.

»Komm schon, bringen wir es hinter uns«, sagte sie und zog Ricky zur offenen Tür.

Maggie winkte und Preacher nickte ihnen zu, bevor sie die Tür hinter sich schlossen. Rickys Hand auf Addisons Rücken fühlte sich gut an. Ihn an ihrer Seite zu haben gab ihr das Selbstvertrauen, das sie brauchte, um für ihre Tochter ein tapferes Gesicht aufzusetzen.

Nachdem sie in den Wagen gestiegen war und sich angeschnallt hatte, drehte Addison sich leicht um und schaute Ellory auf der Rückbank an. Sie sah ... völlig panisch aus. Egal wie nervös Addison deswegen war, sie wollte, dass der Besuch gut verlief. Sie musste ihre Tochter ein wenig beruhigen.

»Hey, wie war die Schule?«, fragte sie.

»Gut.«

»Hast du etwas Neues gelernt?«

»Nein.«

Okay. Das lief nicht gut. »Atme tief durch, El. Das wird schon.«

»Was ist, wenn er mich nicht mag?«

»Wie könnte er dich *nicht* mögen?«, fragte Addison.

Ellory zuckte mit den Schultern.

»El, hör mir zu. Hörst du mir zu?«, sagte Ricky, während er die Straße entlangfuhr.

»Ja.«

»Ob Brady dich mag oder nicht, ist nicht der Sinn dieses Besuchs. Es geht darum, dass du ihn kennenlernst und er dich. Ihr habt genügend Zeit, um eine Beziehung aufzubauen. Ihr müsst euch kennenlernen. Das ist wie bei einer ersten Verabredung, die sind fast immer peinlich. Lass dich einfach treiben. Außerdem, wenn er dich nicht mag, ist das *sein* Pech. Denn du bist eine tolle junge Frau. Nett, klug, mitfühlend, schön und verdammt stark. Verstanden?«

Addison liebte diesen Mann umso mehr, weil er sich immer für ihre Tochter einsetzte.

Ellory sagte nichts.

Addison drehte sich wieder um, sodass sie wieder nach vorn blickte, und schaute zu Ricky hinüber. Seine Hände lagen fest um das Lenkrad und seine Knöchel waren weiß. Er war genauso nervös wie sie und Ellory. Sie vermutete, dass er sich wegen seiner Rolle in Ellorys Leben unwohl fühlte. Er hatte sich in seine Rolle als ihr Vater eingefunden, als sei er dafür geboren worden, und nun trat ein anderer Mann – einer, der den offiziellen Titel als ihr Vater innehatte – in ihr Leben. Es musste für Ricky nervenaufreibend sein.

Addison griff hinüber, nahm seine rechte Hand vom Lenkrad und hielt sie fest. Er blickte für einen kurzen Moment zu ihr hinüber, lächelte ihr zu und wandte dann seine Aufmerksamkeit wieder der Straße zu.

Es dauerte nicht lange, bis sie das Café erreichten, in dem

sie sich mit Brady treffen wollten. Nicht weit die Straße hinunter gab es einen Parkplatz, und Ricky parkte geschickt am Seitenstreifen. Kurz darauf betraten sie das Café.

Brady war noch nicht da, also suchten sie sich einen Tisch in der Nähe der Fenster – denn in einer Sitzecke wäre die Sitz-situation unangenehm gewesen –, damit sie ihn sehen konnten, wenn er kam.

»Sehe ich gut aus?«, fragte Ellory und strich sich das Haar zurück.

»Du siehst perfekt aus«, antwortete Ricky.

Die Kellnerin kam und Addison bestellte Wasser für alle. Ellory fastete noch und würde nichts essen, aber es schien, als hätte sie im Moment sowieso kein Interesse daran. Addison selbst war sich nicht sicher, ob sie mit ihrem nervösen Magen überhaupt etwas bei sich behalten könnte.

Fünf Minuten vergingen. Dann zehn. Als fünfzehn Minuten nach Bradys geplanter Ankunftszeit verstrichen waren, wurde Addison langsam wütend.

»Er kommt nicht, oder?«, fragte Ellory mit hängenden Schultern.

Addison griff nach der Hand ihrer Tochter und hielt sie fest, als sie versuchte, sich zurückzuziehen. »Brady kommt immer zu spät«, beruhigte sie das Mädchen. »Im Ernst, als wir zusammen waren, waren wir nie pünktlich. Wir haben immer die Vorschau der Filme verpasst, wenn wir ins Kino gegangen sind, und jeder weiß, dass das der beste Teil ist. Verdammt, er war sogar zu deiner Geburt zu spät, Süße. Er hat die ganze Sache verpasst und ist eine Stunde später aufgetaucht, als hätte er keine Ahnung, dass er zu spät gekommen war.«

»Wirklich? Das sagst du nicht nur, damit ich mich besser fühle?«

»Ich sage dir das nur, damit du dich besser fühlst«, sagte Addison, »aber es ist auch wahr. Ich hätte daran denken und ihm eine halbe Stunde vor dem eigentlichen Termin ein Treffen vorschlagen sollen.«

Ellory nickte und setzte sich aufrechter hin.

Addison wollte Brady am liebsten umbringen. Konnte er nicht einmal versuchen, pünktlich zu sein? Er musste doch wissen, dass das für Ellory wichtig war.

Gerade als sie diesen Gedanken hatte, sah sie ihn auf das Café zugehen. »Siehst du? Da ist er.«

Ellory drehte sich um und beobachtete, wie Brady vollkommen sorglos den Bürgersteig entlangschlenderte. »Oh, er ist nicht sehr groß.«

Addison unterdrückte ein Kichern. Sie war ein paar Zentimeter größer als ihr Ex, und obwohl Brady nicht gerade klein war, hatte ihre Tochter sich offensichtlich an ihre Größe und die von Ricky und seinen Freunden gewöhnt, die alle weit über eins achtzig groß waren.

Addison stand auf, als Brady das kleine Café betrat, und er sah sie sofort und ging auf den Tisch zu.

Ellory starrte ihren Vater wie verzaubert an.

Brady beugte sich vor und umarmte Addison, bevor sie zurückweichen konnte. Es war ein unangenehmer Moment, da Ricky neben ihr gestanden hatte, eine Hand auf ihrem Kreuz, während ihr Ex sich einen Augenblick zu lange festhielt.

»Schön, dich wiederzusehen«, sagte Brady, als er sich zurückzog. Er streckte Ricky die Hand entgegen. »Und du musst der Ehemann sein.«

»Das bin ich«, sagte Ricky und wartete einen langen Moment, bevor er Bradys Hand schüttelte.

Dann wandte ihr Ex sich Ellory zu.

»Und du musst Ellory sein. Ich würde dich überall erkennen. Du hast die leuchtend roten Haare deiner Mutter. Das ist unverkennbar.« Er lachte über seinen eigenen Witz. »Sollen wir uns setzen?«, fragte er und wartete nicht auf eine Antwort, bevor er den vierten Stuhl am Tisch herauszog.

Sie setzten sich alle. Es war seltsam, dass er seine Tochter nicht umarmt oder ihr wenigstens die Hand geschüttelt hatte.

»Also ...«, sagte Brady, »du bist meine Tochter. Ich dachte, du seist inzwischen größer. Du bist zwölf, oder?«

»Mh-hm.«

»Deine Mutter ist ein Riese, und ich bin auch nicht gerade ein Zwerg. Ich frage mich, was mit dir passiert ist.«

Addisons Magen verkrampfte sich. Das fing nicht gut an. »Die Pubertät setzt bei jedem Menschen zu einem anderen Zeitpunkt ein, Brady. Sie ist erst zwölf, sie hat also noch viel Zeit zum Wachsen.«

»Richtig. Also ... erzähl mir von dir. Was machst du gern? Wo gehst du zur Schule? Machst du bei irgendwelchen Aktivitäten mit?«

Ellory zögerte zunächst, entspannte sich aber langsam, vor allem weil sie die ungeteilte Aufmerksamkeit ihres Vaters hatte. Er hatte sich ihr zugewandt, nickte und gab auf alles, was sie sagte, die entsprechenden Antworten. Er schien wirklich an dem interessiert zu sein, was sie ihm erzählte, was Addison ein wenig beruhigte.

Aber Ricky war neben ihr immer noch so angespannt wie eh und je. Addison legte eine Hand auf sein Bein und versuchte, ihn zu besänftigen. Es schien überhaupt nicht zu helfen. Er saß kerzengerade da und starrte Brady an.

»Lebst du schon lange in Riverton?«, fragte Ellory nach einer Weile.

»Ich bin seit etwa einem Jahr wieder hier. Ich habe in New York City, Chicago, Washington, D. C. und Atlanta gelebt, aber die Westküste hat mir immer gefehlt. Es gibt nichts Besseres, als wieder in Kalifornien zu sein. Es hat einfach eine andere Atmosphäre, weißt du?«

Ellory nickte eifrig. »Ich liebe es hier.«

»Aber es ist gut, mal wegzukommen, um mehr von der Welt

zu sehen als nur eine kleine Ecke. Warst du schon mal in L. A.? Oder außerhalb des Bundesstaates?«

Ellory schüttelte den Kopf.

»Schade. Ich würde dich gern nach New York mitnehmen. Das ist eine Stadt, die niemals schläft. Wir könnten uns ein Broadway-Stück ansehen, ein paar echte New Yorker Bagels essen, den Times Square besuchen ... du weißt schon, all die guten Sachen.«

Ellorys Augen wurden riesig. »Wirklich?«

»Ja, wirklich. Und jedes Kind sollte die Hauptstadt unserer Nation sehen. Wir könnten Roller mieten und uns alle Denkmäler ansehen.«

Mit jedem Wort, das er sagte, wurde Addison angespannter. Erstens war sie noch nicht bereit, Ellory ohne sie auf so weite Reisen gehen zu lassen. Zweitens hatte sie keine Ahnung, ob Brady wirklich meinte, was er sagte, oder ob er seiner Tochter nur etwas vormachte. Während ihrer Beziehung war er voller Versprechungen gewesen. Versprechungen, die er nie halten konnte.

»Sollen wir bestellen?«, fragte Brady, ohne sich an jemanden im Speziellen zu wenden. Er hob die Hand und schnippte mit den Fingern in Richtung einer Kellnerin, die sich am anderen Ende des Raumes befand.

Addison zuckte zusammen. Das hatte sie bei ihm schon ganz vergessen. Früher hatte er das ständig gemacht, und es war ihr immer peinlich gewesen. Es war unhöflich und äußerst respektlos. Rickys Oberschenkelmuskel spannte sich unter ihrer Hand an. Sie hielt ihn fest, in der Hoffnung, dass er nicht die Beherrschung verlieren würde.

Die Kellnerin kam an ihren Tisch.

»Wir möchten bestellen. Ich hätte gern eine Bloody Mary, einen doppelten Hamburger mit Käse und Pommes.«

»Tut mir leid, Sir, wir servieren keinen Alkohol.«

»Scheiße. Na gut. Dann eben eine große Limo. Ellory, was möchtest du? Such dir aus, was du möchtest. Es geht auf mich.«

»Oh, ich bin nicht hungrig«, sagte sie mit einem Achselzucken.

»Nicht hungrig? Wie kannst du nicht hungrig sein? Ich war nach der Schule immer am Verhungern. Und du bist mager wie eine Bohnenstange. Du solltest etwas essen. Wenn du jemals Kurven bekommen willst, musst du essen.«

»Ist schon okay«, sagte Ellory.

Brady öffnete den Mund, um weiter zu protestieren, aber Addison schritt ein. »Ich nehme einen kleinen Salat mit Ranch-Dressing, bitte.«

»Für mich nichts«, sagte Ricky knapp.

»Toll, jetzt sind es schon zwei, die nichts essen. Wie auch immer«, sagte Brady.

Die Kellnerin ging, um ihre Bestellung aufzugeben, und Brady begann, über einige der Leute zu sprechen, die er kennengelernt hatte, als er in New York lebte. Addison hatte noch nie von ihnen gehört, obwohl er schwor, dass sie alle berühmte Filmstars waren. Ellory ließ ihren Vater nicht aus den Augen. Sie schien wie verzaubert.

Als das Essen serviert wurde, konnte Brady nicht umhin, erneut zu bemerken, dass Ellory nichts aß. Er sprach mit vollem Mund, noch etwas, das Addison über den Mann vergessen hatte.

»Im Ernst, warum isst du nichts? Stimmt etwas nicht mit dir?«

Addison konnte den Moment erkennen, in dem Ellory sich entschied, ihrem Vater von ihrer Krankheit zu erzählen. Sie wollte sie aufhalten und ihr sagen, dass sie die Erklärung auf ein anderes Mal verschieben sollte, aber es war ihre Entscheidung.

»Ich habe Morbus Crohn.«

»Was ist das?«, fragte Brady, der seinen Burger auf halbem Weg zum Mund hatte.

»Dabei entzündet sich mein Darmtrakt und schmerzt.«

Brady runzelte die Stirn. »Und was heißt das? Du kannst nichts essen?«

»Das kann ich schon«, erklärte Ellory geduldig, »aber manchmal tut es weh. Im Moment mache ich eine neue Art von Therapie, bei der ich ein paar Tage lang faste und dann ein wenig esse, bevor ich wieder faste. So kann ich meinen Körper entleeren, damit ich keine Krämpfe oder andere Symptome bekomme.«

Brady legte seinen Burger beiseite. »Also hungerst du dich aus?«

»Nein. Ich habe diese Shakes, die ich trinke, um Nährstoffe zu bekommen.«

»Kein Wunder, dass du so klein und schmächtig bist. Du musst essen, um zu wachsen, Ellory.«

»Brady«, warnte Addison, die die Einstellung ihres Ex nicht mochte. Er war in den letzten zwölf Jahren nicht einen Tag lang ein Vater für ihre Tochter gewesen, und es machte sie wütend, dass er dachte, es sei angebracht, seine beleidigenden Ansichten jetzt zu teilen.

»Was? Ich sage ja nur«, verteidigte Brady sich.

Addison beobachtete, wie ihre Tochter rot wurde. Sie war empfindlich, was die Tatsache betraf, dass aufgrund ihres Morbus Crohn ihre Pubertät hinausgezögert war. Sie brauchte es nicht, dass ihr Vater sie darauf hinwies. »Solange du Ellory nicht besser kennst, hast du kein Recht, ihr Ratschläge zu *irgendetwas* in ihrem Leben zu erteilen. Aber damit du es weißt, sie macht sich wirklich gut mit dieser neuen Therapie. Irgendwann werden wir die Tage, an denen sie ihre Verdauung ausruhen lässt, reduzieren, in der Hoffnung, dass ihr Darm sich daran gewöhnt.«

Brady starrte Ellory an. Sein Blick huschte von ihrem Gesicht zu ihrem Oberkörper und dann wieder zu ihrem Gesicht. »Es ist echt schade, dass du solche Dinge wie diesen tollen Burger und die Pommes nicht genießen kannst. Die sind köstlich.«

Addison starrte den Mann an. Ellory war es gewohnt, nicht das zu essen, was andere um sie herum genossen, aber ihr unter die Nase zu reiben, dass sie etwas verpasste, war einfach nur grausam.

»Also, du bist Hausmeister«, sagte Ricky aus heiterem Himmel. »Bist du dann Dienstleister für die Marine?«

Brady zuckte mit den Schultern und nahm einen weiteren großen Bissen von seinem Burger. »Ja. Ich habe beschlossen, etwas Neues auszuprobieren.«

»Was hast du vorher gemacht?«, hakte Ricky nach.

»Dies und das.«

»Soll heißen?« Er schien nicht lockerzulassen.

Als hätte er gerade erst bemerkt, dass Ricky ihn ausfragte, legte Brady seinen Burger hin und wischte sich die Finger an einer Serviette ab. »Tut mir leid, Mann. Ich habe nicht das Gefühl, dass ich dir meine Lebensgeschichte erzählen muss.«

»Wenn du deine Tochter weiterhin sehen willst, wirst du das«, sagte Ricky mit leiser, rauer Stimme. »Denn wenn du denkst, dass wir sie jemals in der Nähe eines völlig Fremden lassen, ohne dass wir sie jedes Mal begleiten, dann träumst du.«

»Ich bin kein Fremder«, beharrte Brady. »Ich bin ihr Vater. Sag diesem Neandertaler, dass er unvernünftig ist, Addison.«

Addison holte tief Luft und sagte: »Eigentlich interessiert es mich auch, was du in den letzten zwölf Jahren gemacht hast. Ich habe versucht, dich zu finden, nachdem du gegangen warst. Du hast gesagt, du würdest mir mit Ellory helfen, dann warst du wie vom Erdboden verschluckt.«

Brady starrte sie an und runzelte dann die Stirn. »Ich kann auf diesen Scheiß verzichten. Ellory, es war toll, dich kennenzulernen. Ich hoffe, wir können uns noch einmal unterhalten. Aber solange deine Mutter nicht aufhört, mir an die Gurgel zu gehen und unvernünftig zu sein, bin ich mir nicht sicher, ob das passieren wird. Vielleicht können wir uns ja per SMS oder so etwas schreiben. *Falls* sie dir meine Nummer gibt, da ich ja offensichtlich ein Serienmörder bin und so.« Brady klang angewidert. Er stand abrupt auf und stürmte zur Tür.

Addison starrte ihm seufzend hinterher. Ja, das war eine typische Brady-Reaktion. Er verdrehte die Dinge so, dass er an nichts schuld war. Er gab *ihr* die Schuld.

Besorgt darüber, was Ellory dachte, sah Addison ihre Tochter an. Sie hatte sich in ihrem Stuhl umgedreht, um Brady aus dem Café stürmen zu sehen, und wandte sich nun langsam wieder dem Tisch zu. Sie schaute auf seine halb gegessene Mahlzeit und dann zu Addison auf.

»Das Essen hat ihm wohl nicht geschmeckt, oder?«

Addison sackte fast in ihrem Sitz zusammen. Enttäuschung spiegelte sich im Gesicht ihrer Tochter, aber keine Wut auf *sie*. Es war eine große Erleichterung.

»Ich schätze nicht«, stimmte Addison zu.

»Ricky? Geht es dir gut?«, fragte Ellory.

Als Addison ihren Mann ansah, bemerkte sie, dass seine Lippen zusammengepresst waren und er regungslos dasaß. »Ricky?«

Er atmete langsam und tief durch die Nase ein und wieder aus. »Wenn ihr mich einen Moment entschuldigen würdet«, sagte er, stand auf und ging zur Tür.

»Oh nein. Er wird ihm doch nichts antun, oder?«, fragte Ellory.

»Nein«, sagte Addison ... aber ehrlich gesagt? Sie war sich nicht sicher, was Ricky vorhatte.

MacGyver war stinksauer. So wütend, wie er es schon lange nicht mehr gewesen war. Wie konnte Vogel es *wagen*, so herablassend zu seiner eigenen Tochter zu sein? Ständig kommentierte er ihre Größe und ihr Gewicht. Und als er herausgefunden hatte, dass sie an Morbus Crohn litt, war er unglaublich unsensibel gewesen. Wenn der Mann jemals wieder eine Sekunde mit seiner Tochter verbringen wollte, musste er seine Einstellung ändern.

MacGyver joggte, um Addisons Ex einzuholen, und rief: »Vogel«, als er sich von hinten näherte.

Brady drehte sich um und schien überrascht zu sein, dass Ricky so schnell auf ihn zukam. »Was willst du?«, fragte er streitlustig.

Ja, das war der Mann, von dem Ricky gespürt hatte, dass er nur vorgab, sich für Ellory zu interessieren.

»Ich will wissen, was dein Problem ist«, sagte MacGyver. »Warum zeigst du jetzt Interesse an deiner Tochter, wo du dich die letzten zwölf Jahre nicht um sie gekümmert hast? Verdammt, du bist nach eigenen Angaben seit einem Jahr in Riverton. Warum hast du in dieser Zeit nicht versucht, Addison und Ellory zu besuchen?«

»Das geht dich nichts an«, sagte Vogel.

»*Falsch*. Es geht mich sehr wohl etwas an. Ellory und Addison leben unter meinem Dach. Sie sind meine Stieftochter und meine Frau. Und ich beschütze, was mir gehört.«

»Weißt du, dass du über sie redest, als seien sie Eigentum? Oder Sklaven?«

MacGyver konnte nicht anders. Er lachte. »Ich weiß, dass es über ein Jahrzehnt her ist, dass du deine Ex gesehen hast, aber ich bin sicher, dass du dich noch gut genug an sie erinnerst, um zu wissen, dass Addison niemandes Eigentum ist. Sie hat ihren eigenen Kopf, und ich liebe das. Und sie auch.«

Vogel rollte mit den Augen. »Wie auch immer, Mann. Ich bin dir keine Rechenschaft schuldig.«

»Auch das ist falsch. Wenn du deine Tochter wirklich kennenlernen willst, dann bist du mir Rechenschaft schuldig. Und wenn du wegen einer einfachen Frage, was du in den letzten zwölf Jahren gemacht hast, in die Defensive gehst und wütend wirst, dann macht mich das misstrauisch. Ich frage mich, was du getrieben hast. Ich kenne Leute, Vogel. Leute, die nur allzu gern eine gründliche Hintergrundüberprüfung durchführen, um die zu schützen, die ihnen wichtig sind.«

»Drohst du mir etwa?«, fragte Vogel.

»Nein. Ich sage dir nur, was passieren wird. Wenn du Leichen im Keller hast, die Ellory schaden könnten, werde ich sie finden.«

»Fick dich!«

MacGyver hob nur eine Augenbraue. Er mochte diesen Kerl wirklich nicht. Es war beschissen, dass er Ellorys Vater war, aber er würde alles tun, um seine Stieftochter zu beschützen. Auch wenn es sie wütend machte. Auch wenn sie ihn dafür hasste. Er nahm ihren Zorn gern in Kauf, wenn es bedeutete, sie aus der Gefahrenzone zu halten.

»Na schön. Willst du wissen, was ich in den letzten zwölf Jahren gemacht habe? Das Gleiche wie jetzt. Ich war Hausmeister. Ich wollte nicht, dass meine Tochter das weiß, weil ich wollte, dass sie mich bewundert. Dass sie zu mir aufschaut. Niemand will einen Hausmeister zum Vater. Ja, ich bin immer noch Hausmeister hier in Riverton, aber die Arbeit im Krankenhaus auf dem Stützpunkt ist ein Aufstieg für mich. Ich verdiene zum ersten Mal seit Jahren ein anständiges Gehalt und bekomme Sozialleistungen. Deshalb wollte ich nicht sagen, was ich gemacht habe. Zufrieden?«

MacGyver starrte den Mann vor sich an. Er klang aufrichtig. Aber er hatte immer noch seine Zweifel. »Ellory ist es egal, was du beruflich machst. Sie will nur ihren Vater kennenlernen. Lüge sie nicht an. Sie ist schlau. Sie wird es herausfinden, und dann verlierst du sie, bevor du überhaupt eine Chance hattest, sie kennenzulernen. Und hör auf, ihre Größe zu kommentieren. Sie ist empfindlich, und wenn du ständig darauf herumreitest, wirst du dich bei ihr nicht beliebt machen.«

»Na gut.«

»Und wenn ich dir noch einen Rat geben darf: Informiere dich über Morbus Crohn. Sie wird diese Krankheit ihr Leben lang haben. Sie wird nie daraus herauswachsen, es gibt keine Heilung. Du musst die Einzelheiten der Krankheit verstehen, damit du ihr helfen kannst, wenn sie es braucht.«

Vogel nickte. Dann sagte er: »Sind wir hier fertig?«

»Ja. Wir sind fertig«, erwiderte MacGyver.

»Werde ich meine Tochter wiedersehen?«

»Das liegt an ihr, nicht an mir.«

»Blödsinn. Wir wissen beide, dass du und Addison sie mir vorenthalten könnt, wenn ihr wollt. Zwingt mich nicht, einen Anwalt zu nehmen.«

MacGyver schnaubte. »Sicher. Das wird nicht passieren. Wenn du Ellory so dringend sehen wolltest, hättest du schon lange vorher einen Anwalt aufgesucht – *und* du hättest Addison Unterhalt gezahlt. Beweise, dass du bereit bist, alles zu tun, um Zeit mit deiner Tochter zu verbringen, und wir werden sehen, was passiert.«

Damit drehte MacGyver sich um und ging zurück ins Café. Zu seiner Frau und Ellory, die beide wahrscheinlich ausflippten.

Vogel sagte die richtigen Dinge ... nun, nein. Er sagte eine Menge nicht so richtiger Dinge, aber seine Erklärung, warum er ihnen nicht erzählt hatte, was er beruflich gemacht hatte, bevor er nach Riverton zurückgezogen war, klang glaubwürdig. MacGyver mochte den Mann immer noch nicht, aber im

Moment hatte er keinen Grund, Ellory davon abzuhalten, mit ihm zu reden. Aber die Zeit würde es zeigen.

---

Brady Vogel schritt in seiner kleinen Dreckswohnung auf und ab. Hin und her, hin und her, während er in seinem Ärger schmorte. Der heutige Tag war nicht so verlaufen, wie er es sich erhofft hatte. Seine blöde Ex *musste* einfach ihren neuen Ehemann mitbringen, und der stellte zu viele Fragen. Fragen, die Brady nicht beantworten wollte.

Und das nicht, weil es ihm *peinlich* war. Er war kein verdammter Hausmeister. Er war in den letzten zehn Jahren kein Hausmeister mehr gewesen ... aber er konnte es sich nicht leisten, dass Addisons Ehemann die Hintergrundüberprüfung tatsächlich durchführte.

Denn er war ein Betrüger. Er machte mit jedem Geld, den er kriegen konnte. Männer oder Frauen. Drogenabhängige, Millionäre, alte Frauen, die verzweifelt nach einem Mann suchten, junge Männer, die ihm vertrauten, dass er ihr Geld anlegte. Egal was für ein Betrug, er hatte ihn schon begangen.

Er war tatsächlich nach Kalifornien zurückgekehrt, weil er einen neuen Kontakt geknüpft hatte. Einen Mann, der mehr Geld verdiente, als Brady je in seinem Leben gesehen hatte ... und das, indem er mit menschlichem Fleisch handelte.

Er kaufte Babys von verzweifelten Frauen, die ihre Kinder nicht wollten oder nicht für sie sorgen konnten, und verkaufte sie an Familien, die unbedingt adoptieren wollten.

Er freundete sich mit Ausreißern an und stellte sie Zuhältern vor, die neue »Mitarbeiter« brauchten.

Er freundete sich mit kranken Männern und Frauen an, alt und jung, die keine Familie hatten, die sie beschützte, und überzeugte sie, ihm eine medizinische Vorsorgeverfügung zu erteilen. Sobald sie starben, verkaufte er ihre brauchbaren Körperteile für Tausende von Dollar an große Unternehmen.

Und Brady hatte das Glück, ein kleiner Teil davon zu werden. Auf Wunsch seines Ansprechpartners arbeitete er ehrenamtlich in der kostenlosen Sprechstunde in der Innenstadt, wodurch er Zugang zu Menschen und Informationen erhielt, die dem Geschäft des Mannes dienlich waren. Er bemerkte die Frauen, die allein zur Entbindung kamen. Die drogenabhängig waren. Die Kranken und Sterbenden, die sich verzweifelt nach einem freundlichen Gesicht sehnten. Er gab alle Informationen an seinen Partner weiter, der ihm wiederum Geld zukommen ließ.

Brady hatte dabei auch kein schlechtes Gewissen. Er hatte schon zu lange Menschen betrogen, um ein Gewissen zu haben. Verdammt, er hatte kein schlechtes Gewissen gehabt, als er sein eigenes Kind vor all den Jahren im Stich gelassen hatte. Ein Kind wäre ihm nur im Weg gewesen und hätte ihn Geld gekostet.

Als er Addison auf dem Stützpunkt traf, war das eine Überraschung gewesen – eine, von der er hoffte, dass sie ihm zum Vorteil gereichen würde. Wenn es etwas Einfacheres gab, als Fremde zu betrügen, dann war es, Leute zu betrügen, die er gut kannte. Und für eine Minute hatte er sich tatsächlich darauf gefreut, seine Tochter zu treffen. Man wusste nie, wo sich in seinem Beruf Gelegenheiten ergeben könnten.

Aber jetzt? Nicht so sehr. Sie war *erbärmlich*. Klein. Sah seiner Ex zu ähnlich. Wenn etwas mit ihrem Darm nicht stimmte, hatte sie wahrscheinlich Probleme beim Stuhlgang.

Ungeachtet dessen, was er Addison gesagt hatte, war das Schlimmste an seinem Job im Krankenhaus, hinter Menschen aufzuräumen, die die Kontrolle über ihren Darm verloren hatten. Die Tatsache, dass seine Tochter zu diesen Menschen gehörte, widerte ihn an. Zwölf Jahre alt und ihre Eingeweide funktionierten nicht einmal richtig ...

Aber er wettete, dass ihre *anderen* Organe es taten.

Er blieb stehen, starrte ins Leere und dachte angestrengt nach. Es war eine Sache, die Körperteile von Menschen zu verkaufen, die an einer Krankheit oder an Altersschwäche gestorben waren. Aber die Nachfrage nach Organen und anderen Körperteilen von Kindern war enorm. Die Leute zahlten Hunderttausende von Dollar für ein unbeschädigtes Kinderherz. Oder eine Leber. Oder Augen.

Verzweifelte Menschen taten verzweifelte Dinge.

Das wusste er nur zu gut, wenn man bedachte, was er beruflich machte.

Je länger Brady über diesen Tag nachdachte – über das Arschloch, das Addison geheiratet hatte, über seine Tochter und ihre Krankheit –, desto stärker wurde die Idee in seinem Hinterkopf.

Er wollte nichts mit seiner Tochter zu tun haben. Er wollte sie nicht kennenlernen. Er konnte mit den Problemen, die sie hatte, nicht umgehen. Aber ... was wäre, wenn er mit dieser Situation etwas Geld verdienen könnte?

Alles, was er tat, drehte sich ums Geldverdienen. Brady hatte kein Problem damit, jemanden sprichwörtlich den Wölfen zum Fraß vorzuwerfen, wenn er dadurch etwas Geld verdiente. Und zu wissen, dass seine Tochter ein beschissenes Leben führen – im wahrsten Sinne des Wortes – und an einer unheilbaren Krankheit leiden würde, ließ das, was er dachte, weniger ... schrecklich erscheinen.

Er dachte in paar Minuten lang nach.

Ellory war sein eigen Fleisch und Blut ... konnte er seinem eigenen Kind wirklich antun, was er dachte?

Aber sie litt. Morbus Crohn schien eine schreckliche Sache zu sein. Sicherlich würde sie nicht den Rest ihres Lebens so verbringen wollen.

Bonus ... es würde Addisons neuen Ehemann verärgern. Vielleicht würde es ihn sogar zerstören. Ihn auf eine Weise treffen, wie eine körperliche Auseinandersetzung es niemals könnte.

Brady betrog die Leute ständig, aber es war ein großer Unterschied, ob er einer Frau ein ungewolltes Kind wegnahm und es an eine andere Frau verkaufte, die sich verzweifelt ein Kind wünschte, oder ob er darauf wartete, dass ein alter Mann starb, damit er seine Organe verkaufen konnte, oder ob er jemanden verkaufte, mit dem er eine Verbindung auf Zellebene hatte. Ellory hatte seine DNA.

Konnte er sie wirklich seinem Kontaktmann überlassen, obwohl er wusste, was mit ihr geschehen würde?

Die Antwort war ... ja.

Brady rümpfte die Nase. Er war ein Arschloch. Aber ehrlich gesagt würde er Ellory damit einen Gefallen tun. Niemand wollte mit einer chronischen Krankheit leben. Sie würde anderen Kindern helfen und gleichzeitig von ihren Schmerzen befreit werden.

Je länger er darüber nachdachte, desto besser erschien ihm die Idee. Er würde seine Tochter an seinen Kontakt verkaufen, der wiederum Hunderttausende von Dollar für ihre Körperteile erhalten würde, an denen Brady ebenfalls beteiligt wäre. *Er* würde sie nicht wirklich töten, was ihm auf eine verdrehte Art ein besseres Gefühl gab.

Sein Plan war narrensicher. Er musste das Spiel nur noch ein wenig länger spielen ... etwas, worin Brady wirklich gut war. Er hatte Menschen im ganzen Land betrogen. Es würde noch schöner sein, den neuen Ehemann leiden zu sehen, wenn Ellory verschwand.

Er beschützte, was ihm gehörte? *Schwachsinn.* Brady war schlauer als dieses Arschloch. Ellory war seine Tochter – und er würde mit ihr machen, was er wollte.

Die traurige Wahrheit war, dass sie tot mehr wert war als lebendig. Er musste nur die Rolle seines Lebens spielen, um zu bekommen, was er wollte. Geld. Er konnte vorgeben, ein liebevoller und fürsorglicher Vater zu sein. Es würde nicht lange dauern. Gerade lange genug, damit Addison und das Arschloch ihre Deckung fallen ließen. Dann würde er in mehr Geld schwimmen, als er sich vorstellen konnte.

Es war an der Zeit, einen Gang höher zu schalten. Der neue Betrug war im Gange und Brady konnte den Zahltag kaum erwarten.

# KAPITEL ELF

Ellory war während der nächsten Tage etwas zurückhaltend, obwohl Addison ihr keinen Vorwurf machen konnte. Die Dinge mit ihrem leiblichen Vater waren nicht ganz so gelaufen, wie sie es sich vorgestellt hatten. Aber Ellory war von Natur aus ein positiver Mensch, und es dauerte nicht lange, bis sie wieder zu ihrem normalen Selbst zurückfand. Es half, dass das Fasten die Symptome ihres Morbus Crohn enorm zu lindern schien. Die Darmruhe hatte das bewirkt, was der Arzt gehofft hatte. Die Entzündung ließ drastisch nach, sodass sie einige Tage lang schmerzfrei essen konnte, bevor sie wieder zu den nährstoffbasierten Getränken zurückkehrte.

Auch Artem, Borysko und Yana hatten sich wieder an ihren Alltag gewöhnt, was eine Erleichterung war. Sie schienen das Trauma zu überwinden, von den Menschen weggebracht worden zu sein, die ihnen die Welt bedeutet hatten. Rickys Freund Tex hatte offensichtlich etwas unternommen, denn Addison und Ricky hatten erfahren, dass die Adoption des Trios schneller voranschritt als zuvor.

Addison war dankbar für die Unterstützung, auch wenn sie zugab, dass sie und Ricky privilegiert waren. Die meisten

Menschen, die Kinder adoptieren wollten, mussten viel länger warten und der Prozess war weitaus mühsamer.

Und wie immer, gerade wenn es in ihrer Welt gut zu laufen schien, griff das Leben ein ... und sorgte dafür, dass sie jederzeit wusste, dass sich ihre Umstände von jetzt auf gleich ändern konnten.

Addison stand in der Küche und gab den Minion-Cupcakes, die sie für eine Geburtstagsparty in der örtlichen Bowlingbahn backte, den letzten Schliff. Sie waren bezaubernd, wenn Addison das selbst sagen durfte. Sie hatte halbierte Twinkies auf jeden Cupcake gelegt, blaue Glasur und Smarties als Augen verwendet. Dazu etwas schwarze Glasur, die um die Augen herum zu Brillen geformt wurde, ein Tupfer als Augapfel und ein Lächeln, und voilà! Fertige Minions. Sie waren einfach herzustellen, aber noch wichtiger war, dass sie super viel Spaß machten und etwas waren, das Addison noch nie zuvor gemacht hatte.

Sie hatte gerade die letzten Bilder gemacht, die sie für ihre Webseite und ihre sozialen Medien verwenden wollte, als ihr Telefon klingelte.

Sie wischte sich die Hände ab und sah, dass Ricky anrief. Sie war nicht sofort beunruhigt, weil er sie ständig anrief, um sich nach ihr zu erkundigen.

»Hey«, sagte sie mit fröhlicher Stimme.

»Hey«, erwiderte Ricky.

Sie wurde sofort nervös. Er klang nicht wie sein gewohnt unbeschwertes Ich. »Was ist los?«

»Wir haben Nachricht erhalten. Wir machen uns morgen früh auf den Weg.«

Addison schluckte schwer. Sie wussten beide, dass es so kommen würde, aber es war trotzdem schwer zu hören. Sie tat ihr Bestes, um nicht so traurig und besorgt zu klingen, wie sie sich tief im Inneren fühlte. »In Ordnung. Was brauchst du von mir?«

Ricky schwieg einen Moment, dann seufzte er. »Du bist fantastisch.«

Addison runzelte verwirrt die Stirn. »Was?«

»Ich weiß, dass das schwer für dich ist. Für mich auch. Ich will nicht gehen, aber ich habe keine Wahl. Du hast allen Grund auszuflippen. Dich aufzuregen, dass ich gehe. Aber stattdessen ist dein erster Instinkt zu fragen, was ich von dir brauche. Ich verdiene dich nicht, Addy. Die beste Entscheidung, die ich je getroffen habe, war, dich zu fragen, ob du meine Frau werden willst.«

»Ricky«, protestierte sie.

»Ich meine es ernst.«

»Und das Beste, was ich je getan habe, war, Ja zu sagen«, erwiderte sie. »Wir wussten, dass das kommen würde. Verdammt, du bist ein SEAL, Missionen gehören zum Job. Wir haben die Kinder so gut wie möglich vorbereitet, und wie du immer wieder betont hast, kenne ich eine Menge Leute, die bei allem, was ansteht, helfen können. Ich bin nicht begeistert, dass du weg sein wirst, und ich stelle mir alle möglichen schrecklichen Dinge vor, die du während deiner Abwesenheit tun wirst. Aber ich muss darauf vertrauen, dass du sicher und gesund nach Hause kommst.«

»Das werde ich«, sagte Ricky bestimmt.

Addison wusste so gut wie er, dass er so etwas nicht versprechen konnte. Aber sie hielt ihn nicht damit auf.

»Ich bin einfach froh«, fuhr er fort, »dass wir eine kleine Vorwarnung haben. Bei den letzten beiden Missionen, an denen wir teilgenommen haben, hat uns das Arschloch, das das Kommando hatte, nicht mehr als eine Stunde Zeit gegeben. Ich kann heute alle Kinder von der Schule abholen, wenn du willst.«

»Bist du sicher?«, fragte Addison.

»Natürlich. Kein Problem. Soll ich auf dem Heimweg noch etwas mitbringen?«

Ihr wurde warm ums Herz. Er würde in weniger als vierundzwanzig Stunden zu einer Mission aufbrechen, die mit Sicherheit gefährlich werden würde, wenn man den intensiven Vorbereitungen Glauben schenken konnte, und er fragte sie, ob *sie* etwas brauchte.

»Nein, ich denke, wir sind versorgt. Ich war heute schon einkaufen.«

»In Ordnung, aber wenn dir noch etwas einfällt, sag mir Bescheid«, sagte Ricky.

»Ich brauche nur dich«, platzte es aus Addison heraus.

»Du hast mich«, sagte Ricky ruhig. »Ich rufe an, wenn sich etwas ändert. Ansonsten sehen wir uns in ein paar Stunden.«

»In Ordnung. Pass auf dich auf.«

»Das werde ich. Bis später.«

Nachdem sie aufgelegt hatte, schloss Addison die Augen und zwang sich, nicht zu weinen. Das war es, was Ricky tat. Sie war so stolz auf ihn, wie sie nur sein konnte. Über seine Abreise zu weinen würde die Situation nicht verbessern. Aber sie gönnte sich etwas Nachsicht, da dies das erste Mal war, dass er auf Mission war, seit sie zusammen waren.

Nach ein paar Minuten holte sie tief Luft, wischte sich die Tränen von den Wangen und machte sich an die Arbeit, die Cupcakes zu verpacken.

---

MacGyver war hin- und hergerissen. Eigentlich hatte er sich auf diese Mission gefreut. Sie hatten alle Eventualitäten durchgespielt und er war vom Ergebnis überzeugt. Es war ausgeschlossen, dass die hochrangige Zielperson entwischen würde. Es sollte ein einfacher Auftrag werden. Nicht gerade ungefährlich, aber nichts, womit das Team in der Vergangenheit nicht konfrontiert gewesen wäre.

Gleichzeitig hasste er es, seine Familie zu verlassen.

Er würde sich ununterbrochen Sorgen darüber machen, wie Addison mit der Situation zurechtkam, während er weg war. Es war schon schwer genug, alleinerziehende Mutter eines Kindes zu sein, und jetzt war sie für vier verantwortlich. Sie war jedoch großartig darin. Streng, aber nicht übertrieben. Sie arbeitete hart, nicht nur für ihr Geschäft, sondern auch, um sicherzustellen, dass sich jedes einzelne ihrer Kinder geliebt, sicher und geschätzt fühlte.

Und MacGyver würde es sicherlich vermissen, seine Frau die ganze Nacht lang im Arm zu halten. Ja, der Sex war fantastisch, nicht von dieser Welt, umwerfend ... aber es war die Intimität, sie im Arm zu halten, über ihre Tage und ihre bevorstehenden Termine zu sprechen, leise im Dunkeln zusammen zu lachen, die er am meisten vermissen würde.

Er hatte nicht gewusst, was ihm vor Addison gefehlt hatte. Kevlar, Safe, Blink und Preacher waren so viel glücklicher, seit sie ihre Frauen gefunden hatten, fast zu munter am Morgen für das Fitnesstraining, und jetzt wusste er warum. Und es lag ganz sicher nicht daran, dass sie mehr Schlaf bekamen. Verdammt, sie bekamen wahrscheinlich sogar weniger, jetzt, da sie jede Nacht eine Frau zum Lieben hatten. Nein. Es lag daran, dass sie zufriedener waren. Weil sie jemanden hatten, mit dem sie ihr Leben teilen konnten. Es war verdammt kitschig, aber MacGyver verstand das jetzt.

Und eine weitere Sache, die er hatte, die seine Teamkameraden nicht hatten, war die Freude an Kindern. Er war sehr gesegnet. Ja, es war stressig, dafür zu sorgen, dass alle das hatten, was sie brauchten, sowohl emotional als auch physisch, aber die Belohnung war in jeder Umarmung der kleinen Yana. Wenn ihr Gesicht aufleuchtete, wenn sie ihn etwas auf Englisch fragte und er es verstand. Wenn Artem ihnen stolz erzählte, dass er in der Schule einen neuen Freund gefunden hatte. Wenn Borysko seine Hausaufgaben verstand. Wenn Ellory nach einem schmerzfreien Tag lächelnd von der Schule nach Hause kam.

»Ich bin dann mal weg!«, rief Flash vom Flur aus, bevor er seinen Kopf in den Konferenzraum steckte, den sie für ihre Missionsvorbereitung übernommen hatten.

»Klingt gut. Bis morgen früh«, sagte MacGyver zu ihm.

»Geht es Addison gut?«, fragte Flash.

Und genau das war einer der vielen Gründe, warum er die Männer, mit denen er zusammenarbeitete, so sehr liebte. »Ihr geht es gut. Sie versucht, tapfer zu sein, aber sie wird schon klarkommen«, sagte MacGyver zu seinem Teamkameraden.

»Sie hat doch Wolfs Nummer, oder?«

»Natürlich.«

»Und die von Tex?«

MacGyver lachte leise. »Ja. Auf jeden Fall. Danke, dass du an meine Frau denkst. Hast du jemals darüber nachgedacht, selbst sesshaft zu werden?«

Flash lehnte sich gegen den Türrahmen. »Nicht wirklich. Ich bin nicht der Typ Mann, den die meisten Frauen wollen.«

»Was? Warum sagst du so etwas?«, fragte MacGyver.

Sein Freund zuckte nur mit den Schultern. »Ich bin es einfach nicht. Ich habe es auf die harte Tour gelernt. Ich bin zu nett. Zu intensiv. Zu schlau. Zu fokussiert. Zu schnell verliebt. Zu gut aussehend, also muss ich wohl ein Hurenbock sein. Ich habe im Grunde jeden möglichen Grund gehört, warum ich nicht für eine langfristige Beziehung tauge. Aber das ist schon in Ordnung. Ich lebe gern durch dich und die anderen. Ich habe mich bereits als Preachers Manny angemeldet.«

»Manny?«, fragte MacGyver grinsend.

»Ja, eine männliche Nanny.«

»Wieso hast du dich nicht freiwillig gemeldet, *mein* Manny zu sein?«

Flash lachte leise. »Weil ich Babys mag. Deine Kinder sind alt genug, um mich nicht zu brauchen.«

»Sie werden immer ihre Onkel brauchen. Um sie zu verwöhnen. Um mit ihnen Fangen zu spielen ... oder mit Barbies«, konterte MacGyver.

»Stimmt. Aber mir geht es gut. Ehrlich.«

»Nun, wenn ich sonst nichts gelernt habe, dann, dass man sich nicht darauf verlassen kann, dass alles beim Alten bleibt«, sagte MacGyver zu ihm. »Vor nicht allzu langer Zeit war ich noch genauso Single wie du, und jetzt bin ich glücklich verheiratet und habe vier Kinder.«

Flash schnaubte. »Ich bin mir immer noch nicht sicher, wie das passiert ist.«

»Möchtest du heute Abend vorbeikommen und mit uns abhängen?«, fragte MacGyver impulsiv.

»Nein. Ich werde auf keinen Fall das siebente Rad am Wagen sein«, sagte Flash.

»Das wärst du nicht.«

»Doch, das wäre ich. Genieße den Abend mit deiner Familie, MacGyver. Wir sehen uns morgen früh.«

»In Ordnung. Aber wenn du deine Meinung änderst ...«

»Das werde ich nicht. Bis dann.«

MacGyver warf einen Blick auf die Uhr und stellte fest, dass es später war als gedacht. Er schloss schnell seinen Laptop und räumte den Bereich auf. Er war der Letzte, der ging, und er achtete darauf, dass es keine Anzeichen für die Unordnung gab, die er und seine Teamkameraden bei den letzten Vorbereitungen für die Mission hinterlassen hatten.

Er holte zuerst Artem und Borysko von ihrer Schule ab, dann Yana und zuletzt Ellory von der Mittelschule.

Zu seiner Freude war sie sehr gut gelaunt. Es war eine Erleichterung, dass Chrys sie anscheinend nicht mehr schikaniert hatte, was die Stimmung des Mädchens deutlich verbesserte.

»Ich habe heute wieder von meinem Vater gehört«, sagte Ellory mit einem breiten Lächeln.

»Ach ja?« MacGyver war nicht begeistert, dass Brady Ellory eine SMS geschickt hatte, aber er konnte dem Mann nicht gerade verbieten, mit seiner Tochter zu sprechen. Außerdem machte es sie glücklich.

»Mh-hm. Er sagte, dass er, als er in Washington, D. C. lebte, einmal den Präsidenten getroffen hat!«

MacGyver bezweifelte das zwar stark, nickte aber trotzdem. *Er* hatte mehr als einen Präsidenten getroffen. Er prahlte nicht damit, es war einfach eine der vielen Sachen, die er gemacht hatte.

»Er hat auch gefragt, wann er mich wiedersehen kann. Glaubst du, Mom wird das bald arrangieren?«

MacGyver rollte mit den Augen. Er wusste nicht einmal, warum ihn der Gedanke, dass Ellory ihren Vater wiedersehen könnte, so sehr störte. Er und Vogel hatten sich nicht gut verstanden, was eine ziemliche Untertreibung war, aber er hatte nichts getan, was Addison oder ihn dazu veranlassen würde, ihm das Wiedersehen mit seiner Tochter strikt zu verbieten. Sie hatten vereinbart, Ellorys Führung zu folgen, ob sie daran interessiert war, die Beziehung zu ihrem Vater zu vertiefen oder nicht. Und es schien, als sei sie genau darauf erpicht.

»Ricky?«

»Entschuldige. Ich bin sicher, dass sie das wird.« Dies schien ein guter Zeitpunkt zu sein, um die Kinder wissen zu lassen, dass er eine Weile nicht da sein würde. »Allerdings werde ich dieses Mal nicht mit euch kommen können. Ihr wisst doch von der Mission, die ich geplant habe? Nun, es sieht so aus, als würde ich morgen früh aufbrechen.«

Im Wagen herrschte Totenstille.

MacGyver schaute in den Rückspiegel und begegnete Artems Blick.

»Ich verlasse mich darauf, dass du einspringst, Kumpel. Hilf Addy bei der Hausarbeit, pass auf deinen Bruder und deine

Schwester auf … das machst du sowieso, aber vielleicht kannst du ein Auge mehr auf sie haben.«

Artem nickte.

»Und, Borysko, ich möchte, dass du mindestens zehn neue englische Wörter gelernt hast, wenn ich zurückkomme.«

»Okay, Ricky.«

»Yana?«

Das kleine Mädchen weigerte sich, ihn anzusehen. Mit einem kleinen Schmollmund starrte sie aus dem Seitenfenster.

»Bist du wütend, Yana?«, fragte MacGyver sie leise.

Er erkannte, dass er mit diesem Gespräch hätte warten sollen, bis er nicht mehr am Steuer saß, als ihr Tränen über das kleine Gesicht liefen.

»Ricky, Pistole. Laufen. Traurig!«

MacGyver war sich nicht ganz sicher, was sie versuchte zu sagen. Sie verstand Englisch inzwischen recht gut, aber es zu sprechen war eine andere Sache. Sie arbeitete hart, aber es fiel ihr immer noch schwer.

Borysko fragte sie etwas auf Ukrainisch und sie antwortete in einem Wortschwall.

»Sie hat Angst, dass du verletzt wirst«, übersetzte Artem. »So wie es Borysko passiert ist, als wir in der Ukraine waren.«

Ja, er hätte definitiv warten sollen, bis er zu Hause war, um die Kinder über seine bevorstehende Mission zu informieren. Er hatte es vermasselt und war sich nicht sicher, was er sagen oder tun sollte, um das kleine Mädchen, das ihm alles bedeutete, zu beruhigen.

Zum Glück drehte Ellory sich so weit in ihrem Sitz, wie es der Sicherheitsgurt zuließ, und sprach direkt mit Yana. »Ricky wird es gut gehen. Er ist schlau. Und er hat all seine Freunde bei sich. Du hast gesehen, wie gut er ist, als er mit dir in der Ukraine war. Er wird zurückkommen, bevor wir es merken. Und meine Mutter wird sich um uns kümmern, während er weg ist.«

»Addy«, sagte Yana schniefend.

»Ja. Oh! Ich weiß, vielleicht lässt sie uns in unserem Zimmer eine Festung bauen! Wir können ein Laken über unsere Betten spannen und Besen und einen Mopp verwenden, um es hochzuhalten, und darunter schlafen. Würde dir das gefallen?«

»Ich will auch eine Schlaffestung!«, sagte Borysko, etwas zu laut für den kleinen Innenraum des Wagens.

Die Kinder begannen, miteinander zu reden, und MacGyver schimpfte nicht einmal mit ihnen, weil sie in ihrer Muttersprache sprachen. Normalerweise zog er es vor, dass sie Englisch sprachen, damit sie es üben konnten und er immer auf dem Laufenden über ihre Fortschritte war, aber er war zu dankbar für die Ablenkung, um im Moment darauf zu bestehen.

»Danke«, sagte er leise zu Ellory.

»Gern geschehen.«

»Du bist ein gutes Kind«, fügte er hinzu.

»Ich weiß«, sagte sie ein wenig frech.

MacGyver lachte leise.

»Glaubst du, dass Mom mich Brady wiedersehen lässt, obwohl du nicht hier sein wirst?«

Die Spannung, die MacGyver verspürt hatte, weil Ellory ihren Vater besuchte, kehrte zehnfach zurück. »Ich sehe nicht, warum nicht«, sagte er so ruhig wie möglich.

»Darf ich ehrlich sein?«, fragte Ellory.

»Natürlich. Das ist mir lieber.«

»Ich habe mir noch keine Meinung über ihn gebildet. Meinen Dad. Ich kann sagen, dass er versucht, cool zu sein, aber es fühlt sich manchmal so an, als würde er sich ein bisschen *zu sehr* anstrengen. Ich meine, wie hat ein Hausmeister den Präsidenten kennengelernt? Das kommt mir seltsam vor. Aber warum sollte er deswegen lügen?«

»Weil er dich beeindrucken will«, sagte MacGyver. »Er

möchte, dass du ihn magst, und manchmal dehnen Menschen die Wahrheit, um das zu erreichen. Sogar Erwachsene.«

»Hast du das getan?«

MacGyver schüttelte sofort den Kopf. »Nein. Ich möchte auch, dass du mich magst, aber ich möchte nichts erfinden, um das zu erreichen.«

»Ich mag dich«, sagte Ellory, ohne zu zögern.

»Gut.«

»Hast *du* den Präsidenten getroffen?«, fragte sie grinsend.

MacGyver lächelte zurück. »Zweimal.«

»Denselben?«

»Nein, verschiedene.«

»Cool.«

MacGyver zuckte mit den Schultern. »Es war nicht so cool, wie du vielleicht denkst. Überall waren Leute vom Secret Service, und beide Male stellten wir uns einfach in einer Reihe auf und er ging an uns vorbei und schüttelte uns die Hände, dann war er weg. Das war's. Ich habe nicht einmal mit ihm gesprochen.«

»Es ist trotzdem cool.«

»Ja, ich schätze, es war nicht schlecht«, stimmte MacGyver zu. »Ich habe irgendwo die Bilder, die gemacht wurden. Du weißt schon, wenn ich beweisen soll, dass ich nicht lüge. Das war Teil der Sache ... wir haben ein Bild davon, wie wir dem Präsidenten die Hand schütteln.«

Ellorys Augen wurden groß. »Wirklich? Die würde ich gern sehen!«

»Ich werde sie herauskramen. Aber das muss warten, bis ich zu Hause bin.«

»Du wirst klarkommen, oder?«, fragte das Mädchen leise.

»Ja. Du hattest recht mit dem, was du zu Yana gesagt hast. Ich habe mein Team im Rücken. Wir haben uns auf diese Mission vorbereitet – verdammt, wir haben uns *übermäßig* vorbereitet. Wir werden das schon schaffen.«

»Okay.«

»Behältst du deine Mutter für mich im Auge? Ich weiß, dass sie sich Sorgen um mich, dich und die anderen machen wird. Sie nimmt viel auf sich, und ich fürchte, diese erste Mission wird ihr sehr zusetzen.«

»Das werde ich. Vielleicht warte ich mit dem Wiedersehen mit meinem Vater, bis du zurück bist. Dann muss sie sich nicht noch mehr Sorgen machen.«

MacGyver wollte ihr zustimmen, dass sie den zusätzlichen Stress nicht gebrauchen konnte, und sie ermutigen, noch zu warten. Aber das war nicht fair. »Ich glaube nicht, dass es schaden wird, ihn wiederzusehen.«

»Ich werde sehen, was Mom denkt«, sagte Ellory.

MacGyver war unglaublich stolz auf diese junge Dame. Sie wurde schnell erwachsen und war für ihr Alter bereits sehr reif.

Er fuhr in die Einfahrt und stellte den Motor ab. Artem und Borysko halfen Yana aus ihrem Autositz und alle gingen ins Haus. Wie immer stieg MacGyver beim Betreten des Hauses der Geruch von Backwaren in die Nase, zusammen mit etwas Knoblauchartigem und Herzhaftem.

»Keks!«, rief Yana mit einem fröhlichen Lächeln aus, als sie in die Küche ging.

MacGyver trat einen Schritt zurück und beobachtete, wie seine Frau jedes der Kinder begrüßte. Sie unterbrach ihre Tätigkeit und ging auf die Knie, um den jüngeren Kindern besondere Aufmerksamkeit zu schenken. Ellory zeigte ihr die SMS von Vogel, und MacGyver konnte erkennen, dass Addison nicht begeistert war, dass ihr Ex und seine Tochter sich SMS schrieben, aber sie ließ Ellory ihre Bestürzung nicht anmerken.

Nachdem die Kinder jeweils einen Keks bekommen hatten und zum Umziehen auf ihre Zimmer geschickt worden waren, sah sie zu ihm hinüber. MacGyver überbrückte die Distanz zwischen ihnen, legte, ohne zu zögern, einen Arm um sie und küsste sie. Heftig.

Das würde er vermissen. Nach Hause zu kommen und zu sehen, wie sie mit den Kindern umging. Den Geruch des Essens zu riechen, das sie zubereitet hatte. Das Glück in ihren Augen zu sehen, wenn sie ihn sah. In diesem Moment wurde ihm klar, wie viel ihm all das, *sie*, bedeutete.

»Hi«, sagte sie atemlos, als er den Kuss schließlich unterbrach.

»Hi«, erwiderte er mit einem kleinen Lächeln.

Dann waren die Kinder wieder da, erzählten von ihrem Tag und berichteten Addison von der Festung, die sie bauen wollten, um darin zu schlafen.

MacGyver hatte erst dann die Gelegenheit, seine Frau für sich zu haben, als die Kinder im Bett waren. Sie war damit beschäftigt gewesen, ihnen zu versichern, dass es ihnen allen gut gehen würde, solange Ricky weg war. Dass sich nichts an ihrer Routine ändern würde. Dass Ricky sicher und gesund zu ihnen zurückkommen würde. Er konnte ihnen nicht sagen, wohin er gehen oder wie lange er weg sein würde, aber da Addison sich scheinbar keine Sorgen machte, entspannten die Kinder sich allmählich und schienen wegen seiner bevorstehenden Abwesenheit nicht so angespannt zu sein.

Er und Addison lagen im Bett und er hielt sie an sich gedrückt, als er ihr sagte: »Du warst heute Abend wunderbar mit ihnen.«

»Sie werden dich vermissen«, sagte sie leise. »Ich auch.«

»Ich weiß. Das wird auch für mich nicht einfach sein. Ich habe mich an das Chaos gewöhnt, das unser Leben ist.«

Sie kicherte an seiner Seite und stützte dann ihr Kinn auf seine Brust, damit sie sein Gesicht sehen konnte. »Aber es ist ein gutes Chaos, oder?«

»Richtig«, stimmte er zu. »Hattest du Gelegenheit, mit Ellory über Vogel zu sprechen?«

»Ein wenig. Ist es für dich in Ordnung, dass sie ihn wiedersieht?«

MacGyver wollte am liebsten Nein sagen, aber das konnte er Ellory nicht antun. »Ja. Aber wenn er ein Arsch ist, dann halte dich von ihm fern.«

»Das werde ich. Er gibt sich Mühe. Ich kann an seinen SMS erkennen, dass er es nicht gewohnt ist, mit einem Teenager zu reden, aber er gibt sich Mühe. Ich weiß nicht, was ich mir sonst noch wünschen soll.«

MacGyver auch nicht. Aber er wusste immer noch nicht, was Vogel vorhatte. Es war zu seltsam, dass er aus heiterem Himmel auftauchte und sofort mit seiner Tochter befreundet sein wollte, obwohl er sich nicht die Bohne für Addison interessiert hatte, bevor er sie im Krankenhaus gesehen hatte. »Sei einfach vorsichtig«, ermahnte er sie.

»Das werde ich. Ich werde nicht zulassen, dass er meine Tochter verarscht. Ich bin vorsichtig optimistisch«, sagte sie, »aber beim ersten Anzeichen von etwas Verdächtigem werde ich alles stoppen.«

»Gut. Können wir jetzt aufhören, über deinen Ex zu reden?«

Addison kicherte. »Klar. Worüber sollen wir dann reden?«

»Wie wäre es mit nichts?«, schlug MacGyver vor, während er sie hochzog, sodass sie auf seiner Leiste saß. Sie lächelte ihn an.

»Kein Reden, verstanden«, erwiderte sie, bevor sie sich vorbeugte und seine Lippen mit ihren bedeckte.

Innerhalb weniger Augenblicke versuchten beide verzweifelt, sich auszuziehen. Dann riss MacGyver Addison an seinen Körper, sodass sie auf seinem Gesicht saß. Das hatten sie noch nicht gemacht, und er konnte es kaum erwarten.

Es dauerte nicht lange, bis sie anfing, sich auf seinem Gesicht zu bewegen, während er sie mit der Zunge fickte. Seine Wangen waren mit ihrem Saft bedeckt, und alles, was er riechen und sehen konnte, war ihre wunderschöne Muschi. Es war das Paradies.

Gleich nachdem sie gekommen war, ließ er sie wieder über

seinen Körper gleiten, und sie packte seinen Schwanz, positionierte ihn an ihrer Muschi und ließ sich dann auf ihn sinken.

Für einen Moment verharrten beide in Stille, jeder in das Gefühl des anderen versunken – dann begann Addison, ihn zu ficken. Hart. MacGyver hielt ihre Hüften fest, um ihr Stabilität zu geben, und er spürte, wie sein Herz in seiner Brust anschwoll, als er sie auf seinem Schoß auf und ab hüpfen sah. Sein Schwanz glänzte von ihrem Saft, und er hatte noch nie etwas so Erotisches gesehen wie seine Frau, die ihn nahm.

Als er spürte, dass sie langsam müde wurde, übernahm er, hob sie hoch und ließ sie auf sich herabsinken. Sein Schwanz fühlte sich an, als sei er tiefer in ihr drin als je zuvor. Seine Hoden begannen zu kribbeln und er wusste, dass er kurz davor war.

Beim nächsten Stoß nach unten hielt er sie mit einer Hand fest, während er die andere dort platzierte, wo sie verbunden waren. Als er kam, strich er grob über ihre Klitoris. Es dauerte nicht lange, bis sie ebenfalls kam. Sie drückte seinen Schwanz, der immer noch tief in ihrem Körper steckte, und MacGyver spürte, wie eine weitere Ladung Sperma aus seinem Schwanz schoss.

»Heilige Scheiße!«, rief Addison aus, als sie sich erschöpft auf seine Brust fallen ließ. Sie waren beide schweißgebadet, und MacGyver hatte sich noch nie so ausgelaugt gefühlt wie in diesem Moment.

Sekunden später spürte er, wie ein warmer Strom ihrer gemeinsamen Erlösung über seine Hoden lief, während er unter seiner Frau lag ... und er verkrampfte sich.

»Verdammt.«

»Was? Was ist los?«, fragte Addison, als sie den Kopf hob und ihn besorgt anstarrte.

»Ich habe vergessen, ein Kondom zu benutzen. Es tut mir so leid! Ich schwöre, ich wollte es nicht vergessen, aber als du auf meinem Gesicht gekommen bist, habe ich alles ausgeblendet, außer dass ich in dir sein wollte.«

Zu seiner Überraschung und Erleichterung erstarrte Addison nicht auf ihm. »Ich sollte wahrscheinlich ausflippen, aber ich kann gerade nicht die Energie aufbringen. Ich werde meinen Frauenarzt aufsuchen, während du weg bist. Die Verhütung klären.«

»Und wenn du schwanger bist?« Er konnte nicht anders, als zu fragen, als er an Preacher und Maggie dachte. Sie hatten nicht geplant, dass sie so schnell schwanger werden würde, aber sie war es.

»Und wenn ich es bin ...?«, gab sie zurück.

»Wenn du es bist, dann würde ich mich freuen, den anderen ein kleines Brüderchen oder Schwesterchen zu schenken«, sagte er und meinte das mit jeder Faser seines Seins.

»Fünf Kinder ... das wäre eine Menge.«

MacGyver zuckte mit den Schultern. »Weil vier es nicht sind?«

»Stimmt.«

»Sieh mich an, Addy.«

Sie hob den Kopf.

»Ich liebe dich«, sagte MacGyver. »Ich weiß, es ist schnell, aber andererseits auch nicht. Wir haben aus Vernunft geheiratet, aber wie könnte ich mich *nicht* in dich verlieben, nachdem ich gesehen habe, was für eine großartige Mutter, Geschäftsfrau und freundliche Person du bist?«

»Ricky«, hauchte sie.

»Du musst es nicht erwidern, aber ich wollte, dass du es weißt, bevor ich gehe.«

»Ich liebe dich auch«, flüsterte sie. »Und das sage ich nicht nur, weil du es gesagt hast.«

Zufriedenheit breitete sich in MacGyver aus. Er hatte alles, was er sich je gewünscht hatte. Eine Frau, die ihn liebte, Kinder, die ihn zum Lachen brachten und ihn gleichzeitig mit

Ehrfurcht erfüllten. Ein Zuhause. Einen Job, den er liebte. Freunde. Er war der glücklichste Mistkerl der Welt. Er würde Addison oder ihr gemeinsames Leben nie als selbstverständlich ansehen.

Sein Schwanz zuckte in ihr und er konnte nicht anders, als seinen Hintern zu bewegen. Da sie klatschnass war, glitt sein Schwanz leicht in ihren gut vorbereiteten Körper hinein und wieder heraus.

»Schon wieder?«, fragte sie grinsend.

»Schon wieder«, stimmte er zu und drehte sich um, sodass sie unter ihm lag. Während er über ihr schwebte, prägte MacGyver sich das Gesicht der Frau ein, die er liebte und die ihn auch liebte. Ihr rotes Haar war völlig zerzaust um ihr Gesicht und ihre Schultern, ihre grünen Augen funkelten, als sie zu ihm aufblickte. Ihre Brust war fleckig rot, ihre Sommersprossen hoben sich deutlich von den blassen Stellen ab. Ihre Brustwarzen waren hart und flehten um seinen Mund.

Sie streckte die Hand aus und strich ihm eine zu lange Haarsträhne aus der Stirn. Er brauchte einen Haarschnitt, aber aufgrund der veränderten Körperpflegeoptionen, die die SEALs genossen, war dies nichts, dem er Priorität eingeräumt hatte.

»Mach Liebe mit mir«, sagte Addison leise.

»Sehr gern.«

MacGyver liebte seine Frau in dieser Nacht noch zweimal, in dem Bewusstsein, dass seine Zeit mit ihr mit jedem Ticken der Uhr zu Ende ging. Diese Nacht war ein Geschenk für sie beide. Sie sagten sich immer wieder, dass sie sich liebten, waren sich einig, dass sie noch ein Kind wollten, und schworen, alles zu tun, damit ihre Beziehung funktionierte ... genau das brauchte MacGyver, bevor er sich auf seine Mission begab.

Später am Morgen, nachdem er mit seiner Familie gefrühstückt, jedem der Kinder versichert hatte, dass er im Handumdrehen zurück sein würde, und Addison geholfen hatte, sie zur

Schule zu bringen, stand er mit seiner Frau im Arm in seiner Küche. Sie schniefte ein wenig und versuchte offensichtlich, sich zusammenzureißen.

»Weine nicht«, murmelte er.

»Ich versuche, es nicht zu tun«, sagte sie, während sie ihre Fingernägel in seinen Rücken grub.

MacGyver nahm ihren Kopf in die Hände und beugte sich vor. Er legte seine Stirn an ihre. »Ruf die anderen Frauen an, wenn du überfordert bist. Sie haben bereits zugestimmt, dir bei allem zu helfen, was du brauchst. Und sie werden gern vorbeikommen, weil sie sich genauso sorgen wie du.«

»Ja«, stimmte sie zu.

»Und Caroline, Fiona, Alabama und die anderen sind auch hier, wenn du reden willst. Sie haben mehr Missionen hinter sich, als du zählen kannst. Und Jessyka würde sich wahrscheinlich freuen, wenn du Artem, Borysko und Yana mitbringst, damit sie mit ihren Kindern spielen.«

»Ich rufe sie an«, sagte Addison.

Es war Zeit zu gehen. MacGyver wollte nicht, aber es half keinem von ihnen, es hinauszuzögern. Er küsste sie ein letztes Mal, lange, langsam und innig. Sie atmeten beide schwer, als er sich zurückzog. »Ich rufe an, sobald wir zurück sind.«

»Okay.«

»Mach dir keine Sorgen.«

»Okay.«

»Wenn Vogel sich wie ein Idiot aufführt, sag ihm, er soll sich verpissen.«

»Okay.« Diesmal lächelte sie, als sie es sagte.

»Ich liebe dich«, sagte MacGyver. Es fühlte sich gut und richtig an, die Worte laut auszusprechen, wann immer er das Bedürfnis verspürte, anstatt nur daran zu denken.

»Ich liebe dich auch. Sei vorsichtig. Macht ein paar Bösewichte fertig.«

Er grinste. »Das werden wir.«

Er drehte sich um und ging zur Haustür. Er hatte seine Tasche zuvor in Addisons VW Käfer gelegt. Er nahm ihren Wagen, weil sie seinen Explorer brauchen würde, um während seiner Abwesenheit alle Kinder unterzubringen. Sie zurückzulassen war schwieriger, als er erwartet hatte. MacGyver zwang sich, die Haustür zu öffnen, und ging zum Wagen. Er zögerte, dann drehte er sich um.

Addison stand mit Tränen auf den Wangen in der Tür, aber sie lächelte ihn tapfer an. »Ich liebe dich«, rief sie.

MacGyver warf ihr einen Kuss zu und stieg dann ein. Er fuhr rückwärts aus der Einfahrt und wagte nicht, sich umzusehen, während er die Straße entlangfuhr. Wenn er es täte, würde es noch mehr wehtun. Er rieb sich mit der Hand über sein Herz und fragte sich, ob das Weggehen mit der Zeit einfacher werden würde. Er hatte das Gefühl, dass das nicht der Fall sein würde.

# KAPITEL ZWÖLF

Elf Tage, vier Stunden und zweiunddreißig Sekunden war Ricky nun schon weg. Aber Addison zählte nicht mit. Nein. Überhaupt nicht.

Aber sie musste zugeben, dass es zwar direkt nach seiner Abreise extrem schwierig war – sie fühlte sich überfordert und unvorbereitet, den Haushalt allein zu führen –, es aber schließlich einfacher wurde.

Außer die Nächte. Die waren nicht einfacher. Sie waren qualvoll. Am meisten vermisste sie Ricky, wenn sie sich allein in ihr Bett legte. Tagsüber hatte sie nicht viel Zeit zum Nachdenken. Sie war mit ihrem Job beschäftigt, chauffierte die Kinder herum, kochte Mahlzeiten, verbrachte Zeit mit Remi, Wren, Josie und Maggie, ganz zu schweigen von der Vertiefung ihrer Freundschaften mit Caroline, Jessyka, Cheyenne und den anderen SEAL-Ehefrauen.

Sie war von allen erdenklichen Hilfen umgeben und hätte nicht dankbarer für ihr Unterstützungsnetzwerk sein können. Die Heirat mit Ricky hatte ihr nicht nur den Mann ihrer Träume und drei Kinder geschenkt, die schnell zu den Lichtern ihres Lebens geworden waren, sondern auch eine ganze

Gruppe von Männern und Frauen, die jetzt ihr Fels in der Brandung waren.

Der einzige Wermutstropfen war ihr Ex. Brady schrieb Ellory immer noch SMS ... was in Ordnung gewesen wäre, wenn er nicht den Eindruck erweckt hätte, dass er ihre Tochter fast stalkte. Er ließ sie nicht in Ruhe, schickte ihr den ganzen Tag und bis in den Abend hinein Nachrichten. Ellory hatte angefangen, ihr Handy nachts auf der Küchentheke liegen zu lassen, damit es nicht bei jeder SMS auf ihrem Nachttisch vibrierte und sie weckte.

Addison hatte Brady mehr als einmal gebeten, es ruhiger angehen zu lassen, aber er hatte sie ignoriert und wollte fast zu jeder Tageszeit wissen, was Ellory gerade tat. Anfangs fühlte Ellory sich geschmeichelt. Sie hatte es geliebt, im Mittelpunkt der Aufmerksamkeit ihres Vaters zu stehen. Aber es begann, sie schnell zu nerven, und infolgedessen hatte sie ein erneutes Treffen mit ihm aufgeschoben.

Aber Brady war unerbittlich. Schließlich gab sie nach und stimmte einem Treffen zu – natürlich mit Addisons Erlaubnis. Dieses Mal begleiteten Remi und Rickys ehemaliger SEAL-Freund Dude sie zu dem Treffen mit Brady. Auf Ellorys Drängen hin begleiteten sie auch Artem, Borysko und Yana. Sie wollte, dass ihr Vater ihre Brüder und ihre Schwester kennenlernte, in der Hoffnung, dass sie alle eine große, glückliche Familie werden würden. Addison hatte ihre Zweifel, aber da sie sich auf dem Spielplatz an Yanas Grundschule trafen, einem schönen öffentlichen Ort, an dem die jüngeren Kinder unterhalten werden würden, schien es harmlos genug zu sein.

»Remi wird uns dort treffen, oder?«, fragte Ellory, als sie unterwegs waren.

»Ja. Und Rickys Freund Dude wird auch da sein.«

»Er ist irgendwie unheimlich.«

»Was? Dude ist nicht unheimlich«, protestierte Addison.

»Mom, er ist groß und muskulös, hat dunkles Haar und dunkle Augen und er ... beobachtet immer alles.«

»Stimmt. Aber Ricky und die anderen Jungs in seinem Team sind auch groß und muskulös. Was das Beobachten angeht, so haben sie alle aufgrund ihres Jobs gelernt, äußerst vorsichtig zu sein. Außerdem hast du ihn mit Taylor gesehen. Er ist ein großer Marshmallow.«

»Ja, okay. Das ist er irgendwie«, stimmte Ellory zu.

»Außerdem darf man Menschen nicht nach ihrem Aussehen beurteilen. Der netteste Mensch, der bestaussehende, könnte ein Bösewicht sein, und der furchterregendste könnte ein verkleideter Engel sein.«

»Tut mir leid.«

»Das muss dir nicht leidtun, Schatz. Ich bin froh, dass du vorsichtig bist. Aber du weißt, dass Ricky uns nicht vorgeschlagen hätte, Dude einzuladen, wenn er ihm nicht hundertprozentig vertrauen würde.«

Addison hatte Ricky vor ein paar Tagen eine E-Mail geschickt. Sie war sich bewusst, dass es unwahrscheinlich war, dass er antworten oder die E-Mail überhaupt erhalten würde, aber sie brauchte dringend seinen Rat in Bezug auf Brady. Sie hatte Remi und die anderen Frauen gefragt, aber Ricky war derjenige, dem sie voll und ganz vertraute, da er bereits ihren Ex kennengelernt hatte.

Zu ihrer Überraschung hatte er geantwortet. Es war eine kurze Nachricht, aber er hatte sie gebeten, Dude anzurufen und zu fragen, ob er sie zu dem Treffen mit Brady begleiten könne. Also hatte sie genau das getan und zu ihrer Erleichterung war Dude gern bereit, sie vor der Schule zu treffen.

»Borysko, du bist dran, deine Schwester im Auge zu behalten«, sagte Addison und warf einen Blick auf den Rücksitz, wo die Kinder saßen.

Der Junge runzelte die Stirn und legte den Kopf schief. »Mein Auge? Ich verstehe nicht.«

»Tut mir leid. Pass auf sie auf. Sorge dafür, dass sie sicher ist. Dass sie keinen Ärger macht.«

»Yana gutes Mädchen. Sie sicher bei uns.« Borysko klang beleidigt.

»Richtig, natürlich ist sie das.« Manchmal vergaß Addison, dass diese Kinder ein Leben geführt hatten, das die meisten Kinder nicht einmal nachvollziehen konnten. Sie waren mitten in einem vom Krieg zerrütteten Land auf sich allein gestellt gewesen, mussten sich etwas zu essen suchen und sich vor Soldaten und anderen verstecken, die einem Trio junger Kinder, ohne zu zögern, Schaden zugefügt hätten.

»Artem? Ist alles in Ordnung? Du bist so still«, sagte Addison, als sie auf den Parkplatz der Schule fuhr.

»Wird Ellory uns verlassen?«

»Was? Wo soll sie denn hin?«

»Zu Vater ziehen.«

»Nein. Auf keinen Fall. Sie lernt ihn einfach nur kennen. Weißt du noch, wie ich dir erklärt habe, dass sie ihren Vater nicht mehr gesehen hat, seit sie ein Baby war? Jetzt, da er zurück ist, ist das eine Chance für sie beide, sich kennenzulernen. Sie wird unser Haus nicht verlassen.«

»Versprochen?«, fragte Artem.

Ellory antwortete dem kleinen Jungen: »Ich gehe nirgendwo hin. Ich möchte nirgendwo anders leben als bei meiner Mutter, Ricky und euch. Tut mir leid, kleiner Mann. Du bekommst mein Zimmer nicht.« Sie lächelte, als sie das sagte und ihren kleinen Bruder neckte.

»Okay«, sagte Artem.

»Okay«, wiederholte Ellory.

»Ich sehe Brady noch nicht hier, aber ich denke, es ist in Ordnung, wenn ihr alle schon mal zum Spielen geht. Wenn ihr ihn kommen seht, kommt aber bitte rüber und trefft ihn, in Ordnung?«

»Okay, Addy«, sagte Artem höflich.

»Schaukel!«, rief Yana, und der Klang hallte im Inneren des Wagens wider.

Borysko nahm seine Schwester bei der Hand und half ihr hinaus, dann lief er mit ihr zur Schaukel. Artem folgte ihnen in langsamerem Tempo. Addison beobachtete, wie er sich umschaute, als würde er die Gegend auskundschaften. Es war offensichtlich, dass seine Vergangenheit ihn noch länger verfolgte als seine Geschwister.

Ellorys Handy vibrierte, als sie eine SMS erhielt, und sie schaute auf das Display. »Dad«, sagte sie mit einem Augenrollen. »Er sagt, er kommt zu spät.«

Addison hielt sich mit einem bissigen Kommentar zurück.

Zwei Fahrzeuge fuhren auf den Parkplatz, und Addison sah Remi am Steuer des einen und Dude im anderen.

Als der ehemalige SEAL aus seinem Wagen stieg, konnte Addison nicht anders, als tief durchzuatmen. Ellory hatte recht. Dude war tatsächlich ein wenig beängstigend. Er strahlte eine dunkle Aura aus. Sie hatte nicht per se Angst vor ihm, aber sie war definitiv froh, dass er auf ihrer Seite war.

»Hi!«, sagte Remi und umarmte sofort sowohl Addison als auch Ellory. »Bist du nervös?«, fragte sie den Teenager.

Ellory zuckte mit den Schultern. »Nein.«

»Richtig, du hast Brady bereits kennengelernt und mit ihm Zeit verbracht. Das wird bestimmt lustig. Da drüben sind ein paar Bänke, wir könnten uns dort hinsetzen.«

Addison nickte, aber bevor sie in Richtung der Sitzgelegenheiten gehen konnte, packte Dude sie am Arm und sagte: »Auf ein Wort?«

»Wir gehen einfach da rüber und hängen ab«, sagte Remi fröhlich.

Addison fühlte sich ein wenig im Stich gelassen, als sowohl Remi als auch ihre Tochter sie mit dem SEAL allein ließen, aber Dude ließ ihren Arm los und trat sogar einen Schritt zurück, um ihr Raum zu geben. »Ich will dir keine Angst machen«, sagte er leise.

»Das tust du nicht.«

Er hob eine Augenbraue.

»Okay, du machst mich ein wenig nervös. Aber das ist nicht dasselbe.«

»Du hast von mir nichts zu befürchten.«

»Ich weiß.«

»Ich respektiere und bewundere MacGyver. Wir hätten jemanden wie ihn in unserem Team gebrauchen können. Jemanden, der aus jeder Situation einen Ausweg findet. Dein Mann ist ein verdammtes ... äh ... verflixtes Genie. Wirklich clever. Sein Verstand arbeitet auf eine Art und Weise, wie es nur wenige tun. Ich wollte mich nur dafür bedanken, dass du mich gebeten hast, heute mit euch zu kommen.«

Sein Lob für Ricky fühlte sich gut an, auch wenn er nicht *ihr* ein Kompliment machte. Ricky war schlauer als jeder andere, den sie je getroffen hatte. Sie liebte es, dass er Zeit mit Ellory in seiner Garage verbrachte, sie unterrichtete und mit seinen elektronischen Geräten und anderen Werkzeugen herumspielte. Und sie fand es noch besser, dass Ellory genauso viel Spaß daran zu haben schien wie er. Artem und Borysko schienen sich mehr für Spielzeug und Lesen und natürlich Fernsehen zu interessieren als für handwerkliche Tätigkeiten. Das würde sich vielleicht noch ändern, aber in der Zwischenzeit freute sie sich, dass ihre Tochter und ihr Mann eine Bindung zueinander aufbauten.

»Ich weiß es zu schätzen, dass du dir die Zeit genommen hast, mit uns zu kommen«, erwiderte Addison.

Dude nickte. »Gibt es etwas, das ich über Vogel wissen sollte ... außer dem, was MacGyver mir bereits erzählt hat?«

»Äh ... ich weiß nicht, was er gesagt hat«, antwortete Addison vorsichtig.

»Er mag ihn nicht«, sagte er unverblümt.

»Ja, sie haben sich nicht gerade gut verstanden.«

»Ich finde es sehr großmütig von dir, dass du zustimmst, deinen Ex seine Tochter sehen zu lassen. Das hat er sich in den letzten zwölf Jahren sicherlich nicht verdient.«

Das hatte er nicht. Dude hatte nicht unrecht. »Ich finde, es sollte ihre Entscheidung sein, ob sie eine Beziehung mit ihm will. Es stimmt, dass er ohne ein Wort verschwunden ist und nie versucht hat, mich oder sie zu erreichen, aber vielleicht hat er sich geändert. Und ich würde mich wie die schlechteste Mutter der Welt fühlen, wenn ich ihnen nicht wenigstens eine Chance geben würde.«

»Ich stimme zu, dass eine zweite Chance eine gute Sache ist, aber lass dir von deinen Schuldgefühlen nicht die Sicht vernebeln.«

Addison runzelte die Stirn. »Was meinst du damit?«, fragte sie ein wenig defensiv.

»Egal, wie sehr du glaubst, dass ein Vater und seine Tochter eine Beziehung haben sollten, manchmal ist es das Beste, sich zurückzuziehen.«

Er schien in Rätseln zu sprechen, und das ärgerte Addison. »Richtig.«

Dude seufzte. »Ich drücke mich nicht besonders gut aus. Vertraue einfach deinen Instinkten. Wenn sie dir sagen, dass etwas nicht stimmt, dann ist das wahrscheinlich auch so. Vielleicht hatte Vogel tatsächlich gute Gründe, sich in den ersten zwölf Jahren seines Lebens von seiner Tochter fernzuhalten. Aber warum kommt er jetzt zurück? Warum will er *jetzt* in ihrem Leben sein, wenn er es vorher nicht wollte?«

»Ich weiß es nicht«, sagte Addison leise.

Sie hörten, wie ein Fahrzeug auf den Parkplatz fuhr, das für die Kurve etwas zu schnell war.

»Er ist hier«, sagte sie unnötigerweise.

Dude trat auf sie zu, nahm wieder ihren Arm und ging mit

ihr etwa ein Dutzend Schritte zurück, damit sie nicht mitten auf dem Parkplatz standen.

Mit einem vielsagenden Blick auf ihren Arm sagte Addison trocken: »Du bist sehr beschützend.«

»Du hast ja keine Ahnung«, sagte er, bevor er dem Mann zunickte, der auf sie zukam.

Brady sah an diesem Morgen gut aus. Er trug eine Jeans und ein Polohemd, und sein Haar sah aus, als hätte er tatsächlich ein Produkt verwendet, das es bändigte. Als er näher kam, konnte Addison auch das Parfüm riechen, das er aufgetragen hatte. Der Unterschied zwischen ihm und Dude hätte nicht offensichtlicher sein können. Beide Männer trugen Jeans, aber Dude wirkte mit seinem T-Shirt und den schwarzen Springerstiefeln, dem zerzausten Haar und dem Geruch frischer Seife ... echter ... natürlicher. Männlicher.

»Hey, Addison«, sagte Brady, als er näher kam. »Wer ist der Kerl?«

Addison musste lachen. »Er heißt Dude. Er ist ein Freund meines Mannes.«

»Dude? Echt? Das ist dein Name?«

»Ja«, sagte er, verschränkte die Arme vor der Brust und starrte Brady eisern an.

Addison wurde aus der peinlichen Situation gerettet, als Artem, Borysko und Yana auf sie zuliefen.

»Oh, ich wusste nicht, dass du alle Kinder mitbringst«, sagte Brady. Sie wusste, dass Ellory ihm in einigen der ausgetauschten SMS von ihren Brüdern und ihrer Schwester erzählt hatte. »Sprechen sie Englisch?«, fragte er, kurz bevor die Kinder sie erreichten.

Seine dumme Frage ärgerte Addison. »Natürlich sprechen sie Englisch. Sie lernen noch, aber sie haben seit ihrer Ankunft in den USA erstaunlich viel erreicht. Artem, Borysko, Yana, das ist Brady, Ellorys leiblicher Vater.«

Sie hatte den Kindern erklärt, was leiblich bedeutete, aber

aus irgendeinem Grund hatte sie das Bedürfnis, das immer wieder zu erwähnen, wenn sie mit jemandem über Brady sprach.

»Hallo«, sagte Brady mit einer unerträglich lauten Stimme. »Wie. Geht. Es. Euch? Ich. Habe. Viel. Von. Euch. Gehört.«

Addison starrte ihren Ex an. »Warum redest du so? Sie sind direkt hier, sie können dich gut hören. Und du musst auch nicht so langsam sprechen. Sie verstehen dich.«

»Oh. Richtig.«

Artem trat einen Schritt auf Brady zu und streckte ihm die Hand entgegen. »Ich bin Artem. Bruder von Ellory, Yana und Borysko. Freut mich, dich kennenzulernen.«

Brady schaute auf Artems Hand. Sie war schmutzig und ein wenig orange vom Rost an den Klettergerüsten, an denen er gespielt hatte. Anstatt seine Hand zu nehmen, nickte Brady nur und sagte: »Hallo.«

Artem stand einen Moment lang da, sichtlich verwirrt, und ließ erst den Arm sinken, als Dude seine kleine Schulter berührte und ihn sanft nach hinten zog.

»Ich bin Borysko.«

»Ich heiße Yana.«

Addison konnte sich ein Lächeln nicht verkneifen. Die Kinder zeigten sich von ihrer besten Seite und waren so süß, wie sie sich förmlich und höflich vorstellten, wie es ihnen beigebracht worden war.

»Richtig.« Brady drehte den Kopf, um nach Ellory zu suchen. Sie und Remi saßen immer noch auf der Bank in der Nähe des Gebäudes. Sie beobachteten sie, hatten sich aber noch nicht auf den Weg zu ihnen gemacht.

In diesem Moment sagte Yana etwas auf Ukrainisch zu ihren Brüdern. Artem antwortete ihr in derselben Sprache.

»Ich dachte, du hättest gesagt, sie sprechen Englisch«, sagte Brady stirnrunzelnd.

Zum tausendsten Mal fragte Addison sich, was sie damals

vor all den Jahren in ihrem Ex gesehen hatte. Er war so ein Arschloch ... und das war es wahrscheinlich, was Artem seiner Schwester erzählte. »Das tun sie«, sagte sie trocken.

»Das ist kein Englisch«, erwiderte er.

Addison rollte mit den Augen. Als sie merkte, was sie getan hatte, kam ihr kurz der Gedanke, dass sie offensichtlich viel Zeit mit ihrer Tochter verbracht hatte, denn das Augenrollen hatte auf sie abgefärbt.

»Offensichtlich«, sagte sie zu ihm und wandte sich dann den Kindern zu. »Geht spielen, Leute. Wir sind alle da drüben bei den Bänken.«

Borysko nahm sofort Yanas Hand und führte sie von ihnen weg zurück zu den Schaukeln. Artem blickte von ihr zu Brady und dann zu Dude. Er nickte dem großen ehemaligen SEAL zu und folgte dann seinen Geschwistern zurück zum Spielplatz.

Brady schaute auf die Uhr und sagte: »Ich habe nicht viel Zeit. Ich wurde unerwartet zur Arbeit gerufen. Wenn ihr mich also entschuldigt, ich werde jetzt mit meiner Tochter sprechen.«

Addison wünschte, sie wäre überrascht, dass er nicht lange bleiben konnte, aber das hatte er früher auch bei ihr gemacht. Er verabredete sich mit ihr und machte sich dann aus dem einen oder anderen Grund früh aus dem Staub. Sie hatte damals und auch jetzt keinen Grund zu glauben, dass er log, aber ihr Instinkt sagte ihr, dass er nicht ehrlich war. Er sah für jemanden, der zu seinem Hausmeisterjob musste, furchtbar schick aus.

Als Brady auf Ellory und Remi zuging, folgten Addison und Dude ihm.

Er drehte sich um und starrte sie verärgert an. »Wo wollt ihr hin?«

»Mit dir zu Ellory«, sagte Addison.

»Komm schon, Addison. Ich möchte mit ihr reden, ohne dass du herumscharwenzelst. Sie ist kein Kind mehr.«

»Falsch. Sie ist *immer noch* ein Kind. Sie ist *mein* Kind. Und ehrlich gesagt bist du für sie immer noch ein Fremder. Also entweder ›schwarwenzle ich herum‹, wie du es nennst, oder du drehst dich um, steigst wieder in deinen Wagen und fährst weg.«

»Und muss dein Leibwächter auch hier sein?«

»Ja«, sagte sie bestimmt.

»Na gut. Wie auch immer«, murmelte Brady.

Als sie die Bank erreichten, waren Ellory und Remi aufgestanden.

»Hallo! Ich bin Remi«, sagte ihre Freundin. Sie reichte Brady nicht die Hand, sondern lächelte ihn nur freundlich an.

»Brady. Hi, Ellory.«

»Hi.«

Es herrschte eine unangenehme Stille, als die fünf dort standen. Dann schlug Addison vor: »Warum setzt ihr beiden euch nicht und unterhaltet euch, während wir hier drüben warten?«

»Das ist zumindest etwas«, murmelte Brady, als er zur Bank ging.

Er und Ellory setzten sich, und ihre Tochter sah nervös und unsicher aus, während sie mit den Füßen im Dreck scharrte.

»Er ist nicht das, was ich erwartet habe«, sagte Remi leise, während sie Vater und Tochter ein wenig Privatsphäre gaben. Nicht so sehr, dass Addison nicht hören konnte, was sie sagten, wenn sie sich konzentrierte, aber genug, dass Brady sich vielleicht ein wenig entspannen würde.

»Er ist ...« Addison fiel es schwer, ein passendes Adjektiv zu finden.

»Ein Arschloch«, murmelte Dude.

Remi kicherte. Addison bemühte sich, ihr Lächeln zu unterdrücken.

»Das ist er wirklich nicht. Okay, manchmal ist er es. Aber er gibt sich Mühe. Dafür muss ich ihm Punkte geben.«

»Nein, das musst du nicht«, konterte Dude.

Addison begann, sich gestresst zu fühlen. Und Rickys Freund war keine große Hilfe. Obwohl er wahrscheinlich diplomatischer war, als Ricky es gewesen wäre. Ihr Mann mochte Brady definitiv nicht, und wenn er gehört hätte, wie der Mann mit Artem, Borysko und Yana gesprochen hatte – als seien sie alle taub und dumm –, hätte ihn das auch verärgert.

Addison tat ihr Bestes, um mit einem Ohr dem Gespräch zwischen ihrer Tochter und Brady zu lauschen, während sie sich gleichzeitig um die anderen Kinder auf dem Spielplatz kümmerte. Sie beobachtete Yana auf der Schaukel, als diese aufstehen wollte, über ihre Füße stolperte und zu Boden fiel. Sie stieß sofort einen Schrei aus und fing an zu weinen.

»Ich mache das schon«, sagte Dude und joggte sofort auf sie zu.

»Er hat eine Schwäche für Mädchen«, sagte Remi. Dann flüsterte sie: »Und ich habe gehört, dass er dominant ist.«

»Was ist er?«, fragte Addison.

»Ein Dom. Wie in dominant und unterwürfig? Ich wette, dieser Mann ist im Bett tödlich.«

»Remi!«, schimpfte Addison. »Du bist mit Kevlar zusammen.«

»Das bin ich. Aber das heißt nicht, dass ich nicht hinsehen kann. Und ich kann nichts dafür, wo meine Gedanken hinwandern. Wenn Vincent im Bett den Boss raushängen lässt, ist das heiß. Dass *dieser* Mann im Bett den Boss raushängen lässt? Ich glaube, ich würde mich vor Angst einpissen ... oder vor Geilheit ohnmächtig werden.«

Addison musste darüber kichern. Und Remi lag nicht falsch. Dude hatte eine gewisse gefährliche Ausstrahlung. Sogar Ellory hatte das bemerkt. Es war nicht schwer zu glauben, dass er auf die dominanten Aspekte von BDSM stand. Seine Frau Cheyenne war eindeutig eine glückliche Frau.

Sie sahen zu, wie Dude Yana hochhob, sich dann direkt in

den Dreck setzte und sie an sich kuschelte. Er küsste ihre kleine Hand und wischte ihr den Dreck von den Knien. Addison warf Brady einen Blick zu, dessen Lippen sich höhnisch verzogen, als er dieselbe Szene beobachtete.

Beide Männer waren Väter, aber einer war dem anderen offensichtlich haushoch überlegen.

Sie dachte über Dudes Worte nach und fragte sich, warum Brady hier war. Was sein Endziel sein könnte. Sie war sich nicht sicher, ob er Vater sein wollte, zumindest kein richtiger. Warum machte er dann mit Ellory so weiter?

Plötzlich bemerkte sie, dass ihre Tochter sich unwohl fühlte, während sie neben Brady saß. Sie sah ihn nicht an und drehte sich leicht weg. Addison fragte sich, was sie verpasst hatte. Was hatte ihr Ex zu ihrer Tochter gesagt, während Addison und Remi sich unterhielten?

»Alles in Ordnung?«, fragte sie und trat näher an das Duo auf der Bank heran.

»Natürlich, warum sollte es nicht so sein?«, erwiderte Brady schroff.

»Ellory?«, fragte Addison, ohne sich darum zu kümmern, was Brady sagte. Sie brauchte die Bestätigung ihrer Tochter, dass es ihr gut ging.

»Alles in Ordnung«, sagte sie leise.

»Wir haben nur über ihre Sache gesprochen. Du weißt schon, ihre Krankheit. Ich habe ein bisschen recherchiert. Ich wollte wissen, was sie essen kann und was nicht, und was passiert, wenn sie etwas wie einen Fast-Food-Burger isst.«

Addison zuckte zusammen. Erstens war Fast Food für Ellory schrecklich. Das ganze Fett war nicht gut für ihr Inneres. Aber zweitens war das Letzte, worüber ihre Tochter sprechen wollte, ihr Morbus Crohn. Es war schon schwer genug, mit Durchfall, Blähungen, Einläufen, Abführmitteln und allem, was mit der Krankheit einherging, fertigzuwerden. Darüber mit jemandem zu sprechen, den sie nicht gut kannte? Nein, das stand nicht ganz oben auf Ellorys Liste der Dinge, die sie tun wollte.

»Ellory, warum erzählst du deinem Vater nicht von dem Theaterstück, an dem du mitwirkst?«

»Du schauspielerst? Das ist ja toll!«

»Nein, ich bin die Beleuchtungsdirektorin. Ich bin für die gesamte Beleuchtung des Stücks verantwortlich.«

»Oh«, sagte Brady, und seine Enttäuschung war nicht zu überhören.

Addison ballte die Hände zu Fäusten. Ellory hatte das ganze Schuljahr über hart gearbeitet, um zu lernen, wie man die Lichtanlage bedient, und sie war so stolz auf sich gewesen. Als sie sah, wie die Schultern ihrer Tochter nach unten sanken, wuchs Addisons Wut auf ihren Ex.

»Stehen irgendwelche Tanzveranstaltungen an?«, fragte Brady. »Das waren die Höhepunkte meiner Schulzeit. Du bist zu jung für den Abschlussball, aber vielleicht gibt es eine andere formelle Veranstaltung, für die du dich schick machen kannst. Du könntest hohe Absätze tragen. Das würde dir ein paar Zentimeter mehr geben.«

»Sie geht erst in die siebente Klasse«, erinnerte Addison ihn.

»Na und? Ich erinnere mich, dass ich in der Mittelstufe auf ein paar Tanzveranstaltungen gegangen bin.«

»Daran bin ich nicht interessiert«, sagte Ellory.

»Richtig. Nun, ich muss jetzt los«, sagte Brady, während er einen Blick auf seine Armbanduhr warf. »Es war schön, dich zu sehen, Ellory. Vielleicht können wir das bald noch einmal ohne die Wachhunde machen.« Dann stand er auf und ging ohne einen Blick zurück zu seinem Wagen.

»Nett«, murmelte Remi.

Aber Addisons Aufmerksamkeit galt ihrer Tochter. Ellory hatte nicht einmal aufgesehen, als ihr Vater wegging.

»Ich sehe mal nach, wie es Yana geht«, bot Remi an, ging zurück und ließ Mutter und Tochter für einen Moment allein.

Addison sagte nichts, sondern setzte sich einfach neben Ellory und ließ sie den Ton angeben. Wenn sie reden wollte, würde Addison zuhören.

»Das war ... unangenehm«, sagte Ellory nach einer Minute.

Addison konnte nicht anders. Sie lachte. »Ja.«

»Was hast du nur in ihm gesehen?«

Wieder musste Addison lächeln. »Ich war jung, Süße. Er auch. Und ich würde gern glauben, dass er damals nicht so ... ahnungslos war.« Sie beugte sich zur Seite und stieß ihre Tochter mit der Schulter an. »Hey.«

»Ja?«

»Ich hab dich lieb.«

»Ich dich auch. Weißt du noch, als ich Ricky erzählt habe, dass ich die Beleuchtungsdirektorin für die Show bin? Er fand das so cool. Zur Feier des Tages hat er mir einen Kuchen mitgebracht. Obwohl ich schon seit ein paar Monaten die Rolle hatte, wusste er nichts davon. Er wollte mir trotzdem etwas schenken, um mir zu zeigen, wie stolz er auf mich ist.«

»Ja. Der Kuchen war schrecklich. Er hat mir später gesagt, dass er mich nicht damit belästigen wollte, mich zu bitten, etwas zu backen, dass er es selbst machen wollte ... um dir zu zeigen, wie wichtig du ihm bist.«

Ellory lachte. »Nicht wahr? Ich habe nur einen Bissen gegessen ... weil, na ja, du weißt schon. Und ja, deine sind so viel besser. Aber es war die Tatsache, dass er eine große Sache aus etwas gemacht hat, das mir wichtig war. Brady ... er klang einfach enttäuscht.«

Sie hatte nicht unrecht. Addison stieß ein leises Summen aus. »Ricky hat sich wirklich sehr bemüht, ein positives männliches Vorbild für dich zu sein. Auch wenn er Fehler macht – wie dir ein Dessert zu bringen, das du eigentlich nicht essen solltest, obwohl deine Mutter im Umkreis von hundert Kilometern die besten Kuchen backt. Aber er hat das Herz am rechten Fleck und es ist süß, dass er es immer wieder versucht. Ich glaube, du hast recht ... Brady gibt sich nicht viel Mühe, dich wirklich zu verstehen. Dich kennenzulernen und zu erfahren, was du magst und was nicht.«

»Mom?«

»Ja, Süße?«

»Wann kommt Ricky nach Hause? Ich vermisse ihn.«

»Ich auch. Und ich weiß es nicht. Weißt du noch, er hat uns vor seiner Abreise gesagt, dass er nie weiß, wie lange er auf einer Mission sein wird. Manchmal dauern sie Monate, manchmal nur ein paar Wochen.«

»Na ja ... ich bin mir nicht sicher, ob ich Brady wiedersehen möchte. Zumindest nicht in nächster Zeit.«

Es entging Addison nicht, dass Ellory ihn jetzt »Brady« nannte und nicht mehr »Dad«. »Das ist ganz allein deine Entscheidung, Schatz.«

Sie nickte. »Bei ihm fühle ich mich nicht besonders gut. Aber wenn ich mit Ricky zusammen bin ... er versteht mich. Ich mag ihn sehr. Anfangs war ich mir nicht sicher mit eurer Ehe, aber jetzt kann ich mir nicht mehr vorstellen, dass er *nicht* da ist. Er hört mir zu. Er lässt mich mit ihm in der Garage an seinen Sachen herumspielen. Er drängt mich nicht zum Essen und sagt nicht, dass es eklig ist, wenn meine Eingeweide ihr Ding machen. Er ist ... nett.«

Addison wurde warm ums Herz. Ja, Ricky war tatsächlich nett. Sie küsste Ellory auf die Schläfe. »Hast du Lust, mit den Kindern zu spielen?«

»Ja. Weißt du noch, als ich sagte, dass Dude irgendwie unheimlich ist?«

»Mh-hm.«

»Ich nehme es zurück. Er ist nicht unheimlich. Ich meine, er sieht immer noch irgendwie so aus, aber als ich ihn mit Yana gesehen habe und wie er deinen Arm genommen und dich zurückgedrängt hat, als Brady auf den Parkplatz gerast ist? Beschützerinstinkt ist nicht unheimlich. Er ist beruhigend.«

»Ja, Schatz. Das ist er. Aber ich habe das Gefühl, dass ich das sagen muss ... es gibt Beschützerinstinkt und es gibt überfürsorglichen, psychopathischen, stalkerhaften Beschützerinstinkt.«

Ellory lachte. »Ich weiß. Ich habe einige dieser Krimiserien gesehen, die du gern schaust. Es ist in Ordnung, wenn ein Freund oder eine Freundin wissen will, wo du bist und ob es dir gut geht. Es ist etwas anderes, vierzigmal anzurufen oder zu simsen, um zu wissen, wann du nach Hause kommst. Oder dich von Freunden und Familie zu isolieren oder dir ein schlechtes Gewissen zu machen, weil du mit ihnen abhängen willst.«

»Richtig. Solange du den Unterschied kennst.«

Ellory drehte sich zu ihrer Mutter um. »Die Art und Weise, wie Ricky auf die Kinder aufpasst, ist beschützend. Wie er dich beobachtet, wenn du in der Küche stehst und backst, als könne er nicht glauben, dass du da bist, und all die Arten aufzählt, wie viel Glück er hatte, ist beschützend. Wie Dude sofort auf Yana zugelaufen ist, als sie hingefallen ist, obwohl es offensichtlich war, dass sie nicht wirklich verletzt war, sondern nur erschrocken ... das ist beschützend. Ich kenne den Unterschied.«

Addison tat ihr Bestes, um nicht zu weinen. Ihre Tochter wurde wirklich erwachsen, und sie liebte und hasste es zugleich. Die Zeit verging zu schnell. Ehe sie sichs versah, zog Ellory aus, um aufs College zu gehen. Sie war noch nicht bereit.

»Meine Güte. Weine nicht, Mom«, sagte Ellory mit einem vertrauten Augenrollen. »Ich werde die Kinder ermüden, während du und Remi hier sitzt und tratscht.«

»Klingt gut. Ich bin bereit zu gehen, wenn ihr es seid. Sag mir einfach Bescheid.«

»Mach ich.« Ellory stand auf und ging zum Spielplatz. Dann drehte sie sich um und sagte leise: »Weißt du? Manchmal scheint das, was man nicht hat, der größte Schatz zu sein. Etwas, das man sich mehr als alles andere auf der Welt wünscht. Aber wenn man es dann bekommt, schaut man sich um und merkt, dass man alles, was man sich je gewünscht hat, bereits *hatte*.«

Als Ellory zu den jüngeren Kindern und Dude hinüberjoggte, verschwamm Addisons Sicht erneut.

»Alles in Ordnung?«, fragte Remi, die wie aus dem Nichts auftauchte.

»Ja, mir geht es gut«, sagte Addison und wischte sich über die Augen. »Mir ist gerade klar geworden, dass meine Tochter viel klüger ist, als ich es in ihrem Alter war. Verdammt, sogar klüger als ich mit einundzwanzig.«

»Sie ist ein gutes Kind. Du hast sie großartig erzogen.«

Dieses Kompliment bedeutete Addison mehr, als sie in Worte fassen konnte. All die schlaflosen Nächte, all die Tränen, die Sorgen, als die Ärzte herauszufinden versuchten, was medizinisch mit ihr nicht stimmte, die Irrungen und Wirrungen beim Navigieren durch Schule und Freunde ... zu wissen, dass sie etwas richtig gemacht hatte, bedeutete ihr die Welt.

»Komm schon, du siehst aus, als müsstest du schaukeln. Oder vielleicht mal rutschen.«

»Erinnerst du dich an diese altmodischen Karussells, die es in den Siebzigern und Achtzigern gab, von denen die Kinder immer herunterfielen, wenn es richtig schnell wurde?«

»Ja?«

»So etwas brauchen wir.«

Remi lachte. »Aber wir brauchen nicht die Knochenbrüche, die damit einhergehen. Wir müssen uns mit Verbrennungen dritten Grades an unseren Beinen und Händen von der Millionen Grad heißen Metallrutsche zufriedengeben.«

»Nur, dass diese hier aus Plastik ist«, sagte Addison grinsend.

»Verdammt. Das verdirbt einem den ganzen Spaß.«

»Danke, dass du heute gekommen bist«, sagte Addison zu ihr.

»Natürlich. Dafür sind Freunde da.«

Addison wusste, dass sie wahrscheinlich nicht das fragen sollte, was sie dachte, aber sie konnte sich nicht zurückhalten. »Hast du eine Ahnung, wann sie zurückkommen werden?«

Sie musste nicht erklären, wer »sie« waren. Remi wusste es.

»Nein. Aber ich hoffe, dass es bald so weit ist.«

»Ich auch«, sagte sie leise.

»Es ist verrückt, wie sehr wir sie vermissen, nicht wahr? Ich meine, wenn sie zu Hause sind, können sie uns verrückt machen, aber sobald sie nicht mehr da sind, würden wir alles tun, um den Wahnsinn zurückzubekommen.«

»Ja.«

»Ich werde mal sehen, ob ich Dude allein erwische und ihn fragen kann, ob er etwas weiß. Manchmal wissen die anderen SEALs Dinge, die die Familie nicht wissen soll. Vielleicht wirft er mir einen Knochen zu und lässt etwas durchsickern.«

»Dieser Mann? Etwas durchsickern lassen? Du träumst wohl.«

»Wow. Ich könnte das auf so viele Arten auf die schmutzige Tour auslegen, aber das werde ich nicht. Denn es wäre falsch, sich nach dem Mann einer anderen zu verzehren«, sagte Remi mit einem breiten Lächeln.

Addison lachte laut auf, wurde dann aber ernst. »Alles, was er uns sagen könnte, wäre eine große Erleichterung.«

Eine Stunde später waren die Kinder müde, hungrig und bereit, nach Hause zu fahren. Wie sich herausstellte, wusste Dude nichts über die Mission, auf der Ricky und die anderen unterwegs waren, aber er versprach zu sehen, was er herausfinden konnte. Das brachte Addison dazu, sich ein kleines bisschen besser zu fühlen.

An diesem Abend, nachdem die Kinder alle ins Bett gegangen waren, saß Addison im Wohnzimmer und bemitleidete sich ein wenig selbst. Sie war einsam. Das überraschte sie immer ein wenig, denn sie hatte viele Nächte damit verbracht, allein vor dem Fernseher zu sitzen. Aber das war, bevor Ricky in ihr Leben getreten war. Bevor sie Ja zu einer Zweckehe gesagt hatte, die sich irgendwie in die Ehe verwandelt hatte, die sie sich immer gewünscht hatte.

Ellorys Handy vibrierte zum gefühlt zehnten Mal, seit sie ins Bett gegangen war. Addison nahm das Handy und sah, dass Brady schon wieder eine SMS schrieb. Ellory hatte vorhin versucht, nett zu sein, und ihm gesagt, dass sie nicht sicher sei, wann sie sich wiedersehen könnten, da sie mit der Schule sehr beschäftigt war. Aber Brady hatte den Wink mit dem Zaunpfahl offensichtlich nicht verstanden. Oder er hatte sich einfach entschieden, ihn zu ignorieren. Jetzt war Addison offiziell fertig.

*Ellory:* Hier ist Addison. Du musst aufhören. Ellory ist im Bett.

*Brady:* Schon? Sie ist kein Baby mehr.

*Ellory:* Ja, schon. Und wenn du sie weiter belästigst, wirst du sie nur von dir stoßen. Lass ihr etwas Freiraum, Brady.

*Brady:* Du versuchst nur, mich von meiner Tochter fernzuhalten, und das lasse ich nicht zu.

*Ellory:* Ich will dich nicht von ihr fernhalten. Ich kenne sie besser als du und ich sage dir, dass du sie erdrückst. Du musst weniger SMS schreiben, weniger anrufen und weniger darum betteln, sie zu sehen.

*Brady:* Das willst du doch, oder? Mich auf Distanz halten.

Addison seufzte und ließ den Kopf auf das Kissen hinter sich sinken. Brady war ein Idiot. Sie versuchte, ihm zu helfen, aber er spielte immer noch das Opfer. Und sie hatte es definitiv satt, dass er zu jeder Tageszeit SMS schrieb und sich so benahm, als sollte eine Zwölfjährige keinen Schlafenszeitplan haben. Ihre Tochter war für ihr Alter reif, aber sie war immer noch ein Kind.

*Ellory:* Ich habe dir gesagt, schreib nicht so spät noch eine SMS. Erzwinge das nicht. Wenn du das tust, werde ich dich vor Gericht bringen, und was glaubst du, auf wessen Seite der Richter stehen wird? Auf meiner. Du hast mir bisher keinen Cent Unterhalt gezahlt und warst ihr in ihrem ganzen Leben kein Vater. Ich werde alles tun, um Ellory vor allem und jedem zu schützen, der ihr schaden könnte, auch vor ihrem eigenen leiblichen Vater. Leg dich nicht mit mir an, Brady. Ich meine es ernst.

*Brady:* Leg dich nicht mit MIR an, Addison. Du willst nicht wissen, wie weit ich gehen würde, um mein Kind zu sehen.

Unbehagen lief ihr den Rücken hinauf. Sie hatte keine Ahnung, warum Brady so hartnäckig war, aber sie hatte es satt, mit ihm vernünftig zu reden. Sie wollte am liebsten die SMS auf dem Handy lassen, damit Ellory sie sehen konnte, aber sie würde sich nicht auf das Niveau ihres Ex herablassen. Außerdem war Ellory ein kluges Kind. Sie sah ihren Vater bereits als den, der er wirklich war.

Sie löschte die Nachrichten und stellte das Handy auf *Nicht stören.* Sie könnte Rickys besonnenen Rat jetzt wirklich gut gebrauchen. Obwohl er alles andere als ruhig war, wenn es um Brady ging. Selbst wenn sie seinen Namen nur erwähnte, konnte sich die kleine Falte auf seiner Stirn vertiefen.

Für einen Moment wünschte Addison, sie wäre ihrem Ex nie begegnet. Er war eine Komplikation, die sie weder brauchte noch wollte. Ihr Leben war schon stressig genug. Sich mit Brady auseinanderzusetzen – der, wie es immer offensichtlicher wurde, irgendeinen geheimnisvollen Plan verfolgte – war nichts, woran sie auch nur mehr denken wollte. Aber sie hatte keine Wahl. Sie musste das durchstehen, bis Brady es leid war, die Rolle des vernarrten Vaters zu spielen, und der wahre Grund ans Licht kam, warum er so darauf bestand, seine Tochter kennenzulernen.

»Wo auch immer du bist, ich hoffe, es geht dir gut, Ricky«, flüsterte Addison in die Stille des Abends. »Komm bald nach Hause. Ich vermisse dich.«

Brady knallte sein Handy auf den Tisch. Sein Plan, seiner Tochter näherzukommen, verlief nicht wie erwartet. Er hatte die feste Absicht gehabt, das Mädchen mit ein paar Schmeicheleien schnell dazu zu bringen, ihn zu mögen, und dann Ellory zu ermutigen, von ihrer Mutter die Erlaubnis für Zeit zu zweit zu bekommen. Sobald dies geschehen war, würde er sie sofort zu seinem Kontakt bringen und seinen Anteil am Geld erhalten, während sie zu einem Händler im Ausland gebracht wurde. Es war praktisch, dass Riverton an der Küste lag; sein Kontakt hatte die Kunst perfektioniert, Menschen schnell an verschiedene Orte in Asien zu verschiffen. Natürlich waren die meisten bereits verstorben. Einen lebenden Spender zu haben war in jeder Hinsicht besser, weil die Organe frisch bleiben würden.

Und Brady hatte bereits beschlossen, dass der Betrug damit noch nicht zu Ende sein musste. Er würde seinen Anteil des Geldes dafür bekommen, dass er Ellory besorgt hatte ... aber er könnte sich auch umdrehen und von Addison ein Lösegeld für das Mädchen verlangen. Sie würde zahlen, was auch immer von ihr verlangt wurde, daran hatte Brady keinen Zweifel. Er würde jemanden beauftragen, eine Nachricht bei ihnen zu Hause zu hinterlassen oder einen Anruf zu tätigen, in dem

Lösegeld gefordert wurde, komplett mit Anweisungen, wie und wann zu zahlen war, während er den besorgten Vater spielte.

Er würde das doppelte Geld bekommen!

Aber zuerst musste er Ellory dazu bringen, auf seine verdammten SMS zu antworten.

Das Mädchen war seltsam. Kränklich und blass und einfach verdammt *merkwürdig*. Es war peinlich. Und er hatte nichts mit ihr gemeinsam; sie war ihm in keiner Weise ähnlich. Er redete nicht einmal gern mit ihr. Und das Gefühl beruhte eindeutig auf Gegenseitigkeit. Es war offensichtlich, dass er sich einen neuen Plan ausdenken musste. Einen, der immer noch sicherstellte, dass er Ellory allein erwischen konnte.

Er wusste nicht wie, aber er würde es herausfinden. Der Geldbetrag, den sie einbringen würde, war zu groß, um einfach aufzugeben. Nein, er steckte jetzt drin, er musste es durchziehen. Vor allem, nachdem sein Partner erwähnt hatte, dass er versuchen wollte, den Mittelsmann auszuschalten, da es sich um einen seltenen lebenden Körper handelte. Anstatt an einen seiner Kontakte zu verkaufen, arbeitete er selbst daran, einen Käufer für ihre Organe zu finden ... was einen *noch höheren* Gewinn bedeutete. Brady konnte jetzt nicht mehr aussteigen.

Seine Tochter war ein Mittel zum Zweck, und er würde gewinnen. Das tat er immer.

# KAPITEL DREIZEHN

MacGyver war erschöpft. Die Mission hatte ein paar kleine Pannen und dauerte länger als erhofft. Aber am Ende hatten sie den Terroristen ausfindig gemacht, den sie ausschalten sollten, und einen weiteren Plan vereitelt, unschuldige US-Bürger zu töten. Aber Terroristen zu eliminieren war wie eine Runde *Hau den Maulwurf*. Sie erwischten einen Bösewicht, und sofort tauchte ein anderer auf, der seinen Platz einnahm.

Ein SEAL zu sein war lohnend, aber es war auch ein nie endender Job. In der Vergangenheit war MacGyver deprimiert gewesen, weil es immer Menschen geben würde, die versuchten, andere Menschen zu töten, und das in der Regel ohne guten Grund. Doch heute war er zwar müde, aber auch voller Adrenalin.

Sie waren fast zu Hause. Sie hatten in Deutschland eine Nachbesprechung gehabt und würden in Riverton mehrere Besprechungen über die Mission und darüber abhalten, was sie beim nächsten Mal besser machen könnten, aber vorher würde MacGyver seine Familie sehen.

Schon der Gedanke daran reichte aus, um ihn zu beleben.

»Es ist schön, nicht wahr?«, fragte Safe.

»Was?«

»Wenn Menschen zu Hause auf einen warten.«

»Ja, das ist es. Wie läuft es mit Wrens Job bei ihrem Vater?«

»Großartig. Sie liebt ihn. Und es war ein Segen, ihren Vater und ihre drei Halbbrüder zu finden. Wie läuft es mit Ellory und ihrem leiblichen Vater?«

MacGyver runzelte die Stirn. »Nicht gut. Vogel ist ganz und gar nicht wie Wrens Vater, das steht fest.«

»Das ist beschissen. Geht es Ellory gut?«

»Ich weiß es nicht genau. Ich bedaure, dass ich das letzte Treffen verpasst habe, aber Addison hat mir erzählt, dass es nicht so gut gelaufen ist. Sie sagte, sie würde mir die Einzelheiten erzählen, wenn ich nach Hause komme.«

»Sie können sich glücklich schätzen, dass sie dich haben. Du bist ein großartiger Vater, MacGyver. Ich muss zugeben, dass ich meine Zweifel hatte, als du sagtest, dass du Artem, Borysko und Yana behalten willst. Ich meine, was wissen wir schon über Kindererziehung? Ich möchte selbst Kinder, aber ich bin auch egoistisch genug, um erst mal Zeit allein mit Wren zu verbringen, bevor wir diesen Schritt gehen. Du bist mit dem Kopf voran in die Vaterschaft gesprungen, ohne jede Art von Rettungsweste.«

»Ich kann dir gar nicht sagen, woher ich wusste, dass diese drei Kinder meine sein sollten. Irgendetwas ist passiert, als wir in dieser ausgebrannten Stadt in der Ukraine herumschlichen. Der Gedanke, sie zu verlassen, war so schmerzhaft, dass ich nicht einmal darüber nachdenken konnte.«

»Nun, wir freuen uns alle sehr für dich. Und ich meinte es ernst, du bist ein wirklich guter Vater. Die Rolle steht dir.«

»Danke.«

Als sie landeten, war MacGyver angespannt. Er wollte nur nach Hause und die Menschen sehen, die seine ganze Welt geworden waren.

»Wirst du Addison anrufen und ihr Bescheid sagen, dass du zurück bist?«, fragte Preacher.

»Nein, ich denke, ich werde einfach direkt nach Hause fahren und alle überraschen. Es ist noch früh genug, sodass sie alle noch wach sein sollten.«

»Ich bin mir nicht sicher, ob das eine gute Idee ist«, antwortete Preacher stirnrunzelnd.

»Warum nicht?«

»Ich weiß nicht. Du könntest ihnen einen Herzinfarkt verpassen, wenn du einfach so hereinspazierst.«

MacGyver grinste. »Das Risiko gehe ich ein.«

»Nun, komm nicht zu uns und heul uns die Ohren voll, wenn du Ärger bekommst, weil du Addison nicht sofort Bescheid gesagt hast, sobald du wieder in den USA warst.«

MacGyver überlegte einen Moment lang, was sein Freund vorschlug, aber er wollte unbedingt Addys Reaktion und die der Kinder sehen, wenn sie merkten, dass er zu Hause war. Außerdem wollte er keine Zeit am Telefon verschwenden, wenn er sich auf den Weg machen konnte, um seine Frau wieder in den Armen zu halten.

Das SEAL-Team verteilte sich auf dem Parkplatz und MacGyver stieg in Addisons VW Käfer, der glücklicherweise sofort ansprang. Er musste lächeln, als er in ihrem Wagen saß. Sie liebte dieses Ding. Er hoffte, dass sie während seiner Abwesenheit keine Probleme mit seinem Explorer gehabt hatte.

Eine Million Fragen schwirrten in seinem Kopf herum. Wie ging es Ellory mit ihrem Morbus Crohn? Sprach Yana mehr? Hatte Borysko, wie er es ihm aufgetragen hatte, eine Menge neuer Wörter gelernt? Hatte Artem bei seiner letzten Hausaufgabe in Naturwissenschaften eine gute Note bekommen? Und Addison ... war sie völlig erschöpft? Hatte sie alles unter einen Hut bekommen? Um sie machte er sich die meisten Sorgen.

Als er in die Einfahrt fuhr, brannte im Haus Licht, und MacGyver konnte sich ein Lächeln nicht verkneifen. Das war wie Weihnachten, Ostern und der Vierte Juli zusammen. Er ließ seine Reisetasche im Wagen, beschloss, sich am nächsten Morgen darum zu kümmern, und ging zur Haustür. Sie war abgeschlossen – Gott sei Dank; er hatte Addison gebeten, sie immer abzuschließen, wenn sie zu Hause waren –, und nachdem er sie mit seinem Schlüssel geöffnet hatte, betrat er leise das Haus.

MacGyver holte tief Luft und spürte, wie sein Kinn bebte. Er hätte nie gedacht, dass ein Geruch ihn in die Knie zwingen könnte. Aber nachdem er wochenlang in Schmutz und Dreck verbracht und den eigenen Körpergeruch und den seiner Teamkameraden gerochen hatte, trieb ihm der Duft von frisch gebackenen Keksen Tränen in die Augen.

Er hörte die Kinder lachen, und es war nur eine weitere Schicht des Glücks, die für MacGyver fast zu viel war. Er ging leise ins Wohnzimmer und sah seine Familie auf den Sofas lümmeln, zugedeckt mit Decken, die er vor seiner Ehe mit Addison nicht besessen hatte. Die Szene war wie aus einem Film, nur dass Yanas Pony kürzlich willkürlich geschnitten worden war, Borysko einen blauen Fleck auf der Stirn hatte, Artems Hemd einen Essensfleck hatte und Ellory wegen etwas, das einer ihrer Brüder gesagt hatte, mit den Augen rollte.

Und Addison ... sie sah noch schöner aus als vor MacGyvers Abreise. Sie hatte dunkle Ringe unter den Augen, ihr Haar war zerzaust, sie trug eines seiner Marine-T-Shirts ... und er konnte nicht aufhören, sie anzustarren.

Das gehörte alles ihm. Das Chaos, die Unordnung. Die Frau. Die Kinder. Sie gehörten *ihm*. Es war so schwer zu glauben. Und es machte seinen Beruf absolut lohnenswert. Der Gedanke, dass einer dieser kostbaren Menschen in die Schusslinie eines Mannes geraten könnte, wie sie ihn gerade ausgeschaltet hatten, war abscheulich.

»Ricky?«

Ellorys ungläubiger Schrei ließ den Raum für den Bruchteil

einer Sekunde verstummen – dann brach das reinste Chaos aus. Die Kinder schrien, sprangen von den Sofas auf und liefen auf ihn zu. Sogar Ellory. MacGyver ging auf die Knie und streckte die Arme aus. Er wurde von seinen überschwänglichen Kindern umgestoßen, als sie ihn praktisch zu Boden rissen.

»Du zu Hause!«

»Ricky!«

»Wann bist du gekommen?«

»Ich kann nicht glauben, dass du uns nicht hast wissen lassen, dass du zurück bist!«

MacGyver konnte nicht aufhören zu lächeln. Er war in seinem ganzen Leben noch nie so glücklich gewesen. Deshalb waren diese kitschigen Videos über Soldaten, die ihre Familien und Kinder überraschen, so beliebt. Deshalb weinten die Menschen, wenn sie sie sahen. Er erlebte diese Art von Emotionen aus erster Hand.

Als MacGyver durch seine Kinder hindurch nach oben schaute, sah er Addison über ihnen stehen, die Hand vor den Mund gelegt, während ihr Tränen über das Gesicht liefen. Für den Bruchteil einer Sekunde geriet er in Panik und fragte sich, ob diese Tränen Freudentränen waren oder nicht. Aber dann fiel sie auf die Knie und schloss sich dem Haufen auf dem Boden an.

MacGyver lachte, als er versuchte, nicht nur seine Kinder, sondern auch seine Frau in die Arme zu schließen. Es funktionierte natürlich nicht, zum Teil, weil Yana ihm fast die Knie in den Schritt rammte, Artem ihm praktisch ins Ohr schrie und ihm eine Frage nach der anderen stellte, Borysko wie ein nasser Sack auf ihm lag und Ellory direkt an seiner Seite kniete und wie verrückt lächelte.

Es dauerte ein oder zwei Momente, aber schließlich brachte MacGyver alle wieder auf die Beine und wandte sich Addison zu. »Schatz, ich bin zu Hause«, scherzte er.

Sie stieß eine entzückende Mischung aus Schnauben und

Lachen aus und warf sich dann in seine Arme. MacGyver trat einen Schritt zurück, blieb aber stehen, während er sie fest umarmte. *Das.* Davon hatte er geträumt. Darauf hatte er gewartet. Sich danach gesehnt. Seine Frau in den Armen zu halten.

Aber sie blieb nicht lange genug in seinen Armen. Sie zog sich zurück und betrachtete ihn von Kopf bis Fuß. »Geht es dir gut? Du siehst aus, als hättest du abgenommen. Hast du dich verletzt? Geht es allen anderen gut?«

»Mir geht es gut, allen anderen geht es gut, und ich habe wahrscheinlich ein paar Kilo abgenommen, aber was auch immer so verdammt gut riecht, wird mir das Gewicht sicher im Handumdrehen wieder auf die Rippen bringen.«

»Mom hat Rührkuchen gebacken«, sagte Artem und lehnte sich an MacGyver, als könnte er es nicht ertragen, auch nur eine Sekunde von ihm getrennt zu sein. »Wir noch nie gegessen. Aber er ist gut.«

»Erdbeeren!«, rief Yana von seiner anderen Seite.

»Ihr habt Rührkuchen mit Erdbeeren gegessen?«, fragte MacGyver.

»Ja!«, antwortete Borysko mit einem breiten Lächeln.

»Und was ist mit deinen Haaren passiert?«, fragte MacGyver und strich Yana eine ungleichmäßige Strähne aus der Stirn.

»Sie hat sich eine Küchenschere geschnappt«, sagte Addison trocken und schüttelte leicht den Kopf.

»Und du, Borysko? Das ist ein großer Bluterguss auf deiner Stirn.«

»In der Schule hingefallen.« Dann klatschte er in die Hände, um MacGyver zu zeigen, wie er mit dem Kopf auf dem Boden aufgeschlagen war.

MacGyver zuckte zusammen. »Autsch. Aber geht es dir gut?«

»Mir geht es gut«, sagte er lächelnd.

»Und wie geht es dir, Ellory? Läuft es in der Schule gut?«

»Wenn du nach Chrys fragst, sie hat mich nicht belästigt. Na ja, einmal schon. Vor der Schule. Sie kam mit ein paar ihrer Freundinnen auf mich zu und fing an, gemeine Dinge zu sagen, aber ich habe sie nur mit großen, Furcht einflößenden Augen angestarrt, wie du es vorgeschlagen hast. Als ich nichts sagte oder tat, wurde sie nervös und ließ mich in Ruhe.«

MacGyver lachte. »Gut. Und deine Theaterarbeit? Wie läuft es damit?«

Sie strahlte. Offensichtlich war es die richtige Frage.

»Es ist fantastisch! Ich liebe es. Vor diesem Jahr dachte ich, beim Theater ginge es nur ums Schauspielern, was ich nicht wollte. Aber ich liebe es, hinter den Kulissen zu stehen. Letzte Woche konnte ich tatsächlich eine der Lampen reparieren. Sie war ausgefallen und funktionierte nicht, und niemand konnte das Problem lösen. Aber ich habe meinen inneren MacGyver aktiviert und an diesem und jenem gedreht, ein paar Drähte bewegt, und schon funktionierte sie wieder!«

»Das ist mein Mädchen!«, lobte MacGyver.

Es dauerte über eine Stunde, bis er mit jedem der vier Kinder und dem, was sie während seiner Abwesenheit gemacht hatten, auf dem Laufenden war. Während er sich ganz den Kindern widmete, erhitzte Addison leise einige Essensreste und brachte ihm eine Gabel und einen Teller, während er sich unterhielt. Dann räumte sie das schmutzige Geschirr weg, als er fertig war, und brachte ihm ein Glas Wasser und ein großes Stück Rührkuchen mit Erdbeeren.

Die Kinder hatten nicht unrecht, es war eines der besten Desserts, das er je gegessen hatte. Seine Geschmacksknospen kribbelten, als er jeden Bissen genoss.

Es dauerte weitere fünfundvierzig Minuten, bis die Kinder im Bett waren. Sie waren aufgedreht, weil er zu Hause war, und alle wollten gleichzeitig mit ihm reden. MacGyver las Yana drei Geschichten vor, deckte die Jungen zu und versicherte ihnen, dass er für eine Weile zu Hause bleiben würde.

Er hatte einen ruhigen Moment mit Ellory, um nach ihrem Befinden zu fragen. Er sagte ihr, dass er alles über das Treffen mit ihrem Vater hören wolle, wenn sie etwas mehr Zeit und Privatsphäre hätten, und zu seiner Erleichterung nickte sie einfach und sagte nicht, dass sie nicht darüber sprechen wolle.

MacGyver war erschöpft – von der Reise und dem emotionalen Wiedersehen mit seiner Familie –, aber er fühlte eine tiefe Zufriedenheit in seinen Knochen. Das war es, was ihm gefehlt hatte. Ja, es war anstrengend, Vater von vier Kindern zu sein und dafür zu sorgen, dass all ihre unterschiedlichen Bedürfnisse erfüllt wurden, aber es war auch äußerst lohnend. Allein der Gedanke daran, was Artem, Borysko und Yana tun würden, wo sie schlafen oder was sie essen würden, wenn er sie nicht in die USA gebracht hätte, reichte aus, um ihm eine Panikattacke zu bescheren.

Jetzt, endlich, waren die Kinder im Bett und er konnte sich seiner Frau zuwenden.

Addison wartete im Wohnzimmer auf ihn. Sie hatte die Küche aufgeräumt, die Decken gefaltet und begonnen, das Pausenbrot für die Kinder für den nächsten Tag vorzubereiten. Wieder einmal war er erstaunt, wie gut sie sich um alles kümmerte.

Wortlos ging er zu ihr und nahm sie in die Arme. Lange Zeit sprachen sie kein Wort.

»Willkommen zu Hause«, murmelte sie in sein Haar. »Beim Verrückten.«

»Ich habe es vermisst«, versicherte MacGyver ihr.

Sie kicherte an seiner Schulter, zog sich dann zurück und legte ihre Arme um seine Taille. »Ich kann nicht glauben, dass du mich nicht angerufen und vorgewarnt hast, dass du nach Hause kommst«, sagte sie mit einem kleinen Stirnrunzeln.

»Ich wollte mir nicht die Zeit nehmen. Ich konnte nur daran denken, hierherzukommen und alle zu sehen.«

»Na gut, dieses Mal verzeihe ich dir. Aber nächstes Mal rufst du mich besser sofort an, sobald ihr landet.«

MacGyver lachte leise. »Ja, Ma'am.« Er musterte sie einen Moment lang. »Alles in Ordnung? Du siehst erschöpft aus.«

»Ich glaube, das ist mein Satz«, scherzte sie.

»Addison«, warnte MacGyver sie.

»Mir geht es gut«, sagte sie. »Ich bin nur müde. Ich dachte, alleinerziehende Mutter eines Kindes zu sein sei schwer. Vier Kinder sind eine ganz neue Herausforderung.«

MacGyver hatte ein schlechtes Gewissen, weil er sie verlassen hatte.

Aber sie schüttelte den Kopf und sagte: »Nein.«

»Was nein?«

»Nein, du darfst kein schlechtes Gewissen haben. Du tust, was du tun sollst. Ich kann mich um die Kinder kümmern, während du weg bist. Aber ich habe dich vermisst. Ich habe jede Sekunde des Tages an dich gedacht. Ich habe mich gefragt, wo du bist, was du tust, ob du verletzt bist ... das war nicht lustig.«

MacGyver stockte der Atem. Was sagte sie da?

»Ich verstehe jetzt, was Caroline, Alabama und die anderen Frauen mir sagen wollten. Es ist nicht einfach, die Frau eines Marine-Soldaten zu sein, manchmal ist es verdammt hart, aber es lohnt sich auch. Zu wissen, dass ich mich hier um alles kümmere, während du deinen Job machst, gibt mir das Gefühl, gebraucht zu werden.«

»Oh, du wirst gebraucht, Mrs. Douglas.«

Sie lächelte ein wenig. »Mrs. Douglas. Ich habe mich immer noch nicht daran gewöhnt, dass das mein Name ist.«

»Und da wir gerade von Namen sprechen ... glaub nicht, dass ich es verpasst habe, dass Artem dich ›Mom‹ genannt hat. Ich wollte keine große Sache daraus machen, als er es sagte, weil ich nicht wusste, ob das inzwischen normal ist. Wie denkst du darüber?«, fragte MacGyver.

Addison lächelte. »Es ist fantastisch«, flüsterte sie. »Und das war das erste Mal«, fügte sie immer noch grinsend hinzu.

»Das war die schönste Heimkehr, die ich je hatte. Du, die Kinder, Artem, der dich Mom nennt ... das ist alles mehr, als ich je zu hoffen gewagt hätte.«

Addison umarmte ihn fest, und MacGyver schloss die Augen und genoss die Frau in seinen Armen in vollen Zügen. Er zog sich zurück und fuhr ihr langsam mit den Fingern durch das kastanienbraune Haar. Die Strähnen klebten an ihm, als seien sie genauso froh, ihn zu Hause zu haben, wie er es war, dort zu sein. »Ich bin todmüde«, gab er zu. »Ich möchte nur in meinem eigenen Bett schlafen und meine Frau in den Armen halten.«

»Ich denke, das lässt sich einrichten«, sagte sie lächelnd. »Geh duschen. Warte, wo ist deine Tasche? Ich hole sie aus dem Wagen, während du dich frisch machst.«

»Lass sie dort. Sie ist voller übel riechender Sachen, mit denen du nichts zu tun haben willst. Ich kümmere mich morgen darum. Ich muss erst mittags zur Arbeit. Wir haben eine Nachbesprechung mit dem Kommandanten, und das war's. Ich hole die Jungs morgen ab.«

Addison seufzte. »Ich habe dich so sehr vermisst. Ich schwöre, ich habe mindestens tausend Kilometer mit deinem Wagen zurückgelegt, um alle herumzufahren.«

»Ich denke, es ist an der Zeit, dass wir die Jungs dazu bringen, mit dem Bus zur Schule zu fahren. Sie fühlen sich in ihrer gewohnten Umgebung wohler und ihr Englisch ist viel besser.«

Addison nickte. »Das habe ich auch schon überlegt. Es ist viel, sie jeden Tag hinzubringen und abzuholen, zusammen mit Yana und Ellory.«

»Komm schon. Keine schweren Gespräche mehr. Unser Bett ruft nach uns.«

Addison lächelte und neigte den Kopf. »War das dieses Geräusch? Ich dachte, es sei eine Halluzination.«

Er liebte diese Frau. So verdammt sehr. Nachdem er sich davon überzeugt hatte, dass das Haus fest verschlossen war, ging MacGyver ins Badezimmer und nahm eine dringend benötigte Dusche. Bis er fertig war, sich dreimal die Zähne geputzt und sogar etwas Lotion aufgetragen hatte – die Hitze im Nahen Osten war für seine Haut eine Qual –, lag Addison im Bett und wartete auf ihn.

MacGyver seufzte zufrieden, als er die saubere Bettwäsche und die bequeme Matratze spürte, und kaum hatte er sich auf den Rücken gelegt, lag seine Frau in seinen Armen.

Er schloss die Augen und tat sein Bestes, um seine Gefühle zu kontrollieren. Das Wiedersehen mit seinen Kindern war ergreifend gewesen, aber das hier ... hier in seinem Bett zu liegen, seine Frau in seinen Armen, war überwältigend.

»Willkommen zu Hause, Ricky«, flüsterte Addison an seiner Brust. »Ich liebe dich.«

»Ich liebe dich auch. So verdammt sehr.«

MacGyver dachte, er würde noch eine Weile wach liegen und das Gefühl genießen, zu Hause zu sein, sauber zu sein und Addy in seinen Armen zu halten. Aber stattdessen schlief er fast augenblicklich ein. Sich sicher und geliebt zu fühlen – zusammen mit fast sechsunddreißig Stunden Wachsein – war eine großartige Einschlafhilfe.

---

Addison war so müde, aber sie konnte nicht schlafen. Seit Ricky angereist war, hatte sie jede Nacht hiervon geträumt. Davon, in seinen Armen zu liegen. Er roch nach Zitronen. Offensichtlich hatte er ihre Lotion benutzt, bevor er ins Bett gegangen war. Das Gefühl, wie seine Brust sich hob und senkte, während er ein- und ausatmete, war faszinierend. Er war zurück ... und relativ unversehrt. Sie hatte die blauen Flecke auf seiner Brust und seinen Armen nicht übersehen, aber da er nicht einmal so tat, als würden sie wehtun, tat sie ihr Bestes, um sie zu ignorieren.

Ihr Mann war zu Hause. Die Zeit seiner Abwesenheit war schwieriger gewesen, als sie jemals zugeben würde. Sie machte sich Sorgen, dass sie nicht immer das Richtige für die Kinder tat oder sagte. Sie war gestresst wegen ihres Ex und Ellory. Sie fragte sich, wie sie ihre Backaufträge vollenden und alles andere auch noch erledigen sollte. Die Wäsche stapelte sich, das Haus war ein Chaos ... aber alle waren glücklich und gesund, also würde sie das als Erfolg verbuchen.

Sie hatte nicht mit Ricky über den morgigen Zeitplan gesprochen, wie es ihre übliche Routine war, wenn sie ins Bett gingen, aber er war offensichtlich mehr als erschöpft. Er war innerhalb von Sekunden eingeschlafen. Sie hatten Zeit, während des Frühstücks darüber zu sprechen, wer welche Aktivität hatte und welche Aufgaben am Morgen erledigt werden mussten.

Die erste Mahlzeit des Tages mit ihrem Mann zu teilen war nichts, was sie jemals wieder als selbstverständlich ansehen würde. Auch nicht all die Dinge, die er für ihre Familie tat. Ja, er arbeitete tagsüber, aber er schaffte es trotzdem, so viele Dinge zu tun, die ihr die Arbeit erleichterten.

Addison schlief schließlich ein, ein Bein über Rickys Oberschenkel, den Arm um seinen Bauch gelegt und ihn fest an sich gedrückt, selbst im Schlaf.

Sie war sich nicht sicher, was sie aufgeweckt hatte, und hatte keine Ahnung, wie spät es war. Es war immer noch größtenteils dunkel im Zimmer, abgesehen vom Schein der Nachtlichter an den Wänden, die sie angebracht hatten, falls eines der Kinder mitten in der Nacht etwas brauchte und ins Zimmer kam.

Blitzschnell erinnerte sie sich an den Abend zuvor. Ricky war zu Hause.

»Entschuldige«, flüsterte er, »mein Schlafrhythmus ist im

Eimer. Ich bin aufgewacht, hatte meine schöne Frau in den Armen, die mich vollgesabbert hat – aber das erwähne ich nicht –, und mein Schwanz, der sich in den letzten Wochen gut benommen hat, hat plötzlich seinen eigenen Kopf entwickelt.«

Addison kicherte und sah zu ihrem Mann auf. Ricky schwebte über ihr, sein Gewicht auf einem Ellbogen, während seine andere Hand unter ihrem ... seinem ... Hemd war und mit ihrer Brustwarze spielte. Sie konnte seine Erektion an ihrem Oberschenkel spüren.

Sofort wurde ihre Libido angeregt. Sie hatte nicht den geringsten Drang verspürt, sich selbst zu befriedigen, während er weg war. Sie war zu beschäftigt und zu besorgt gewesen, um an Sex zu denken. Aber jetzt, da er sicher und gesund zu Hause war und mit ihr im Bett lag ... war es das Einzige, woran sie denken konnte.

Ohne zu zögern, setzte sie sich ein wenig auf und zog sich das T-Shirt über den Kopf. Dann schob sie sich die Unterhose über die Hüften und trat sie weg, bevor sie sich wieder hinlegte und Ricky anlächelte. »Beeil dich. Bevor die Kinder aufwachen und den meterhohen Stapel Pfannkuchen verlangen, den sie jeden Morgen essen. Ich schwöre, sie essen wie Scheunendrescher. Ich weiß nicht, wie sie das alles reinbekommen.«

Ricky lächelte, tat aber, was sie ihm befahl, und senkte den Kopf, um eine ihrer Brustwarzen in den Mund zu nehmen. Addison krümmte sich gegen ihn und stöhnte leise. Sie hatte das vermisst. Sex mit Ricky war unglaublich. Er ließ sie Dinge fühlen, die sie noch nie zuvor gefühlt hatte und die sie mit ihren eigenen Fingern und Spielzeugen sicherlich nicht nachahmen konnte.

Sie wurde ungeduldig, griff nach unten, schob eine Hand in seine Boxershorts und umschloss mit den Fingern seine Erektion.

»Verdammt, Schatz. Ja.« Er drückte die Hüften in ihre Hand, und Addison lächelte.

Dann war er ein Wirbelwind aus Bewegung, schob seine Boxershorts herunter und ging zwischen ihren Beinen auf die Knie. Er schob die Hände unter ihren Hintern und hob ihre Hüften von der Matratze, während er gleichzeitig seinen Kopf senkte.

Addison zuckte vor Vergnügen zusammen, als er ihre Muschi regelrecht attackierte. Seine Handlungen waren nicht von Finesse geprägt. Kein sanftes Umwerben. Er steuerte direkt auf ihre Klitoris zu und leckte und saugte daran, als sei er ein sterbender Mann und sie seine einzige Nahrung.

Es hatte lange genug gedauert und er war talentiert genug, sodass es nur ein paar Minuten dauerte, bis ihre Schenkel verräterisch zu zittern begannen, als sie sich dem Orgasmus näherte.

In der Sekunde, in der sie sich um ihn herum anspannte, hob er den Kopf, drückte ihren Hintern zurück aufs Bett und spreizte ihre Beine. Sie kam immer noch, als er seinen Schwanz mit einem schnellen Stoß in ihr versenkte. Das Gefühl, dass er sie bis zum Rand füllte, verlängerte ihren Orgasmus. Ebenso wie die Art und Weise, wie er begann, sie hart und schnell zu ficken.

Er beugte sich vor und stützte seine Hände neben ihren Schultern ab. Seine Hüften stießen kraftvoll, während er sie nahm. Addison griff nach oben und umfasste seinen Bizeps, während sie ihm in die Augen starrte. Ricky ließ ihren Blick nicht los, während er sie beanspruchte.

Jedes Mal wenn er ganz in ihr war, drückte er gegen ihre Klitoris, was sie vor Lust zucken ließ. War der Sex mit ihm jemals *so* fantastisch gewesen? Wahrscheinlich. Aber es war zu lange her und sie hatte es offensichtlich vergessen.

»Ich liebe dich«, hauchte sie.

»Ich. Liebe. Dich. So. Sehr«, entgegnete er im Takt seiner Stöße.

Es dauerte nicht lange, bis sein Rhythmus ins Stocken

geriet, und sie wusste, dass er kurz davor war. Addison beugte sich vor, nahm sein Ohrläppchen zwischen die Zähne und saugte kräftig daran. Das war alles, was nötig war. Ricky stöhnte und stieß tiefer als zuvor, als er kam, und brach an ihr zusammen.

Nach einer langen Weile drückte er sich auf die Ellbogen und sagte: »Verdammt, Frau, du hättest mich fast umgebracht.«

»Ich habe nichts anderes getan, als hier zu liegen«, neckte sie ihn.

»Ich weiß«, sagte er ernst. »Ich liebe dich so sehr. Du bist mein Ein und Alles. Mit dir bin ich der Mann, der ich immer sein wollte.«

»Ricky«, sagte sie, den Tränen nahe. Sie hatte ihn so sehr vermisst. Ihn sicher zu Hause zu haben war ein wahr gewordener Traum. Sie weigerte sich, an all die zukünftigen Missionen zu denken, zu denen er aufbrechen würde. Sie wollte glauben, dass die erste Mission die schwierigste sein würde, aber sie hatte das Gefühl, dass sie immer schwieriger werden würden.

Sie rutschte unter ihm hin und her, und er fragte: »Quetsche ich dich?«

»Nein, du fühlst dich perfekt an.«

»Oh, verdammt.«

»Was?«

»Ich habe nichts benutzt ... *schon wieder*. Es tut mir leid! Ich schwöre, ich mache das nicht absichtlich. Aber ich konnte nur an deinen Geschmack auf meiner Zunge denken, und dann daran, in dich hineinzukommen.«

»Ist schon okay.«

Er starrte sie eine Weile an. »Nimmst du schon etwas? Warst du beim Arzt, während ich weg war?«

Addison biss sich auf die Lippe und schaute weg. Das hatte sie vorgehabt. Es war der perfekte Zeitpunkt gewesen, um mit der Empfängnisverhütung zu beginnen. Aber bei all dem, was mit den Kindern und ihrem Job los war, war sie nicht dazu gekommen. Sie schüttelte nervös den Kopf.

»Sieh mich an, Addy.«

Sie schaute auf und begegnete seinem Blick.

»Vier Kinder sind eine Menge. Mehr, als du dir wahrscheinlich jemals vorstellen konntest. Dazu noch ein Baby zu haben wäre verrückt. Es würde unser bereits vollgepacktes Leben noch mehr strapazieren. Abgesehen davon ... der Gedanke, dass du mein Baby bekommst? Einen kleinen rothaarigen Jungen oder ein Mädchen? Ich will das *so sehr*.«

Sie spürte, wie sein Schwanz tief in ihrem Körper zuckte.

»Ich auch«, flüsterte sie.

»Verdammt«, seufzte Ricky und senkte seine Stirn auf ihre. »Du bringst mich um, Addy.«

»Der Zeitpunkt ist nicht gerade ideal. Wir wissen noch nicht einmal, ob wir das Sorgerecht für die Kinder auf Dauer bekommen.«

»Das werden wir«, sagte Ricky mit Überzeugung. »Tex wird es schon schaffen. Das Haus ist allerdings nicht groß genug für ein weiteres Kind. Aber wir können es wahrscheinlich eine Weile mit dem Baby hier bei uns aushalten.«

Es fühlte sich unwirklich an, ihren großen bösen Ehemann über ein Baby mit ihr reden zu hören, als sei es beschlossene Sache. »Es könnte sein, dass es nicht sofort passiert«, flüsterte sie.

»Wie lange hat es gedauert, bis du Ellory empfangen hast?«, fragte er.

»Ähm ... einmal. Als das Kondom gerissen ist«, gab sie zu.

Ricky lachte und Addison spürte es von innen. »Gut. Es besteht immer die Möglichkeit, dass es ein Problem mit meinem Sperma gibt, aber wir können die Dinge auf uns zukommen lassen. Also ... war es das? Haben wir beschlossen, keine Verhütungsmittel zu verwenden ... dass wir Mutter Natur ihren Lauf lassen?«

Addison fühlte sich innerlich beschwingt. Nervös, aber auf eine gute Art und Weise. »Ich denke, das haben wir.«

Ricky begann, langsam und sinnlich mit den Hüften zu stoßen, wobei sich sein Schwanz in ihrem feuchten Inneren bewegte. »Das wird ein Spaß.«

In diesem Moment ertönte von außerhalb ihres Zimmers Boryskos zu laute Stimme, als er seinen Bruder auf Ukrainisch anschrie.

»Scheiße«, seufzte Ricky mit einer Grimasse.

»Spaß, bis unsere Kinder uns einen Strich durch die Rechnung machen«, sagte Addison kichernd.

Ricky hob seine Hüften an, bis sein Schwanz aus ihrem Körper glitt, dann ging er in die Knie. Seine Erektion streifte ihren Bauch, als er sich auf alle viere erhob und sich zu ihr hinunterbeugte, um sie zu küssen. »Wir müssen einfach kreativ werden. Zumindest wenn wir wollen, dass Baby Douglas uns bald Gesellschaft leistet.«

»Ich habe eine Bitte«, sagte Addison, als die Stimmen vor ihrem Zimmer lauter wurden.

»Ja? Was denn?«

»Wir werden weder dieses noch zukünftige Babys Doug nennen.«

Ricky lachte. »Doug Douglas. Auf gar keinen Fall. Ich gehe duschen, um mich um meine Sache hier zu kümmern, damit ich für unsere Kinder am Frühstückstisch vorzeigbar bin. Aber ... sobald die Kinder in der Schule sind? Dann will ich dich wieder hier haben. Unter mir. Damit du meinen Schwanz und mein Sperma nimmst. Jetzt, da du einem Baby zugestimmt hast, will ich dich bei jeder Gelegenheit füllen.«

»Ich habe ein Monster erschaffen.«

»Jup«, stimmte Ricky zu. Dann küsste er sie noch einmal, bevor er vom Bett sprang und ins Badezimmer ging. Sein harter Schwanz wippte vor ihm hin und her, was Addison erneut zum Kichern brachte.

Sie tat es ihm schnell gleich und kletterte aus dem Bett, zog das Hemd, das sie getragen hatte, eine saubere Unterhose und eine Jogginghose über. Dann ging sie zur Tür ihres Schlafzimmers und schlich hinaus. Sie würde das Badezimmer der Kinder benutzen, um sich frisch zu machen. Sie musste kleine Kinder für die Schule fertig machen, Pfannkuchen zubereiten, Wäsche waschen, Torten backen ... und anscheinend mit ihrem Ehemann schlafen. Das Leben hätte nicht besser sein können.

# KAPITEL VIERZEHN

»Du siehst anders aus«, sagte Maggie ein paar Tage später zu Addison, als das gesamte Team sich bei Safe und Wren zu Hause versammelt hatte. Sie feierten eine weitere erfolgreiche Mission, die sichere Rückkehr aller und einfach die Freude, Zeit mit Freunden zu verbringen.

»Das Gleiche habe ich auch gedacht«, sagte Remi.

»Ich bin einfach nur froh, dass Ricky wieder zu Hause ist.«

»Mädchen, wir sind alle froh, dass unsere Jungs zurück sind«, sagte Wren inbrünstig.

»Nein. Ich meine, ja, das sind wir«, sagte Maggie, »aber Addison sieht besonders glücklich aus. Hat Tex die Adoptionsgenehmigung schon durchgebracht?«

»Nun, wir haben einen Anruf von unserer Sachbearbeiterin erhalten und sie sagte, dass sie keinen Grund sehe, warum wir nicht genehmigt werden sollten. Die Kinder sind glücklich und ihre Befragungen verliefen wirklich gut. Alle drei sagten, dass sie bei uns bleiben wollen, dass sie nicht in ihr Land zurückkehren wollen. Unsere Hausbesuche verliefen alle gut, und natürlich waren unsere Hintergrundüberprüfungen einwandfrei.«

»Das ist großartig. Und ...?«, drängte Maggie.

Addison wusste, dass sie rot wurde. Sie konnte nichts dagegen tun. »Und ... die Dinge mit Ricky und mir laufen wirklich gut.«

Alle hatten ein breites Lächeln im Gesicht.

»Wir wissen, was *das* bedeutet«, sagte Remi mit einem kleinen Grinsen.

»Ist das der Zeitpunkt, an dem wir über Sex reden?«, fragte Wren.

Alle kicherten.

»Ich hasse es, wenn Nate auf Mission ist«, sagte Josie. »Vor allem nach dem, was ihm und seinem vorherigen Team passiert ist, ganz zu schweigen von dieser kleinen Iran-Sache. Aber ich muss sagen, ich mag es *wirklich*, wenn er nach Hause kommt. Ich schwöre, ein paar Wochen ohne machen ihn besonders geil.«

»Nicht wahr?«, stimmte Remi zu. »Ich will mich nicht beschweren, aber wenn ich es nicht besser wüsste, würde ich denken, Vincent ist wieder ein Teenager.«

»Versucht es mal mit Schwangerschaftshormonen und einem Mann, der vor mir keinerlei Erfahrung hatte«, sagte Maggie trocken. »Ich bin überrascht, dass ich normal gehen kann.«

»Jup«, sagte Wren.

»Das ist alles?«, fragte Remi. »Nur *jup*?«

»Ja. Ich stimme euch voll und ganz zu. Alles, was ihr gesagt habt, und noch mehr.«

»Mehr?«, fragte Josie. »Mehr würde mich umbringen.«

»Du bist furchtbar still«, sagte Maggie zu Addison.

»Ich stimme Wren zu. Das tue ich. Aber ...« Sie zögerte, dann beschloss sie, es einfach zu versuchen. Wenn sie mit diesen Frauen nicht über ihr Leben sprechen konnte, mit wem konnte sie dann sprechen? »Es ist noch intensiver, wenn man sich als Paar entscheidet, sich keine Gedanken über

Verhütung zu machen und die Natur ihren Lauf nehmen zu lassen.«

Alle vier anderen Frauen kreischten vor Aufregung.

»Ich wusste, dass etwas los ist!«, jubelte Maggie.

»Noch ein Kind? Du bist stärker als ich!«

»Das ist großartig.«

»Wie kommt es, dass du nicht o-beinig gehst?«

Addison konnte sich ein breites Grinsen nicht verkneifen. Sie liebte diese Frauen und fühlte sich so gesegnet, sie Freundinnen nennen zu dürfen. Als sie Ricky geheiratet hatte, hatte sie nicht nur eine Familie, finanzielle Sicherheit, Hilfe bei Ellorys Arztrechnungen und einen Mann gewonnen, den sie mehr liebte, als sie es je für möglich gehalten hätte ... sie hatte auch eine Gruppe von Freunden gewonnen, die das beste Unterstützungssystem waren, das sie je hatte.

»Beruhigt euch«, sagte sie. »Es gibt keine Garantie, dass wir bald schwanger werden.«

»Das dachten wir auch«, seufzte Maggie.

»Machst du dir keine Sorgen, wie schwierig es mit den vier, die du schon hast, werden wird?«, fragte Wren.

»Oh, ich mache mir Sorgen. Ich drehe durch. Aber die Sache ist die – ich habe Ellory allein großgezogen. Das war kein Zuckerschlecken. Überhaupt nicht. Aber jetzt, da ich Ricky habe, und euch, und sogar Caroline und ihre Crew, habe ich das Gefühl, dass ich dieses Mal viel besser vorbereitet bin. Ich weiß, dass es nicht einfach wird. Ein Neuanfang ist nicht *ganz* verlockend. Aber ... Rickys Kind zu bekommen? Ich kann nicht aufhören, mir vorzustellen, wie er ein Kleinkind in seinen muskulösen Armen hält. Allein der Gedanke daran lässt meine Eierstöcke explodieren.«

»Määäädchen. Jetzt geht es mir genauso«, jammerte Josie. »Nate will Kinder. Nein, das ist falsch. Er will Zwillinge. Wie er und sein Bruder. Und da das in seiner Familie liegt, werde ich bei meinem Glück wahrscheinlich Drillinge oder mehr bekommen.«

»Das wäre fantastisch!«, hauchte Remi.

»Das liegt daran, dass du sie nicht herumtragen und aus deiner Mumu pressen müsstest!«, konterte Josie.

Alle brachen in Gelächter aus.

»Wir wollen auch Kinder«, sagte Wren, »aber wir wollen auch erst einmal etwas Zeit nur für uns haben.«

»Nun, ihr könnt mit meinem Baby üben, wenn es ankommt«, sagte Maggie und rieb sich den Bauch.

»Und wenn ihr Artem, Borysko und Yana für einen Nachmittag nehmen möchtet, sagt mir einfach Bescheid«, warf Addison mit einem Augenzwinkern ein.

»Miete ein Baby! Wir können sie in unseren Häusern durchrotieren lassen!«, rief Remi aus.

»Wenn ihr euch beeilen und endlich schwanger werden würdet, könnten unsere Kinder alle zusammen aufwachsen und Pyjamapartys haben und so«, konterte Maggie.

»Das ist keine schlechte Idee«, überlegte Josie.

»Was ist keine schlechte Idee?«, fragte Safe, als er und Blink sich dem Bereich näherten, in dem die Frauen auf der hinteren Veranda saßen. Sie hatten Artem und Borysko im Garten bespaßt, während die Frauen sich unterhielten. Yana und Ellory waren mit den anderen Jungs drinnen und machten irgendetwas. Yana schaute sich wahrscheinlich einen Disney-Film an und bei Ellory konnte man es nicht sagen.

»Oh je, wie spät es schon ist!«, rief Josie aus und schaute auf ihr Handgelenk. Ein Handgelenk, an dem keine Uhr war. »Ich habe das … Ding … vergessen, das wir zu Hause machen wollten«, sagte sie zu Blink.

Er starrte sie einen Moment lang an und nickte dann, als wüsste er genau, wovon Josie sprach.

»Viel Spaß«, rief Remi, als Josie aufstand, um sich Blink anzuschließen.

»Ja, aber nicht zu viel!«, fügte Wren hinzu.

Josie lächelte alle an, packte Blink dann am Arm und zog ihn ins Haus.

»Was zum Teufel war das?«, fragte Safe.

Wren stand auf und hakte sich bei ihm ein. »Mach dir keine Sorgen, Schatz.«

»Aber sie sind in Ordnung?«

»Bestens«, antwortete Wren mit einem Grinsen.

Safe hatte einen verwirrten Gesichtsausdruck und Addison konnte nicht anders, als mit den anderen Frauen zu lachen. Ihre Männer hatten keine Ahnung, was sie heute Abend erwartete. Das Gerede über Babys hatte offensichtlich einen Nerv getroffen, und Addison war nicht die Einzige, die sich auf etwas Zeit allein mit ihrem Mann freute.

»Addy. Kekse?«, fragte Borysko. Er war verschwitzt und roch wie ein kleiner Junge, der in der warmen Sonne herumgelaufen war. Addison hasste es nicht. Überhaupt nicht.

»Ich denke, ja, wir könnten jetzt alle ein paar Kekse vertragen. Lauf rein und wasch dir die Hände.« Der kleine Junge drehte sich um und eilte ins Haus, aber Addison hielt ihn auf, indem sie hinzufügte: »Und nimm Artem mit.«

Borysko machte eine Kehrtwende und lief in den Garten, um seinen Bruder zu holen. Artem schien sich zu weigern, bis er das Wort *Kekse* hörte, dann jagte er Borysko ins Haus und drängte ihn, damit er vor ihm im Badezimmer war und sich waschen konnte.

Die Frauen gingen alle hinein und Addisons Blick schweifte durch den Raum, auf der Suche nach ihren Liebsten. Yana saß auf der Couch und starrte völlig vertieft auf ihr iPad. Ricky unterhielt sich mit Flash und Smiley. Und Ellory ...

Addison runzelte die Stirn. Ihre Tochter saß in einem der Sessel im Wohnzimmer, die Knie an die Brust gezogen. Sie hatte ihr Handy in der Hand und starrte es finster an, während sie die Finger über den Bildschirm fliegen ließ.

Sie war so in das vertieft, was sie tat, dass sie ihre Mutter nicht bemerkte, die neben ihr stand, bis Addison sich räusperte.

Ellory blickte anscheinend frustriert auf.

»Was ist los?«, fragte Addison.

Ellory seufzte. »Er hört nicht auf.«

Addisons Magen verkrampfte sich. Sie wusste, wer »er« war. »Hast du ihm gesagt, dass du beschäftigt bist?«

»Ja. Er hat nur versucht, mir ein schlechtes Gewissen zu machen.«

Addison streckte die Hand aus. »Lass mich mal sehen, Schatz.«

Ohne zu zögern, reichte Ellory ihrer Mutter das Handy.

Jemand legte einen Arm um Addisons Taille, und sie lehnte sich an Ricky. »Stimmt etwas nicht?«

»Möchtest du die Kinder beaufsichtigen?«, fragte Addison ihre Tochter. »Um dafür zu sorgen, dass sie nicht ein Dutzend Kekse essen und sich übergeben?«

»Okay.«

Sobald sie außer Hörweite war, sagte Ricky: »Schreibt er ihr immer noch SMS?«

»Anscheinend.« Addison öffnete die App und hielt das Handy so, dass Ricky über ihre Schulter lesen konnte.

*Brady:* Hey, was machst du gerade?

*Ellory:* Abhängen

*Brady:* Ich würde dich gern wiedersehen.

*Ellory:* Ja

*Brady:* Wann?

*Ellory:* Weiß nicht

*Brady:* Ich würde einfach gern mit dir allein abhängen. Deine Mutter neigt dazu, sich einzumischen.

*Ellory:* Vielleicht

*Brady:* Also wann? Wie wäre es mit diesem Wochenende?

*Ellory:* Ich habe ein Theaterstück

*Brady:* Kann ich kommen und zuschauen?

*Ellory:* Ich glaube nicht, dass es dir gefallen würde. Ich bin nicht im Stück, ich mache nur die Beleuchtung

*Brady:* Oh, ja. Wie wäre es mit Mittagessen?

*Ellory:* Ich faste gerade

*Brady:* Also wann? Komm schon, El. Ich bemühe mich hier.

*Ellory:* Ich weiß nicht. Ich muss mit meiner Mutter reden

*Brady:* Wenn du nicht willst, dann sag es einfach. Ich gebe mir wirklich große Mühe, eine Beziehung zu meiner Tochter aufzubauen, und es scheint nicht so, als wolltest du das so sehr. Reicht dir dein SEAL-Dad? Brauchst du deinen echten Dad nicht?

*Ellory:* Das habe ich nicht gesagt, ich weiß es einfach nicht

*Brady:* Was machst du gerade? Vielleicht kann ich vorbeikommen.

*Ellory:* Ich bin nicht zu Hause, ich bin bei einer Familienangelegenheit

*Brady:* Eine Familienangelegenheit, die mich nicht einschließt?

*Ellory:* Es ist mit Rickys SEAL-Freunden

*Brady:* Ich verstehe. Ich bin nur ein Hausmeister. Es ist dir peinlich, mit mir gesehen zu werden.

*Ellory:* Das habe ich nicht gesagt

*Brady:* Dann willige ein, mich wiederzusehen. Ich möchte meine Tochter kennenlernen.

*Brady:* Ellory? Bist du noch da?

*Brady:* Ignoriere mich nicht. Deine Mutter hat das früher gemacht, und das hat mich wütend gemacht.

*Brady:* Ich meine es ernst. Antworte mir.

· · · · ·

Addison bewegte ihre Finger, bevor sie darüber nachdachte. Sie hörte Ricky vage in ihr Ohr knurren, aber er musste sich nicht um das hier kümmern. Sie konnte mit ihrem Ex umgehen. Und dies war das letzte Mal, dass er so mit ihrer Tochter sprach.

*Ellory:* Hier ist Addison. Sprich *nie wieder* so mit Ellory. Versuche nicht, ihr ein schlechtes Gewissen einzureden, weil sie Zeit mit ihrer Familie verbringt. Sie wird dich nach ihrem eigenen Zeitplan sehen, nicht nach deinem. Und ich sage dir gleich, wenn du sie belästigst, wird sie dich überhaupt nicht mehr sehen wollen. Lass sie in Ruhe, Brady. Ich meine es ernst!

Sie atmete schwer, als sie auf *Senden* drückte. Ihr Ex war ein Idiot. Wenn er nicht merkte, dass er zu weit ging und sich wie ein Arsch benahm, dann war das seine Schuld. Aber sie würde es nicht zulassen, dass Ellory unter seiner Dummheit litt.

*Brady:* Es tut mir leid. Ich habe keine Erfahrung darin, Vater zu sein. Ich möchte sie einfach nur sehen. Sie besser kennenlernen. Und da sie meine Anrufe nicht annimmt, ist das Schreiben von SMS die einzige Möglichkeit, mit ihr zu sprechen.
*Ellory:* Wenn du nicht willst, dass ich dich komplett blockiere, dann reiß dich gefälligst zusammen. Ich meine es ernst.
*Brady:* Okay. Ich werde mich bessern. Ich schwöre es.
*Brady:* Also ... wann kann ich sie wiedersehen?

· · ·

Addison stöhnte frustriert auf. Er hatte es nicht verstanden. Überhaupt nicht.

*Ellory*: Wir melden uns. Und jetzt schreib nicht noch einmal, wir sind beschäftigt.

»Was brauchst du von mir?«, fragte Ricky und umarmte sie von hinten. Er legte sein Kinn auf ihre Schulter, während er die Arme um sie schlang.

»Das hier«, sagte Addison und lehnte sich an ihn. »Warum kapiert er es nicht?«

»Ich weiß es nicht.«

Diese Antwort machte Addison nicht gerade glücklich. Obwohl Ricky genauso im Dunkeln tappte wie sie, was Bradys Motive anging, hoffte sie immer noch auf eine Art männliche Einsicht.

Sie schob Ellorys Handy in ihre Tasche und drehte sich in Rickys Armen. »Wenn wir uns jemals scheiden lassen und du unser Kind sehen willst ... sei kein Arsch, wie Brady es ist.«

»Erstens lassen wir uns nicht scheiden. Ich bin kein Idiot wie er. Ich weiß, dass ich das Beste habe, was mir je passiert ist, und ich werde nichts tun, um das zu versauen. Zweitens werde ich eine enge Beziehung zu unseren Kindern haben. Ich werde ihn oder sie und dich immer unterstützen. Du musst dir also keine Sorgen machen, dass ich mich emotional, physisch oder finanziell nicht einbringen werde.«

Addison holte tief Luft und schmiegte sich an ihren Mann. Sie brauchte das. Ihn. Sie musste daran erinnert werden, dass es gute Männer auf der Welt gab. Gute Väter. Ricky musste ihr nicht sagen, dass er immer für ihre Kinder da sein würde. Das wusste sie ohne Zweifel.

»Es tut mir leid. Ich ... er ist so frustrierend!«

»Ich kann mit ihm reden, wenn du willst«, sagte Ricky.

»Nein«, erwiderte Addison sofort. »Das Gespräch wird nur damit enden, dass er schreit und sauer wird.«

»In Ordnung. Aber wenn er noch einmal eine ›Diskussion‹ wie heute mit El hat, werde ich ihn aufsuchen und ihm die Meinung sagen. Ich sage es dir nur im Voraus, damit du nicht sauer wirst, wenn er dir wie ein Baby davon erzählt.«

Addison musste darüber kichern. Ricky hatte ihren Ex durchschaut. Er würde ihr auf jeden Fall erzählen, dass ihr Mann ihn aufgespürt und angeschrien hatte. Es würde sie nicht umstimmen, überhaupt nicht, aber Brady war kleinlich genug, um zu versuchen, Ricky in Schwierigkeiten zu bringen. Als ob.

»War deine Zeit mit den Mädchen okay?«, fragte er.

Addison nickte, mehr als bereit, das Thema zu wechseln. »Ja.«

»Alles in Ordnung mit Josie? Sie und Blink sind ziemlich schnell gegangen.«

Addison lächelte ihren Mann an. »Wir haben über Babys gesprochen. Und über das Kinderkriegen. Und wie cool es wäre, wenn unsere Kinder alle ungefähr im gleichen Alter wären und zusammen aufwachsen könnten. Josie fand die Idee toll, und da Maggie uns allen einen Schritt voraus ist ...« Sie brach ab.

Ricky lächelte und Addison konnte an ihrem Bauch spüren, wie sein Schwanz wuchs. »Also hat sie ihren Mann mit nach Hause genommen, um wilden Baby-Sex zu haben.«

Addison lachte. »So ziemlich.«

»Kevlar?«, rief Ricky, ohne sich von seiner Frau zu lösen.

»Ja?«, schrie sein Teamkamerad zurück.

»Kannst du die Kinder in ein paar Stunden nach Hause bringen?«

»Ricky!«, rief Addison aus und versuchte, sich von ihm zu lösen. Aber er lockerte seine Arme nicht.

»Klar. Alles gut?«

»Uns geht es gut. Wir haben nur ein paar Dinge zu Hause zu erledigen, die wir nicht mit kleinen Leuten in der Nähe erledigen können.«

»Verstanden. Dieselben Dinge, an die Blink und Josie plötzlich auch gedacht haben, oder? Alles klar.«

Addison spürte, wie ihr Gesicht rot anlief. Aber sie konnte nicht leugnen, dass die Vorstellung, ein paar Stunden allein mit Ricky im Haus zu sein, zu verlockend war, um sie auszuschlagen. Sie mussten immer darauf achten, leise zu sein, um die Kinder nicht zu wecken.

»Ich weiß das zu schätzen«, sagte Ricky und zog Addison zur Haustür.

»Warte! Wir müssen uns von den Kindern verabschieden. Ihnen sagen, was passiert.«

»Kevlar und die anderen werden es ihnen sagen.«

»Ricky!«, protestierte sie, ließ sich aber trotzdem von ihm zur Tür hinausziehen.

Als sie bei seinem Wagen ankamen, lachte sie bereits. Er warf sie praktisch hinein, schlug die Tür zu und lief zur Fahrerseite. »Die Zeit läuft«, sagte er.

Addison leckte sich erwartungsvoll die Lippen und fühlte sich wie ein ungezogener Teenager. Sie streckte die Hand aus, legte sie auf seinen Oberschenkel und bewegte sie nach oben, bis sie seinen Schwanz umschloss. »Ich habe noch nie einem Mann im Wagen einen geblasen«, sagte sie anzüglich.

»Verdammt, Frau. Erstens, so sehr ich mir auch wünschen würde, dass du mich hier und jetzt oral befriedigst, müsstest du deinen Sicherheitsgurt öffnen, was für mich ein klares Nein ist. Zweitens, ich könnte auf keinen Fall gleichzeitig den Wagen steuern und in deinem Mund kommen. Drittens, wenn du ein Baby willst, ist dein Mund nicht der Ort, an dem ich zum Orgasmus kommen muss. Merk dir, wo wir stehen geblieben sind, Süße. Wir sind in weniger als zehn Minuten zu Hause.«

»Ricky?«

»Ja?«

»Mach acht draus.«

Sie spürte, wie der Wagen beschleunigte, und lächelte zufrieden und erwartungsvoll.

---

»Scheiß auf sie!«

Brady war fertig. Fertig damit, die Rolle des vernarrten Vaters zu spielen. Fertig damit, seiner Tochter Honig ums Maul zu schmieren. Verdammte Teenager und ihre einsilbigen Antworten. Er hatte vor zwölf Jahren die richtige Entscheidung getroffen, einfach zu verschwinden. Er hätte wissen müssen, dass er durch die Annahme eines Jobs hier in Riverton irgendwann seiner nervigen Ex gegenüberstehen würde.

Und als er Addison wiedersah, war es unmöglich geworden, seiner Tochter aus dem Weg zu gehen. Zuerst hatte er tatsächlich die Vorstellung gehabt, dass er Ellory trifft und sie sich großartig verstehen würden. Dass er sie leicht bezaubern würde und sie begeistert wäre, eine Beziehung zu einem so coolen Vater zu haben. Aber diese Idee starb nach ihrem ersten Treffen. Das Mädchen war genau wie ihre Mutter, genauso verklemmt und nervig. Ganz zu schweigen von dieser widerlichen Krankheit. Kein kluger Mann würde sich für den Rest seines Lebens mit dieser Scheiße herumschlagen – im wahrsten Sinne des Wortes.

Sobald sein Plan für Ellory abgeschlossen war, würde er wieder aus dieser beschissenen Stadt wegziehen. Er würde irgendwohin gehen, wo es warm war. Mexiko ... Nein, er sprach kein Spanisch und hatte auch keine Lust, es zu lernen. Hawaii? Ja, Hawaii war perfekt. Er würde genügend Geld haben, um dorthin zu gelangen und sich ein schönes Plätzchen einzurichten. Sicherlich würde sein Partner an einem beliebten Touristenziel viel Verwendung für ihn haben.

Und scheiß auf Addison und ihre Drohungen! Er würde dieser Schlampe zeigen, was passierte, wenn sie ihn verärgerte. Wenn Ellory nicht freiwillig Zeit mit ihm allein verbringen wollte, wusste er genau, was zu tun war. Sie war zu alt, um auf den Trick »Ich habe meinen Hund verloren« hereinzufallen, den er in der Vergangenheit ein paarmal benutzt hatte, um Kinder anzulocken, aber er wusste, was sie am meisten liebte ...

Ihre Familie.

Sie zog diesen verdammten SEAL ihm vor? Na gut. Er würde dieses Arschloch gegen sie einsetzen.

Dies wäre das erste Mal, dass er seinem Kontakt eine lebende Person übergab. Die Menschen, denen sie normalerweise Organe entnahmen, waren bereits tot. Er hatte Leichen und Leichenteile von Bestattungsunternehmen genommen ... aber er war in der Vergangenheit auch schon ein paarmal so verzweifelt gewesen, dass er jemanden entführt hatte. Das waren mildernde Umstände gewesen. Er war völlig pleite gewesen und hatte dringend Geld gebraucht. Und Tatsache war, dass Kinder am meisten wert waren. Eltern mit Kindern, die eine Transplantation benötigten, waren bereit, jeden Preis zu zahlen, um ein gesundes Herz, eine gesunde Leber, eine gesunde Lunge zu bekommen ...

Also hatte Brady seinem Kontakt beschafft, was er wollte. Einen *Spender*. Bei zwei verschiedenen Gelegenheiten hatte er ein Kind in seinen Wagen gelockt und es dann erstickt. Schnell und einfach. Und die Bezahlung war es wert gewesen.

Dieses Mal war es anders. Da ihr Käufer im Ausland war, mussten sie Ellory am Leben erhalten, bis sie dort ankam. Die Organe frisch zu halten war entscheidend. Der Käufer wusste, dass sie ein Problem mit ihren Eingeweiden hatte, aber da er an ihrem Herz und Gehirn interessiert war, war es ihm egal, dass sie unterhalb der Taille im Arsch war.

Ellory war ein Mittel zum Zweck. Punkt.

Er würde bald zuschlagen. Sie konnte dieses Wochenende

ihr verdammtes Theater und die Zeit mit ihrem SEAL-Vater und ihren ausländischen Geschwistern genießen. Denn es würde das letzte Wochenende sein, das sie mit einem von ihnen verbrachte. Für immer. Nächste Woche würde sie sich auf den Weg nach Übersee machen. Es würde keine bequeme Reise werden, eingepfercht in einem Container, aber Brady war das egal. Sein Kontakt hatte bereits die richtigen Hafenarbeiter geschmiert, und er würde dafür sorgen, dass sie Wasser hatte, damit sie während der Reise über den Ozean nicht starb.

Aber ehrlich gesagt war es egal, was mit ihr geschah, nachdem Brady sie übergeben hatte. Es zählte allein die Bezahlung, die er nach der Übergabe erhalten würde.

Lächelnd ließ er sich auf das beschissene Sofa fallen, das er aus jemandes Sperrmüll herausgeholt hatte. Nächste Woche um diese Zeit würde er in Hawaii sein und eine heiße Braut in einem String-Bikini vögeln, die er am Strand aufgegabelt hatte, und er könnte seine verdammte Ex und ihre weinerliche Tochter vergessen.

# KAPITEL FÜNFZEHN

MacGyver war gut gelaunt. Sehr gut gelaunt. Seit er von seiner letzten Mission zurückgekehrt war, lief es sehr gut für ihn. Artem, Borysko und Yana blühten auf. Jeden Tag schienen sie sich zu verbessern. Mit ihrem Gewicht, ihrem Englisch, ihrem Wohlbefinden in ihrem neuen Leben. Yana hatte begonnen, nachts in ihrem eigenen Bett in dem Zimmer zu schlafen, das sie mit Ellory teilte, anstatt aufzuwachen und in das Zimmer ihrer Brüder zu gehen.

Die Jungen waren nicht mehr ständig auf der Hut. Sie waren sorgloser, verspielter, und neulich waren sie sogar beide in Schwierigkeiten geraten. Die meisten Eltern wären verärgert gewesen, wenn ihre Kinder ihnen widersprachen oder sich weigerten, das Chaos im Wohnzimmer aufzuräumen, weil sie lieber nach draußen zum Spielen gingen. Aber MacGyver sah es als Zeichen dafür, dass sie sich in ihrer Umgebung wirklich wohlfühlten. Sie hatten keine Angst, dass sie in die Ukraine zurückgeschickt würden, wenn sie etwas Falsches sagten oder taten.

Und Ellory schien mit ihrer Erkrankung besser zurechtzukommen. Das Fasten half ihr wirklich. Er musste sich immer wieder daran erinnern, dass die Dinge, die sie als Familie taten, nicht ums Essen kreisen mussten. Es war eine Angewohnheit, die man nur schwer loswurde, da die meisten Zusammenkünfte mit Mahlzeiten verbunden waren. Mahlzeiten, die sie nicht essen konnte. Also unternahmen sie mehr Spaziergänge und Ausflüge, um Dinge zu tun, bei denen sie nicht ständig essen gehen mussten. Das Mobbing in der Schule schien nachgelassen zu haben, und sie hing mit zwei anderen Mädchen ab, die in ihrer Theaterklasse waren. Soweit es MacGyver betraf, ging es ihr also gut.

Und seine Frau ...

Er hätte nie gedacht, dass er eine Frau wie Addison haben könnte. Er war so stolz auf sie. Er prahlte bei jedem, der zuhörte, von ihrem Backgeschäft. Er hatte sogar immer ein paar ihrer Visitenkarten in der Tasche, für den Fall, dass jemand auch nur das geringste Interesse an einer Geburtstagstorte oder hausgemachten Leckereien für den einen oder anderen Anlass zeigte. Er hatte auch ein paar im Supermarkt aufgehängt und war froh, dass sie bei seinem nächsten Besuch dort weg gewesen waren.

Addison war auch eine großartige Mutter. Die Kinder liebten sie über alles. Dass sie so aufgeblüht waren, war vor allem ihr Verdienst, daran hatte MacGyver keinen Zweifel. Der Heiratsantrag war das Beste gewesen, was er in seinem ganzen Leben getan hatte.

In letzter Zeit hatte er darüber nachgedacht, eine weitere Zeremonie abzuhalten. Es tat ihm leid, dass sie um die große Hochzeit betrogen worden war, die die meisten Frauen zu lieben schienen. Keiner ihrer Freunde war dabei gewesen, und er hatte keinen Zweifel daran, dass eine Hochzeit und ein Empfang großartig wären. Sie könnten es klein und intim halten und ...

Bei diesem Gedanken stockten seine Gedanken. Klein. Ja, klar. Selbst nur mit seinem Team wären es über ein Dutzend

Leute. Dazu seine Eltern, seine vier Geschwister, ihre Eltern, Wolfs SEAL-Team und deren Familien ... plötzlich waren es mindestens fünfzig Leute. Sie müssten einen Raum auf dem Marinestützpunkt mieten. Vielleicht könnten sie eine kombinierte Strandzeremonie und -party veranstalten.

Aber er wollte nichts überstürzen. Zuerst musste er Addison fragen, ob sie das wollte. Wenn sie Ja sagte, würde er als Erstes klarstellen, dass sie *nicht* ihre Hochzeitstorte backen würde. Er wollte, dass sie sich entspannte und jeden Moment genoss und sich nicht wegen etwas so Einfachem wie ihrer Torte aufregte. Natürlich würde *sie* es nicht für einfach halten, aber er wusste genau, wie er sie überzeugen konnte ...

Ablenkung. Sie in ihr Zimmer bringen und sie lieben, bis sie in seinen Händen zu Wachs wurde.

Der Sex mit seiner Frau war ... MacGyver konnte es nicht einmal beschreiben. Mit Addison zusammen zu sein war einfach *richtig*. Und es gab nichts, was zwischen ihnen tabu war. Sie hatten im Bett mit verschiedenen Stellungen, Spielzeug und sogar ein bisschen Rollenspiel experimentiert, nachdem sie zugegeben hatte, neugierig auf Dudes und Cheyennes dominanten und unterwürfigen Lebensstil zu sein. Es war nicht wirklich etwas für sie beide, nicht als dauerhafte Sache ... aber MacGyver hatte es unglaublich genossen, »Sir« genannt zu werden und seine Frau seiner Gnade ausgeliefert zu haben. Da er es liebte, sie zum Orgasmus kommen zu sehen, war es auch aufregend, sie viermal zum Kommen zu zwingen, bevor er schließlich in sie eindrang. Fast berauschend.

Aber was MacGyver an seiner Frau am meisten liebte, war nicht der Sex. Es war die Art, wie sie ihn betrachtete. Jedes Mal wenn sie ihn auch nur flüchtig ansah, leuchtete die ganze Liebe, die sie für ihn empfand, in ihren Augen. Er wusste es zu schätzen, wie sie mit ihrem ganzen Herzen liebte. Ihn, die Kinder, die sie schon bald adoptieren würden, ihre Tochter.

Und er liebte ihre Freundlichkeit. Wie sie sich für jeden

einsetzte, der Hilfe brauchte. Die Frau, die es sich nicht leisten konnte, ein Dutzend Cupcakes für den Geburtstag ihrer Tochter zu bezahlen, und sich deshalb mit sechs begnügte ... Addison hatte sechs umsonst dazugelegt, einfach so. Eine andere Frau, die Mühe hatte, ihre Einkäufe in ihren Wagen zu laden, weil sie an Krücken ging ... Addison überquerte den Parkplatz, um ihr zu helfen.

Es spielte keine Rolle, ob sie eine Person kannte oder nicht; Addison scheute keine Mühen, um zu allen freundlich zu sein.

Ja, MacGyver war gesegnet, und er wusste es. Und er würde alles tun, um seine Frau glücklich zu machen. Glückliche Frau, glückliches Leben. Es war ein abgedroschenes Sprichwort, aber er glaubte es aus tiefster Seele. Und sein Lebensziel war es, Addison glücklich und gesund zu halten.

Es würde die Zeit kommen, in der er wieder auf Mission gehen würde. Und obwohl er den Gedanken hasste, seine Familie zu verlassen, würde er tun, was getan werden musste. Er genoss jede Minute, die er mit seinen SEAL-Teamkameraden verbrachte, aber sie waren nicht mehr seine ganze Welt. MacGyver hatte das Gefühl, dass sein Leben jetzt ausgeglichener war, und das fühlte sich unglaublich an.

Sie hatten vor Kurzem mit den Vorbereitungen für ihre nächste Mission begonnen. Sie würde ein Kracher werden. Gefährlicher als die letzte, aber genauso lohnend. Und es bestand immer die Möglichkeit, dass etwas Unvorhergesehenes dazwischenkam und sie ohne Vorwarnung an einem anderen Ort eingesetzt wurden. Geiselnahmen waren die Hauptursache für das Scheitern einer geplanten Mission. Oder sie wurden als Sicherheitspersonal für jemanden aus hohen politischen Kreisen benötigt. Manchmal wusste er nie, wohin sein Job ihn führen würde.

Aber heute Morgen hatte er den wichtigsten Auftrag überhaupt. MacGyver machte Pfannkuchen für seine drei kleinen Monster. Addison hatte versucht, ihnen etwas anderes zum

Frühstück zu geben, aber schon seit dem ersten Tag, an dem sie ihre Pfannkuchen probiert hatten, waren sie süchtig danach und wollten nichts anderes mehr. Er hatte Addison satt und zufrieden vom Liebesspiel im Bett zurückgelassen. Er hatte an diesem Morgen das Fitnesstraining geschwänzt und stattdessen mit seiner Frau geschlafen.

Sie war noch nicht schwanger, aber das machte ihm keine Sorgen. Er genoss einfach die Reise dorthin.

Yana war die Erste, die auftauchte. Sie sah verschlafen aus, war aber für die Schule angezogen. Sie setzte sich an den Tisch im Esszimmer und starrte MacGyver an.

Er hob eine Augenbraue. »Guten Morgen, Yana. Hast du Hunger?«

Sie nickte.

Er lächelte. »Dann musst du hierherkommen und dir deinen Teller und dein Besteck holen. Ich bin in diesem Haus kein Kellner. Du kannst dir dein eigenes Geschirr holen und es dann in die Spülmaschine stellen, wenn du fertig bist.« Obwohl sie erst fünf Jahre alt war, war sie durchaus in der Lage, beim Frühstück bei einfachen Aufgaben zu helfen.

Sie zuckte mit den Schultern, rutschte vom Stuhl und ging in die Küche. Sie holte eine Gabel aus der Schublade, nahm einen Teller vom Stapel auf der Arbeitsplatte und trug beides zu ihrem Platz am Tisch. Sie kehrte in die Küche zurück, holte einen Becher und füllte ihn vorsichtig mit Orangensaft aus dem Kühlschrank.

Artem und Borysko kamen ein paar Minuten später und holten sich ohne Aufforderung ihre Teller und Gabeln. Ellory betrat gerade den Raum, als MacGyver einen großen Stapel Pfannkuchen in die Mitte des Tisches stellte.

Alle drei Kinder standen auf und griffen nach dem Stapel.

»Wie sagt man?«, warnte MacGyver.

Sie drehten den Kopf zu ihm und sagten gleichzeitig: »Danke!«

»Gern geschehen. Lasst es euch schmecken.«

Sie waren wie kleine Schakale mit einer frischen Beute. Es dauerte nicht lange, bis aus dem riesigen Stapel ein winziger geworden war.

»Morgen«, sagte Ellory leise, als sie ihren Proteinshake aus dem Kühlschrank holte.

»Morgen. Wie hast du geschlafen?«, fragte MacGyver.

»Gut. Wo ist Mom?«

»Sie wird sicher bald aufstehen. Ich habe sie heute Morgen etwas ausschlafen lassen.«

»Oh. Okay.«

»Ich weiß, ich habe es dir schon gesagt, aber ich wollte es noch einmal sagen. Du warst dieses Wochenende großartig. Die Beleuchtung im Stück war *perfekt*.«

»Ich habe es im zweiten Akt vermasselt, aber ziemlich schnell wieder korrigiert.«

»Ich habe es nicht einmal bemerkt. Aber ich *habe* bemerkt, dass du in letzter Zeit ... glücklicher zu sein scheinst.«

Ellory lehnte sich an die Theke und nahm einen Schluck von ihrem Shake. »Das bin ich. Ich liebe meine Mutter und wir hatten ein gutes Leben. Aber dich und die Kinder hier zu haben ... das liebe ich wirklich. Zeit mit dir in der Garage zu verbringen und dir zuzusehen, was du auf deinen Missionen gemacht hast, und mit der Elektronik und so zu spielen ... das macht Spaß. Meine Mutter ist eine tolle Bäckerin, aber ich habe mich nie wirklich dafür interessiert. Es ist also schön, mit jemandem etwas anderes zu unternehmen. Und einige der Dinge, die du mir gezeigt hast, haben sich als nützlich erwiesen, besonders beim Basteln mit einigen der elektronischen Geräte im Theaterunterricht.«

»Das freut mich«, sagte MacGyver und fühlte sich innerlich warm.

»Und die Selbstverteidigung, die du Mom und mir beigebracht hast, hat Spaß gemacht und mir ein besseres Gefühl gegeben. Die Welt ist nicht sicher, Menschen können schrecklich sein, und ich fühle mich sicherer, wenn ich weiß, dass ich mich und die Kinder schützen kann.«

MacGyver hasste es, dass sie so über die Welt dachte, aber sie lag nicht ganz falsch. »Apropos, wir müssen noch eine weitere Lektion machen. Bald.«

»Ja. Und zu guter Letzt ... das mit Chrys ist so gut wie vorbei. Das Brainstorming, das du mit mir über schlagfertige Antworten gemacht hast, hat wirklich geholfen.« Sie grinste ihn an. »Sie scheint nicht zu wissen, was sie sagen soll, wenn ich etwas erwidere, und das *hasst* sie. Also hat sie aufgehört, mich so sehr zu ärgern. Alles in allem ... ja. Ich bin tatsächlich glücklicher.«

»Das macht *mich* glücklich. Und deine Mutter hat mit dir darüber gesprochen, dass wir ein Baby bekommen?«

Ellory strahlte. »Ja! Ist sie schwanger?«

»Noch nicht. Aber ich wollte sichergehen, dass du weißt, dass du, selbst wenn wir hundert Babys hätten, immer das erste und Lieblingskind deiner Mutter sein wirst.«

Sie rollte mit den Augen. »Wie auch immer.«

MacGyver wollte das Thema nicht ansprechen, aber er hatte das Gefühl, dass er es musste. »Und dein leiblicher Vater? Wie läuft es mit ihm?«

Ellory zuckte mit den Schultern. »Wie immer. Er hat mir dieses Wochenende nach dem Auftritt eine SMS geschickt und gefragt, wie es gelaufen ist. Ich fand das cool. Er hat nicht darauf gedrängt, mich zu sehen, was eine Erleichterung war. Macht es mich zu einem schrecklichen Menschen, wenn ich sage, dass ich glaube, dass ich keine Beziehung zu ihm haben möchte?«

»Nein, Schatz. Das tut es nicht. Er wird immer dein Vater sein, aber nur weil man das gleiche Blut hat, muss man nicht unbedingt befreundet sein oder so.«

»Ja. Vielleicht wird es besser, wenn ich älter bin. Aber im Moment stresst er mich nur.«

»Wir werden sehen, wie es läuft. Aber du solltest nie das Gefühl haben, dass du eine Beziehung zu jemandem haben musst, nur weil du denkst, dass es das Richtige ist.«

»Das werde ich nicht. Danke.«

Dann, ohne ein Wort zu sagen, überraschte die Jugendliche MacGyver, indem sie ihn fest umarmte, bevor sie sich umdrehte und zum Tisch ging, um ihre Geschwister zu unterhalten.

»Alles in Ordnung?«, fragte Addison, als sie in die Küche kam und in den freien Platz in seinen Armen trat, den ihre Tochter gerade verlassen hatte.

»Ja. Du ziehst eine verdammt tolle Frau groß, Addy.«

»Sie ist ziemlich toll«, stimmte sie zu. Dann nahm sie ihm den Pfannenwender aus der Hand. »Setz dich zu deinen Kindern. Ich mache die nächste Portion. Du musst bei Kräften bleiben. Du hast dich heute Morgen schon ziemlich angestrengt.«

MacGyver grinste. »Das habe ich, nicht wahr?«

»Nun, du hast das Training geschwänzt. Ich musste dafür sorgen, dass du irgendwie trainierst.«

Er lachte und küsste sie dann auf die Stirn. »Ich liebe dich.«

»Ich liebe dich auch. Ist mein Kaffee fertig?«

»Natürlich.« MacGyver küsste sie noch einmal, da er die Lippen nicht von ihr lassen konnte, nahm dann seine eigene Tasse Kaffee und ging zum Tisch, um herauszufinden, was seine Kinder für den Tag geplant hatten.

Die Morgen vergingen immer zu schnell und ehe er sichs versah, waren die Kinder bereit für die Schule. Er brachte Yana und Ellory zur Schule, während Addison mit Artem und Borysko auf den Bus wartete. Es stellte sich heraus, dass die Jungs es liebten, den Schulbus zu nehmen. Sie fühlten sich so erwachsen und da Addison sie nicht zur Schule bringen und abholen musste, sparte sie jeden Tag eine Menge Zeit.

»Schaffst du es heute Nachmittag, die Mädchen abzuholen? Ich weiß, dass du sechs Dutzend Kekse für diese Hochzeit backen und verzieren musst«, fragte MacGyver sie.

»Das sollte klappen. Ich sage dir Bescheid, wenn nicht.«

»In Ordnung. Ich kann auf dem Heimweg im Supermarkt vorbeischauen und die Sachen auf unserer Liste besorgen.«

»Danke. Das wäre sehr nett. Uns gehen auch die Müllsäcke aus und Borysko braucht eine neue Hose. Ich kann gar nicht glauben, wie sehr er in den letzten Monaten gewachsen ist. Und du solltest vielleicht wissen, dass Ellory und ich dieses Wochenende BHs für sie kaufen müssen«, fügte sie leise hinzu. »Sie hat mich gestern Abend gefragt, ob ich mit ihr mitkomme. Ich glaube, sie kommt endlich in die Pubertät.«

MacGyver stöhnte. »Ich bin noch nicht so weit. Erst sind es BHs, dann Jeans mit Löchern, dann Tampons, dann das ständige Gekicher und der Wunsch, mit Jungs zu telefonieren.«

Addison brach in Gelächter aus. »Das ist ein gutes Training für Yana. Und falls wir in Zukunft ein Mädchen haben.«

»Wie auch immer«, sagte MacGyver.

»Jetzt klingst du wie Ellory«, sagte Addison, immer noch lächelnd.

»Ich liebe dich, Frau. So sehr.«

»Ich liebe dich auch. Und jetzt verschwinde. Wir sprechen uns später.«

»Ich rufe an, wenn ich in der Mittagspause Zeit habe.«

»Klingt gut. Fahr vorsichtig.«

»Das tue ich immer.«

Als MacGyver aus der Einfahrt fuhr, konnte er nicht anders, als über den Anblick des Hinterns seiner Frau zu lächeln, als sie mit den Jungs den Bürgersteig entlang in Richtung Bushaltestelle am Ende der Straße ging. Er war ein verdammter Glückspilz, und das wusste er.

Er brachte Yana zuerst zu ihrer Schule und als er ein paar Minuten später bei Ellorys ankam, fühlte er sich gezwungen, die Hand nach ihr auszustrecken und sie davon abzuhalten, aus dem Wagen zu springen. »El?«

»Ja?«

»Ich hab dich lieb. Ich dachte nur, du solltest das wissen.«

Sie strahlte ihn an. »Ich hab dich auch lieb, Ricky.«

»Hab einen schönen Tag. Tritt den Tyrannen in den Hintern, wenn nötig.«

»Das werde ich. Und du tritt ein paar Bösewichten in den Hintern.«

»Das werde ich.«

Sie lächelten einander zu, und MacGyver blieb lange genug, um ihr zuzusehen, wie sie in die Schule ging. Er hatte dem Mädchen noch nie gesagt, dass er sie liebte. Heute fühlte es sich einfach wie der richtige Zeitpunkt und Ort an. Er war kein sentimentaler Typ ... Nein, das war er nicht gewesen, bevor er Addison und ihre Tochter kennengelernt und den Adoptionsprozess für Artem, Borysko und Yana begonnen hatte. Aber er schämte sich nicht dafür, den Menschen, die er liebte, seine Gefühle für sie zu zeigen. Das Leben war zu kurz, das wusste er besser als die meisten anderen, und er wollte nicht, dass ein weiterer Tag verging, ohne dass seine Stieftochter wusste, wie sehr er sie liebte.

Als er zum Stützpunkt fuhr, lächelte MacGyver. Heute würde ein guter Tag werden. Daran hatte er keinen Zweifel.

Heute würde ein großartiger Tag werden. Brady fühlte sich energiegeladen. Aufgedreht. Und das lag nicht an den paar Kurzen, die er vor dem Verlassen seiner schäbigen Wohnung getrunken hatte.

Alles war an seinem Platz. Sein Kontakt war bereit und der

Container war vorbereitet. Er musste nur Ellory abholen und zum Dock bringen. Er würde sie seinem Partner übergeben und dann den besorgten Vater spielen, wenn Addison ihn anrief, um ihm mitzuteilen, dass sie vermisst wurde.

Er musste sich nur Sorgen darum machen, seine Geschichte schlüssig zu halten, wenn er gefragt wurde, warum er Ellory von der Schule abgeholt hatte. Aber dafür hatte er einen Plan. Er würde ihr Handy nehmen, die Uhrzeit auf beiden Handys ändern und dann eine gefälschte SMS-Konversation zwischen den beiden Handys einrichten, in der sie ihn bat, sie abzuholen, weil sie sich nicht wohlfühlte. Er würde sich einen überzeugenden Grund ausdenken müssen, warum sie sich mit *ihm* und nicht mit ihrer Mutter in Verbindung setzte, aber das würde er schon herausfinden.

Das Wichtigste zuerst. Er würde das Mädchen schnappen und sie zum Dock bringen, ohne dass sie mitbekam, was vor sich ging, und dann würde er sich um die kleineren Details kümmern.

Der Gedanke an das Geld, das bald auf seinem Bankkonto sein würde, machte Brady fast schwindelig. Er hatte noch nie so viel mit einem einzigen Coup verdient; das würde sein Leben verändern.

Er fuhr auf einen Parkplatz an der Mittelschule und holte tief Luft. Dann stieß er langsam die Luft aus, bevor er aus seinem Wagen stieg.

»Du schaffst das«, murmelte er vor sich hin, während er auf die Eingangstür zuging. Es würde Kameras geben, damit rechnete Brady. Er tat sein Bestes, um wie ein besorgter Vater auszusehen, als er das Gebäude betrat. Er folgte den Schildern zum Sekretariat und ging seine Geschichte im Kopf durch.

»Hallo! Wie kann ich Ihnen helfen?«, fragte die Frau hinter dem Schreibtisch.

»Ich bin Brady Vogel. Ich bin hier, um Ellory Wentz abzuholen.«

Die Frau tippte auf ihrer Tastatur und runzelte dann die Stirn. »Tut mir leid, ich sehe nicht, dass sie heute früher abgeholt werden soll.«

»Ich weiß. Ich bin ihr Vater. Ihr leiblicher Vater. Ihre Mutter und ihr Stiefvater hatten einen Unfall. Ich bin hier, um sie ins Krankenhaus zu bringen, damit sie bei ihnen sein kann.«

»Oh! Das ist schrecklich. Werden sie wieder gesund?«

»Die Ärzte sind sich im Moment nicht sicher«, erklärte Brady mit so viel Traurigkeit, wie er in seine Stimme legen konnte.

»Ich schaue in der Liste der autorisierten Personen nach, die sie abholen können, und dann können Sie gehen. Könnten Sie mir bitte Ihren Ausweis geben?«

Das war der knifflige Teil. Brady holte seinen Ausweis heraus und gab ihn der Frau. »Ich glaube nicht, dass Addison schon Zeit hatte, mich auf die Liste zu setzen. Wir haben uns gerade erst nach Jahren der Trennung wiedergefunden, und natürlich hat niemand damit gerechnet, dass so etwas passieren würde. Aber wenn Sie Ellory holen, wird sie Ihnen sagen, dass das in Ordnung ist.«

»Oh. Es tut mir so leid, aber ... wenn Sie nicht auf der Liste stehen, können wir sie nicht mit Ihnen gehen lassen.«

»Okay. Sie lassen also zu, dass ihre Mutter möglicherweise stirbt, ohne dass Ellory sich verabschieden kann? Wegen eines kleinen Fehlers? Ich bin sicher, das kommt richtig gut an. Ich bin im Allgemeinen kein Mensch, der gern klagt, aber in diesem Fall würde ich eine Klage zu hundert Prozent unterstützen. Hören Sie, ich bin ihr leiblicher Vater. Ich lüge nicht. Holen Sie einfach Ellory und fragen Sie sie. Sie ist alt genug, um Nein zu sagen, wenn sie nicht mit mir mitkommen will. Ich will sie ja nicht entführen. Ich will sie nur zu ihrer Mutter bringen.«

»Ich bin mir nicht sicher ... Ich bin neu hier und ...«

Brady rieb sich innerlich die Hände vor Freude. Er liebte brandneue Mitarbeiter.

»Hören Sie, ich möchte niemanden in Schwierigkeiten bringen, aber der Unfall war schrecklich. Es besteht die Chance, dass Ellorys Stiefvater überlebt, aber ihre Mutter ...« Brady blickte zu Boden und versuchte, Tränen zu vergießen ... ohne Erfolg. »Ihr geht es schlecht«, sagte er nach einer langen Pause.

»Ich schicke jemanden, der Ellory aus dem Unterricht holt.«

*Bingo.*

»Danke. Ich bin sicher, sie wird es zu schätzen wissen, ihre Mutter sehen zu können.«

Zehn Minuten später – Minuten, in denen Brady ungeduldig auf und ab ging – erschien Ellory im Sekretariat.

Als sie ihn sah, hielt sie inne. »Brady«, sagte sie, und die Überraschung war in ihrer Stimme deutlich zu hören.

»Hey, Baby. Ich bin hier, um dich zu deiner Mutter zu bringen. Sie hatte einen Unfall.«

»Wo ist Ricky?«

»Er war bei ihr«, sagte Brady.

»Ist sie ... ist sie okay?«

»Ich fürchte nein.«

»Ellory, Mr. Vogel steht nicht auf der Liste der Personen, die dich abholen dürfen. Er sagt, er sei dein leiblicher Vater.«

»Das ist er«, bestätigte Ellory.

»Ist es okay für dich, mit ihm zu gehen?«, fragte die Frau behutsam.

Ellory nickte.

*Ja!* Brady zählte im Geiste das Geld, das bald ihm gehören würde. Er trat an Ellory heran, legte einen Arm um ihre Schultern und umarmte sie leicht von der Seite. »Es wird alles gut. Komm, ich bringe dich zu ihr.«

Das Mädchen nickte stumm, als er sie zur Tür führte. Sie

schien wie betäubt, und genau das wollte er. Er wollte nicht, dass sie ihre Umgebung wahrnahm. Sie sollte hysterisch und aufgebracht sein, damit sie nicht bemerkte, dass sie nicht ins Krankenhaus fuhren.

Als sie in seinen Wagen stiegen, weinte sie, was Brady sehr gefiel.

»Yana«, sagte Ellory, als er den Motor startete.

»Was?«, fragte Brady und schaute zu seiner Tochter hinüber.

»Was ist mit Yana? Und den Jungs? Wir holen sie doch auch ab, oder?«

»Die anderen Kinder werden von einem der SEAL-Freunde deines Stiefvaters abgeholt. Ich habe angeboten, dich abzuholen, damit wir alle schneller ins Krankenhaus kommen.«

»Aber Yana ist es gewohnt, von mir abgeholt zu werden. Sie wird traurig sein, wenn jemand anderes als ich sie abholt.«

Brady biss die Zähne zusammen und versuchte, ruhig zu bleiben. Mit dieser Komplikation hatte er nicht gerechnet. Aber andererseits ... *Zwei* lebende Exemplare zu seinem Kontaktmann zu bringen? Selbst wenn er nicht mehr Geld bekäme, würde es seinen Ruf bei dem Mann definitiv verbessern.

»Natürlich können wir sie holen«, beruhigte er sie.

Ellory nickte und schaute auf das Handy in ihrer Hand.

Er musste ihr das Handy abnehmen. Er wollte nicht, dass es die Behörden direkt zu den Docks führte, wo der Container auf seine besondere Ladung wartete – sie.

»Was machst du da?«, fragte er.

»Ich schreibe Mom eine SMS«, murmelte Ellory.

Brady beugte sich vor und legte eine Hand auf den Bildschirm. »Lass das.«

»Warum?«

»Weil sie nicht antworten kann. Sie ist schwer verletzt, Ellory. Sie wird niemandem eine SMS schreiben. Ihr Handy könnte sogar noch in ihrem Käfer an der Unfallstelle sein.« Geschickt nahm er Ellory das Handy aus der Hand, als sie in Tränen ausbrach.

Perfekt. Er hatte ihr ein traumatisches Bild eingeprägt, sodass sie an nichts anderes mehr denken würde als an ihre Mutter.

Er fuhr zur Grundschule, und diesmal kam Ellory mit ihm ins Gebäude. Er ging genauso vor, um Yana zu holen, und Ellory bei sich zu haben war eine große Hilfe, vor allem wegen ihrer roten Augen und den frischen Tränen.

Ellory erklärte Yana, was vor sich ging, und schon bald hatte Brady zwei hysterische Mädchen bei sich. Zu jeder anderen Zeit wäre er höchst verärgert gewesen, aber da ihre Tränen seinem Zweck dienten und sie aus der Schule holten, war er begeistert.

Die Mädchen stiegen in seinen Wagen und er machte sich auf den Weg zu den Industriedocks, wo die riesigen Container-schiffe für den Transport beladen wurden.

Ellorys Aufmerksamkeit galt ihrer Schwester, der sie zu versichern versuchte, dass alles gut werden würde. Sie sagte ihr, dass ihre Mutter stark sei und dass es ihr gut gehen würde ... dass Ricky auch verletzt sei, aber auch er bestimmt wieder gesund würde.

Alles lief genau nach Bradys Plan. Er hatte Ellorys Handy – das er ausgeschaltet hatte, bevor er es in seine Tasche steckte –, die Mädchen achteten nicht darauf, wohin sie fuhren, und er war pünktlich. Ausnahmsweise.

Erst als er seinen Wagen angehalten hatte, wurde Ellory endlich klar, dass sie nicht in einem Krankenhaus waren.

»Wo sind wir? Ich dachte, wir fahren ins Krankenhaus, um Mom und Ricky zu besuchen.«

»Ich musste nur noch einen kurzen Zwischenstopp einlegen. Keine Sorge, wir fahren gleich weiter«, beruhigte Brady sie. »Bleib hier bei Yana.«

Er stieg aus und näherte sich seinem Kontaktmann, der in der Nähe wartete. Der Mann war völlig unauffällig. Er hatte braune Haare, braune Augen, war durchschnittlich groß und trug den gleichen Overall wie alle anderen, die auf den Docks arbeiteten. Brady würde Schwierigkeiten haben, ihn den Behörden zu beschreiben. Er hatte keine besonderen Merkmale.

»Ich habe die Ware für dich. Sicher und unversehrt. Ich habe dir auch einen Bonus mitgebracht.«

Der Mann schaute zum Wagen und dann zurück zu Brady. »Ich zahle dir nicht mehr.«

»Das habe ich auch nicht erwartet«, sagte er und genoss den überraschten Gesichtsausdruck des Mannes. »Nenn es ein Geschenk. Ein Dankeschön dafür, dass du mit mir Geschäfte machst. Eines, das dir eine Menge Geld einbringen wird. Eine Lebendspenderin, die jünger als fünf Jahre ist? Ich bin sicher, dass jemand auch einen hohen Preis für ihr Herz zahlen wird.«

»Ist sie gesund?«

»Ja.« Brady hatte keinen Zugang zur Krankengeschichte des kleinen Mädchens, aber sie sah für ihn gesund genug aus.

»In Ordnung. Der Container ist bereit. Du bringst sie rein und ich erledige den Rest. Es gibt nur einen kleinen Platz in der Mitte zwischen anderen Waren, sodass sie nicht gegen die Wände des Containers schlagen können. Die Wahrscheinlichkeit, dass jemand sie hört, ist gering, aber ich wollte kein Risiko eingehen. Der Käufer des Teenagers möchte sie so schnell wie möglich nach Asien bringen. Seine Tochter liegt im Sterben und er braucht ihre Organe. Pronto.«

»Klingt gut. Mein Geld?«

Der Mann trat einen Schritt nach rechts und beugte sich vor, um etwas hinter einem Stapel Kisten zu greifen. Er reichte Brady eine Sporttasche. »Ich gehe davon aus, dass du nicht so unhöflich sein wirst, es hier und jetzt zu zählen. Dafür haben wir keine Zeit. Es ist alles da.«

Brady wollte es unbedingt zählen. Aber er konnte es nicht gebrauchen, dass Ellory noch misstrauischer wurde, als sie es bereits war. Es war an der Zeit, sie und das Balg in dem Container verschwinden zu lassen und die Sache hinter sich zu bringen. »Ich vertraue dir«, sagte er zu dem Mann. Es war eine Lüge. Er vertraute dem Kerl überhaupt nicht, aber im Moment hatte er keine andere Wahl.

»Es war mir ein Vergnügen, mit dir Geschäfte zu machen. Hoffentlich können wir bald etwas Ähnliches machen.«

Brady nickte und ging dann zurück zu seinem Wagen. Der nächste Teil würde knifflig werden. Er musste Ellory dazu bringen, mit ihm zu kommen, aber er war sich nicht sicher, wie gut das ankommen würde. Sie war nicht dumm, sie musste bereits vermuten, dass etwas nicht stimmte.

Tatsächlich fragte sie, als er die Tür öffnete: »Was ist los? Wer war dieser Mann? Warum sind wir hier?«

Brady stellte die Sporttasche voller Geld hinter seinen Sitz und sagte dann: »Komm her, Yana.«

Sie hatte in der Mitte zwischen ihm und Ellory gesessen. Aber jetzt wich das kleine Mädchen zurück und lehnte sich an ihre Schwester.

Brady wollte die Sache hinter sich bringen und streckte die Hand aus, um Yana am Arm zu packen. Er riss sie über den Sitz und aus der Fahrertür. Sie zappelte und wand sich, um ihm zu entkommen, aber er hielt sie fest.

»Komm her«, sagte er diesmal zu Ellory und krümmte einen Finger.

Sie warf einen kurzen Blick von ihm zur Beifahrertür.

»Wenn du nicht kommst, werde ich ihr wehtun«, drohte Brady.

Wenn Blicke töten könnten, wäre er ein toter Mann. Ellory schluchzte sich nicht mehr die Seele aus dem Leib, sondern erdolchte ihn förmlich mit ihrem Blick. »Meine Mutter ist nicht verletzt, oder?«

»Ich sagte, *komm her*«, forderte Brady mit gedämpfter Stimme und so gemein wie möglich. Um seiner Tochter einen Anreiz zu geben, drückte er Yanas Arm so fest, dass sie vor Schmerz aufschrie.

»Tu ihr nicht weh!«, rief Ellory, während sie langsam über den Sitz rutschte.

Sobald sie in Reichweite war, streckte Brady seine Hand aus und packte sie ebenfalls am Arm. Sie wäre fast aus dem Wagen gefallen, als er sie nach vorn riss, fing sich aber im letzten Moment ab.

»Sei still, oder ich lasse dich hier und nehme Yana mit, wenn ich gehe. Ich bin sicher, dass ich jemanden finden kann, der dieses hübsche kleine Mädchen zu seinem eigenen Vergnügen *liebend gern* kaufen würde.«

Es dauerte einen Moment, bis sie seine Bedeutung verstand, aber als sie es tat, schnappte Ellory nach Luft. »Du bist ein Monster!«

»Du hättest netter zu mir sein sollen, liebe Tochter. Wenn du das getan hättest, wärst du jetzt vielleicht nicht in dieser Lage. Aber du hast es vermasselt. Und nur damit das klar ist, *du* warst diejenige, die darauf bestanden hat, dass ich Yana abhole. Sie sollte eigentlich nicht Teil von dem hier sein.«

Ellory fiel die Kinnlade herunter und Brady lächelte zufrieden. Er hatte sie sprachlos gemacht.

Er schleppte sie über die mit Containern gefüllte Asphaltdecke, die alle darauf warteten, auf riesige Schiffe verladen zu werden, um auf die andere Seite der Welt gebracht zu werden. Brady ging direkt zu dem Container, den sein Kontakt angegeben hatte. Der einzige mit einer offenen Tür. Im Inneren stapelten sich Kisten vom Boden bis zur Decke, bis auf einen schmalen Durchgang in der Mitte.

Das Geräusch eines Motors hinter ihnen erschreckte Brady so sehr, dass er fast den Halt an den Mädchen verlor. Als er sich umdrehte, sah er seinen Kontaktmann hinter dem Steuer eines

Gabelstaplers sitzen. Ein Stapel Kisten stand bereit, um auf den Lift geladen zu werden. Er vermutete, dass der Mann dafür sorgen wollte, dass er nicht betrogen wurde, aber Brady war nicht beleidigt. Der Mann hatte ihm gerade eine Menge Bargeld übergeben. Er wollte sichergehen, dass er das bekam, was ihm versprochen worden war.

»Rein«, sagte Brady und schob Ellory in Richtung des offenen Containers.

Er war nicht überrascht, als sie zögerte. »Nein.«

»Gut. Komm schon, Yana, lass uns deinen neuen Daddy treffen. Du musst alles tun, was er sagt, auch wenn er dir sagt, dass du dich ganz ausziehen sollst und ...«

»Hör auf!«, schrie Ellory.

»Dann geh rein. Sofort«, sagte Brady ohne jegliche Emotionen.

»Wie kannst du das tun? Sie ist doch noch ein Kind!«

»Geld. Damit dreht sich die Welt. Und sie ist nur ein weiteres Waisenkind, das niemand will. Sie ist entbehrlich.«

»Falsch. *Wir* wollen sie. Und was ist mit mir?«, fragte Ellory. »Dein eigen Fleisch und Blut. War das alles ein Trick? Hast du das die ganze Zeit geplant? Wolltest du jemals mich kennenlernen?«

»Am Anfang, ja. Aber ich wiederhole: Du hast es vermasselt. Du solltest mir danken, Ellory. Du wirst endlich einmal nützlich sein. Deine Organe werden das Leben eines anderen Menschen retten. Ein anderes Mädchen. Jemand, der nicht so abstoßend ist wie du. Sobald sie dein Herz hat, wird sie so gut wie neu sein.«

Ellory schnappte erneut nach Luft.

»Rein«, sagte Brady und drückte wieder Yanas Arm. Sie schrie und weinte jetzt ununterbrochen, und das ging ihm auf die Nerven. »Da sollte etwas Wasser drin sein, um euch über die Runden zu bringen, aber ich würde es rationieren, besonders jetzt, da ihr zu zweit seid. In ein paar Wochen werdet ihr an eurem Ziel ankommen und euren neuen Besitzer treffen. Er wird euch zu einer Einrichtung bringen, wo ihr beide eingeschläfert und eure Organe entnommen werden. Ihr werdet nichts spüren und das Leben von wer weiß wie vielen anderen Kindern retten.«

»Damit wirst du nicht durchkommen«, flüsterte Ellory.

»Das bin ich schon. Jetzt beeil dich, ich muss mich auf die Rolle meines Lebens vorbereiten ... die eines trauernden und besorgten Vaters. Wenn herauskommt, dass du und Yana weg seid, werden Addison und dein geliebter Ricky ausflippen. Ich habe bereits Vorkehrungen getroffen, dass jemand mit einer Lösegeldforderung anruft. Und ich weiß, dass sie zahlen werden. Also bekomme ich das *doppelte* Geld für dich und dieses kleine Balg.«

»In den Schulen gibt es Kameras. Sie werden wissen, dass du uns abgeholt hast.«

»Natürlich werden sie das. Und ich werde allen die SMS zeigen, in denen du mich anflehst, dich abzuholen, weil du wieder von diesem Mädchen gemobbt wurdest und es einfach nicht mehr ausgehalten hast. Aber es war dir zu peinlich, es deiner Mutter oder jemand anderem zu erzählen, also hast du mich gebeten, dich abzuholen. Es war dein Plan, der Schule zu sagen, dass es einen Unfall gab, weil du wusstest, dass sie mich dich nicht mitnehmen lassen würden, wenn es kein Notfall wäre. Du bist ein schlaues Köpfchen; jeder wird glauben, dass du zu so etwas fähig bist. Und ich kann dazu nur sagen, dass du mich gebeten hast, dich ein paar Blocks von deinem Haus entfernt abzusetzen, damit mich niemand mit dir sieht. Du hast schließlich versucht, mich zu beschützen ... und anscheinend hat gleich danach jemand dich und Yana geschnappt.«

Brady war ziemlich stolz auf sich. Er hatte es fast geschafft. Er musste nur noch ein wenig seine Rolle spielen. »Schluss mit dem Gerede. Rein da. *Sofort!*«

Ellory trat einen Schritt zurück, in Richtung des Inneren des Containers. Dann noch einen.

»Braves Mädchen«, lobte Brady sarkastisch.

Ohne Vorwarnung stieß er Yana so heftig in Richtung Ellory, dass das kleine Mädchen auf die Knie fiel. Sie schrie auf und schluchzte noch mehr. Dann stand sie auf und lief auf ihre Schwester zu.

Er gab seinem Kontaktmann ein Zeichen, und der Gabelstapler bewegte sich auf die Öffnung des Containers zu.

Brady sah seine Tochter ein letztes Mal, als sie sich schnell zurückzog, als der Stapel Kisten auf dem Gabelstapler an seinen Platz gebracht wurde, und sie aus seinem Blickfeld verschwand.

Sekunden später wendete sein Kontaktmann und parkte den Gabelstapler, und Brady half ihm, die Türen des Containers zu schließen und zu verriegeln.

Der Mann warf ihm einen nachdenklichen Blick zu. »Ist das wirklich deine Tochter?«

»Leider ja.«

»Du bist verdammt kaltherzig. Ich glaube, ich mag dich.«

Brady grinste. »Danke für die Gelegenheit. Ich rufe dich an, sobald ich mich in Hawaii eingelebt habe.«

»Hawaii liegt näher an Asien«, sagte der Mann mit einem Grinsen. »Ich könnte definitiv jemanden in diesem Teil der Welt gebrauchen, der mir beim Transport von Ware hilft.«

Brady schüttelte ihm die Hand, drehte sich dann um und ging zurück zu seinem Wagen. Er musste die SMS zwischen seinem und Ellorys Handy erledigen. Derselbe Typ, der anrufen und Lösegeld verlangen würde, würde ihm dabei helfen. Er konnte ziemlich gut mit Computern umgehen und schwor, dass die Polizei, wenn sie ihre Telefonaufzeichnungen einsah, einen Zeitstempel sehen würde, der vor dem Zeitpunkt lag, an dem sie auf den Schulkameras beim Verlassen des Gebäudes zu sehen war.

Das würde funktionieren, und Brady war mehr als begeistert.

Ellory saß auf dem Boden des Containers, in den sie und Yana gezwungen worden waren, und hielt ihre Schwester fest, während das kleine Mädchen hysterisch weinte. Brady hatte recht – dies war ihre Schuld. Sie hatte darauf bestanden, dass er Yana abholte, bevor sie ins Krankenhaus fuhren. Aber andererseits hätte das jeder anständige Mensch getan.

Sie war sehr erleichtert, dass ihre Mutter und Ricky unverletzt waren. Wenn es etwas Gutes an dieser Situation gab, dann das. Dennoch musste Ellory zugeben, dass sie Angst hatte. Sie hatte keine Ahnung, was sie tun sollte. Sie wollte niemandem ihr Herz geben. Sie wollte nach Hause.

»Dunkel«, sagte Yana schniefend.

Es war tatsächlich dunkel. Es war sogar stockfinster. Ellory konnte nicht sagen, ob sie die Augen offen oder geschlossen hatte. Sie hatte den kleinen Bereich gesehen, in dem sie sich befanden, bevor die Kisten im Durchgang zu ihrem Kabuff gestapelt und die Tür zum Container geschlossen wurde. Der Bereich war wahrscheinlich etwa anderthalb Quadratmeter groß und von Kisten mit der Fracht umgeben, die nach Übersee verschifft wurde. Es gab einen Eimer – vermutlich sollte sie dort ihr Geschäft verrichten – und vier kleine Wasserflaschen. Das war bei Weitem nicht genug, um zwei Wochen zu überleben, wenn Brady ehrlich damit gewesen war, wie lange es dauern würde, bis sie ihr Ziel erreichten.

Sie und Yana würden sterben, bevor sie dort ankamen.

Bei diesem Gedanken wollte Ellory sich am liebsten hinlegen und aufgeben. Aber ihr kam ein Satz in den Sinn, den Ricky einmal zu ihr gesagt hatte. Er hatte ihr erzählt, wie schwer die Höllenwoche für ihn gewesen sei. Das berüchtigte einwöchige Training, auf das Filme und Serien über SEALs sich gern konzentrierten. Ricky sagte, er habe die Glocke läuten wollen, die ihn aus der Folter befreit hätte, die er gerade durchmachte. Dass er sie in seinem Kopf hören konnte. Er erzählte ihr, wie neidisch er auf seine Kameraden gewesen war, als sie aufgaben und die Glocke läuteten. Wie ihm immer wieder das SEAL-Motto durch den Kopf ging, was ihn noch mehr dazu brachte, aufgeben zu wollen. *Der einzige leichte Tag war gestern. Der einzige leichte Tag war gestern. Der einzige leichte Tag war gestern.*

Ricky hatte zugegeben, dass er dachte, wenn *gestern* leicht war, würde er es ohne Zweifel nicht durch den *aktuellen* Tag schaffen.

Aber als er nach gefühlten einer Million Liegestützen und Sit-ups im Sand lag oder sich bemühte, bei der eiskalten Brandung wach zu bleiben, als sein Magen sich vor Hunger verkrampfte und seine Arme zitterten, als er versuchte, zusammen mit anderen Möchtegern-SEALs eines der großen schwarzen Schlauchboote zu halten ... da wurde ihm etwas klar.

Gestern war die Hölle gewesen. Er hatte nicht gedacht, dass er es durchstehen könnte ... aber er hatte es geschafft. Und jetzt war heute. Und tatsächlich schien es am Tag zuvor einfach gewesen zu sein, Liegestütze im Sand zu machen und sich in den Wellen zu wälzen, verglichen mit dem Gefühl, das er bei seiner jetzigen Aufgabe hatte, als er aufgeben wollte.

Das Motto war genau richtig. Wenn er stark bleiben und die Hölle von heute überstehen konnte ... dann würde sie morgen eine Erinnerung sein. Sie würde leicht erscheinen.

Wenn Ellory nur stark bleiben könnte, wenn sie ihren Verstand benutzen und diesen Albtraum überstehen könnte, dann wäre es schon bald nur noch ein weiteres »Gestern«.

Alles, was sie mit ihrem Morbus Crohn durchgemacht hatte, war irgendwann schrecklich erschienen. Die erste Endoskopie, die erste Koloskopie, der erste CT-Scan. Aber jetzt waren diese Dinge nicht mehr so schlimm. Sie hatte sich daran gewöhnt. Diese Eingriffe schienen einfach zu sein ... jetzt. Es war wie das Motto, von dem Ricky ihr erzählt hatte. Der gestrige Tag schien leicht, aber das bedeutete nicht, dass sie den heutigen nicht überleben konnte. Ricky hatte es geschafft; er hatte die Höllenwoche überstanden und war ein SEAL geworden.

Sie musste nur durchhalten, bis Ricky und seine Freunde sie fanden.

Brady klang, als hätte er alles durchgeplant – aber er würde es irgendwie vermasseln, daran hatte sie keinen Zweifel. Ricky war tausendmal schlauer als ihr leiblicher Vater. Sowohl er als auch ihre Mutter würden herausfinden, dass sie Brady nicht anrufen würde, um sie abzuholen, weil sie gemobbt worden war. Selbst wenn es ihr tatsächlich zu peinlich wäre, ihre Mutter oder Ricky anzurufen, würde sie Brady nicht anrufen. Sie würde sich an Remi, Wren oder sogar Caroline wenden, bevor sie ihren leiblichen Vater anrief.

Es musste eine Möglichkeit geben herauszufinden, wohin er sie und Yana gebracht hatte. Ellory musste einfach positiv bleiben. Sie würden sie finden.

Dann fiel ihr noch etwas ein. Als sie sich zum ersten Mal trafen, hatte Ricky ihr alles über MacGyver erzählt, diesen Typen aus der alten Serie, der immer in der Lage zu sein schien, Dinge herzustellen, um sich aus brenzligen Situationen zu befreien. Wie Ricky sich diesen Spitznamen verdient hatte, weil er dasselbe tat. Er fand heraus, wie man aus allem, was er zur Hand hatte, coole Sachen herstellen konnte.

Ellory legte den Kopf in den Nacken und stellte sich die vielen Kisten um sie herum vor. Sie hatte keine Ahnung, was sich darin befand ... aber es musste doch *etwas* geben, mit dem sie versuchen konnte, sich und Yana aus diesem Container zu befreien, oder? Das würde Ricky tun. Er würde nicht herumsitzen und sich in Selbstmitleid suhlen. Er würde sich aufraffen und tun, was er konnte, um sich selbst zu retten.

»Yana, atme tief durch. Dir geht es gut. Mir geht es gut. Wir müssen einen Weg hier raus finden.«

Sie spürte, wie das kleine Mädchen tat, was sie ihr gesagt hatte. Sie holte tief Luft und Ellory fühlte, wie sie sich mit der Schulter das Gesicht abwischte.

»Braves Mädchen«, lobte Ellory sie. »Ich weiß, wie gern du Geschenke auspackst. Wie wäre es, wenn du mir hilfst, ein paar Sachen auszupacken?«

»Geschenke?«, fragte Yana mit leiser, zittriger Stimme.

»Genau. Erinnerst du dich an all die Kisten, die hier stehen?«

Yana nickte.

»Nun, wie wäre es, wenn wir herausfinden, was darin ist? Ich wette, es muss ein paar gute Sachen geben. Vielleicht ein paar Decken, auf denen wir liegen können. Oder vielleicht, nur vielleicht, gibt es eine Kiste mit Handys, die benutzt werden können.«

Soweit sie das beurteilen konnte, bewegte sich der Container noch nicht. Je schneller sie etwas herausfanden, desto besser. Sobald dieser Container auf eines dieser riesigen Schiffe verladen wurde, würde sich ihre Fluchtmöglichkeit drastisch verringern. Sie mussten sich an die Arbeit machen.

Ellory stand auf und half Yana, dasselbe zu tun. Sie hatte keine Ahnung, wie sie in die Kisten kommen sollte – sie hatte kein Messer, sie hatte nichts Scharfes –, aber wie MacGyver würde sie sich etwas einfallen lassen. Sie hatte keine Wahl. Wenn sie es nicht täte, würden sie und Yana für immer verschwinden.

# KAPITEL SECHZEHN

»Was meinen Sie damit, sie ist nicht hier?«

»Ellorys Vater sagte, Sie hätten einen Unfall gehabt und er müsse sie ins Krankenhaus bringen, um sich von Ihnen zu verabschieden.«

Addison starrte die Frau ungläubig an. Wie konnte das passieren? Brady stand nicht auf der Liste der Personen, die ihre Tochter abholen durften.

»Er war sehr überzeugend«, erklärte die Frau, was Addison überhaupt nicht beeindruckte. »Und als wir Ellory hereinriefen, schien sie einverstanden zu sein, mit ihm zu gehen. Sie hatte überhaupt keine Angst vor ihm. Tatsächlich hatte er seinen Arm um ihre Schultern gelegt, als sie gingen.«

Addison war wütend. So wütend, dass sie kaum klar sehen konnte. Jemand würde für diesen Mist teuer bezahlen. Sie würde den Schulleiter zur Rede stellen und die Polizei rufen und Anzeige erstatten – sie würde niemanden davonkommen lassen –, aber jetzt musste sie erst einmal ihre Tochter finden.

Sie wirbelte herum, verließ das Büro und lief zum Parkplatz. Sobald sie das Gebäude verlassen hatte, rief sie Yanas Schule an. Ein mulmiges Gefühl breitete sich in ihrem Bauch aus, und sie hatte das Gefühl zu wissen, was man ihr sagen würde, wenn sie dort jemanden erreichte.

Sie sollte recht behalten. Yana war ebenfalls verschwunden. Ellory und Brady hatten Yana von der Schule abgeholt. Und jetzt konnte sie weder Ellory noch ihren Ex erreichen.

Addison fühlte sich plötzlich verloren, wusste nicht, was sie tun oder wohin sie gehen sollte, und tat das Einzige, was ihr einfiel. Sie rief ihren Mann an.

»Hey, ist dir etwas eingefallen, was ich auf dem Heimweg besorgen soll?«, fragte Ricky ohne Begrüßung.

»Ellory und Yana sind weg.«

»*Was?*«, sagte Ricky und war sofort ernst.

»Ich bin hier an der Schule angekommen, um Ellory abzuholen, und mir wurde gesagt, dass Brady sie vorhin abgeholt hat. Er hat ihnen gesagt, dass wir einen Unfall hatten und im Krankenhaus sind und dass er Ellory zu uns bringen muss.«

»Er steht nicht auf der Liste, um sie abzuholen«, sagte Ricky mit harter, leiser Stimme.

»Ich *weiß*«, klagte Addison praktisch. »Aber die Sekretärin ist neu – was keine verdammte Entschuldigung ist, und jemand wird seinen Kopf hinhalten müssen, sobald wir unsere Kinder gefunden haben. Aber sie hat sich von ihm überreden lassen. Sie sagte, Ellory sei, ohne zu zögern, mit ihm gegangen.«

»Wenn sie dachte, dass wir verletzt sind, dann natürlich«, sagte Ricky. »Yana auch?«

»Ja.«

»Ich bin gerade auf dem Weg nach Hause. Ich hole die Jungs, bevor sie in den Bus steigen können, und ... Warte, hast du in ihrer Schule angerufen?«

»Nein.« Das flaue Gefühl im Magen verstärkte sich um das Zehnfache. Was, wenn Brady auch Artem und Borysko mitgenommen hatte? Sie konnte nicht einmal den Gedanken ertragen. Es war zu viel.

»Ich rufe dort sofort an. Fahr nach Hause, Addison. Fahr

vorsichtig, ich komme so schnell wie möglich nach. Ich rufe Julie Hurt an. Sie wohnt am nächsten bei uns. Du hast sie bei Caroline kennengelernt, weißt du noch?«

»Mh-hm.« Der Gedanke schmerzte. Alles, was Addison in ihrem Kopf sehen konnte, war Ellory. Den Tag ihrer Geburt. Wie sie ein Jahr alt wurde und sich ein Stück Kuchen in den Mund stopfte. Mit sechs, als sie Fahrradfahren lernte. Wie sie das erste Mal mit Bauchschmerzen in die Notaufnahme musste. Wie sie heute Morgen ausgesehen hatte. Die Erinnerungen waren schmerzhaft.

Würde das alles sein, was sie je haben würde? Bittersüße Erinnerungen?

Und Yana. Das kleine Mädchen musste furchtbare Angst haben. Sie war bestimmt völlig verwirrt und wusste nicht, was los war. Zumindest war Ellory bei ihr ... hoffte Addison.

»Addy!«, blaffte Ricky, der offensichtlich merkte, dass er sie für einen Moment verloren hatte. »Hör mir zu. Wir werden sie finden. Niemand nimmt uns unsere Mädchen weg. Ich schicke Kevlar und Blink los, um Vogel zu finden. Sie werden ihn dazu bringen, uns zu sagen, was los ist. Wo unsere Babys sind. Hörst du mich?«

»Ja.« Die Welt kehrte in den Fokus zurück.

»Ich werde Smiley und Flash auch zum Haus schicken. Sie werden wahrscheinlich vor mir dort sein, da ich die Jungs abhole. Safe wird sich mit Wolf und seinem Team treffen und sie werden die Stadt absuchen, um zu sehen, ob sie die Mädchen finden können. Wolf wird Tex anrufen. Glaub mir, wenn ich sage, dass Tex selbst die kleinste Spur finden kann, okay?«

»Okay.«

»Atme, Addy. Wir werden sie finden.«

Das Wissen, dass Ricky und seine Freunde sich der Sache annahmen, beruhigte Addison sehr. Das flaue Gefühl ließ ein wenig nach. Sie hatte all die Geschichten über den berüchtigten Tex gehört. Sie wusste, dass er Blink und Josie aus dem Gefängnis im Iran befreit hatte. Dass er im Laufe der Jahre bei der Suche nach unzähligen anderen geholfen hatte. Die Arschtritte, die er offensichtlich verteilt hatte, als Artem, Borysko und Yana vom Jugendamt in Gewahrsam genommen worden waren. Sie musste daran glauben, dass er auch ihre Töchter finden würde.

»Halte noch ein wenig durch. Für mich.«

»Mir geht es jetzt besser. Zu wissen, dass du dich darum kümmerst, gibt mir das Gefühl, nicht so allein zu sein.«

»Du bist nicht allein. Du bist *niemals* allein. Ich komme nach Hause, sobald ich kann. Fahr vorsichtig und lass dich von unseren Freunden unterstützen. Ich liebe dich, Addison. So sehr.«

»Ich liebe dich auch. Fahr vorsichtig.«

»Immer.«

Das vertraute Hin und Her trug wesentlich dazu bei, Addison aus der seltsamen Stimmung zu reißen, in die sie sich hineingesteigert hatte.

Sie legte auf und eilte zu ihrem Käfer. Vielleicht waren Ellory und Yana zu Hause, wenn sie ankam.

Trotz der unwirklichen Hoffnung tippte sie erneut auf Ellorys Namen auf ihrem Handy und sackte enttäuscht in sich zusammen, als sie direkt auf der Mailbox landete. Entweder war es ausgeschaltet oder tot ... sie hatte für eine Sekunde gehofft, dass ihre Tochter antworten und fragen würde, warum ihre Mutter so ausflippte.

Da Addison nichts anderes übrig blieb, als nach Hause zu fahren, tat sie genau das.

---

MacGyver war völlig durcheinander. Er war wütend, dass *beide* Schulen gegen das Protokoll verstoßen und Vogel erlaubt hatten, Ellory und Yana ohne Erlaubnis mitzunehmen. Er war frustriert, dass Ellory nicht ans Telefon ging – er hatte als Erstes versucht, sie anzurufen. Er hatte Angst, dass Vogel den Mädchen etwas Schreckliches angetan hatte.

Das Seltsame war ... warum? Was hatte er davon? Wohin würde er sie bringen? MacGyver hatte zu viele Fragen und keine Antworten. Bis Kevlar und Blink Vogel gefunden und verhört hatten, mussten sie sich gedulden.

Er würde die Polizei anrufen, sobald er zu Hause war, aber er wollte seinen Teamkameraden einen Vorsprung verschaffen, um Addisons Ex zu finden. Sie würden Techniken anwenden, die die Polizei nicht anwenden konnte, um Antworten zu erhalten. Sie würden ihn dazu bringen, ihnen alles darüber zu erzählen, warum er die Mädchen mitgenommen hatte.

Er war unglaublich erleichtert gewesen, als er in der Schule der Jungen angerufen und erfahren hatte, dass sie noch dort waren. Er sagte der Sekretärin, dass er sie abholen würde, und schickte Addison eine kurze SMS, um sie wissen zu lassen, dass Artem und Borysko in Sicherheit waren.

Die Jungen waren verwirrt, warum er sie von der Schule abholte, anstatt sie mit dem Bus fahren zu lassen. Nachdem sie nach draußen gegangen waren, ging MacGyver vor ihnen auf ein Knie.

»Ich habe schlechte Nachrichten«, sagte er ernst.

Beide Jungen starrten ihn mit großen, besorgten Augen an.

»Erinnert ihr euch an Brady? Ellorys leiblicher Vater?« Er weigerte sich, »richtiger Vater« zu sagen, denn das war es, was *er* war. Er kannte Ellory vielleicht erst seit etwas mehr als einem Jahr und hatte sicherlich noch nicht lange eine väterliche Rolle inne, aber tief im Inneren fühlte er immer noch, dass *er* ihr richtiger Vater war. Es hatte vielleicht zwölf Jahre gedauert, bis er sie gefunden hatte, aber jetzt, da es so war, wusste er, dass Ellory ihm gehörte. Es war dasselbe Bauchgefühl, das er gehabt hatte, als er Artem, Borysko und Yana in dieser beschissenen Situation in der Ukraine getroffen hatte. Ein angeborenes Wissen, dass sie dazu bestimmt waren, ihm zu gehören.

»Ja. Sie mag ihn nicht besonders«, sagte Borysko.

»Richtig. Nun, er hat heute Ellory und Yana von der Schule abgeholt, und wir wissen nicht warum. Wir wissen auch nicht, wo sie sind. Wir suchen sie gerade.« MacGyver tat sein Bestes, um die Tragweite der Ereignisse herunterzuspielen.

Aber Artems Augen weiteten sich in seinem kleinen Gesicht und er begann zu zittern. »Er sie genommen?«, fragte er.

MacGyver weigerte sich zu lügen. Nicht vor diesen Jungen, die bereits durch die Hölle und zurück gegangen waren. »Ja. Aber ich schwöre, dass meine Freunde und ich alles tun, was wir können, um sie zu finden und nach Hause zu bringen.«

Artem wandte sich an Borysko und begann, eindringlich auf Ukrainisch mit ihm zu sprechen. MacGyver unterbrach ihn nicht. Fragte nicht, was er sagte. Manchmal wirkte Artem wie der achtjährige Junge, der er war, und manchmal, wie jetzt, hatte er die Ausstrahlung eines zehn Jahre älteren Menschen.

Beide Jungen schienen äußerst besorgt und verängstigt, als Artem zu MacGyver zurückschaute. »Yana hat Angst. Aber Ellory ist bei ihr. Sie liebt Ellory.«

»Ja zu allen drei Dingen«, sagte MacGyver.

»Was wir können tun, um zu helfen?«, fragte Artem.

»Ich möchte, dass ihr auf Addy aufpasst. Außerdem müsst ihr meinen Freunden und mir vertrauen. Wir tun *alles* in unserer Macht Stehende, um Brady und eure Schwestern zu finden. Ich kann es nicht gebrauchen, dass ihr zwei davonlauft und denkt, ihr könnt sie selbst finden. Das hier ist nicht diese zerbombte Stadt in der Ukraine. Dort wart ihr zwei die Experten. Ihr wusstet, wo man sich verstecken und wo man Essen finden konnte. Aber Riverton ist *meine* Stadt. Meine Freunde und ich werden Ellorys leiblichen Vater finden und ihn dazu bringen, uns zu sagen, was los ist, okay?«

»Addy auch Angst«, sagte Borysko. Das war keine Frage.

»Ja, das hat sie, Kumpel. Sie hat schreckliche Angst. Nicht nur um Ellory, sondern auch um Yana. Helft ihr mir, sie zu beruhigen? Ihre Hand zu halten, wenn sie weint? Sie zu umarmen?«

Beide Jungen nickten ernst.

Die Heimfahrt verlief ungewöhnlich still. MacGyver war in Gedanken versunken und fragte sich, was Vogel mit den Mädchen vorhaben könnte. Und die Jungen dachten wahrscheinlich daran, wie viel Angst Yana hatte. Sie hatten schon eine ganze Weile auf sie aufgepasst, und das musste für sie äußerst schwierig sein ... nicht zu wissen, was geschah oder wo sie sein könnte.

Als MacGyver vor seinem Haus ankam, standen bereits mehrere Fahrzeuge entlang der Straße. Die drei stiegen aus dem Explorer aus, und Artem und Borysko liefen zur Tür, dicht gefolgt von MacGyver.

Addison stand auf, als sie eintraten, und ihr Gesichtsausdruck brach MacGyver fast das Herz. Es war offensichtlich, dass sie hoffte, dass ihre Tochter und Yana durch die Tür kommen würden. Als sie die Jungen sah, brach die Kontrolle, an der sie sich verzweifelt festhielt.

Tränen liefen ihr über das Gesicht, während sie ihre Arme für Artem und Borysko ausbreitete. Die beiden liefen auf sie zu und umarmten sie. Addison fiel auf einen Fuß zurück und sank dann auf die Knie, um die Jungen besser halten zu können.

»Ricky wird sie finden«, sagte sie zu ihnen. »Wir müssen nur stark bleiben, bis sie nach Hause kommen. Ich bin sicher, dass Ellory sich um Yana kümmert, ihr geht es gut.«

Keiner von ihnen wusste, was mit den Mädchen geschah, aber MacGyver hoffte inständig, dass Addison recht hatte. Die Liebe zu dieser Frau breitete sich in seinem Körper aus wie eine warme Decke. Sie war selbst am Boden zerstört, und doch tat sie ihr Bestes, um für die Jungen positiv zu bleiben. Und das Vertrauen in ihrer Stimme, die absolute Überzeugung, dass er Yana und Ellory finden würde, ließ ihn verzweifelt danach streben, jedem Wort, das aus ihrem Mund kam, gerecht zu werden.

Als MacGyver sich umsah, bemerkte er, dass Julie Hurt eingetroffen war, an ihrer Seite ihr Ehemann Patrick. Smiley und Flash waren ebenfalls da. Flash stand abseits, sah frustriert und besorgt aus, und Smiley hatte sein Handy am Ohr.

Sie waren nicht die Einzigen, die aufgetaucht waren. Abe, Benny und Mozart waren auch da. Ebenso wie Caroline. Sie stand neben der Couch, auf der sie bei ihrer Ankunft mit Addison gesessen hatte.

Während er darauf wartete, dass Addy die Jungs beruhigt hatte, öffnete sich die Tür hinter ihm. Als er sich umdrehte – und nun die Hoffnung und Erwartung, die er auf Addisons Gesicht gesehen hatte, als *er* eintraf, vollständig verstand –, sah er Remi, Josie, Wren und Maggie.

Addison und die Jungs waren bald von den Frauen umringt. Alle umarmten sich, weinten und sprachen beruhigende Worte, um ihre Freundin zu ermutigen.

MacGyver war unglaublich dankbar, dass er diese Menschen im Rücken hatte. Männer und Frauen, die alles stehen und liegen ließen, um ihre Unterstützung zu zeigen. Aber er musste mit Addison sprechen. Er wollte sehen, ob sie ihm noch etwas sagen konnte, das bei der Suche nach Ellory und Yana nützlich sein könnte.

Als könnte sie seine Gedanken lesen, löste Addison sich von ihren Freunden und ging auf ihn zu. Sie brach praktisch in seinen Armen zusammen, und MacGyver hielt sie so fest er konnte. »Ricky«, flüsterte sie ihm ins Ohr, während sie ihn mit eisernem Griff festhielt.

»Ich weiß. Wir werden sie zurückholen.«

Sie nickte. Und dieses kleine Nicken machte MacGyver

noch entschlossener. Seine Addy vertraute ihm das Kostbarste in ihrem Leben an ... ihre kleine Tochter. Und er würde sie nicht enttäuschen.

Er ging mit Addison rückwärts und brachte ein wenig Abstand zwischen sie und das plötzlich sehr überfüllte Wohnzimmer. Er legte die Hände auf ihr Gesicht und starrte sie einen langen Moment an. Ihre Augen waren rot, ihre Haut war fleckig vom Weinen und ihr Haar war zerzaust, aber sie war nicht gebrochen. Nicht im Geringsten.

»Dieses Arschloch hat uns unsere Babys genommen«, sagte sie, und ihre Stimme zitterte nicht vor Angst, sondern vor Wut. »Warum hat er das getan? Er *mag* Ellory doch nicht einmal wirklich.«

»Ich weiß es nicht, aber wir werden ihn und unsere Mädchen finden und dafür sorgen, dass so etwas nie wieder passiert.«

Addison nickte.

In diesem Moment verkündete Smiley: »Sie haben ihn gefunden.«

Addison wirbelte so schnell herum, dass sie umgefallen wäre, wenn MacGyver sie nicht an den Hüften gepackt hätte. »Wo sind sie? Bringen sie sie nach Hause?«

»Sie haben Vogel gefunden, nicht die Mädchen«, sagte Smiley leise.

»Was?«, flüsterte Addison, und der Schock war deutlich in ihrer Stimme zu hören.

MacGyver verkrampfte sich innerlich. Wenn Ellory und Yana nicht bei Vogel waren, wo waren sie dann?

# KAPITEL SIEBZEHN

»Ich habe es geschafft!«, rief Ellory aus. Es war viel schwieriger als erwartet herauszufinden, wie sie auf den Stapel Kisten klettern und in einen der oberen Behälter einbrechen konnte. Es war auch eine Sache, sich auf so engem Raum zu bewegen, aber eine andere in stockdunkler Umgebung ... und noch schwieriger, wenn man sich um eine sehr verängstigte kleine Schwester kümmern musste.

Aber nach mehreren Fehlstarts und nachdem sie zweimal auf den Hintern gefallen war, hatte sie es auf einen der Kistenstapel geschafft. Dann hatte sie mit ihren Fingernägeln das Klebeband an einer Seite der obersten Kiste gelöst. Das hatte auch eine Weile gedauert. Wer auch immer die Kisten gepackt hatte, hatte hervorragende Arbeit geleistet.

Es war nervenaufreibend, in eine Kiste zu greifen, ohne sehen zu können, was sie berühren würde. Es könnte etwas Scharfes sein, das sie schneiden würde, oder etwas Ekliges und Schleimiges. Aber Ellory hoffte, alles verwenden zu können, was sie fanden. Kleidung könnte als Polsterung für den Boden unter ihnen verwendet werden, Taschenlampen wären jetzt sehr hilfreich, eine Kiste voller Wasserflaschen wäre nicht unwillkommen. Aber natürlich hoffte sie auf etwas wie ein paar Waffen oder Messer ... oder irgendein Werkzeug, mit dem man Metall durchschneiden konnte.

Ellory schnaubte über sich selbst und zwang sich, sich auf die anstehende Aufgabe zu konzentrieren. Sie griff in die Kiste und machte sich auf alles gefasst, was sie finden würde.

Zu ihrer Überraschung war das, was sie berührte, weich. Pelzig. Es war nicht lebendig – Gott sei Dank – und es hatte sowohl harte als auch weiche Teile. Ellory bewegte ihre Hand vorsichtig und stellte fest, dass es eine Menge von dem gab, was auch immer sie gerade fühlte. Frustriert über ihre Blindheit drehte Ellory den Kopf, um mit ihrer Schwester zu sprechen.

»Yana?«

»Ellory?«, antwortete das kleine Mädchen.

»Ich lasse etwas herunterfallen. Ich möchte, dass du dich so hinstellst, dass dein Rücken an den Kisten anliegt. So weit wie möglich von mir entfernt. Verstehst du?«

»Ja.«

»Tu es jetzt.«

Ellorys Glieder zitterten. Sie war solche Anstrengungen nicht gewohnt. Sich auf den winzigen Vorsprüngen gestapelter Kisten aufzurichten war nicht gerade etwas, was sie jeden Tag tat. Falls sie es hinausschaffte ... nein ... *wenn* sie es dort herausschaffte, würde sie Ricky fragen, ob er ihr half, sich in Form zu bringen. Sie war dünn und klein. Hoffentlich würde sich das ändern, sobald sie in die Pubertät kam, aber in der Zwischenzeit wollte sie in der Lage sein, in Zukunft körperliche Dinge wie diese leichter zu bewältigen.

»Ich hier«, sagte Yana.

Ellory war stolz auf das kleine Mädchen. Diese Situation war verdammt beängstigend, aber alles in allem kam sie damit ziemlich gut zurecht. Vielleicht lag es daran, woher sie kam. An allem, was sie und ihre Brüder hatten tun müssen, um in ihrem Heimatland zu überleben. Und das machte Ellory ein wenig traurig. Stolz, aber traurig.

»Okay, ich werfe das, was auch immer es ist, runter. Bleib, wo du bist, bis ich runterklettere, verstanden?«

»Ja.«

Ellory verlagerte ihr Gleichgewicht auf die Zehenspitzen und nahm, was auch immer in der Kiste war. Sie hielt es über den kleinen Raum, den sie zugewiesen bekommen hatten, und ließ es fallen. Es gab ein leises Plumpsen, als es landete. »Okay?«, fragte sie Yana.

»Okay!«, sagte das kleine Mädchen sofort.

Ellory nahm ein weiteres Teil aus der Kiste und ließ es ebenfalls fallen. Dann tat sie es noch einmal. Sie war sich nicht sicher, wann sie die Kraft haben würde, die riesigen Kisten des Verderbens wieder hinaufzuklettern. Wenn sie also etwas gefunden hatte, das sie gebrauchen konnten, wollte sie in der Lage sein, ein paar davon zu haben ... was auch immer es war.

»Ich komme jetzt runter. Bleib, wo du bist, Yana. Du machst das so gut.«

»Ellory aufpassen.«

»Ich passe auf«, versicherte sie dem kleinen Mädchen. Mit zitternden Muskeln kletterte Ellory vorsichtig den Stapel Kisten hinunter. Als sie unten ankam, war sie froh, es geschafft zu haben.

Sie tastete herum und fand die Gegenstände, die sie auf den Boden geworfen hatte.

»Yana zu dir?«

»Ja, es ist sicher. Komm her«, sagte Ellory zu ihr. Innerhalb von Sekunden spürte sie Yanas ausgestreckte Hand, mit der sie nach ihr suchte. Ellory nahm sie und setzte sich mit einem leisen Seufzen auf den Metallboden des Containers. Es fühlte sich gut an zu sitzen. Ihre Beine auszuruhen. Ihre Oberschenkel und Waden würden sehr schmerzen, weil sie auf den schmalen Kanten der Kartons balanciert war, die sie als Leiter benutzt hatte.

Yana ließ sich auf ihrem Schoß nieder, als hätte sie das schon tausendmal gemacht. Ellory konnte nicht anders, als froh zu sein, dass sie da war, was ihr sofort höllische Schuldgefühle bescherte. Sie wollte auf keinen Fall, dass ihre Schwester hier war, aber mit ihr fühlte sich alles ein bisschen weniger beängstigend an. Sie durfte nicht zusammenbrechen. Sie musste die Kontrolle behalten, um sich um Yana kümmern zu können. Wäre sie allein gewesen, würde sie wahrscheinlich schluchzend auf dem Boden liegen. Sie hätte weder die Energie noch den Mut gefunden, im Dunkeln auf diese Kisten zu klettern.

»Mal sehen, was wir hier haben«, sagte sie, als sie nach einem der Gegenstände griff. Ellory drehte ihn in ihren Händen und versuchte, sich vorzustellen, was sie da in der Hand hielt. Nach einem Moment wurde ihr klar, dass es sich um eine Art Stofftier handelte. Die harten Stellen waren wahrscheinlich die Plastikaugen und die Nase. Zwischen den Pfoten des Dings befand sich etwas, aber Ellory konnte nicht herausfinden, was es war. Sie drehte es immer wieder um und fuhr mit den Händen über jeden Zentimeter des Spielzeugs.

Gerade als sie enttäuscht war, dass sie eine Kiste voller Stofftiere gefunden hatte, die absolut keine Hilfe sein würden, um sie aus ihrem Gefängnis zu befreien, berührte sie etwas, das sich wie ein Knopf anfühlte, der in einer Naht des Fells entlang des Rückens des Stofftiers versteckt war.

Ohne nachzudenken, drückte sie darauf.

Das Ding erwachte in ihren Händen zum Leben, erschreckte Ellory zu Tode und veranlasste sie dazu, es durch den kleinen Raum zu werfen. Yana zuckte vor Schreck zusammen und stieß dabei mit dem Kopf an Ellorys Kinn.

Ellory blinzelte und konnte nicht glauben, was sie sah. Das Stofftier war ein Bär, der ein Geschenk in der Hand hielt. Er trug einen rot-grünen Overall, und was Ellory und Yana so sehr erschreckte, war eine Reihe winziger Lichter, die um das Geschenk in den Händen des Bären herum blitzten, und das Lied »Jingle Bells«, das sofort zu spielen begann.

Ellory starrte ihn einen Moment lang an – dann lächelte sie.

Sie konnte sehen! Der Bär hatte *Lichter*, und obwohl sie blinkten, waren sie in dem stockdunklen Raum schockierend hell und erleuchteten ihr kleines Gefängnis so leicht, als hätte sie zu Hause das Licht in ihrem Zimmer eingeschaltet.

Ellory griff eifrig nach einem der anderen Bären, die sie aus der Kiste geworfen hatte, und fand schnell den Knopf auf der Rückseite, um auch diesen einzuschalten. Auch er blitzte mit seinen bunten Lichtern auf und begann, »Jingle Bells« zu spielen. Dasselbe tat sie mit dem dritten.

Die Bären warfen genügend Licht ab, dass sie die um sie herum gestapelten Kisten leicht sehen konnte. Ellory schüttelte den Kopf und war erstaunt, dass sie getan hatte, was sie getan hatte ... sie war etwa drei Meter bis zur obersten Kiste geklettert. Es sah verdammt beängstigend aus, und sie hätte es wahrscheinlich nie versucht, wenn sie hätte sehen können, was sie tat.

Aber es hatte sich gelohnt. Sie hatten Licht! Jetzt, da sie sehen konnte, konnte sie vielleicht eine Art Treppe aus den Kisten bauen. Wenn sie es noch einmal bis nach oben schaffen würde, die oberste Kiste und dann die nächste nach unten werfen könnte, könnte sie eine Treppe bauen, die es einfacher machen würde zu untersuchen, was in den anderen Kisten um sie herum war. Sicherlich waren sie nicht alle voller Stofftiere.

Eine bestimmte Erinnerung an die Zeit, als sie mit Ricky in der Garage abhing und an seinen Sachen herumwerkelte, kam ihr in den Sinn. Eines der ersten Dinge, die er ihr beigebracht hatte, war, wie nützlich eine Batterie sein konnte. Handwärmer, Feuerzeug, Elektromagnet für einen Kompass, Feuerstarter … es gab eine Menge Dinge, die er ihr gezeigt hatte. Ein Feuer in diesem Container war eine schreckliche Idee … aber vielleicht konnte sie etwas anderes MacGyvern, das ihnen helfen würde.

Sie grinste. MacGyver. Sie musste nur Ricky kanalisieren. Wenn er und seine SEAL-Kumpel hier festsäßen, was würden sie tun? Ihre Gedanken überschlugen sich und plötzlich war sie gespannt, was sie noch alles tun konnte. Brady mochte denken, dass sie wegen ihrer Krankheit nutzlos war – er hatte es nie gesagt, aber sie war nicht dumm; sie konnte in seinen Augen sehen, dass er sie für erbärmlich hielt –, aber sie würde es ihm zeigen.

»Yana, kannst du diesen Kerl halten – ich glaube, wir nennen ihn Fred –, und wenn seine Lichter ausgehen, kannst du dann diesen Knopf drücken, damit er wieder angeht und ich etwas sehen kann?«

»Ja«, sagte Yana, packte den Bären und drückte ihn an ihre Brust.

Ellory stand auf und dehnte sich ein wenig. Sie fühlte sich energiegeladen. »Eine Kiste geschafft, noch neuntausend vor mir«, murmelte sie, bevor sie Yana half, sich zur Seite zu stellen, damit sie nicht von der Kiste getroffen wurde, die Ellory von der Oberseite des Stapels schieben wollte. Dann holte sie tief Luft und begann erneut, zu klettern. Die Zeit drängte. Sie hatte keine Ahnung, wie lange es dauern würde, bis der Container, in dem sie sich befanden, auf ein Schiff verladen wurde, das sie um die Welt bringen würde. Je schneller sie arbeiten konnte, je schneller sie einen Ausweg MacGyverte, desto besser.

MacGyver funkelte Brady Vogel an. Sobald er erfahren hatte, dass Kevlar und Blink Ellorys leiblichen Vater in ihrer Gewalt hatten, hatte er das Haus verlassen, um sich mit ihnen zu treffen. Smiley und die älteren SEALs waren zurückgeblieben, um sicherzustellen, dass es den Jungen und Addison gut ging.

Im Moment war Addison nicht glücklich mit ihm. Sie hatte mit ihm kommen wollen. Um ihren Ex zu konfrontieren. Um zu erfahren, warum er ihre Mädchen entführt und wohin er sie gebracht hatte. Aber MacGyver hatte sie angefleht, zu Hause zu bleiben. Er hatte sie schließlich überzeugt, indem er sagte, dass er nicht mit sich selbst leben könnte, sollte ihr etwas zustoßen.

Ihr Abschied war äußerst schmerzhaft. MacGyver wollte zu Hause bei ihr bleiben, sie in den Arm nehmen und trösten. Seine Teamkameraden konnten die benötigten Informationen von Vogel erhalten, daran hatte MacGyver keinen Zweifel. Aber er musste den Mann zur Rede stellen. Antworten bekommen.

Er und Flash hatten sich mit Safe und Preacher in Wolfs Haus getroffen. Überraschenderweise hatte der ältere SEAL und ehemalige Teamleiter seinen Keller als perfekten Ort für ein Verhör von Vogel angeboten.

Als MacGyver eintraf, waren die Möbel im Keller zur Seite gerückt worden und Vogel saß auf einem Stuhl, die Hände hinter dem Rücken gefesselt, mit zwei sehr schmerzhaft aussehenden Veilchen im Gesicht. Aus einer aufgeschlagenen Lippe blutete er, aber er war nicht eingeschüchtert. Nicht im Geringsten.

»Ich habe dir gesagt, was passieren würde, wenn MacGyver hier auftaucht«, sagte Kevlar. »Er wird nicht so nett sein wie Blink und ich. Wenn ich du wäre, würde ich anfangen zu reden. Und nicht den Schwachsinn, den du bisher von dir gegeben hast«, knurrte er.

»Ich habe die Wahrheit gesagt. Ellory hat mir eine SMS geschickt und gesagt, dass sie es leid sei, gemobbt zu werden, und dass sie es ihrer Mutter nicht sagen wolle, da sie ihr versichert hatte, dass das Mobbing vorbei ist. Es war ihr peinlich. Also fragte sie, ob ich sie abholen könnte. Es war *ihre* Idee, dass ich sagen sollte, dass du und ihre Mutter einen Unfall hattet. Sie ist schlau! Sie wusste, dass ich nicht befugt war, sie abzuholen. Seht auf meinem Handy nach. Die SMS sind da. Sie flehte mich an, sie aus der Schule zu holen. Es war nicht *meine* Idee!«

MacGyver hörte ihm ausdruckslos zu. Er glaubte Vogel keine Sekunde lang. »Und Yana? Warum hast du sie abgeholt?«

»Ellory hat es mir befohlen. Sie sagte, ihre Mutter holt sie und Yana immer zusammen ab. Sie sagte, das kleine Mädchen hätte Angst, wenn Ellory nicht da wäre, um sie abzuholen. Sie ging mit mir hinein und tat so, als sei sie aufgebracht, damit wir sie auch abmelden konnten. Sieh dir die Schulkameras an, Mann! Sie werden dir zeigen, dass ich nicht lüge.«

»Wo ist sein Handy?«, fragte MacGyver.

»Hier«, sagte Kevlar und warf es ihm zu.

MacGyver fing es auf und drehte es um.

»Der Code lautet eins-zwei-drei-vier-fünf«, fügte Kevlar hinzu, ohne die geringste Andeutung von Belustigung in seinem Gesicht.

»Natürlich«, murmelte MacGyver, bevor er das Handy entsperrte und die SMS-App öffnete. Es gab SMS von Ellory, in denen sie ihn anflehte, sie von der Schule abzuholen. Sie schlug vor, dass er der Sekretärin sagen sollte, dass er und Addison einen Unfall gehabt hätten. Oberflächlich betrachtet schienen sie zu beweisen, dass der Mann nicht log – aber MacGyvers Blödsinn-Detektor piepste immer noch wie verrückt. Vor allem nach dem Gespräch, das er am selben Morgen beim Frühstück mit Ellory geführt hatte.

»Wo sind sie dann jetzt? Wo hast du sie hingebracht?«, fragte er den Mann.

»Ich habe sie ein paar Blocks von deinem Haus entfernt abgesetzt. Auch das war Ellorys Vorschlag. Da Addison von zu Hause arbeitet, wollte sie nicht, dass ihre Mutter sieht, wie sie aus meinem Wagen steigen. Ich dachte, Addison sei verletzt oder so, weil Ellory sie nicht angerufen hat, um sie von der

Schule abzuholen. Ich weiß nicht, Mann. Sie ist ein Teenager. Die machen keinen Sinn.«

»Sie ist erst zwölf«, sagte MacGyver verärgert. Aus irgendeinem Grund wollte er klarstellen, dass Ellory noch nicht im Teenageralter war. Das machte in seinen Augen einen großen Unterschied.

»Wie auch immer. Hör zu, Mann. Ich habe versucht, das Richtige zu tun. Meine Tochter war in Not und ich wollte helfen. Das war's. Ich habe keine Ahnung, was mit ihr und dem anderen Mädchen passiert ist, nachdem ich sie abgesetzt hatte.«

Alles in MacGyver schrie danach, dass Vogel schamlos log. Es wäre für Tex ein Leichtes, die Kameras in den Schulen und die Zeitstempel auf den SMS zu überprüfen. Sie hatten Ellorys Handy nicht, aber Tex konnte auch ihre Telefonaufzeichnungen einsehen und überprüfen, ob Ellory die SMS wirklich gesendet hatte. Er konnte die Standorte anpingen und sehen, von wo aus die SMS gesendet worden waren. Ihr Telefon war gerade ausgeschaltet, sodass sie sie oder Yana auf diese Weise nicht orten konnten.

Frustration nagte an ihm. Er war sich sicher gewesen, dass sie die Antworten, die sie brauchten, bekommen würden, sobald sie Vogel hatten. Aber Yana und Ellory konnten überall sein.

In diesem Moment klingelte Preachers Telefon.

»Preacher. *Was?* Verdammt. Okay. Warte, ich stelle mein Telefon auf Lautsprecher ... okay ... wir können dich alle hören.«

»MacGyver?« Es war Smiley.

Er trat näher an Preacher heran. »Hier«, sagte er.

»Addison hat gerade einen Lösegeld-Anruf erhalten.«

MacGyvers Welt drehte sich. »Was?«

»Ja. Der Typ sagte, er habe Ellory und Yana. Er sagte, er wolle zweihundertfünfzigtausend für ihre sichere Rückkehr.«

MacGyver konnte nicht sprechen. Er war buchstäblich wie erstarrt.

»Wann kam der Anruf rein?«, fragte Safe.

»Gerade eben. Vor weniger als zwei Minuten.«

»Ich habe euch doch gesagt, dass ich nichts damit zu tun habe!«, krähte Vogel von seinem Platz aus.

MacGyver ignorierte ihn.

»Wir haben nicht alles aufgezeichnet, aber das meiste«, sagte Smiley.

»Spiel es ab«, befahl Kevlar. »Vielleicht erkennen wir die Stimme wieder.«

Am anderen Ende der Leitung wurde etwas herumgeschoben, und dann sprach eine Stimme, die MacGyver noch nie in seinem Leben gehört hatte.

*... jetzt geht es ihnen gut, aber wenn Sie mir nicht bis morgen Abend zweihundertfünfzig Riesen bringen, wird es ihnen nicht mehr gut gehen. Rufen Sie nicht die Polizei, und das Geld sollte in Fünfzig- und Zwanzigdollarscheinen sein. Versuchen Sie keine Tricks, sonst sehen Sie die Mädchen nie wieder. Legen Sie das Geld in einen Karton und stellen Sie ihn morgen Abend um Punkt zweiundzwanzig Uhr hinter der Tankstelle an der Ecke Fourth und Aspen neben dem Müllcontainer ab. Dann fahren Sie weg. Das ist Ihre einzige Chance, sie zurückzubekommen.*

Einen Moment lang herrschte Schweigen.

Dann fragte Wolf: »Erkennt jemand die Stimme?«

MacGyver schüttelte den Kopf, ebenso wie der Rest seines Teams.

»Verdammt«, murmelte Kevlar.

»Er wird meine Tochter umbringen! Was sollen wir tun?«

Alle drehten sich zu Vogel um und starrten ihn an. Dies war das erste Mal, dass er eine andere Emotion als Verzweiflung zeigte, damit sie ihm glaubten und ihn nicht weiter als Prügelknaben benutzten ... und es schien nicht echt zu sein.

Warum war er jetzt so besorgt? Hätte er nicht die ganze Zeit ausflippen müssen, schon in dem Moment, in dem er merkte, dass seine Tochter vermisst wurde?

Der Mann wusste, wo die Mädchen waren. MacGyver hätte seinen Budweiser-Anstecker darauf verwettet.

»Lasst ihn gehen«, sagte er mit leiser, beherrschter Stimme.

»Was?«

»Soll das ein verdammter Scherz sein?«

»Bist du verrückt geworden?«

MacGyver ignorierte die Ausrufe seiner Freunde. »Du kommst mit uns zurück zum Haus. Du bist ein Zeuge. Du warst der Letzte, der Ellory und Yana gesehen hat. Jede Information, die du hast, müssen wir hören. Fahrzeuge, an denen ihr vorbeigefahren seid, Leute, die ihr gesehen habt, Dinge, die Ellory gesagt hat. Du bist ihr Vater, also verdienst du es, genauso wie wir daran beteiligt zu sein.«

Zu seiner Erleichterung stellte ihm niemand weitere Fragen und MacGyver ignorierte die spekulativen Blicke, die seine Teamkameraden ihm zuwarfen. Er wandte sich an Preacher, der immer noch sein Handy hochhielt. »Smiley?«

»Ich bin hier«, sagte sein Freund.

»Sag Addison und den anderen, dass wir auf dem Weg zurück zum Haus sind. Wir werden einen Weg finden, um irgendwie an das Geld zu kommen. Selbst wenn ich alles verkaufen muss, was ich besitze, hole ich unsere Mädchen zurück.«

»Wird erledigt. Bis später.«

MacGyver hatte keine Zeit, mit seinen Freunden zu besprechen, was er dachte, und auf keinen Fall würde er dies vor Vogel tun, aber sie kannten ihn gut genug, um zu wissen, dass er einen Plan hatte. Sie würden mit dem Strom schwimmen, bis er ihnen sagen konnte, was er dachte.

Vogel wusste etwas. Das Verschwinden der Mädchen begann und endete mit ihm. Er hatte den Lösegeld-Anruf vielleicht nicht selbst getätigt, er schien aber auch nicht überrascht zu sein. Und seine Gefühle waren definitiv nicht echt.

Manchmal war es der beste Weg, seine Feinde in der Nähe zu haben, um Informationen zu sammeln. Und genau das hatte MacGyver vor. Er würde den Mann nicht aus den Augen lassen. Er war der Schlüssel, um Ellory und Yana zu finden, daran hatte MacGyver keinen Zweifel.

# KAPITEL ACHTZEHN

Ellory betrachtete frustriert den Haufen willkürlicher Gegenstände um sie herum. Sie hatte die Treppe aus Kisten leicht genug gebaut, war aber enttäuscht von dem, was sie in den ersten Dutzend Behältern gefunden hatte, die sie geöffnet hatte. Sie waren voll mit den gleichen Weihnachtsspielzeugen, die sie bereits entdeckt hatte. Sie hatten jetzt definitiv viel Licht, aber das sich wiederholende »Jingle Bells«-Lied begann, sie zu nerven. Sie wollte den Bären am liebsten die Köpfe abreißen, um sie zum Schweigen zu bringen, aber sie traute sich nicht, da dies bedeuten könnte, dass sie das Licht verlieren würden, das sie spendeten.

Sie weigerte sich aufzugeben, da sie wusste, dass es *etwas* geben musste, mit dem sie ihr und Yana bei der Flucht helfen konnte.

Sie war aufgeregt, als sie die dreizehnte Kiste öffnete und Dutzende von Reisepackungen mit Werkzeugen fand. In jedem gefalteten Stück Plastik befanden sich ein winziger Hammer, zwei Schraubendreher und eine Zange. Außerdem waren in jedem Stück Nägel, Schrauben und sogar ein paar Reißzwecken. Dann kam sie sich ziemlich dumm vor. Das Werkzeug war so gut wie nutzlos, wenn man nicht gerade etwas Einfaches wie einen Bilderrahmen aufhängen wollte. Offensichtlich hatte es irgendein Unternehmen hergestellt, das es für eine nette Sache für Frauen und Kinder hielt.

Aber ihre Bestürzung hielt nicht lange an. Auch wenn sie winzig und billig waren, hatte sie Werkzeuge. Es waren immer noch Gegenstände, die sie gebrauchen konnte. Vielleicht.

In anderen Kisten befanden sich Dinge, die nicht so nützlich waren. Plastik-Flipflops, winzige, weiche Frösche und sogar eine Kiste voller Sexspielzeug, was Ellory anwiderte.

Bisher hatte es keinerlei Kleidung gegeben, was enttäuschend war, da sie sich etwas Weicheres als den Metallboden des Containers wünschte, auf dem Yana liegen konnte. Sie warf ihrer kleinen Schwester einen Blick zu und wollte am liebsten weinen. Auf ihren Wangen waren Tränen zu sehen, und sie lag auf der Seite, einen der Stoffbären im Arm, während sie tief und fest schlief.

Der Druck, unter dem sie stand, traf Ellory hart. Wenn sie keinen Weg aus diesem Container heraus fand, würden sie beide sterben. Die Erinnerung an das, was Brady gesagt hatte, dass er sie wegen ihrer Organe verkauft hatte, versetzte Ellory in Panik. Sie musste hier raus. *Sofort.* Bevor es zu spät war.

Sie hatte daran gedacht, zur Tür zu klettern, aber nachdem sie gesehen hatte, wie dicht die Kisten in dem Raum standen, glaubte sie nicht, dass es eine Möglichkeit gab, genügend davon zu entfernen, damit sie und Yana es bis zur Tür schaffen konnten. Und selbst wenn, war sie sich nicht sicher, wie sie herauskommen sollten. Sie hatte das Klicken des Vorhängeschlosses gehört, selbst von dort, wo sie sich zu drei Vierteln im Container befanden.

Sie starrte Yana immer noch an und überlegte, wie sie die Batterien, Werkzeuge und Plastikfrösche für die Flucht verwenden könnte, als ihr etwas hinter Yanas Kopf auffiel.

Ellory kroch langsam zu ihrer Schwester hinüber, um zu

sehen, was sie bemerkt hatte. Die Farbe des Bodens war an einer Stelle anders. Sie war ... orange. Zumindest dachte sie das; es war schwer zu sagen mit den bunten Lichtern der Stoffbären.

Ellory bewegte Yana langsam und vorsichtig, damit das kleine Mädchen nicht aufwachte, und brachte einen der Bären näher heran, damit sie die Stelle auf dem Boden untersuchen konnte. Sie berührte sie und war überrascht, als sie sich ... schwammig anfühlte.

»Heilige Scheiße!«, rief sie aus und bekam ein schlechtes Gewissen, weil sie fluchte, aber sie dachte sich, wenn es jemals einen Grund gegeben hatte, ein Schimpfwort zu benutzen, dann war es jetzt. »Er ist verrostet. Der Boden ist verrostet!«

Aufregung breitete sich in ihrem Körper aus, als sie an den Flecken auf dem Boden herumkratzte. Als sich ein Stück verrostetes Metall löste, schnappte Ellory nach Luft. Sie wollte sich noch nicht zu sehr freuen. Nur weil es ein wenig Rost auf dem Boden gab, bedeutete das nicht, dass es sich um eine Falltür handelte, durch die sie entkommen konnten. Aber die Hoffnung, die durch ihren Blutkreislauf schwamm, war nicht aufzuhalten.

Sie begann, an der rostigen Stelle herumzustochern, und war begeistert, als immer mehr Metallstücke abbrachen. Sie wirbelte herum, griff nach einem der nutzlosen kleinen Werkzeugtäschchen und holte den Hammer heraus.

Sie schlug ihn auf die schwache Stelle des Bodens und zuckte zusammen, als der laute Klang in dem kleinen Raum widerhallte.

Yana schreckte hoch und wimmerte.

»Es tut mir leid, Yana. Ich wollte dich nicht erschrecken. Aber schau! Der Boden ist hier schwach. Vielleicht können wir ihn durchbrechen und rauskommen.«

»Gut?«, fragte Yana.

»Ja, das ist gut«, sagte Ellory. Natürlich war der schwache

Boden eine Sache, aber ein Loch zu schaffen, das groß genug war, damit sie und Yana herauskamen, eine andere. Und es spielte keine Rolle, wie groß das Loch war, das sie machten, wenn der Container auf dem Boden stand. Sie konnten durch verrostetes Metall kommen, aber sie konnten keinen Tunnel durch Beton oder Asphalt oder was auch immer sich unter dem Container befand graben. Und wenn ihr Container auf einen anderen gestapelt wurde, waren sie genauso aufgeschmissen.

Sie hatten nur eine Chance, hier herauszukommen – wenn der Container, in dem sie sich befanden, bewegt wurde. Und es war wahrscheinlich, dass sie erwischt würden. Aber Ellory war nicht bereit aufzugeben. Sie musste es versuchen.

»Komm schon, Yana, nimm das.« Sie reichte ihr einen der kleinen Schraubenzieher. »Versuch mal, das Metall aufzuhebeln.« Ellory demonstrierte, was das kleine Mädchen tun sollte, und beobachtete mit Stolz, wie ihre Schwester nicht einmal zögerte.

Während Ellory auf das verrostete Metall einschlug und Yana ihr Möglichstes tat, um die losen Teile herauszuhebeln, betete Ellory so fest sie konnte, dass Ricky und ihre Mutter ihnen auf der Spur waren. Denn aus diesem Container herauszukommen war nur der erste Schritt, um sich selbst zu retten ... sie konnte nicht fahren, hatte keine Ahnung, wo sie waren, und sie wollte nicht auf jemanden treffen, der mit Brady gemeinsame Sache machte.

Ellory lächelte. Gemeinsame Sache machen. Solche Redewendungen verwendete sie in ihrem Alltag selten. Ihr Englischlehrer wäre so stolz. Dann wurde sie ernst. Ihr Englischlehrer würde nichts davon erfahren, wenn Ellory nicht hier rauskäme.

»Mach weiter so, Yana. Das wird schon.«

Eine Sache, die Ricky immer betonte, war die Kraft des positiven Denkens. Er erzählte ihr, dass er und seine SEAL-

Teamkameraden in jeder Situation, die düster aussah, niemals über die schlechten Dinge sprachen, die passieren könnten. Sie wussten davon, aber sie sprachen nicht laut darüber. Er sagte, dass die schlechte Energie in der Welt dadurch die Macht habe, das Gute zu überwiegen.

Ellory nahm sich diesen Rat zu Herzen und begann, mit ihrer Schwester über all die Dinge zu sprechen, die sie tun würden, wenn sie nach Hause kämen. Darüber, wie glücklich Artem und Borysko sein würden, sie zu sehen. Darüber, wie ihre Mutter weinen würde. Vielleicht auch Ricky. Wie sie essen würden, was sie wollten, in ihren eigenen Betten schlafen und saubere Kleidung anziehen würden.

Sie plapperte weiter und weiter, während sie und Yana arbeiteten, und hoffte mit jedem Hammerschlag, dass sie diesen blöden Metallcontainer durchbrechen könnten, bevor die riesigen Kräne kamen, um sie wegzuschaffen.

---

Addison hatte keine Ahnung, warum Ricky Brady mit zu ihnen nach Hause gebracht hatte. Sie war wütend. Auf Ricky. Auf ihren Ex. Auf alle und alles. Sie war am Ende ihrer Kräfte und wollte nur, dass alle aus ihrem Haus verschwanden und sie in Ruhe ließen.

Aber sobald sie diesen Gedanken hatte, bekam sie ein schlechtes Gewissen. Alle waren da, weil sie versuchten zu helfen. Die Frauen hielten Artem und Borysko in ihrem Zimmer beschäftigt, die Männer taten alles in ihrer Macht Stehende, um das Lösegeld zu beschaffen – und hoffentlich Ellory und Yana zu finden, bevor sie das Geld verwenden mussten.

Einige der SEALs telefonierten mit diesem Tex, von dem sie so viel gehört hatte, ihrem Kommandanten, Wolf und den Männern seines Teams, die noch nicht im Haus waren. Ihre

Frauen fuhren tatsächlich herum und suchten nach Anzeichen für die Mädchen.

Alle halfen mit – und Addison konnte nur hilflos herumstehen.

Ricky wich nicht von ihrer Seite. Als er mit ihrem Ex im Schlepptau zum Haus zurückkam, war er direkt zu ihr gegangen und hatte sich seitdem nicht mehr bewegt. Es war, als würde er sie bewachen. Das konnte aber nicht stimmen. Ricky hätte ihren Ex nicht hierhergebracht, wenn er gedacht hätte, dass er ihr wehtun würde, oder?

Zum ersten Mal seit einer gefühlten Ewigkeit kam Addisons Gehirn in Schwung. Warum war Brady hier? Er war derjenige, der Ellory und Yana ohne Erlaubnis von der Schule abgeholt hatte.

»Ricky? Können wir reden?«

»Klar.«

»Allein?«

Er sah sich in ihrem Haus um und blickte dann mit hochgezogener Augenbraue zu ihr hinunter. Sie wollte lachen, aber sie hatte das Gefühl, dass das angesichts dessen, was gerade geschah, irgendwie unangemessen wäre.

»Warum ist Brady hier?«, flüsterte sie.

Ricky sah sich um, legte dann einen Arm um ihre Taille und zog sie den Flur entlang in Richtung ihres Schlafzimmers. Er führte sie hinein und schloss die Tür. »Geht es dir gut? Schaffst du es?«

»Nein und ja. Warum ist er hier?«, fragte sie erneut und sah ihrem Mann in die Augen. »Ich hasse ihn. Ich will ihn nicht hier haben.«

»Ich hasse ihn auch«, sagte Ricky und überraschte Addison. »Und er ist hier, weil er etwas weiß. Ich weiß nicht was, und er gibt sich alle Mühe, den besorgten Vater zu spielen, aber irgendetwas stimmt nicht mit ihm. Und ich kann nur herausfinden, was er weiß, indem ich ihn in meiner Nähe behalte.«

In Addisons Kopf ging ein Licht auf. »Du denkst, er könnte etwas sagen oder tun, das uns zu den Mädchen führt?«

»Vielleicht. Aber ich wüsste lieber, wo er ist, als dass er da draußen Gott weiß was anstellt.«

Addison nickte. Das leuchtete ihr vollkommen ein. »Vielleicht kann ich helfen. Ihn reizen. Ihn verärgern. Vielleicht rutscht ihm etwas Nützliches heraus.«

»Ich möchte nicht, dass du etwas tust, das dir Schmerzen bereitet«, sagte Ricky.

Addison blinzelte ihn an. »Nicht zu wissen, wo meine Mädchen sind, bereitet mir Schmerzen. Nicht zu wissen, ob sie verletzt sind, ob jemand sie verängstigt oder ob sie überhaupt ...«, sie hielt inne und holte tief Luft, bevor sie fortfuhr, »... am Leben sind, bereitet mir Schmerzen. Wenn ich Brady so sehr verärgern kann, dass er einknickt, dann werde ich es tun. Ich kann ihn nicht körperlich schlagen, wie ihr das offensichtlich getan habt, aber ich kann ihn mit Worten treffen.«

»Ich liebe dich«, flüsterte Ricky und legte seine Stirn an ihre.

»Ich liebe dich auch.«

»Ich hatte auf Missionen schon Angst. Als die Dinge schiefgingen und ich dachte, ich könnte sterben oder meine Freunde könnten sterben. Aber ich hatte noch nie so viel Angst wie in diesem Moment. Nicht zu wissen, wo unsere Kinder sind? Ich habe das Gefühl, nicht mehr funktionieren zu können. Ich kann nicht denken.«

»Ich weiß«, tröstete Addison ihn. Erstaunlicherweise beruhigte es sie irgendwie zu wissen, dass er genauso viel Angst hatte wie sie. Dadurch fühlte sie sich nicht so allein. »Glaubst du, er war es?«, fragte sie.

Ricky wusste offensichtlich, von wem sie sprach. »Ja.«

»Er war nicht der Typ am Telefon. Der Lösegeld-Typ.«

»Nein«, stimmte Ricky zu und holte tief Luft. »Aber das

bedeutet nicht, dass er nicht jemanden angeheuert hat, um den Anruf zu tätigen.«

»Und die SMS? Könnten die gefälscht sein?«

»Ich denke schon. Das ist nicht mein Fachgebiet, aber Tex tut, was er kann, um es herauszufinden.«

»Du glaubst also, dass er sie genommen und irgendwo versteckt hat«, schloss Addison.

Ricky starrte sie einen langen Moment an. »Ja, Schatz. Das glaube ich.«

»Warum?«

»Das weiß ich nicht genau. Wir haben ein ganzes Haus voller Leute, die nicht ruhen werden, bis sie es herausgefunden haben. Aber ich denke, dass dieses Lösegeld eine Menge damit zu tun hat.«

Ihre Augen wurden schmal. »Richtig. Also ... kann ich jetzt gehen und meinen Ex verärgern? Ich habe lange darauf gewartet, ihm die Meinung zu sagen.«

Rickys Lippen zuckten, aber er schaffte es nicht, richtig zu lächeln. Er nickte und wandte sich dann der Tür zu.

Addison verschwendete keine Zeit. Sie bahnte sich einen Weg durch all ihre Freunde, vorbei an Wolf, der offensichtlich eingetroffen war, während sie im Schlafzimmer waren. Sie vergewisserte sich, dass Artem und Borysko nicht in Hörweite waren – das waren sie nicht; Remi und Maggie hatten sie immer noch in ihrem Zimmer und spielten Karten –, und ging direkt auf Brady zu.

»Warum bist du hier, Brady?«

»Warum? Weil meine Tochter vermisst wird«, sagte er.

»Das reicht nicht. Warum interessiert dich das überhaupt? Du hast fast zwölf Jahre lang einen Scheiß auf sie gegeben. Du hast nicht angerufen. Du hast in keiner Weise zu ihrer Erziehung beigetragen, weder emotional noch finanziell. *Nichts*. Warum also jetzt?«

»Ich habe mich geändert«, erwiderte er.

»Hast du das?«, forderte sie ihn heraus. »Als du mir zum ersten Mal dabei zugesehen hast, wie ich ihre Windel gewechselt habe, hast du die Stirn gerunzelt und ein Gesicht gemacht, das ausdrückte, wie ekelhaft du das fandest. Und als du von ihrem Morbus Crohn erfahren hast, hast du genau dasselbe Gesicht gemacht.«

»Sei nicht so streng mit mir, Addison, es war eine Überraschung.«

»Das wäre es nicht gewesen, wenn du für sie da gewesen wärst.«

»Was willst du von mir hören?«, fragte er streitlustig.

»Ich will, dass du mir sagst, warum zum Teufel du mich hintergangen und gelogen hast, um meine Tochter abzuholen!«

»Sie ist auch meine Tochter. Ich hätte von Anfang an auf dieser Liste stehen sollen!«

»Falsch. Sie ist *nicht* deine Tochter. Biologisch gesehen ja. Aber in jeder anderen Hinsicht nein. Ricky hat mehr für die Erziehung dieses Mädchens getan als du jemals, und er kennt sie erst seit etwas mehr als einem Jahr.«

*Das* schien ihn zu treffen.

»Er ist nicht ihr Vater«, knurrte er.

»Oh doch. Er hat unzählige Stunden mit Ellory verbracht, mit ihr geredet, eine Bindung zu ihr aufgebaut, ihr Dinge beigebracht. Er hört ihr zu. Er besorgt ihr Decken und Heizkissen, wenn ihr Bauch wehtut. Er ist mehr ein Vater, als du es in ihrem ganzen Leben je gewesen bist.«

»Das ist nicht meine Schuld!«

»Doch, das ist es!«, schrie Addison zurück. »Du hattest jede Gelegenheit, ein Vater zu sein. Aber stattdessen *bist du gegangen*. Ohne ein Wort. Ohne dich umzusehen. Und jetzt, da du in Riverton bist, denkst du, du kannst einfach in die Rolle des Vaters schlüpfen? Das kannst du nicht. So einfach ist das nicht.«

»Das liegt daran, dass du ihr Lügen über mich erzählt hast. Sie gegen mich aufgebracht hast!«

Addison lachte, aber es lag kein Humor darin. »Nein, das habe ich nicht. Ob du es glaubst oder nicht, wir reden nicht über dich, wenn du nicht da bist, Brady. Die Welt dreht sich nicht um dich. Nein. Du hast sie ganz allein gegen dich aufgebracht. Mit deinen unaufhörlichen SMS und Anrufen. Deinen unsensiblen Bemerkungen über ihre Krankheit und ihre Größe. Es ist *ausgeschlossen*, dass Ellory dich kontaktiert hätte, wenn sie gemobbt worden wäre – und das wissen wir beide. Also warum sagst du mir nicht einfach, was du mit ihr und Yana gemacht hast, und diese ganze verdammte Farce kann ein Ende haben!«

Sie war einen Schritt nach vorn gegangen und schrie Brady ins Gesicht, bis sie fertig war, aber sie konnte immer noch Rickys Hand an ihrem Rücken spüren. Er ließ sie sagen, was sie sagen musste, während er weiterhin da war, bereit einzuschreiten, falls die Dinge aus dem Ruder liefen.

Und sie konnte auch den Rest ihrer Freunde dort spüren. Sie hatten die Aufmerksamkeit aller im ganzen Raum.

Als könnte er die Feindseligkeit spüren, die von jeder einzelnen Person ausging, die ihn anstarrte, begann Brady zu schwitzen. »Du warst schon immer so verdammt anmaßend«, höhnte er. »So kontrollsüchtig. Es wird Zeit, dass du lernst, dass du nicht alles und jeden um dich herum kontrollieren kannst. Es wird Zeit, dass es dich einholt und dir in den Hintern beißt! Du hattest schon immer *alles*. Du hast keine Ahnung, wie es sich anfühlt, hinter allen anderen aufräumen zu müssen. Die Leute werfen ihren Müll auf den Boden und denken nicht zweimal darüber nach, wer ihn aufheben muss. Du hattest nie Probleme, Addison. *Niemals*.«

»Das ist so ein Schwachsinn«, sagte sie. »Ich hatte *nichts* als Probleme. Glaubst du, es war einfach, alleinerziehende Mutter eines Kindes mit einer chronischen Krankheit zu sein? Das war es nicht. Es ist nie einfach – aber es ist dennoch ein Privileg. Und alles, was ich habe, habe ich mir hart erarbeitet. Das *Leben* ist nicht einfach, Brady. Das hast du nie gelernt, weil du zu sehr damit beschäftigt warst, das Opfer zu spielen. Du hast dein ganzes Leben lang nach dem einfachen Ausweg gesucht!«

»Nun, du wirst dir nicht mehr lange Sorgen um mich machen müssen«, sagte er und gab nicht nach.

»Ach ja? Und warum diesmal?«, hakte Addison nach.

»Weil ich dieses Drecksloch verlasse! Ich gehe nach Hawaii, um in der Sonne und im Sand zu sitzen und mich einmal im Leben zu amüsieren!« Bradys Gesicht war zu diesem Zeitpunkt knallrot. Er atmete schwer und sah aus, als wollte er sie schlagen.

Addison lachte. »Und wie willst du dir das leisten? Hawaii ist teuer, du Dummkopf. Milch kostet dort dreimal so viel wie hier. Und eine Wohnung? Mindestens doppelt so viel.«

»Ich habe Geld«, beharrte er.

»Ja? Wie wäre es dann, wenn du uns etwas gibst, damit wir *deine* Tochter sicher und gesund zurückbekommen, wo du doch so besorgt bist? Glaub ja nicht, dass ich nicht bemerkt habe, dass du keinen einzigen Cent für das Lösegeld anbietest!«

»Sie kommt nicht zurück!«, schrie er. »Warum sollte ich dafür bezahlen, sie zurückzubekommen, wenn sie schon weg ist?«

Die Worte explodierten im Raum – und Addison trat instinktiv einen Schritt zurück, als sie vor Schock nach Luft rang.

»I-Ich meine ...«

Aber es war zu spät. Er hatte die Worte gesagt, und alle hatten sie gehört.

Es war Blink, der Brady schnell von hinten in den Würgegriff nahm und sich zu ihm hinunterbeugte, um ihm etwas ins Ohr zu flüstern. Addison stand nahe genug, um zu hören, was der normalerweise schweigsame SEAL zu ihrem Ex sagte.

»Wir wussten, dass du mehr Informationen hast, als du uns gegeben hast. Du bist von Männern umgeben, die zehn Möglichkeiten kennen, einen Menschen zu töten und die Leiche zu verstecken, sodass sie nie gefunden wird. Es ist Zeit, dass du anfängst zu reden, Vogel. Es sei denn, du willst stundenlang für die Informationen gefoltert werden. Denn im Moment? Wir alle würden uns liebend gern abwechseln.«

Addison hielt den Atem an.

Es fühlte sich an, als würden *alle im Raum* den Atem anhalten.

Brady ließ den Blick hektisch durch den Raum schweifen, als würde er nach einer Art Fluchtmöglichkeit suchen. Aber es gab keine.

Mit der linken Hand griff Blink in seine Tasche und holte ein Armeemesser heraus. Das Klappmesser, das alle SEALs immer bei sich trugen. Er klappte es fachmännisch auf, aber anstatt es Brady an den Hals zu halten, wie Addison vielleicht erwartet hätte, griff er zwischen die Beine des Mannes und drückte die Spitze gegen seinen Schwanz.

»Ich habe viel Zeit damit verbracht, in einem iranischen Gefängnis gefoltert zu werden. Wenn du denkst, dass ich nicht weiß, was ich tue ... dann hast du dich *geschnitten*.«

»Okay, okay! Schneid mir nicht den Schwanz ab! Ich sage dir, wo sie sind! Aber es ist egal. Es ist zu spät!«

Addison gefror das Blut in den Adern. Sie hatte es getan. Sie hatte Brady genug angestachelt, um ihn zu brechen. Aber zu hören, dass es zu spät war? Das brach beinahe *sie*.

Ricky legte einen Arm um ihre Taille und hielt sie aufrecht, während er sich weiter von Brady und Blink entfernte.

»Schafft die Frauen hier raus«, befahl Kevlar, als die Männer Brady umzingelten. Der Tisch wurde ins Wohnzimmer gebracht und ein Stuhl in die Mitte des gefliesten Esszimmers gestellt.

Addison war sich bewusst, dass sich Menschen um sie

herum bewegten, aber sie konnte ihren Ex nicht aus den Augen lassen. Er würde ihnen sagen, wo Ellory und Yana waren. Was er mit ihnen gemacht hatte. Sie war gleichzeitig begeistert und verängstigt.

»Komm schon, Addison, komm mit uns in dein Schlafzimmer«, sagte Julie Hurt leise.

»Nein, sie bleibt«, sagte Ricky und legte seinen Arm fester um sie.

Addison ließ sich an ihn sinken. Sie war unendlich dankbar, dass er sie nicht zum Gehen zwang. Sie wollte nicht wirklich bleiben, um Brady leiden zu sehen, aber sie würde auf keinen Fall irgendwohin gehen, bevor sie nicht die Informationen über ihre Babys hatte.

Brady saß jetzt auf dem Stuhl, zusammengesunken, umgeben von großen, bösen Navy SEALs.

»Rede, Vogel«, befahl Safe.

Und das tat er. Ohne Aufforderung schüttete er sein Herz aus. Erklärte alles.

Als er ihnen erzählte, was er getan hatte, wie er Ellorys Körperteile *verkauft* und dafür gesorgt hatte, dass sie lebend ins Ausland verschifft wurde, an einen Käufer, der die Organe so frisch wie möglich haben wollte, wollte Addison sich übergeben.

Und als er zugab, jemanden angeheuert zu haben, der den Lösegeldanruf tätigte, weil er den Verdacht von sich ablenken wollte, indem er sich wie ein besorgter Vater verhielt – und weil er sein Geld verdoppeln wollte –, wollte Addison den Mistkerl am liebsten selbst umbringen.

Aber erst als er ihnen erzählte, wo er die kleine Yana und Ellory zurückgelassen hatte, überkam sie die wahre Angst.

Sie waren in einem dieser riesigen Metallcontainer eingesperrt, die auf ein Schiff verladen werden sollten.

Nein, er wusste nicht welches, nur dass es ein blaues Schiff war. Nein, er wusste nicht, wann das Schiff auslaufen sollte, nur dass es bald war. Ja, er würde ihnen den Namen seines Kontaktes nennen, aber es handelte sich wahrscheinlich um ein Pseudonym.

Je mehr er redete, desto entsetzter und verängstigter wurde Addison. Dieser Mann, der Vater ihres Kindes, hatte sie entführt, verkauft und so gut wie ermordet. Und da saß er nun und bemitleidete sich offensichtlich mehr selbst, als dass er sich Sorgen um das Leben seiner eigenen Tochter machte.

»Wir rufen die Polizei, ihr fahrt zur Werft«, sagte Wolf.

Wortlos drehte Ricky sich zur Tür um und zog Addison mit sich. Wieder einmal war sie dankbar, dass er nicht versuchte, sie zum Bleiben zu überreden. Sie musste dort sein, wo ihre Mädchen waren. Sie betete nur, dass sie nicht zu spät kamen. Dass sie nicht mit ansehen mussten, wie ein riesiges Container-schiff auf dem Weg nach Asien vom Dock ablegte. Wenn das passierte, hatte sie keine Ahnung, wie sie Ellory und Yana finden sollten. Die Uhr tickte und sie hatte Todesangst, dass es zu spät war.

# KAPITEL NEUNZEHN

Ellory grinste. Sie hatten es geschafft! Sie und Yana hatten mit dem blöden kleinen Hammer und dem billigen Schraubenzieher ein Loch in den Boden des Containers geschlagen, das groß genug war, dass sie beide hindurchpassten. Natürlich befand sich darunter nichts als der Beton, auf dem der Container stand. Aber irgendwann musste er bewegt werden, und dann konnten sie fliehen ... hoffte sie.

»Gut gemacht, Yana!«, sagte sie zu ihrer kleinen Schwester. Sich zu beschäftigen hatte beiden gutgetan und sie von ihrer aktuellen Situation abgelenkt. Gott sei Dank war der Container, in dem sie sich befanden, alt und schäbig.

»Komm her«, sagte sie zu Yana und zog sie wieder auf ihren Schoß. Es tat Ellory gut, sie in ihrer Nähe zu haben, und sie hoffte, dass es auch das kleine Mädchen tröstete.

»Böser Mann. Vater«, sagte Yana.

»Ja«, stimmte Ellory zu. »Brady ist kein guter Mann.«

»Warum?«

Sie seufzte. »Ich weiß es nicht. Er kann nicht immer so gewesen sein, denn unsere Mutter ist klug genug, nicht mit jemandem zusammen zu sein, der sie schlecht behandelt.«

»Ricky gut«, sagte Yana.

»Das ist er«, stimmte Ellory zu.

»In Ukraine, er geholfen. Gut. Essen, Wasser. Verstecken.«
Dann seufzte das kleine Mädchen und sagte etwas auf Ukrainisch. Ellory nahm an, dass sie in einer Sprache, die sie
verstand, erklärte, warum sie Ricky für einen guten Menschen
hielt.

Sie sah Ellory an. »Er finden. Retten. Wie in Ukraine.«

»Das hoffe ich«, sagte Ellory und seufzte ebenfalls tief. Das
Weihnachtslied ließ ihren Kopf so anschwellen, als würde er
wie eine mit einem Vorschlaghammer getroffene Wassermelone platzen. Sie machte sich daran, alle Spielzeuge auszuschalten, bis auf das, das Yana umklammerte. Der
Geräuschpegel war sofort viel erträglicher. Die Beleuchtung
war nicht so gut, aber jetzt, da sie getan hatten, was sie konnten,
um sich selbst zu retten, war ihre einzige Option zu warten. Sie
konnten genauso gut im Licht eines einzigen Bären warten statt
im Licht von zehn.

Sie nahm einen der Spielzeugfrösche und steckte ihn in
ihre Tasche. Es war albern. Aber vielleicht, nur vielleicht,
würde er Glück bringen. Ellory fühlte sich zwar gut mit dem,
was sie getan hatten, aber es war immer noch sehr unwahrscheinlich, dass sie gerettet werden würden. Und aus diesem
Container zu entkommen, während er bewegt wurde, wäre
gefährlich und schwierig. Sie mussten schnell raus, denn wenn
sie durch das Loch kletterten, während der Container zu hoch
war, könnten sie sich verletzen oder sogar sterben, wenn sie auf
den Boden fielen. Selbst wenn sie es schafften rauszukommen,
mussten sie befürchten, dass jemand sie sah und wieder
gefangen nahm.

In Wahrheit hatte Ellory große Angst. Nicht nur um sich
selbst, sondern auch um ihre kleine Schwester. Yana hatte es
nicht verdient, hier zu sein. Sie hatte in ihrem kurzen Leben
schon so viel durchgemacht.

Ellory wollte nicht weinen und das kleine Mädchen wissen lassen, wie viel Angst sie hatte, also presste sie ihre Lippen fest aufeinander. Sie wollte ihre Mutter. Sie wollte ihre Arme um sich spüren. Wenn ihre Mutter sie umarmte, fühlte sie sich immer besser.

Ellory hatte keine Ahnung, wie viel Zeit vergangen war, seit sie das Loch in den Boden des Containers gemacht hatten, wie lange sie und Yana im Halbdunkel gesessen und still gewartet hatten ... als der Container plötzlich ruckelte.

Es war so weit! Sie wurden bewegt.

Yana krabbelte von ihrem Schoß und sah Ellory mit großen Augen an.

»Das ist es. Wir müssen uns beeilen. Ich gehe zuerst und sobald ich draußen bin, folgst du mir. Ich helfe dir, okay?«

»Okay«, wiederholte Yana. Sie sah verängstigt aus, weinte aber nicht, was Ellory als gutes Zeichen wertete. Sie streckte die Hand aus, schaltete den Stoffbären aus und die plötzliche Dunkelheit war fast so erschreckend wie das abrupte Verstummen des Geräusches.

Ellory zögerte, dann stopfte sie das Spielzeug in ihr Hemd. Der Bär hatte ihr Leben gerettet, und Yana schien an ihm zu hängen. Sie wollte ihn nicht zurücklassen.

Der Container schwankte leicht hin und her, als er sich langsam vom Boden abhob. Ellory starrte auf das Loch hinunter und blinzelte, da sie durch das plötzliche Licht die Augen zusammenkneifen musste. Draußen war es immer noch hell, aber nicht besonders. Sie vermutete, dass die Sonne bald untergehen würde, und konnte sich nicht entscheiden, ob das gut oder schlecht war. Gut, weil sie dann sehen konnten, wo sie waren, wohin sie laufen mussten ... aber wahrscheinlich schlecht, weil es auch anderen ermöglichen würde, sie leichter zu sehen. Wenn der Mann, den Brady an den Docks getroffen hatte, derjenige war, der den Container bewegte, würde er offensichtlich wissen, wer sie waren, und er würde alles tun, um sie zurückzubekommen.

Ellory würde *nicht* zurückgehen. Auf keinen Fall. Brady war so dumm gewesen, ihr ihren gesamten Plan zu verraten. Sie benutzte ihre Organe immer noch, vielen Dank auch, und sie wollte sie niemand anderem geben.

Als sie sah, wie der Beton langsam weiter wegrückte, während der Container angehoben wurde, beschloss sie, dass es jetzt an der Zeit war.

Sie bewegte sich schnell und betete, dass der Container nicht plötzlich wieder auf den Boden abgesenkt werden würde – denn dann würde sie wie ein Pfannkuchen zerquetscht werden –, legte sich hin und streckte zuerst die Arme und dann den Kopf hinaus. Es war eng, die rauen Kanten des Metalls schnitten in ihre Schultern, aber Ellory spürte sie kaum. Ihr Adrenalinspiegel war extrem hoch und sie konnte nur daran denken, da rauszukommen.

Der Container ging immer höher und höher, und wenn sie sich nicht beeilte, würde Yana auf keinen Fall herauskommen können, ohne sich zu verletzen.

In der Sekunde, in der sie den Gedanken hatte, dass sie es nicht schaffen würde, dass sie doch nicht durch das Loch passen würde, dass sie es nicht groß genug gemacht hatten, rutschte ihr Körper hinaus.

Ellory war froh, dass sie ihre Arme bereits über dem Kopf hatte, um sich bei der Landung nicht den Schädel zu brechen. Freiheit hatte sich noch nie so gut angefühlt! Aber sie hatte keine Zeit, das zu würdigen. Sie sprang auf, drehte sich um und schaute nach oben. Der Container befand sich anderthalb Meter über dem Boden. Dann zwei. Wer auch immer ihn bewegte, machte keine halben Sachen.

»Yana! Spring!«, befahl sie eindringlich, während sie die Hände hochhielt.

Einen Moment lang sah sie Yanas verängstigtes Gesicht,

bevor ihre Beine durch das Loch schauten. Das kleine Mädchen hatte keine Probleme herauszurutschen. In der einen Sekunde dachte Ellory noch, es sei zu spät, der Container zu hoch, und in der nächsten lag Yana in ihren Armen.

Beide landeten in einem Haufen aus Gliedmaßen auf dem Boden. Ellory schlug mit dem Steißbein auf, als sie auf dem Po landete, aber sie schlang ihre Arme fester um ihre Schwester und versuchte, sie vor Verletzungen zu schützen.

Es dauerte eine Sekunde, bis ihnen klar wurde, dass sie beide frei waren. Dass sie aus dem Container heraus waren. Aber sobald dies passierte, schrie der Mann, der den Kran bediente, etwas, und Ellory wurde klar, dass sie *nicht* frei waren. Noch nicht.

»Wir müssen hier weg, Yana!«, sagte sie eindringlich, stand auf und half ihrer Schwester auf die Beine.

Ellory blickte zu dem Mann, der geschrien hatte, und folgte seinem Blick – und sah ihren schlimmsten Albtraum. Der Mann, an den ihr Vater sie verkauft hatte, stieg aus einem in der Nähe geparkten Wagen, und sein Gesichtsausdruck war von purer Wut und Ungläubigkeit geprägt.

»Lauf!«, schrie Ellory und stieß ihre Schwester in Richtung der unzähligen Container, die um sie herum gestapelt waren. Sie würden sich in dem Labyrinth aus riesigen Metallboxen verstecken müssen. Sie würden warten, bis es dunkel war, dann versuchen, sich hinauszuschleichen und Hilfe zu holen.

Mit den Drohungen des Mannes in den Ohren liefen die Mädchen los.

---

MacGyver fuhr wie der Teufel. Er konnte nicht glauben, was Vogel getan hatte. Er hatte Ellory *verkauft*. Er wusste genau, dass sie leiden würde, wenn sie in einem verdammten Container nach Übersee verschifft würde. Und er hatte auch

Yana dort zurückgelassen, obwohl sie nicht Teil der Vereinbarung gewesen war. Sie war ein Kollateralschaden – Vogels Worte, nicht seine.

Scheiß auf ihn. Scheiß auf seinen Kontakt. Sie würden herausfinden, wer das war, und ihn auch zur Strecke bringen. Im Moment war es das Wichtigste herauszufinden, in welchem der zahllosen Container Ellory und Yana versteckt waren.

MacGyver weigerte sich, Zweifel aufkommen zu lassen, und tat sein Bestes, positiv zu bleiben. Scheitern war keine Option. Sie würden die gesamte Werft schließen und jeden einzelnen verdammten Container durchsuchen. Sie würden die Mädchen finden. Sie würden zu Tode erschrocken sein und ausflippen, aber sie würden sie finden.

Die Fahrzeugschlange, die ihm folgte, gab MacGyver das Selbstvertrauen, diese Behauptungen in seinem Kopf aufzustellen. Er hatte einige der besten SEALs, die die Marine je ausgebildet hatte, im Rücken. Niemand würde aufgeben, bis sie seine Töchter gefunden hatten.

»Ich kann das verdammt noch mal nicht glauben! Was für ein Arschloch! Ein verdammter *Vollidiot*. Ich wünschte, Blink hätte ihm den Schwanz abgeschnitten. Wird Wolf ihn umbringen?«

MacGyver warf seiner Frau einen Blick zu. Eigentlich sollte sie jetzt völlig aufgelöst sein. Aber sie war voller Wut, und als er ihr in die Augen sah, entdeckte er dieselbe Entschlossenheit, die er selbst verspürte. »Nein«, sagte er, »aber der Mann wird sich wünschen, er hätte sich nie mit uns angelegt.«

»Ich kann nicht glauben, dass er das alles eingefädelt hat! Dass er vorgab, sich Sorgen um sie zu machen. Sein eigenes Fleisch und Blut!«, sagte Addison mit nur etwas weniger Hitze als zuvor.

MacGyver konnte es sich nicht leisten, dass sie in Hysterie oder Sorge verfiel. »Er ist nicht der Mann, den du vor zwölf Jahren gekannt hast.«

»Eigentlich ist er das. Er ist genau derselbe geblieben. Egoistisch und nur auf sich selbst bedacht. Wie lautet der Plan? Wo fangen wir mit der Suche an, wenn wir dort ankommen?«

»Bei den Containern, die den Schiffen am nächsten sind. Alle blauen. Ich habe keine Ahnung, ob genügend Zeit vergangen ist, dass der Container bereits auf ein Schiff verladen wurde, aber ich habe keinen Zweifel, dass Tex bereits daran arbeitet. Er wird jedes Schiff am Auslaufen hindern, bis wir die Mädchen gefunden haben.«

Addison holte tief Luft und nickte. Ihre Hände waren in ihrem Schoß verkrampft, aber ansonsten sah sie plötzlich erstaunlich ruhig aus.

»Geht es dir gut, Süße?«

»Ja«, sagte sie mit einem weiteren Nicken.

»Denn es ist in Ordnung, wenn nicht.«

Daraufhin drehte sie sich zu ihm um. »Ellory ist schlau. Und du hast deine ganze Freizeit mit ihr in deiner Garage verbracht und ihr genau beigebracht, wie du zu deinem Spitznamen gekommen bist. Wenn es einen Weg gibt zu entkommen, wird sie ihn finden. Denn sie hat von dem Besten gelernt. Von *dir*, MacGyver.«

Es war eines der wenigen Male, dass seine Frau seinen SEAL-Spitznamen verwendete, und der Zeitpunkt, der Grund, warum sie ihn jetzt verwendete, bedeutete ihm mehr, als er in Worte fassen konnte.

Trotzdem war er voller Zweifel. Ellory war noch ein kleines Mädchen. Es war fast unmöglich, dass sie sich aus einem Metallcontainer befreien konnte. Nicht ohne einen Schneidbrenner und verdammt viel Glück. Aber das Lob seiner Frau und ihr Glaube an ihn und ihre Tochter rührten ihn zu Tränen, und er würde nie etwas sagen, das Addisons Hoffnung zerstören könnte.

»Sie ist tapfer, sie wird das durchstehen. Und Yana ... sie ist vielleicht erst fünf, aber dieses Mädchen hat bereits die Hölle durchgemacht. Buchstäblich. Sie wird auch stark bleiben. Unseren Mädchen wird es gut gehen.« Seine Worte waren eher für ihn selbst als für Addison bestimmt, aber MacGyver war nicht überrascht, als sie zustimmend nickte.

Sie streckte eine Hand aus und legte sie auf seinen Oberschenkel. »Ich liebe dich. Ich habe Angst und bin wütend und verspüre noch hundert andere Gefühle. Aber zu wissen, dass du hier bist ... dass du nicht ruhen wirst, bis du unsere Mädchen gefunden hast ... das ist es, was mich weitermachen lässt.«

»Mir geht es genauso, Schatz«, gab MacGyver zu. »Ich habe Hunderte von Missionen hinter mir, aber diese ist eine persönliche Angelegenheit. Wenn ich die Kraft gehabt hätte, hätte ich dich mit Artem und Borysko im Haus zurückgelassen. Aber ich brauche dich, Addy. Du bist der Ansporn, den ich brauche, um weiterzumachen, um nicht vor Frustration, Angst und Wut auf die Knie zu fallen. Du bist auch der Grund, warum dieses Arschloch noch atmet, denn wenn du nicht da wärst, hätte ich ihn, ohne zu zögern, getötet.«

»Nun, ich brauche dich. Ellory und Yana werden deine Hilfe brauchen, um ihre Gefühle zu verarbeiten, wenn wir sie finden. Und Artem und Borysko brauchen dich, damit du ihnen zeigst, wie man ein guter Mensch wird. Ich bin also froh, dass du ihn nicht getötet hast ... denn dich im Gefängnis zu besuchen wäre nicht dasselbe gewesen.«

Zu seiner Überraschung musste MacGyver lachen. Dann wurde er wieder ernst. »Vogel wird bekommen, was er verdient. Im Moment müssen wir uns darauf konzentrieren, eine Nadel im Heuhaufen zu finden.«

»Wir schaffen das«, sagte Addison. »Schließlich haben die MythBusters vier Nadeln in ihrem Heuhaufen gefunden. Wir müssen nur eine finden.«

MacGyver war nicht überrascht, dass seine Frau die alte Wissenschaftssendung mochte. Es war eine Schande, dass sie nicht mehr lief, aber er nahm sich vor, in nicht allzu ferner Zukunft mit seiner Familie einen *MythBusters*-Marathon zu veranstalten.

Als sie sich der Werft näherten, kehrte die Anspannung in MacGyvers Schultern zurück. Der Anblick des Meeres aus Schiffscontainern war beängstigend. Aber sie hatten einen Ausgangspunkt. Vogel behauptete, der Container, in dem Ellory und Yana festgehalten wurden, sei blau. Sie würden mit den Containern beginnen, die den Schiffen am nächsten waren, und sich von dort aus nach hinten vorarbeiten.

Patrick Hurt rief alle SEALs, ob im aktiven Dienst oder nicht, die sich in der Nähe der Werft befanden, dazu auf, sich an der Suche zu beteiligen. MacGyver hatte keinen Zweifel daran, dass seine Waffenbrüder zahlreich erscheinen würden. Sie würden seine Mädchen finden. Er konnte sich kein anderes Ergebnis vorstellen.

Bree Haynes war eine Stalkerin. Zumindest benahm sie sich wie eine. Als sie aus Las Vegas und vor den Männern, die nach ihr suchten, geflohen war, hatte sie keinen wirklichen Plan. Sie wusste nur, dass der Mann, der ihr in der schlimmsten Zeit ihres Lebens geholfen hatte – Jude »Smiley« Stark –, ein Navy SEAL war, der in Riverton, Kalifornien stationiert war.

Obwohl sie ihn nur kurz kennengelernt hatte, hatte er ihr ein Gefühl von Sicherheit gegeben. Geborgenheit. Als ihr Ex also alle Hebel in Bewegung setzte, um sie zu finden – damit sie als Sexsklavin in ein Bordell im Ausland verschifft werden konnte –, kam für sie nur ein Ort infrage, an den sie gehen konnte.

Und hier war sie nun.

In Riverton.

Sie lebte in ihrem Wagen, einem Subaru Outback, und als

sie ankam, hatte sie in der Nähe einer der Eingänge zum Marinestützpunkt geparkt. Zu ihrer Überraschung hatte es nur drei Tage gedauert, bis sie Jude Stark wiedererkannte, als er eines frühen Morgens den Stützpunkt betrat.

Seitdem folgte sie ihm. Sie wusste, wo er lebte, wo alle seine Teamkameraden lebten und wo er seine Nächte verbrachte. Normalerweise in seiner Wohnung. Er verließ die Stadt auch häufig. Sie war ihm mehr als einmal bis zur Autobahn gefolgt, aber Bree kehrte immer vor Erreichen der Stadtgrenze um, zu ängstlich, um Riverton zu verlassen, jetzt, da sie die Reise hierher gemacht hatte. Sie hatte keine Ahnung, wohin Jude so oft fuhr, aber sie nahm an, dass es so oder so keine Rolle spielte.

Heute Abend jedoch hatte sie gesehen, wie er in Windeseile den Stützpunkt verließ. Sie folgte ihm unauffällig zu einem der Häuser seiner Freunde, wo eine Menge anderer Fahrzeuge geparkt waren.

Es trafen weitere Leute ein, und nach einer Weile lief eine Gruppe von ihnen – darunter alle seine Teamkameraden – aus dem Haus, und sie konnte sich buchstäblich nicht zurückhalten, der Karawane zu folgen.

Ihre Neugier war nicht zu bändigen. Sie vermutete, dass dies mit der Langeweile ihrer derzeitigen Situation zusammenhing. Sie verbrachte ihre ganze Zeit damit, sich in ihrem Wagen zu verstecken und sich Tag und Nacht Geschichten über die Menschen auszudenken, die an ihr vorbeigingen.

Sie schlief nicht gut, erwartete immer das Schlimmste, zum Beispiel dass ihr Ex sie aufspüren oder ihr neuer »Besitzer« auftauchen und sie jederzeit schnappen würde. Und sie musste zugeben ... dass sie von Judes Freunden irgendwie besessen war. Die Frauen lächelten und lachten immer, und die Kinder in dem Haus, das alle gerade verlassen hatten, waren bezaubernd.

Aber heute war die Spannung, die von diesem Haus

ausging, spürbar, selbst von ihrem Aussichtspunkt auf der anderen Straßenseite aus, weit weg von dem Tumult.

Sie folgte der Karawane in einem, wie sie dachte, sicheren Abstand und sah, wie alle in eine riesige Werft einfuhren. Sie wollte unbedingt mehr wissen. Näher herankommen. Herausfinden, was vor sich ging. Aber Bree wusste, dass es keine gute Idee war. Sie sollte die Gegend verlassen. Den Staat. Nach Osten gehen, weit weg von Vegas, um ein neues Leben zu beginnen. Sie hatte Geld, auch wenn es im Moment auf ihrem Bankkonto feststeckte. Wenn sie versuchte, etwas davon abzuheben, würde sie wahrscheinlich aufgespürt werden, und dann hätte sie wirklich keine andere Wahl, als die Gegend zu verlassen.

Aber irgendetwas ... nein, *jemand*, hielt sie hier fest. Jude. Es war lächerlich, diese Anziehungskraft, die er auf sie ausübte.

Bree schüttelte den Kopf, um klar zu denken, und parkte etwa einen Block vom Eingang zur Werft entfernt. Sie würde einen Weg finden hineinzukommen, um herauszufinden, was vor sich ging. Sie würde vielleicht nicht helfen können ... aber vielleicht doch. Sie könnte eine unschuldige Zuschauerin sein, die zufällig am Tatort war.

Jude würde sie auf keinen Fall erkennen. Schließlich hatte er sie nur einmal gesehen, spät in der Nacht, und sie hatte damals definitiv nicht gut ausgesehen, gefesselt und voller blauer Flecke auf dem Rücksitz des Wagens ihres Entführers.

Die Fantasie, sich in das Leben der Männer und Frauen zu integrieren, die sie im Grunde genommen gestalkt hatte, flammte auf. Dann erstarb sie fast augenblicklich.

Das konnte sie nicht tun. Es wäre unehrlich. Außerdem, warum sollten sie mit einer obdachlosen Frau Zeit verbringen wollen, die sie nicht kannten und die keine Verbindung zur Marine hatte? Sie wollte auch nicht, dass die Gefahr, in der sie sich befand, andere Menschen berührte. Nicht die Frauen, die sie aus der Ferne beobachtet hatte, nicht ihre Kinder. Und vor allem nicht Jude Stark.

Das musste aufhören. Ihr Stalking. Ihre Besessenheit. Sie würde herausfinden, was vor sich ging, ihre Neugierde stillen und dann gehen. Nach Osten. Oder Norden. Egal wohin. So weit wie möglich weg von Kalifornien, Las Vegas ... und dem Mann, der sie an einen Sexhändler verkauft hatte. Sie würde irgendwo neu anfangen. Herausfinden, wie sie ihren Namen ändern, ihr Geld von der Bank holen und wieder leben konnte.

Leise schloss Bree die Wagentür und versuchte, so lässig wie möglich auszusehen, während sie den Gehweg entlangging. Sie war eine gewöhnliche Bürgerin, die zufällig vorbeikam.

Als sie auf den Eingang zur Werft zuging, warf sie einen Blick nach rechts auf den Zaun. Sie blieb stehen und starrte auf die Stelle, an der der Zaun aus dem Boden gezogen war. Es wäre ein Leichtes, darunter hindurchzuschlüpfen. Sie war klein genug. Mit einer Größe von nur eins fünfundsechzig und nachdem sie während der letzten Wochen aufgrund ihrer Situation mindestens zehn Kilo abgenommen hatte, wusste Bree, dass es ein Leichtes sein würde, sich auf den Bauch zu legen und unter dem Zaun hindurchzuschlüpfen. Verdammt, wahrscheinlich kamen die anderen obdachlosen Männer und Frauen aus der Gegend auf diese Weise rein und raus. Es gab wahrscheinlich viele leere Container, die einen hervorragenden Schutz vor Sonne, Regen und Wind boten.

Sie überlegte eine Sekunde lang, bevor sie sich umsah. Als sie niemanden entdeckte, bewegte sie sich, ohne weiter darüber nachzudenken. Sie ließ sich auf den Bauch sinken und kroch unter dem Zaun hindurch. Auf der anderen Seite angekommen, lief sie schnell hinter den nächsten Container.

Bree lächelte und konnte nicht glauben, dass sie es geschafft hatte. Sie war hineingekommen, ohne eine Lüge erfinden zu müssen und ohne den Menschen gegenüberzustehen, denen sie schon seit einer gefühlten Ewigkeit, die in Wirklichkeit aber nur ein paar Monate dauerte, hinterherspionierte.

Bree schlich sich heimlich durch die Schatten und ging in die Richtung, in die die Fahrzeuge gefahren waren. Sie würde nahe genug herankommen, um zu hören, was vor sich ging, und dann würde sie gehen. Wirklich.

Sie hatte etwa die Hälfte der Werft durchquert, als sie etwas Seltsames hörte. Bree hielt inne und neigte den Kopf, um genau hinzuhören.

Das Weinen war unverkennbar.

Es war leise, gedämpft, aber sie hatte schon so oft dasselbe gemacht – hysterisch geschluchzt, aber versucht, es leise zu tun, damit ihr Versteck nicht entdeckt wurde –, dass sie das Geräusch leicht erkannte.

Sie drehte sich im Kreis und versuchte herauszufinden, aus welcher Richtung es kam. Die Sonne war inzwischen untergegangen und es würde bald dunkel werden.

Bree ging in die Richtung, die sie für die richtige hielt. Um einen Container herum, dann um einen anderen. Sie blickte nach links, als sie gerade an einem winzigen Spalt zwischen zwei Containern vorbeikam, und blieb abrupt stehen.

Dort waren zwei der Mädchen, die sie in dem Haus gesehen hatte, in dem sich alle zuvor aufgehalten hatten. Sie hatten es irgendwie geschafft, sich in einen nur etwa dreißig Zentimeter breiten Raum zu zwängen.

Instinktiv ging sie in die Hocke, um nicht so bedrohlich zu wirken. Sie war nicht die größte Frau der Welt, aber auf zwei verängstigte Kinder wirkte sie wahrscheinlich riesig und Furcht einflößend.

Es traf sie wie ein Schlag – diese Mädchen mussten der Grund sein, warum alle das Haus so schnell verlassen hatten. Und da sie direkt zur Werft gekommen waren, mussten sie wissen, dass sie hier irgendwo waren. Bree hatte keine Ahnung, warum sie hier waren oder was los war, aber sie steckten zweifellos in Schwierigkeiten. Warum sollten sie sich sonst verstecken?

»Hey. Mein Name ist Bree. Bree Haynes. Ich bin eine ... Freundin von Jude Stark«, sagte sie leise.

»Ich weiß nicht, wer das ist«, sagte das ältere Mädchen. »Geh weg! Lass uns in Ruhe!«

Natürlich kannte sie ihn nicht als Jude. Die SEALs, die sie gerettet hatten, hatten sich gegenseitig mit ihren Spitznamen angesprochen. »Smiley. Er nennt sich Smiley.«

Für Bree klang das nach einem seltsamen Namen, da sie Jude kein einziges Mal hatte lächeln sehen, als sie ihm begegnet war. Oder auch nicht viel öfter, seit sie ihm gefolgt war. Er war der ernsthafteste Mann, dem sie je begegnet war ... was ihr seltsamerweise mehr Sicherheit gab. Zu viele Menschen – ihr Ex und der Mann, an den er sie verkauft hatte, eingeschlossen – lächelten die ganze Zeit. Vielleicht in der Annahme, dass die Menschen in ihrer Gegenwart sich dadurch entspannen würden. Von wegen.

»Smiley?«, fragte das Mädchen.

»Ja. Und er ist hier. Zusammen mit den anderen.«

»Welche anderen?«

»Ähm ... alle? Vor ein paar Minuten sind etwa ein halbes Dutzend Fahrzeuge auf das Werftgelände gefahren. Ich wette, die suchen nach euch.«

Für einen Moment dachte Bree, dass das Mädchen aus ihrem Versteck kommen würde, aber sobald sie sich aufzurichten begann, ließ sie sich wieder sinken und hielt das jüngere Mädchen noch fester umklammert.

»Er sucht nach uns«, flüsterte sie.

»Wer?«, fragte Bree.

»Der Typ, an den mein Vater mich verkauft hat. *Uns*.«

Bree war so verwirrt, aber jetzt war nicht die Zeit, Fragen zu stellen. Das Mädchen war alt genug, um zu wissen, wovon sie sprach. Und die Tatsache, dass sie an jemanden verkauft worden war, genau wie Bree, reichte aus, dass sie alles in ihrer Macht Stehende tun wollte, um sie zu beschützen. Niemand sollte das durchmachen müssen, was Bree selbst durchmachte.

»Wo ist er? Wann hast du ihn zuletzt gesehen?«

»Ich weiß es nicht, aber es ist noch nicht lange her. Yana war müde und konnte nicht mehr laufen, und überall, wo wir uns versteckten, hat er uns gefunden. Ich weiß nicht wie.«

Als in der Nähe ein Geräusch ertönte, wimmerte das Mädchen und senkte den Kopf zu dem kleineren Mädchen in ihren Armen.

»Will Ricky«, sagte das kleine Mädchen zwischen Schluchzern.

In Bree stieg Entschlossenheit auf. »Ich lenke ihn ab. Führe ihn weg. Dann kannst du mit der Kleinen zu Ricky gehen.« Sie war sich nicht sicher, welcher der Jungs Ricky war, aber wenn diese Kinder ihn wollten und ihm vertrauten, würde sie tun, was sie konnte, um ihnen zu helfen, zu ihm zu gelangen. »Bleibt hier, bis ihr nichts mehr hört, und geht dann den Weg zurück, den ihr gekommen seid. Zu den Fahrzeugen und Lichtern. Sie suchen nach euch.«

»Was ist, wenn er dich erwischt?«

»Ich bin nicht die, die er will, also ist es egal. Er wird merken, dass ich nicht du bin, und mich gehen lassen.« Bree war sich nicht so sicher, dass das der Fall war, aber das kleine Mädchen musste das nicht wissen.

Die Schritte wurden lauter und Bree blieb keine Zeit mehr. »Passt auf euch auf. Ihr schafft das.« Ohne auf eine Antwort zu warten, stand sie auf und lief so leise wie möglich an einer Reihe von Containern vorbei. Dann schlug sie mit der Hand hart gegen einen davon und stieß einen vorgetäuschten Schmerzensschrei aus.

Sie hielt einen Moment inne, um sicherzugehen, dass der Mann, der die Mädchen verfolgte, den Köder schluckte, und lief dann in die entgegengesetzte Richtung, in der sich die

Mädchen versteckten, aber nicht zu schnell, damit der Mann sie nicht verlor. Sie eilte in die hinterste Ecke der Werft. Weg von den SEALs, die sie stalkte ... äh ... denen sie gefolgt war.

Der Mann war schneller, als sie ihm zugetraut hatte. Selbst im Halbdunkel. Bree tat ihr Bestes, um ihn so weit wie möglich von den Mädchen wegzulocken, aber es war nur eine Frage der Zeit, bis er sie einholen würde, insbesondere als Bree merkte, dass sie aus der Werft herausgelaufen war. Sie lief um einen Container herum und konnte sich gerade noch davon abhalten, gegen den Begrenzungszaun zu prallen.

Sie drehte sich um, um in eine andere Richtung zu laufen, und stand plötzlich dem Mann gegenüber, der sie verfolgt hatte.

Er war nicht annähernd so groß wie Jude oder seine Freunde, aber immer noch ein paar Zentimeter größer als Bree und wahrscheinlich fünfzig Kilo schwerer. Sein braunes Haar war kurz geschnitten, er trug ein schwarzes Hemd und dunkle Jeans.

»Wer zum Teufel bist du?«, knurrte er bedrohlich.

»Tu mir nichts! Ich habe nur nach einem sicheren Ort gesucht, wo ich heute Nacht schlafen kann«, log Bree.

»*Verdammt!* Scheiße!«, fluchte der Mann. Dann stürzte er sich auf sie und schlug ihr ins Gesicht. *Hart.*

Brees Ex hatte sie schon einmal geschlagen, aber der Schmerz überraschte sie dennoch. Sie ging zu Boden und der Mann verschwendete keine Zeit, sie mit seinen Stahlkappenstiefeln zu treten, während er gleichzeitig weiter mit den Fäusten auf sie einschlug. Zuerst versuchte sie, sich zu wehren, aber nachdem sie sich beim Kratzen nach ihm schmerzhaft einen Fingernagel abgerissen hatte, rollte Bree sich zu einem festen Ball zusammen und versuchte, gleichzeitig ihren Kopf und ihre Nieren zu schützen.

Seltsamerweise schwieg der Mann, während er sie verletzte. Es war fast noch furchterregender, dass er nicht sprach, während er sein Bestes tat, um sie bewusstlos zu schlagen.

»Verdammter obdachloser Abschaum«, sagte er, nachdem er endlich mit dem angerichteten Schaden zufrieden zu sein schien. Er spuckte sie an und wandte sich zum Gehen.

Bree lag einen langen und qualvollen Moment auf dem Beton. Alles tat weh. Aber sie hatte es geschafft. Sie hatte ihn von den beiden Mädchen weggelockt. Sie betete nur, dass sie die Gelegenheit genutzt hatten, so schnell sie konnten zu Jude Stark und seinen Freunden zu laufen.

# KAPITEL ZWANZIG

MacGyver ließ Addison nicht von seiner Seite, als er sich auf den Weg zu einem weiteren blauen Container machte. Mit jedem Container, den sie öffneten, ohne Ellory und Yana zu finden, schwand sein Selbstvertrauen.

Aber auf der Werft waren überall Polizisten und aktuelle und ehemalige SEALs. Mindestens zwanzig Männer, die er nicht kannte, waren zusammen mit seinem eigenen Freundeskreis aufgetaucht, und weitere waren offenbar auf dem Weg. Falls Yana und Ellory hier waren, würden sie sie finden.

Es war das *falls*, das MacGyver nervös und ein wenig besorgt machte.

Die Männer hatten sich ausgebreitet und deckten so viel Boden wie möglich ab. Das einzige Geräusch in der Nacht war das Quietschen der Scharniere, wenn Container geöffnet und geschlossen wurden. Die Lichter auf dem Hof waren in dem Bereich, in dem sie suchten, eingeschaltet worden, sodass es eher wie Tag als wie Nacht wirkte. Aber selbst bei der erhöhten Helligkeit ging die Suche nur langsam voran.

Er und Addison arbeiteten größtenteils schweigend. Was gab es zu sagen? Er konnte ihr keine falschen Hoffnungen machen, und beide wussten, dass die Uhr tickte. Je länger es dauerte, sie zu finden, desto mehr Sorgen machten sie sich, dass sie zu spät kommen könnten. Dass der Container bereits auf ein Schiff verladen worden war und sich gerade über den Ozean bewegte.

Es gab auch die Angelegenheit mit dem Mann, der sie übernommen hatte. Sie konnten nicht wissen, ob er sich noch auf dem Gelände befand. Aus diesem Grund rief niemand nach den Mädchen. Einerseits wollten sie, dass Ellory und Yana wussten, dass nach ihnen gesucht wurde. Andererseits konnten sie es sich nicht leisten, Bradys Komplizen zu alarmieren. Wenn es auch nur die geringste Chance gab, dass er noch Zugang zu ihren Mädchen hatte, könnte er ihnen wehtun ... und die Sache hier und jetzt beenden.

Es war unmöglich zu wissen, was in dieser Situation das Richtige war.

Sie öffneten gerade den scheinbar hundertsten Container, als hinter ihnen ein Tumult zu hören war. MacGyver drehte sich um und sah etwa vier Männer auf etwas zulaufen. Nein, auf *jemanden*.

Auf zwei Personen.

Er bewegte sich, noch bevor er darüber nachdachte, was seine Füße taten.

Er würde Ellory und Yana überall erkennen.

»Mom!«, schrie Ellory.

»Ricky!«, rief Yana gleichzeitig.

MacGyver hatte keine Ahnung, wie er so schnell so viel Wegstrecke zurücklegen konnte, aber ehe er sichs versah, hatte er eine seiner Töchter in den Armen. Er ging auf die Knie, und Yana warf sich schluchzend an ihn, sodass er ihren kleinen Körper an seinem spüren konnte, während sie ihn mit aller Kraft festhielt.

Addison war direkt an seiner Seite, Ellory in ihren Armen.

MacGyver hatte noch nie zuvor so etwas empfunden. Die

Erleichterung war überwältigend. Ihm stiegen Tränen in die Augen. Er war so nahe dran gewesen, einen Teil seiner Familie zu verlieren. Er musste mit den Mädchen sprechen. Ihre Geschichten hören. Herausfinden, was passiert war, damit es nie wieder passieren würde. Ja, er hatte Vogels Version der Situation gehört, aber er hatte keinen Zweifel daran, dass der Mann die Ereignisse heruntergespielt hatte.

»Geht es dir gut?«, fragte er, trat einen Schritt zurück, legte seine Hände auf Yanas Wangen, ließ seinen Blick an ihrem Körper auf und ab wandern und suchte nach Verletzungen, nach allem, was nicht an seinem Platz zu sein schien. Ihr Haar war zerzaust, sie war schmutzig, sie hatte eine kleine Schürfwunde im Gesicht und sie hatte einen Stoffbären im Arm, den MacGyver noch nie zuvor gesehen hatte ... aber ansonsten sah sie bemerkenswert unversehrt aus.

»Mir geht gut«, sagte Yana deutlich. »Ellory hier. Sie helfen. Sicher.«

Er verstand die Worte seiner Tochter ohne Probleme. Sie lernte so schnell Englisch ... Wieder stiegen ihm die Tränen in die Augen. »Ellory?«, fragte er und blickte zu dem Kind und seiner Frau hinüber. »Geht es dir gut?«

»Ja.«

»Bist du nicht verletzt?«, hakte MacGyver nach.

»Nein. Ich glaube, ich habe mir beim Aussteigen aus dem Container die Seite aufgeschürft, aber sonst geht es mir gut. Ich bin verängstigt und so froh, dich und Mom zu sehen, aber sonst geht es mir gut.«

MacGyver streckte einen Arm aus, und sowohl Ellory als auch Addison lehnten sich an ihn. Die vier knieten dort auf dem Boden und hielten einander gegenseitig fest. Sie dankten ihren Glückssternen, dass sie wieder zusammen waren.

Ellory hob den Kopf und sah MacGyver an. »Er war vor ein paar Minuten noch hier und hat nach uns gesucht. Schwarzes T-Shirt, Jeans. Er hat braunes Haar, das sehr kurz

geschnitten ist. Er ist nicht allzu groß. Und nicht dick, aber ...
kräftig.«

Wieder einmal war MacGyver von Ellory beeindruckt. Sie
hatte allen Grund, hysterisch zu sein, und doch tat sie ihr
Bestes, um den Kerl zu schnappen, der sie verkauft hatte.

»Schon dabei«, sagte Kevlar hinter MacGyver. Er drehte
sich zu den etwa ein Dutzend Männern um, die herumstanden,
und befahl: »Verteilt euch. Findet ihn. *Niemand* verlässt dieses
Gelände, ohne befragt zu werden.«

Sofort verschwanden die SEALs, die gekommen waren, um
die Mädchen zu finden, hinter Containern und suchten nach
dem Mann, den Ellory beschrieben hatte. Alle außer MacGyvers Team. Sie alle umringten die Familie. Beschützten sie.

Ellory trat von ihrer Mutter zurück und Yana löste sich von
MacGyver, um sie zu umarmen, und hielt ihre Schwester
genauso fest wie ihn. Die Mädchen hatten etwas durchgemacht, das offensichtlich das Band zwischen ihnen gestärkt
hatte.

Ellory sah sich in MacGyvers Team um und lächelte ihnen
zu. »Ihr seid alle hier. Moment, wo sind Artem und Borysko?
Hat er sie mitgenommen? Es war Brady!«, platzte es aus ihr
heraus, während sie ihre Mutter panisch ansah.

»Schhhh, wir wissen Bescheid. Deinen Brüdern geht es gut.
Wolf ist mit ihnen zu Hause, zusammen mit Remi, Wren, Josie,
Maggie und ein paar anderen. Und Brady ist in Gewahrsam. Er
hat zugegeben, was passiert ist.«

»*Seine* Geschichte darüber, was passiert ist«, unterbrach
MacGyver. »Kannst du uns deine Seite erzählen?«

»Ich wurde aus dem Unterricht gerufen. Er sagte mir, dass
ihr beide verletzt seid, dass ihr *sterben* würdet, und dass er da
sei, um mich abzuholen und zu euch zu bringen. Ich bat ihn,
auch Yana mitzunehmen, weil ich weiß, dass du das immer
tust, Mom, und ich hatte keine Ahnung, wie lange ich im Krankenhaus bleiben würde, und ich wollte nicht, dass sie in der

Schule zurückbleibt. Dann brachte er uns hierher statt ins Krankenhaus, nahm mein Handy und verletzte Yana, damit ich aus seinem Wagen aussteige. Dann sperrten er und der andere Mann uns in den Container. Er sagte, er hätte meine Organe verkauft! Dass mein Herz an ein Mädchen in Übersee gehen würde.«

Ellorys Augen füllten sich mit Tränen, als sie sich an Addison lehnte. Yana hatte ihre Schwester immer noch im Arm und versuchte, ihr Halt zu geben.

»Warum hat er das getan?«, fragte sie leise. »Ich dachte, er wollte mich kennenlernen.«

»Ich weiß es nicht, Süße«, sagte Addison. »Manche Menschen sind einfach …«

Während sie nach dem richtigen Wort suchte, nahm MacGyver ihr die Antwort ab. »Böse. Manche Menschen sind einfach böse, El. Vogel ist mehr am Geld interessiert als an allem anderen. Es hat nichts mit dir zu tun, Schatz. Wenn er seiner eigenen Mutter Geld abknöpfen könnte, hätte er es sicher versucht.«

Das Mädchen holte tief Luft und nickte dann. Sie wischte sich mit der Schulter über das Gesicht und richtete sich auf. »Er hat gesagt, er würde *mir* die Schuld geben. Dass er etwas mit meinem Handy machen könnte, damit es so aussieht, als hätte ich ihm eine SMS geschickt und ihn gebeten, mich abzuholen. Dass es meine Idee war zu sagen, dass ihr einen Unfall hattet. Aber das habe ich nicht! Das *würde* ich nicht.«

»Wir wissen es, El. Wir haben einen Mann, der sich deine Telefonaufzeichnungen ansieht. Er wird beweisen können, dass die SMS gefälscht und die Zeitstempel manipuliert waren«, beruhigte MacGyver sie. Er stand auf und nahm Yana in die Arme.

Sie streckte ihm den Bären entgegen, den sie in der Hand hielt. »Bärchen!«

MacGyver lächelte. »Er ist sehr süß.«

»Lied. Lichter!«

»Er spielt ›Jingle Bells‹ und hat blinkende Lichter«, sagte Ellory. »Es gab Kisten davon in dem Container, in dem wir waren. Ich habe sie gefunden und wir haben sie als Lichtquelle benutzt, um zu sehen, was wir sonst noch finden können.«

MacGyver war noch nie in seinem Leben so stolz auf jemanden gewesen. »Und? Was hast du noch gefunden?«

»Nun, keine Handys, um Hilfe zu rufen, aber es gab diese lächerlichen kleinen Werkzeugsets mit winzigen Hämmern und Schraubenziehern darin. Ich sah, dass der Boden des Containers durchgerostet war, also benutzten wir das Werkzeug, um das Loch so groß wie möglich zu machen. Als der Container dann angehoben wurde, sind wir hindurchgeschlüpft und losgelaufen.«

Ellory wandte sich seinen Teamkameraden zu, die aufmerksam zuhörten, während sie gleichzeitig Ausschau nach jemandem hielten, der hinter einem der Container hervorspringen und die Mädchen angreifen könnte. Es gab keine Anzeichen dafür, dass dies passieren würde, aber niemand wollte ein Risiko eingehen.

»Smiley?«, fragte sie.

»Ja?«, sagte der grimmig aussehende SEAL.

»Heißt du wirklich Jude? Jude Stark?«

Er runzelte verwirrt die Stirn. Selbst MacGyver fragte sich, woher die Frage kam.

»Ja. Warum? Woher weißt du das?«

»Deine Freundin hat es mir gesagt.«

»Meine Freundin? Welche Freundin?«, fragte Smiley.

Jetzt war Ellory verwirrt. »Das Mädchen. Ähm ... sie hat mir ihren Namen gesagt, aber ich habe ihn vergessen. Sie war hier. Sie hat Yana und mich gefunden, als wir uns versteckt hatten. Sie sagte, sie würde den Bösewicht weglocken und wir sollten hierher laufen, dorthin, wo alle nach uns suchten.«

Soweit MacGyver wusste gab es außer Addison keine

weiteren Frauen, die zur Suche gekommen waren. Er nahm an, dass es nicht ausgeschlossen war, dass eine Frau eingetroffen war, nachdem alle sich aufgeteilt hatten, aber er wusste von keiner.

»Bree«, sagte Yana plötzlich.

»Das ist es!«, sagte Ellory lächelnd. »Gut gemacht, Yana. Sie sagte, ihr Name sei Bree und du seist ein Freund. Sie machte Lärm und brachte den Kerl dazu, ihr nachzulaufen. Dann liefen wir hierher zu euch zurück.«

»Bist du sicher, dass das ihr Name war?«, fragte Smiley, sichtlich verblüfft.

Jetzt war *MacGyver* verwirrt. Sie alle wussten von der Frau aus Vegas, nach der Smiley verzweifelt gesucht hatte. Die zusammen mit Josie verkauft worden war. Aber sein Teamkamerad hatte keine Spur von ihr finden können. Wie konnte sie in Riverton sein? Oder gar hier auf dieser Werft, während sie nach Ellory und Yana suchten? Das schien ein zu großer Zufall zu sein.

Smiley blickte sich nervös auf der Werft um.

»Geh«, sagte Preacher.

»Bist du sicher?«, fragte er.

»Ja«, antwortete Kevlar für alle. »Wenn das deine Bree war, musst du gehen.«

»Ganz abgesehen davon, dass sie sich selbst in Gefahr gebracht hat, indem sie den Täter von den Mädchen weggeführt hat«, fügte Safe hinzu. »Jetzt, da wir Ellory und Yana gefunden haben, können ein paar von uns mit dir gehen. Mal sehen, ob wir sie finden können.«

»Nein. Wir wissen nicht, wo dieser Kerl ist oder ob er Hilfe hat. Bleibt hier und sorgt dafür, dass die Mädchen in Sicherheit sind. Wenn Bree noch hier ist, werde ich sie finden.« Smiley wandte sich schnell ab und lief in die Richtung, aus der die Mädchen gekommen waren.

Kaum war er weg, ertönten aus der entgegengesetzten Richtung vom Eingang zur Werft Rufe.

»Kommt. Bringen wir euch an einen sichereren Ort«, sagte Flash und deutete auf die Kommandozentrale, die hastig eingerichtet worden war.

Addison manövrierte sie so, dass Ellory zwischen ihr und MacGyver stand. Er legte einen Arm um die Schultern seiner Stieftochter, während er Yana festhielt, und ging auf die Menschenmenge zu.

Sie trafen zur gleichen Zeit wie zwei ehemalige SEALs ein. Sie hatten einen Mann zwischen sich gefangen. Er sah genauso aus, wie Ellory ihn beschrieben hatte. Er beschimpfte die Männer, die ihn festhielten, und schrie sie an, sie sollten ihn loslassen. Er behauptete, er sei nur ein Hafenarbeiter, der versuche, seine Arbeit zu machen. Er drohte, die Polizei zu rufen und sie alle wegen Hausfriedensbruchs verhaften zu lassen.

»Ist er das?«, fragte Kevlar Ellory.

Sie nickte, die Augen weit aufgerissen, als sie den Mann voller Angst anstarrte.

Plötzlich riss er seinen rechten Arm nach oben, was den Mann, der ihn festhielt, offensichtlich überraschte, und ihm Zeit gab, sich zu drehen und dem Mann auf seiner anderen Seite mit der Faust in den Schritt zu schlagen. Unvorbereitet ließ der ehemalige SEAL los. Es passierte alles innerhalb von Sekunden.

Anstatt zu fliehen, kam das Arschloch direkt auf Ellory zu.

Sein Gesichtsausdruck war das pure Böse. Wut. Groll.

MacGyver hatte Yana in dem Moment abgesetzt, in dem der Mann seinen Arm losriss, und sich vor Ellory und seine Familie gestellt. Er hatte keine Waffen, aber das war egal. Er würde sich immer zwischen seine Familie und jede Art von Gefahr stellen.

Die SEALs, die ihn festgehalten hatten, erholten sich sofort und stürmten vor, aber der Mann hatte die Verzweiflung auf seiner Seite. Als er auf sie zulief, zog er eine Waffe und zielte.

Um sie herum brach Chaos aus. Der Mann sagte nichts, seine ganze Aufmerksamkeit galt Ellory, von der MacGyver betete, dass sie hinter ihm außer Schussweite war.

Er konnte einen Schuss abgeben, bevor er von einem halben Dutzend Männern buchstäblich zu Boden gerissen wurde und unter einem Haufen von Körpern verschwand. MacGyver erkannte Dude und Abe, zwei ehemalige Teamkameraden von Wolf, sowie Flash und Blink. Die anderen Männer, die den Entführer überwältigt hatten, kannte MacGyver nicht, außer dass es sich um SEAL-Brüder handelte.

Er drehte sich schnell um und streckte die Arme aus, um seine Familie weiter zu schützen und sie von der Auseinandersetzung wegzudrängen.

Addison atmete scharf ein. »Du blutest!«, rief sie aus.

»Ricky, dein Arm!«, schrie Ellory gleichzeitig.

Yanas Lippen zitterten, als sie auf das Blut starrte.

Als MacGyver nach unten schaute, sah er, wie Blut unter seinem Hemdärmel hervorsickerte. Er spannte seinen Bizeps an und zuckte zusammen, aber er konnte seinen Arm bewegen und das Blut floss nicht rhythmisch heraus, was zeigte, dass keine Hauptarterie durchtrennt war. Er war in Ordnung. Seine größte Sorge im Moment war es, seine Mädchen von dem Arschloch wegzubekommen, das es gewagt hatte, eine verdammte Waffe auf sie zu richten.

»Mir geht es gut. Es ist nur eine Schürfwunde. Wir müssen weg von hier. Kommt schon, zurück.«

Aber seine Mädchen wollten das nicht. Addison trat heran und legte eine Hand fest auf die Wunde an seinem Oberarm. Ellory legte eine Hand auf die ihrer Mutter, und Yana ergriff seine andere Hand, hielt sie fest und starrte zu ihm auf.

»Mir geht es gut, ehrlich«, sagte er, von Emotionen überwältigt.

»Du wurdest *angeschossen*«, flüsterte Addison.

»Er hat versucht, mich zu erschießen«, sagte Ellory mit zitternder Stimme, »und du bist direkt vor uns getreten. Als sei es dir völlig egal, dass er eine Waffe auf *dich* gerichtet hat!«

Irgendwie schaffte MacGyver es, seine Familie rückwärts zu manövrieren, weg von dem Haufen aus Körpern hinter ihm. Wollte er dabei sein, wenn der Mann, der es gewagt hatte, seine Familie zu bedrohen, windelweich geprügelt wurde? Ja. Aber er musste seine Mädchen beruhigen.

Er brachte sie dazu, sich mindestens zehn Meter mehr von dem Mann zu entfernen, der versucht hatte, einen oder alle von ihnen zu töten, dann setzte er sich auf den Boden. Yana kroch sofort auf seinen Schoß, während seine Frau und seine Stieftochter ihr Bestes gaben, um ihm erste Hilfe zu leisten. Sie hoben seinen Ärmel an und bestanden darauf, eine Flasche Wasser über die Wunde zu gießen, die Preacher Ellory zuvor gegeben hatte.

MacGyver war sich vage bewusst, dass der Mann, der offensichtlich der Drahtzieher hinter Ellorys Entführung war, jetzt regungslos auf dem Boden lag und von SEALs bewacht wurde. Er hatte keine Ahnung, ob er tot war oder nicht, aber im Moment war es ihm egal.

Es dauerte eine weitere Stunde, bis die Lage auf der Werft sich beruhigt hatte.

Die Sanitäter trafen ein, der Körper des Mannes wurde mit einem Laken bedeckt – was die Frage beantwortete, ob er noch lebte oder tot war – und MacGyvers Arm wurde versorgt. Er lehnte den Transport ins Krankenhaus ab, nachdem er selbst gesehen hatte, dass die Kugel lediglich ein Stück Fleisch aus seinem Arm herausgerissen hatte. Er hatte auf Missionen definitiv schon Schlimmeres erlebt.

Ellory war von der Polizei verhört worden und sollte am nächsten Tag zu einer ausführlicheren Aussage vorgeladen werden. Tex arbeitete daran, Daten von ihrem Telefon zu erhalten, die er an die Detectives senden konnte, und sie würden auch die Videos von den Schulen zur Überprüfung erhalten. Und Addison hatte bereits Treffen mit den Schulleitern, stellvertretenden Schulleitern und Vertrauenslehrern an beiden Schulen gefordert, um dafür zu sorgen, dass jemand für das Geschehene zur Rechenschaft gezogen wurde.

Die Männer, die den Entführer festgehalten hatten – dessen Identität noch unbekannt war –, entschuldigten sich vielmals dafür, dass sie ihre Wachsamkeit vernachlässigt hatten, und nachdem sie sich persönlich bei jedem Einzelnen bedankt hatten, der für die Suche nach den Mädchen erschienen war, machten MacGyver und seine Familie sich schließlich auf den Heimweg.

Artem und Borysko waren von Emotionen überwältigt, als sie ihre Schwestern gesund und munter sahen, ebenso wie die anderen Frauen und Wolf. Es dauerte noch anderthalb Stunden, bis die Lage im Haus sich beruhigt hatte, und als alle Kinder beschlossen, gemeinsam im Zimmer der Mädchen zu schlafen, protestierten weder MacGyver noch Addison.

Alle waren ein wenig durcheinander. Es würde eine Weile dauern, bis die Dinge sich wieder normalisierten, aber MacGyver konnte nur erleichtert sein, dass alle zu Hause waren. In Sicherheit.

Addison klammerte sich etwas fester an ihn, als sie sich schließlich in ihr Bett legten. Sie hatten ihre Tür offen gelassen, falls eines der Kinder nachts aus Angst aufwachen sollte.

Nach einer Weile blickte sie zu ihm auf. MacGyver erwartete, dass sie ihm sagen würde, dass sie ihn liebte. Oder dass sie ihm sagen würde, wie erleichtert sie war, dass sie Ellory und Yana gefunden hatten. Womit er *nicht* gerechnet hatte, war der Ausdruck von Wut in ihrem Gesicht oder die Art, wie sie ihn anfunkelte.

»Was?«, fragte er stirnrunzelnd.

»Wenn du das noch einmal machst, erschieße ich dich eigenhändig«, knurrte sie.

»Was machen?«, fragte MacGyver ehrlich verwirrt.

»Dich in die Schusslinie einer verfluchten Kugel zu begeben!«, zischte sie. »Ich meine es ernst, lass den Scheiß. Du hättest *sterben* können!«

MacGyver entspannte sich, jetzt, da er wusste, worüber sie so verärgert war. »Es tut mir leid, aber da kann ich nicht zustimmen.«

Addison stützte sich auf einen Ellbogen und funkelte ihn an.

»Es gibt keine einzige Situation, in der ich mich nicht zwischen dich oder meine Kinder und eine Gefahr stellen würde. So bin ich nicht gestrickt, Addy. Ich werde alles tun, um dafür zu sorgen, dass du in Sicherheit bist. Dass Ellory in Sicherheit ist. Dass Yana, Artem und Borysko in Sicherheit sind. Ja, selbst wenn das bedeutet, mich vor eine Kugel zu werfen. Denn ich könnte nicht mit mir selbst leben, wenn ich tatenlos zusähe, wie einer von euch verletzt wird.«

»Glaubst du, ich könnte mit *mir* selbst leben, wenn du sterben würdest, um mich zu beschützen?«, fragte Addison ebenso leidenschaftlich.

MacGyver drehte sich, bis seine Frau auf dem Rücken unter ihm lag. Er schwebte über ihr, achtete darauf, seinen verletzten Arm nicht zu sehr zu belasten, und hoffte, dass sie es verstehen würde. »Du hast einen Beschützer geheiratet«, sagte er ernst. »Ich werde meine Teamkameraden, ihre Familien, mein Land und alle anderen, die es brauchen, nach besten Kräften beschützen. Aber du? Und meine Kinder? Ich werde bis ans Ende der Welt gehen, um sicherzustellen, dass sie alles haben, was sie in ihrem Leben brauchen und wollen. Ich werde meinen Töchtern Selbstverteidigung beibringen, meinen Söhnen, sich für die Rechte von diskriminierten Menschen einzusetzen, und ich werde immer, wirklich *immer*, zwischen Gefahren und denen, die ich liebe, stehen. Außerdem, glaube nicht, dass ich nicht gesehen habe, dass du genau dasselbe getan hast. Du hast dich vor Ellory und Yana gestellt, als seist *du* bereit, eine Kugel für sie einzustecken. Du weißt genau, wie ich mich fühle – weil du es auch gefühlt hast.«

Addison starrte zu ihm auf und MacGyver sah, wie Tränen in ihre Augen traten. Er glaubte nicht, dass sie überhaupt bemerkte, wie sie ganz sanft den Verband über der Wunde an seinem Oberarm streichelte. »Ich liebe dich«, flüsterte sie, als die Tränen überquollen und ihr über die Schläfe in den Haaransatz liefen. »So sehr, dass es mir Angst macht. Ich kann das nicht ohne dich tun.«

»Was?«

»Diese Elternsache.«

»Falsch. Du machst das schon seit Jahren mit Ellory und hast nicht einmal gezögert, als du drei weitere Kinder zu dem einen, um das du dich bereits kümmerst, bekommen hast.«

»Na gut. Dann kann ich diese Baby-Sache nicht ohne dich machen.«

MacGyver erstarrte. »Was? Willst du damit sagen ...« Seine Stimme versagte.

»Nein. Ich meine, ich glaube nicht, dass ich schon schwanger bin, aber so ernst, wie du den Auftrag zur Befruchtung nimmst, ist es nur eine Frage der Zeit. Es ist lange her, dass ich mich um ein Kleinkind kümmern musste. Ich kann das Füttern, die Windeln, das Weinen ... all das nicht und gleichzeitig arbeiten und mich um die anderen vier Kinder kümmern, die wir haben, und das alles ganz allein. Und ich kann nicht zulassen, dass du dich ständig in die Schusslinie wirfst. Ich brauche dich, Ricky. Ich liebe dich so sehr, dass es fast schon beängstigend ist.«

Er war sowohl erleichtert als auch enttäuscht, dass sie nicht bereits schwanger war. »Keine Kugeln mehr«, stimmte er zu, obwohl er insgeheim wusste, dass er genau dasselbe tun würde, sollte sie jemals wieder in eine Situation wie heute geraten.

»Keine Kugeln mehr«, wiederholte sie.

MacGyver entspannte sich und zog seine Frau erneut in seine Arme. Als er auf die Uhr schaute, sah er, dass es fast zwei Uhr morgens war. Die Kinder würden morgen erschöpft sein. Mürrisch. Ellory musste zur Polizeiwache gehen, um ihre Aussage zu machen. Er musste mit Smiley sprechen – niemand hatte ihn noch einmal gesehen, nachdem er erfahren hatte, dass Bree auf der Werft war, dass sie Ellory und Yana im Wesentlichen vor der erneuten Gefangennahme bewahrt hatte. Er wollte Wolf und seinem Team noch einmal danken, und Addison musste etwas Zeit mit den anderen Frauen verbringen, um ihnen und sich selbst zu versichern, dass es allen gut ging.

Sie alle hatten morgen einen anstrengenden Tag vor sich. Es würde schwierig werden, aber sie würden es schaffen … als Familie.

Es war kaum zu glauben, dass er noch vor so kurzer Zeit ein einsames Leben geführt hatte. Er würde das Chaos, in dem er jetzt lebte, gegen nichts eintauschen wollen. Einige Leute hielten es für verrückt, dass er drei Waisenkinder aus einem vom Krieg zerrütteten Land adoptieren wollte. Aber es hatte ihm die Frau seiner Träume, eine Stieftochter und das Leben gebracht, von dem er immer geträumt hatte, bei dem er sich aber fast schon damit abgefunden hatte, dass er es nie haben würde.

Und sie würden ein Baby bekommen. Vielleicht nicht morgen oder übermorgen, aber irgendwann würde er seine Frau schwängern. Sie würde mit seinem Fleisch und Blut rund werden, und seine Familie würde vor Freude über ein weiteres Enkelkind und eine Nichte oder einen Neffen ausflippen.

Apropos, es war höchste Zeit, dass er seine Kinder ihren Großeltern vorstellte. Auch Addisons Eltern mussten zu Besuch kommen.

Als er geheiratet hatte, hatte er gezögert, eine der beiden Familien in ihr Leben einzubeziehen, weil es eine Zweckehe gewesen war. Eine Scheinehe. Aber jetzt? An ihrer Liebe zueinander war nichts Unechtes.

»Warum lächelst du? Warum schläfst du nicht?«, fragte Addison schläfrig, während sie den Kopf hob, um sein Gesicht besser sehen zu können. »Tut dein Arm weh? Denkst du zu viel über das nach, was passiert ist?«

»Ich lächle, weil ich noch nie glücklicher war. Ich schlafe nicht, weil ich hier liege und über die Zukunft nachdenke. Unsere Zukunft. Nein, mein Arm tut nicht weh.«

»Okay. Ricky?«

»Ja, Addy?«

»Ja zu sagen war die beste Entscheidung, die ich je in meinem Leben getroffen habe.«

MacGyver lächelte noch breiter. »Dich zu fragen, ob du mich heiraten willst, war die beste Entscheidung, die ich je getroffen habe.«

Sie senkte den Kopf wieder auf seine Brust und kuschelte sich enger an ihn. »Ich liebe dich.«

»Und ich liebe dich«, wiederholte MacGyver.

Es dauerte eine ganze Weile, bis er einschlief. Immer wieder schossen ihm Bilder der Zukunft durch den Kopf. Ihr Leben würde weder einfach noch ruhig sein. Chaos war etwas, an das sie sich einfach gewöhnen mussten. Aber das war für MacGyver völlig in Ordnung. Mit Addison an seiner Seite würden sie alles schaffen.

# KAPITEL EINUNDZWANZIG

Addison war so dankbar für die Hilfe, die sie in den Tagen nach der Entführung der Mädchen von ihren Freundinnen erhalten hatte. Wren brachte Yana zur Schule und holte sie ab. Remi übernahm die Fahrgemeinschaft für die Jungen und brachte sie zur Schule und wieder nach Hause, als sie sagten, dass sie nicht mehr mit dem Bus fahren wollten. Sie hatten Angst, dass jemand versuchen könnte, sie zu entführen, und Addison und Ricky hofften, dass diese Angst bald vergehen würde. Sie hatten es genossen, mit dem Bus zu fahren, und sie hoffte, dass sie sich bald wieder so weit entspannen würden, dass sie es wieder lieben lernten.

Am Tag nach der Entführung begleiteten Addison und Ricky Ellory zur Polizeiwache.

Als sie dort saß und ihrer Tochter zuhörte, wie sie den Detectives alles erzählte, was ihr eigener Vater getan hatte, wurde Addison übel. Sie fragte sich, ob er jemals den Wunsch gehabt hatte, seine Tochter kennenzulernen, aber am Ende entschied sie, dass es keine Rolle spielte. Er war dort, wo er hingehörte, hinter Gittern. Sie machte sich jedoch keine Illusionen – er würde irgendwann wieder freikommen. Aber es war ihm untersagt, jemals wieder Kontakt zu seiner Tochter aufzunehmen, doch Addison hatte keinen Zweifel daran, dass Ellory nicht zögern würde, die Behörden zu informieren, falls er es doch täte.

Jetzt, ein paar Tage später, wollte Addison sehen, wie es ihrer Tochter ging. Sie wollte sich davon überzeugen, dass sie mit allem, was passiert war, zurechtkam. Ricky war auf dem Stützpunkt, die jüngeren Kinder waren in der Schule und Addison hatte sich eine Auszeit von der Arbeit genommen. Sie musste Zeit mit Ellory verbringen.

»Wie geht es dir, El? Wirklich?«

»Mir geht es gut, Mom.«

»Du weißt, dass du mit mir über alles reden kannst.«

Ellory rollte mit den Augen, was Addison überraschenderweise ein wenig entspannte. Ihre Tochter wurde wieder normal, und nichts fühlte sich besser an.

»Schläfst du gut?«

»Mh-hm.«

Sie spielte mit einem kleinen Frosch und rollte ihn dabei in ihren Fingern. Sie hatte ihn aus dem Container, in dem sie als Geisel festgehalten worden war. Er hatte sich in einer der vielen Kisten befunden, die sie geöffnet hatte.

»Ich mache mir Sorgen um dich.«

Daraufhin sah Ellory auf. »Warum?«

»Weil du meine Tochter bist und ich dich liebe. Und du hast ein paar ziemlich schreckliche Dinge durchgemacht. Ich mache mir Sorgen wegen dieses Frosches«, gab sie zu und nickte auf das kleine Spielzeug, mit dem Ellory spielte. »Warum hast du ihn behalten? Erinnert er dich nicht daran, in diesem Container festzusitzen?«

Ellory starrte das Spielzeug einen langen Moment an und blickte dann ihre Mutter an. »Er erinnert mich an das, was passiert ist, aber nicht auf eine schlechte Art und Weise. Ich hatte Angst, das ist kein Geheimnis. Aber als ich diese Kiste mit

Stoffbären fand und erkannte, dass es sich dabei um eine Art Taschenlampe handelte, gab mir das ein Selbstvertrauen, das ich noch nie zuvor gefühlt hatte. *Ich* hatte das getan. Ich kletterte auf diese Kisten und fand etwas, das in dieser Situation nützlich war. Die Kiste mit den Fröschen war überhaupt nicht nützlich, außer dass sie mich dazu antrieb weiterzusuchen. Da habe ich die Werkzeuge gefunden.« Sie zuckte mit den Schultern. »Wenn ich mir diesen Frosch ansehe, erinnert er mich daran, dass ich mehr bin als nur das, was die Leute sehen. Mehr als das kranke Kind. Die Mickrige, der noch keine Brüste gewachsen sind. Mehr als die ekelhafte Tochter, die Brady gesehen hat. Ich bin einfallsreich und klug. *Ich* habe Yana und mich aus diesem Container herausgeholt. *Ich* habe uns gerettet. Der Bösewicht hat nicht gewonnen. Das ist es, was ich sehe, wenn ich diesen Frosch betrachte.«

Addison presste die Lippen fest aufeinander und versuchte, nicht zu weinen.

»Meine Güte, Mom. Du wirst doch nicht schon wieder weinen, oder?«, fragte Ellory mit einem weiteren Augenrollen.

Das war es, was Addison brauchte. Sie lachte. »Vielleicht. Und du musst dich einfach daran gewöhnen, dass deine Mama ab und zu weint.«

Ellory lächelte sie an und steckte den Frosch wieder in ihre Tasche. »Ricky hat mir gesagt, dass er stolz auf mich ist«, sagte sie aus heiterem Himmel.

»Das ist er«, stimmte Addison zu.

»Als er sah, wie uns beide dieses blöde ›Jingle Bells‹-Lied in Yanas Bär störte, nahm er mich mit in die Garage und wir fanden gemeinsam heraus, wie man es abstellen kann. Wir haben eine Bärenektomie durchgeführt.« Sie grinste. »Ich habe die Box, die das Lied abspielte, herausgenommen und sie dann neu verkabelt, damit die Lichter noch funktionieren. Ich finde es toll, dass er mir nicht anbietet, mit Puppen zu spielen und mit mir über Make-up zu reden, nur weil ich ein Mädchen bin.

Er hat mir auch erzählt, dass sein Team mir einen Spitznamen gegeben hat.«

»Wirklich?«, fragte Addison, die alles über den neuen Spitznamen ihrer Tochter wusste. Ricky verheimlichte ihr nichts. Sie sprachen jeden Abend, bevor sie ins Bett gingen. Über den Zeitplan für den nächsten Tag, die Schule, den Adoptionsprozess und über seine Arbeit – soweit er ihr davon erzählen durfte. Er hatte ihr berichtet, dass seine Freunde ihre Tochter jetzt »Little Mac« nannten – beeindruckt davon, wie sie die Fähigkeiten, die er ihr beigebracht hatte, eingesetzt hatte, um sich wie MacGyver aus dem Container zu befreien.

»Ja. Little Mac. Wie der kleine MacGyver.«

»Wie findest du das?«, fragte Addison.

Ellory lächelte erneut. »Ich habe geweint, als er es mir gesagt hat. Ich kann mir nichts Schöneres vorstellen, als MacGyvers Tochter zu sein. Eine kleine MacGyver zu sein. Dass er mein Vater ist.«

»Das ist mit Sicherheit eine große Ehre«, sagte Addison und hielt sich nur mit Mühe unter Kontrolle.

»Er sagte, er wolle mich adoptieren ... wenn ich damit einverstanden wäre.«

Addison konnte die Träne nicht zurückhalten, die ihr über die Wange lief. »Und was hast du geantwortet?«, krächzte sie.

»Oh Gott, jetzt fängt sie schon wieder an zu weinen«, sagte Ellory mit einem weiteren Augenrollen. »*Natürlich* habe ich gesagt, dass das großartig sei. Ich habe gefragt, ob ich ihn Dad nennen darf, und er wurde ganz emotional und sagte, das würde ihm gefallen ... natürlich nur, wenn es für dich in Ordnung ist.«

»Nichts wäre mir lieber. Ricky und ich haben bereits darüber gesprochen und wir waren uns einig, dass es deine Entscheidung ist. Aber ich bin so froh, dass du dem offen gegenüberstehst.«

»Warum sollte ich das nicht tun? Er ist großartig«, sagte

Ellory. Dann verblasste ihr Lächeln und sie sagte in einem sehr ernsten Ton: »Kann ich dich etwas fragen?«

»Natürlich. Du kannst mich alles fragen.«

»Werden die SEALs Ärger bekommen, weil sie diesen Typen getötet haben?«

Addison versteifte sich. Sie wollte wirklich nicht mit ihrer Zwölfjährigen darüber sprechen, aber sie konnte es ihr nicht verheimlichen. Sie hatte die Hölle durchgemacht, und sie wollte so ehrlich sein, wie sie nur konnte. Sie wollte ihr Bedürfnis nach Antworten respektieren.

»Nein.«

»Ich habe gehört, wie die Detectives darüber sprachen. Sie sagten, er sei erstochen worden. Ins Herz. Dass es passierte, als alle ihn angriffen, aber sie wissen nicht, wer es getan hat.«

Jedes Mal wenn Addison an diesen Tag dachte, wurde ihr übel, aber Ellory wurde schnell erwachsen. Sie hatte ein Recht darauf, etwas über den Mann zu erfahren, der versucht hatte, sie zu töten, den Mann, der Ricky angeschossen hatte.

»Das stimmt. Irgendwie wurde er erstochen, als die Jungs versuchten, ihn zu entwaffnen.«

»Ich bin froh«, sagte Ellory unverblümt. »Ich weiß, dass mich das wahrscheinlich zu einem schrecklichen Menschen macht, aber das ist mir egal.«

»Das macht dich nicht zu einem schrecklichen Menschen, es macht dich menschlich. Er war kein guter Mann. Er hat sehr schlimme Dinge getan, alles im Namen des Geldes.«

»Er hat auf Ricky geschossen.«

»Ja.«

»Er hatte es auf *mich* abgesehen.«

Addison war anderer Meinung. Selbst wenn es wahr wäre, konnte sie sich nicht dazu durchringen, es zuzugeben.

»Er wurde nicht einmal zusammengeschlagen oder so. Aus seiner Brust ragte nur ein Messer, direkt über seinem Herzen. Diese SEALs ... die sind ziemlich knallhart«, sagte Ellory.

»Ja, das sind sie.« *Dem* konnte Addison zustimmen.

»Mom?«

»Ja, Schatz?«

»Ich hab dich lieb. Ich finde dich ziemlich cool.«

Das war ein großes Lob von einem Kind. Sie lag zwar falsch, Addison war überhaupt nicht cool, aber sie wollte ihrer Tochter nicht widersprechen. »Ich hab dich auch lieb und finde dich auch ziemlich cool.«

Ellory rollte erneut mit den Augen. »Bin ich nicht, aber das ist mir egal. Ich bin, wer ich bin. Morbus-Crohn-Patientin, Streberin, Theaterfreak und Little Mac.«

»Ja.« Die dummen Tränen waren zurück.

»Ernsthaft, Mom? Du bist *so was* von hormonell.«

Addison runzelte die Stirn. Sie hatte in letzter Zeit tatsächlich mehr als sonst geweint. Es stimmte, ihre Töchter hatten etwas Schreckliches durchgemacht, aber trotzdem ...

Könnte es daran liegen, dass sie schwanger war?

Sie hatte keine Ahnung, und so sehr sie sich auch ein Baby mit Ricky wünschte, im Moment war alles so verdammt chaotisch. Es war nicht der beste Zeitpunkt. Aber andererseits, war irgendein Zeitpunkt jemals der »beste Zeitpunkt«? Die Kinder würden immer mehr zu tun haben, je älter sie wurden. Und sie wollte, dass Ellory etwas Zeit mit ihrem neuen kleinen Bruder oder ihrer neuen kleinen Schwester hatte ... sie wollte nicht warten, bis sie aufs College ging, bevor sie ein Baby bekam.

»Mom? Alles in Ordnung?«

»Mir geht es gut«, versicherte Addison ihr. »Ich denke nur nach.«

»Ich bin bereit, wieder zur Schule zu gehen«, sagte Ellory scheinbar aus heiterem Himmel.

»Bist du sicher?«

»Ich bin sicher. Was passiert ist, war scheiße, und ich habe meine Lektion gelernt. Lass dich nie von jemandem abholen, der nicht auf der offiziellen Abholliste steht. Zu der jetzt viel mehr Leute gehören«, sagte Ellory mit einem Lachen.

Das stimmte. Sie und Ricky hatten sein gesamtes SEAL-Team hinzugefügt, alle ihre Frauen, Wolf, Caroline und sogar Julie und Patrick Hurt.

»Ich habe dir schon gesagt, dass du selbst entscheiden kannst, wann du zurückgehen willst. Ich weiß, dass du deine Schularbeiten gemacht hast.«

»Ja. Aber meine Theaterlehrerin wird morgen das neue Stück ankündigen, das wir aufführen werden. Ich möchte dabei sein. Ich glaube, ich werde mich dieses Mal für die Rolle der Bühnenmeisterin bewerben.«

Addison war so stolz auf ihre Tochter, dass sie fast platzte. Sie war verdammt stark, was sie schon immer gewusst hatte, wenn man bedachte, wie sie mit ihrer Morbus-Crohn-Diagnose und den Symptomen, die immer noch von Zeit zu Zeit auftraten, umging. Aber jetzt, da sie sah, wie sie sich nach einer so schrecklichen Erfahrung wie der Entführung und dem geplanten Verkauf ihrer Organe erholt hatte, war sie fast demütig.

»Okay, Schatz.«

»Ich gehe in die Garage und arbeite an dem Ding, das Ricky und ich zusammen machen. Ich möchte ihm zeigen, wie viel ich geschafft habe, wenn er heute Abend nach Hause kommt.« Mit diesen Worten stand Ellory auf und ging lächelnd in die Garage.

Addison saß noch eine ganze Weile auf der Couch. Ellory hatte sich von dem gelöst, was Brady getan hatte; es war Zeit für sie, dasselbe zu tun. Viele Leute schrieben ihr E-Mails und erkundigten sich nach Torten- und Keksbestellungen. Das Leben war offiziell wieder normal.

An diesem Abend, als sie und Ricky nach einem chaotischen Abend mit den Kindern im Bett lagen, drehte Addison sich zu ihm und setzte sich auf seine Hüften.

Er sah sie mit so viel Liebe in den Augen an, dass sie auf der Stelle hätte dahinschmelzen können. Sie war die glücklichste Frau der Welt, und plötzlich war sie sprachlos. Sie fand keine Worte, um diesem Mann zu sagen, wie sehr sie ihn liebte.

Also zeigte sie es ihm stattdessen, indem sie sich ihr T-Shirt über den Kopf zog und lächelte, als er sofort die Hände hob, um ihre Brüste zu bedecken. Sie beugte sich vor und streckte ihm eine Brustwarze entgegen. Er nahm sie in den Mund, saugte fest daran und brachte ihre Muschi vor Verlangen zum Sprudeln.

Es brauchte nicht viel Vorspiel, bis sie bereit für ihn war. Es war ein wenig komisch, welche Verrenkungen sie beide machen mussten, um sich den Rest ihrer Kleidung auszuziehen, aber es dauerte nicht lange, bis sie wieder auf Ricky saß, diesmal beide völlig nackt.

Sie richtete sich auf, nahm seinen harten Schwanz in die Hand und führte ihn an ihre Muschi, um sich dann mit einer schnellen Bewegung auf ihn zu setzen.

Beide stöhnten auf, als er in sie eindrang. Ihr Liebesspiel war hart und schnell. Ricky half ihr, indem er ihre Hüften packte und sie auf seinen Schwanz hob und wieder fallen ließ. Dann schob er eine Hand zwischen ihre Beine und streichelte fest ihre Klitoris, während sie ihn nahm.

Nachdem sie vor Ekstase explodiert war, drehte er sie herum, bis er oben lag. Er legte ihre Knöchel auf seine Schultern, beugte sich vor und fickte sie hart, schnell und tief. Addison liebte es, den Ausdruck auf seinem Gesicht zu sehen, während er sie nahm. Die Intensität in seinen Augen. Er schaute nie weg, während er mit ihr schlief, was das, was sie taten, umso intimer machte.

Sie drückte ihre inneren Muskeln um seinen Schwanz und liebte das Stöhnen, das sie ihm entlockte. Er stieß sich so tief wie möglich in sie hinein und befahl dann: »Mach das noch mal.«

Das tat sie.

Er zuckte tief in ihrem Körper.

Also tat sie es wieder. Und wieder. Sie fickte ihn nur von innen. Sie beugte sich vor und begann zu masturbieren, während er sich still in ihr hielt. Sie hatte immer gedacht, dass Männer die Reibung der Bewegung brauchten, um zu kommen, aber ihr Mann bewies ihr das Gegenteil.

Als sie zum zweiten Mal über den Abgrund stürzte, spannte sich jeder Muskel in ihrem Körper an, besonders in ihrer Muschi.

Er stöhnte und presste seine Hüften gegen sie, als er offensichtlich heftig in ihr kam. Und die Befriedigung, die Addison spürte, war überwältigend. Die Liebe, die sie für diesen Mann empfand, war allumfassend.

Als er fertig war, legte er sich über sie und zog sich nicht zurück. Er blieb tief in ihrem Körper. Er würde schließlich herausrutschen, wenn er erschlaffte, aber sie genoss das Gefühl, so lange wie möglich von ihm ausgefüllt zu sein.

»Ellory hat mich heute beschuldigt, besonders hormonell zu sein«, sagte sie leise.

Ihr Mann war kein dummer Mann. Sein Kopf schoss in die Höhe und er sah sie mit einem neugierigen Blick an. »Und?«

»Und nichts.«

»Hast du einen Test gemacht?«

Sie wollte einen Witz über einen Mathetest oder so machen, tat es aber nicht. »Nein. Ich möchte nicht enttäuscht werden, wenn er negativ ist.«

»Also was ...? Willst du es einfach ignorieren? In neun Monaten überrascht sein, wenn plötzlich die Wehen einsetzen?«

Addison lachte. »Nein. Aber ... es ist noch so früh. Ich ... ich möchte noch eine Weile warten. Dich genießen. Meine Familie. Mich wieder an alles gewöhnen.«

»Was ist, wenn du auf den Test pinkelst und dir das Ergebnis nicht ansiehst? Das mache nur ich.«

Addison brach in Gelächter aus. »Als könntest du so ein Geheimnis für dich behalten.«

»Hey, ich behalte ständig Geheimnisse für mich«, protestierte Ricky.

»Das weiß ich. Aber du würdest das keinen Tag durchhalten. Du würdest sagen: ›Ich glaube, du solltest anfangen, Vitamine zu nehmen, Schatz‹, oder: ›Bist du müde? Vielleicht solltest du dich setzen.‹ Ich würde sofort merken, wenn du mich geschwängert hättest.«

Ricky lächelte verlegen. »Okay, du könntest recht haben.«

»Ich *habe* recht«, konterte sie.

»Ich verstehe, was du meinst, aber ich möchte sichergehen, dass du gesund bist. Dass mit unserem Baby alles in Ordnung ist. Wie wäre es damit – ein Monat. Wir machen einen Monat lang so weiter wie bisher. Dann machst du den Test und wir sehen weiter.«

Addison dachte einen Moment darüber nach und nickte dann. »Okay.«

Ricky beugte sich vor und küsste sie. Er bewegte die Hüften, dann rieb er sich an ihr. »Ein Baby. Ich hätte nie gedacht, dass ich der glücklichste Mann auf Erden werden würde, als ich dich fragte, ob du mich heiraten willst.«

»Wir wissen noch nicht, ob es ein Baby gibt«, warnte sie ihn.

»Das wissen wir nicht«, stimmte er zu, »aber ich habe noch einen Monat Zeit, um mein Bestes zu geben, dass es eines gibt.«

»Schon wieder?«, fragte Addison, als er begann, sich langsam in ihrem Körper zu bewegen.

»Schon wieder«, bestätigte er. »Ich werde im nächsten Monat so oft wie möglich in dir kommen wollen. Dafür *sorgen*, dass mein Samen Wurzeln schlägt.«

Sie kicherte. »Wer sagt denn so was?«

»Ich«, entgegnete Ricky mit einem breiten Grinsen.

Er war ein Trottel, aber er war *ihr* Trottel. Addison würde ihn nicht anders wollen. »Dann machst du dich besser an die Arbeit, denn man kann nie wissen, wann eines unserer Kinder an unsere Tür klopft und etwas will.«

»Ja, Ma'am«, sagte er mit einem Lächeln. Dann sorgte er dafür, dass Addison alles vergaß, außer der Art und Weise, wie ihr Mann sie fühlen ließ.

# EPILOG

»Was ist los mit dir?«, fragte Safe Smiley. »Du bist ein Arschloch, aber in letzter Zeit bist du noch *mehr* ein Arschloch.«

»Lass ihn in Ruhe«, sagte Kevlar in einem Ton, den das Team nur selten hörte.

Safe sah seinen Freund überrascht an. »Ich versuche nicht, gemein zu sein, ich versuche zu verstehen.«

Smiley starrte seinen Teamkameraden an. Er war sich durchaus bewusst, dass er sich den Menschen gegenüber, die ihm am meisten bedeuteten, wie ein Arschloch benommen hatte. Aber er konnte nicht anders. Er war frustriert und besorgt.

Und Jude Stark war nicht der Typ Mann, der sich Sorgen machte. Das Leben passierte. Man konnte es nicht kontrollieren, man konnte nur so gut wie möglich auf der Welle reiten. Aber seit den Ereignissen mit Ellory und Yana war er nervös. Die Frau, nach der er in Las Vegas verzweifelt gesucht hatte, war *hier*. In Riverton. Sie war so nahe dran gewesen – und doch war sie ihm wieder einmal durch die Lappen gegangen.

Und wieder war sie verletzt worden.

Er hatte in dieser Werft eine Stelle gefunden, weit hinten in einer Ecke in der Nähe des Zauns, an der sich eine große Blutlache befand. Er konnte sich leicht vorstellen, was passiert war, besonders nachdem er die verletzten Knöchel des Arschlochs gesehen hatte, das seine SEAL-Freunde getötet hatten.

Bree hatte den Entführer von den Kindern weggeführt, sodass diese entkommen konnten, und war daraufhin in die Enge getrieben worden. Sie hatte sich vielleicht gewehrt, aber es hätte nichts gebracht. Die Frau, an die er sich erinnerte, war klein und zierlich ... und sie war übel zugerichtet worden. So schlimm, dass er einen verdammten *Fingernagel* auf dem Boden gefunden hatte.

Wenn er die Augen schloss, konnte er sich das Geschehen so klar wie am helllichten Tag vorstellen.

Bree lag auf dem Boden, zu einem Ball zusammengerollt, um sich zu schützen, während sie getreten und zu Brei geschlagen wurde.

Der einzige Trost, den Smiley hatte, war die Blutspur, die ihn zu einer Stelle im Zaun führte, wo sie eindeutig unter dem Zaun hindurch und aus der Werft herausgekrochen war.

Er hatte so viele Fragen. Warum war sie hier? Wie war sie in Ellorys und Yanas Rettung verwickelt worden? War sie *immer noch* hier? Brauchte sie Hilfe? Und wenn ja, warum hatte sie sich nicht bei ihm gemeldet?

Er hatte keine Antworten – und das machte ihn verrückt.

»Smiley?« Kevlar sagte leise seinen Namen. »Was brauchst du von uns?«

Smiley überlegte, ob er Bree Haynes jemals finden würde, und musste zugeben, dass er Hilfe brauchte. Er wandte sich an sein Team.

Sie standen am Strand in der Nähe des Marinestützpunktes. Eigentlich sollten sie trainieren, aber in einem äußerst seltenen Fall hatte Kevlar sie nach nur fünf Kilometern Laufen angehalten und gesagt, es sei lange her, dass sie einen Sonnenaufgang wirklich genossen hätten. Das war natürlich nur ein Vorwand. Für Kevlar war es eine Möglichkeit, mit seinem Team zu sprechen und den Puls der Männer zu fühlen, die nicht nur seine Freunde waren, sondern für die er sich auch verantwortlich fühlte.

Sie alle hatten viel um die Ohren, und Smiley war dankbar, dass er sich über das Leben aller auf dem Laufenden halten konnte. Er stand nicht gern im Mittelpunkt der Aufmerksamkeit, aber da er einen Resonanzboden und Hilfe brauchte, würde er es ertragen.

»Sie ist in der Nähe«, sagte er zu seinen Freunden. »Ich kann es spüren. Ich weiß nicht, warum sie sich nicht gemeldet hat. Aber sie braucht Hilfe. Deshalb ist sie bestimmt hier. Und sie wusste irgendwie, dass wir auf der Werft waren ... was bedeutet, dass sie uns gefolgt ist. *Mir.* Ich möchte, dass ihr alle die Augen offen haltet. Haltet Ausschau nach einem Fahrzeug, das dort herumsteht, nach einer Frau an Orten, an denen man sie nicht erwarten würde. Und wenn ihr eine Frau seht, die so aussieht, wie ich Bree beschrieben habe, haltet sie fest.«

»Ich bin mir nicht sicher ...«

»Ich sage nicht, dass ihr sie mit Kabelbindern fesseln und zu Boden werfen sollt. Aber ... sprecht mit ihr. Versucht, sie dazu zu bringen, in der Nähe zu bleiben, bis ich da bin. Ich habe keine konkreten Beweise, aber diese Frau steckt in Schwierigkeiten. Sie würde nicht so hart daran arbeiten, unter dem Radar zu bleiben, wenn es nicht so wäre. Und ich konnte keine Informationen über ihren Ex finden, das Arschloch, das sie in die sexuelle Sklaverei verkauft hat.«

»Tex hat sich nicht gemeldet?«, fragte Preacher überrascht.

»Ich habe ihn nicht gebeten, sich darum zu kümmern«, gab Smiley zu. »Ich habe ihn nur gebeten, mir Bescheid zu geben, wenn sie irgendwo eine Debit- oder Kreditkarte benutzt.«

»Warum nicht?«, fragte Blink. »Ich wette, er könnte alle

Informationen, die du brauchst, in weniger als vierundzwanzig Stunden haben.«

Smiley war sich nicht sicher, wie er darauf antworten sollte. Außer ... *er* wollte unbedingt derjenige sein, der sie rettet. Es war dumm. Aber sein ganzes Leben lang war er der Handlanger gewesen. Der Typ, der tat, was von ihm verlangt wurde, und allen anderen folgte. Einer aus dem Team. Nur einmal wollte er der Retter sein. Der Typ, der mit dem roten Umhang hereinschneite.

»Weil ich ein Idiot bin?«, entgegnete er mit einem selbstironischen Achselzucken.

»Nein, das bist du nicht ... aber in diesem Fall bist du doch irgendwie einer«, sagte Kevlar ehrlich zu ihm. »Und natürlich werden wir für dich Ausschau halten. Wenn wir etwas oder jemanden sehen, der der von dir beschriebenen Frau ähnelt, werden wir uns umgehend bei dir melden. Ob du es glaubst oder nicht, wir alle wollen diese Bree finden.«

»Vor allem ich«, sagte MacGyver. »Ich verdanke ihr alles. Ohne sie ...« Er brach ab. Sie alle waren sich bewusst, was Ellory und Yana ohne Brees Opfer widerfahren wäre.

»Wie geht es ihnen?«, fragte Preacher. »Den Mädchen?«

»Überraschenderweise gut. Ellory hatte einen ziemlich heftigen Schub und wir mussten in die Notaufnahme, aber es geht ihr besser. Und Yana hat viel mehr gesprochen. Sie hatten Glück. Wir hatten Glück.«

»Und Addison? Kommt sie zurecht?«, fragte Safe.

»Ihr geht es gut. Und ... es besteht die Möglichkeit, dass sie schwanger ist.«

Alle Männer lächelten und gratulierten MacGyver.

»Maggie wird begeistert sein. Einen Cousin zu haben, der so zeitnah zu unserem Kind geboren wird, wäre fantastisch«, sagte Preacher mit einem schelmischen Grinsen im Gesicht.

»Ich glaube, das hat sie davon überzeugt, keine Verhütungsmittel zu verwenden«, gab MacGyver zu. »Ihr gefiel der

Gedanke, dass unser Kind einen gleichaltrigen Freund hat, mit dem es aufwachsen kann.«

»Ja, das hat Josie auch gesagt«, sinnierte Blink und starrte über das Wasser, als würde er sich an einen besonders schönen Moment zwischen ihm und seiner Freundin erinnern.

Alle starrten den wortkargen SEAL an.

»Was?«, fragte er mit einem kleinen Grinsen. »Mir fällt nichts Besseres ein, als dass unsere Kinder in derselben Klasse in der Schule für Chaos sorgen.«

»Wie stehen die Chancen, dass du Zwillinge bekommst?«, scherzte Flash.

»Nun, da ich ein Zwilling bin, meine Mutter ein Zwilling war und *ihr* Vater ein Zwilling war, würde ich sagen, ziemlich gut.«

»Richtig, also sind zwei unserer Frauen schwanger, Blink wird sehen, was er tun kann, um Josie zwei kleine rothaarige Babys zu schenken ... was ist mit dem Rest von euch?«, fragte Preacher.

»Schaut nicht mich an«, sagte Smiley hastig.

»Mich auch nicht«, fügte Flash hinzu. »Ich habe nicht einmal die Aussicht auf eine Freundin.«

»Fliegst du nicht nach Jamaika?«, fragte Safe.

»Doch. Was hat das damit zu tun?«

»Ich meine ja nur ... Junggesellenabschied, Männer unter sich ... da sind bestimmt ein paar heiße Bräute am Strand. Vielleicht kannst du deinen Charme spielen lassen und sehen, was passiert.«

»Ich kann immer noch nicht glauben, dass du ausgerechnet nach Jamaika fliegst«, meckerte Kevlar.

»Komm schon. Meine Schwester hat mich angefleht. Ihr wisst ja, dass sie zehn Jahre jünger ist als ich und für meine Eltern ein Überraschungskind war. Wir stehen uns auch sehr nahe. Ich passe schon seit meiner Kindheit auf sie auf. Und als sie sich verlobt hat, war ich nicht gerade begeistert, da ihr

Verlobter ein ziemlicher Aufreißer ist. Als er sagte, er wolle für seinen Junggesellenabschied in eines dieser teuren Resorts gehen, sagte sie, sie würde das nur unterstützen, wenn ihr großer Bruder eingeladen würde.«

»Du bist also die Stimme der Vernunft, was?«, fragte Safe mit einem Lachen.

»So ziemlich. Der Typ weiß, dass ich nicht zögern werde, es meiner Schwester zu sagen, wenn er *irgendetwas* Unangemessenes tut. Also wird er sich von seiner besten Seite zeigen.«

»Aber Jamaika?«, wiederholte Kevlar. »Ich bin überrascht, dass der Kommandant deinem Urlaubsantrag zugestimmt hat.«

»Im Moment liegt die Reisewarnung des Außenministeriums nur auf Stufe zwei«, argumentierte Flash.

»Ja, aber vor einem Monat war es noch Stufe drei, ›nur wenn nötig‹. Die Kriminalität ist dort immer noch ein großes Problem. Die Polizei reagiert nicht sehr effektiv auf Vorfälle, und die Mordrate ist eine der höchsten in der westlichen Hemisphäre«, erwiderte Kevlar.

Flash seufzte. »Ich weiß. Ich habe aus denselben Gründen gegen Jamaika argumentiert ... ohne Erfolg. Mein einziger Trost ist, dass wir wieder in einem dieser schicken Resorts mit Sicherheitsdienst sein werden.«

»Du weißt so gut wie ich, dass das keine Garantie dafür ist, dass nichts passiert«, sagte Kevlar.

»Ja. Ich werde vorsichtig sein, okay? Wir werden nur drei Tage dort sein. Wenn ich nicht mitfahre und dem Verlobten meiner Schwester etwas zustößt, würde ich mir das nie verzeihen, weil es ihr das Herz brechen würde. Ich werde dafür sorgen, dass er sicher und wohlbehalten nach Hause zurückkehrt, und ich werde ihn im Auge behalten.«

Kevlar grunzte, nickte aber.

»Also ... Blink ... du wirst Josie davon überzeugen, deine Babys zu bekommen ... wirst du sie heiraten?«, fragte Preacher mit einem Grinsen.

»Ja.«

»Irgendwann in diesem Jahrhundert?«, scherzte er.

Zu jedermanns Überraschung schaute er zu Kevlar hinüber. »Glaubst du, Remi wird mit mir da vorn stehen? Sozusagen als meine Trauzeugin?«

Kevlars Augen weiteten sich. »Im Ernst?«

»Ja. Sie ist die Schwester, die ich nie hatte, und nach allem, was zwischen uns passiert ist ... wäre es mir eine Ehre, sie an meiner Seite zu haben, wenn ich den wichtigsten Menschen in meinem Leben heirate.«

»Natürlich wird sie das«, platzte es aus Kevlar heraus. »Sie wird sich geehrt fühlen. Sie wird wahrscheinlich weinen. Was ist mit deinem Bruder?«

»Oh, ihn will ich auch dabeihaben. Ich kann nicht ohne meinen Zwilling und den Rest der Familie heiraten. Und wahrscheinlich auch nicht ohne seine Night-Stalker-Freunde. Josie und ich haben bereits darüber gesprochen, wir wollen eine große Party mit all unseren Freunden und der Familie.«

»Klingt perfekt«, sagte Kevlar mit einem kleinen Lächeln.

»Ich möchte wissen, wann unser geschätzter Anführer aus Remi eine ehrbare Frau machen wird«, bemerkte Flash.

»Du weißt schon, dass dieser Spruch beleidigend und veraltet ist, oder?«, fragte Kevlar mit einem Augenrollen.

»Egal, du weißt, was ich meine.«

»Das tue ich. Und die Antwort lautet ... bald«, versprach er.

»Gut. Und was ist mit dir, Safe? Wirst du Wren heiraten?«, fragte Flash.

»Wir haben es nicht eilig«, antwortete er.

MacGyver runzelte die Stirn. »Worauf wartest du noch?«

»Ich weiß nicht. Ich liebe sie, sie liebt mich, wir haben nicht das Gefühl, dass wir heiraten müssen. Zwischen uns ist es echt, solide. Ein Stück Papier wird daran nichts ändern.«

»Glaub mir, es hat Vorteile, verheiratet zu sein«, sagte MacGyver. »Was ist, wenn sie krank wird? Oder es Probleme mit einer Schwangerschaft gibt? Oder wenn sie einen Autounfall hat? Wir sind alle nur einen medizinischen Notfall davon entfernt, bankrott zu gehen. Es gibt einige Schutzmaßnahmen, die sie automatisch hat, wenn ihr verheiratet seid.«

Safe dachte einen Moment lang über die Worte seines Freundes nach. »Ich werde sie nicht einfach ›nur für den Fall‹ um ihre Hand bitten.«

»Dann heirate sie, weil du sie liebst. Weil du dir nicht vorstellen kannst, den Rest deines Lebens ohne sie zu verbringen. Denn wenn dir auf einer Mission etwas zustößt, hat sie die Unterstützung und den Rückhalt der Marine. Lebensversicherung. Krankenversicherung. Sie wird nicht denken, dass du sie heiratest, nur weil sie Geld bekommt, wenn du stirbst. Sie liebt dich. Das ist für uns alle offensichtlich.« MacGyver wandte sich an Kevlar. »Das Gleiche gilt für dich.«

»Was wäre, wenn ihr zwei eine Doppelhochzeit hättet?«, schlug Flash Blink und Kevlar vor. »Blink möchte, dass Remi mit ihm zusammen dort steht ... Was wäre, wenn sie buchstäblich neben ihm stehen würde, während sie ihren Mann heiratet, während er gleichzeitig Josie heiratet?«

Kevlar sah Blink an. »Das ist keine schlechte Idee.«

Blink lächelte. »Das stimmt. Aber es bedeutet, dass du deinen Arsch hochkriegen und einen Ring besorgen und sie fragen musst.«

»Ich habe einen Ring«, protestierte Kevlar. »Ich warte nur auf den richtigen Zeitpunkt, um zu fragen.«

»Es gibt keinen richtigen Zeitpunkt«, protestierte MacGyver. »Mach es einfach.«

»Was ist das hier, ein Nike-Werbespot?«, murmelte Smiley.

»Wir könnten eine dreifache Zeremonie daraus machen«, schlug Kevlar vor und sah Safe an.

»Nein. Auf keinen Fall. Ich liebe euch, aber an meinem Hochzeitstag soll es nur um Wren und mich gehen. Es wird wahrscheinlich keine große Sause oder so, aber selbst wenn es nur auf dem Standesamt ist, soll es um uns gehen.«

»Also ... sobald ihr drei die Sache offiziell gemacht habt ... müssen wir nur noch Flash und Smiley unter die Haube bringen«, sagte Preacher mit einem Lachen.

»Was ist mit uns passiert?«, fragte Smiley mit einem Kopfschütteln. »Wir waren alle knallharte Navy SEALs. Jetzt sitzen wir auf unseren Ärschen, anstatt zu trainieren, und reden über verdammte Hochzeiten. Es ist eine Schande.«

»Du wirst es verstehen, wenn du die Frau triffst, ohne die du dir nicht vorstellen kannst, auch nur einen Tag länger zu leben«, sagte Safe.

»Wie auch immer«, meckerte Smiley.

»Also ... Addison geht es gut, den Kindern geht es gut; Maggie und Addison sind schwanger; Kevlar, Safe und Blink heiraten; Blink wird seine ganze Freizeit damit verbringen, die Familientradition fortzusetzen und Zwillinge zu bekommen. Ich fliege verdammt noch mal nach Jamaika, um dafür zu sorgen, dass der Verlobte meiner kleinen Schwester seinen Schwanz während seines Junggesellenabschiedswochenendes in der Hose behält. Und Smiley ist so ein Arschloch wie immer, aber wir werden ihm trotzdem alle helfen, indem wir nach der mysteriösen Bree Ausschau halten, damit er endlich herausfinden kann, was zum Teufel mit ihr los ist, und aufhören kann, so ein Arschloch zu sein. Habe ich alles abgedeckt?«, fragte Flash.

»So ziemlich.«

»Ich denke schon.«

»Klingt ganz richtig.«

»Gut. Da wir nun bis zum Sonnenaufgang geplaudert und alles besprochen haben, können wir dann endlich von hier verschwinden? Ich muss packen und bin sicher, dass ihr alle nach Hause zu euren Frauen, Freundinnen und zukünftigen Verlobten wollt«, sagte Flash.

Alle lachten, machten sich aber wieder auf den Weg über den Strand.

Smiley hielt sich zurück, als alle zum Parkplatz zu joggen begannen. Er war gesegnet, so gute Freunde zu haben. Er freute sich für sie, bei all den Babys und Hochzeiten. Tief im Inneren wünschte er sich das auch. Aber die harte Schale um sein Herz und seine schlechten Erfahrungen in der Kindheit waren große Hindernisse für ihn, jemals das zu genießen, was seine Freunde hatten.

Aber wenn er Bree Haynes finden und dafür sorgen könnte, dass sie in Sicherheit war, würde ihm das das Gefühl geben, endlich etwas Gutes in seinem Privatleben getan zu haben. Dass er sich nicht zurückgelehnt und zugelassen hatte, dass eine andere Frau litt ... so wie seine eigene Mutter.

Er schüttelte den Kopf, da er nicht wollte, dass ihn schlechte Erinnerungen überwältigten, und joggte schnell seinen Teamkameraden hinterher. Er würde Bree finden. So oder so. Und dann mit gutem Gewissen mit seinem Leben weitermachen.

Noch während er diesen Gedanken hatte, schoss ihm das Bild des dunklen Blutflecks auf dem Boden der Werft durch den Kopf. Er hatte Bree nicht vor dieser Tracht Prügel gerettet ... und es war möglich, dass er sie nicht vor dem retten konnte, der hinter ihr her war.

Aber er würde nicht aufgeben.

Er konnte nicht tatenlos zusehen. Nicht noch einmal. Nie wieder.

---

Kelli Colbert wollte nicht nach Jamaika reisen. Sie hatte sich informiert. Es war nicht sicher. Außerdem kam sie nur mit, weil ihre Cousine gezwungen gewesen war, sie einzuladen. Sie war eine alte, unerwünschte, seltsame, kleine und stämmige, unmodische Jungfer.

Zumindest laut Charlotte.

Kelli war sich durchaus bewusst, dass sie nicht dem Ideal entsprach, das die Medien in Bezug auf Aussehen vermittelten. Sie war nur eins siebenundfünfzig groß. Ihr schulterlanges aschblondes Haar war nicht trendig gestylt und hatte weder Strähnchen noch Stufen. Sie war achtundzwanzig, Charlotte zweiundzwanzig, und sie hatte nie wirklich einen festen Freund gehabt.

Charlotte war das komplette Gegenteil. Groß, schlank, langes blondes Haar, schöne große blaue Augen. Sie war Cheerleader in der Highschool und im College gewesen und hatte endlich ihren Freund, den Quarterback des College-Footballteams, dazu gebracht, ihr einen Antrag zu machen.

Natürlich war er nur der Ersatz-Quarterback, dachte Kelli mit einem leisen Schnauben. Soweit sie gehört hatte, hatte er gerade so seinen Abschluss geschafft. Er arbeitete für seinen Vater in dessen Versicherungsunternehmen. Was in Ordnung war, aber sie hatte auch gehört, dass er ein miserabler Verkäufer war. Dass sein Vater die gesamte Hochzeit finanzierte.

Man konnte mit Sicherheit sagen, dass Kelli nicht besonders gut mit ihrer Cousine zurechtkam. Als sie nach Jamaika eingeladen wurde, war sie daher überrascht gewesen. Sie hatte versucht, höflich abzusagen, aber ihre Mutter hatte sich mit ihr hingesetzt und ihr gesagt, dass es wichtig sei, dass sie mitkam. Um zu versuchen, die Freundschaft zwischen ihrer Cousine und ihr zu vertiefen. Kelli versuchte zu erklären, dass sie sich *niemals* nahestehen würden, aber da sie ihre Mutter nicht enttäuschen wollte, hatte sie schließlich zugestimmt mitzukommen.

Seitdem bereute sie es, Ja gesagt zu haben.

Charlotte hatte ihr eine E-Mail mit »Regeln« geschickt, die

sie befolgen sollte. Sie benahm sich wie Brautzilla, obwohl es noch Monate dauern würde, bis sie und Kolson heirateten.

Kolson. Er war so widerlich wie sein Name. Kelli tat es leid, dass sie so gemeine Gedanken über jemanden hatte, der schließlich ein Teil ihrer Familie werden würde, aber durch die gesamte Brautjungfernreise fühlte sie sich anders als sonst.

Kolson würde seine Trauzeugen am selben Wochenende nach Vegas mitnehmen, an dem sie und Charlotte mit ihren Brautjungfern in Jamaika sein würden. Die drei As, wie Kelli sie nannte – Afton, Alice und Ava –, waren das Spiegelbild von Charlotte. Groß, schlank, blond. Sie würde wie ein bunter Hund auffallen, und Kelli hatte das Gefühl, dass ihre Rolle darin bestehen würde, für die anderen zu holen und zu tragen.

Scheiß drauf.

Sie würde nach Jamaika fliegen, aber ihren Hintern würde sie das ganze Wochenende über auf einem Stuhl am Strand parken. Sie war keine große Trinkerin, also würde sie sich mit ihren alkoholfreien eisgekühlten Getränken und ihren E-Books begnügen.

Es würde ein schöner Urlaub von ihrem stressigen Job als Reiseverkehrskauffrau werden. Einige Leute – wie Charlotte – hielten ihren Job nicht für allzu schwierig. Aber der Umgang mit Fluglinienänderungen und nervigen Kunden und der Stress, dafür zu sorgen, dass die Reise ihres Lebens reibungslos verlief, hatten Kelli schließlich dazu gebracht, nach einer anderen Aufgabe für ihr Leben zu suchen.

Das Sahnehäubchen auf dem Scheißkuchen, der diese ganze Reise nach Jamaika war, war die Tatsache, dass Kelli die ganze Sache geplant hatte. Charlotte war *unglaublich* fordernd und hatte während der letzten Wochen ein halbes Dutzend Mal ihre Meinung darüber geändert, wo sie übernachten wollte. Aber die Reise war endlich geplant, und obwohl es kein sehr kluger Ort war, war Kelli es leid, mit allen zu streiten.

Sie würde teilnehmen, sich zurückhalten und erleichtert

aufatmen, wenn sie wieder zu Hause ankam. In einem Feri-enort voller Touristen würde wahrscheinlich nichts passieren. Solange sie das Grundstück nicht verließ, würde alles gut gehen. Ihre größte Sorge würde wahrscheinlich darin bestehen, die ständigen Sticheleien von Charlotte über ihr fehlendes Liebesleben zu ignorieren und so viel Zeit wie möglich fernab der drei As und ihrer Brautzilla-Cousine zu verbringen.

Das konnte sie schaffen. Ein Kinderspiel.

Aber egal, wie sehr sie sich aufmunterte, Kelli hatte das Gefühl, dass diese Reise die Dinge verändern würde. Wie? Sie hatte keine Ahnung, aber sie konnte den Gedanken nicht abschütteln, dass ihr Leben nach der Reise in dieses tropische Paradies einen drastischen Umweg von der leicht stressigen, aber langweiligen Existenz nehmen würde, die sie jetzt führte. Aber gut oder schlecht, die Entscheidung war gefallen.

Sie würde mit ihrer Cousine und den drei As nach Jamaika reisen.

---

Ich weiß, dass Sie sich alle fragen, was aus Smiley und Bree wird ... aber zuerst kommt die Geschichte von Flash und Kelli! Sie wissen ja, dass in Jamaika nicht alles glatt laufen wird ... aber wie schlimm kann es werden? Das müssen Sie schon selbst herausfinden, indem Sie ihre Geschichte lesen!*Schutz für Kelli*

# BÜCHER VON SUSAN STOKER

### SEALs of Protection: Alliance
*Schutz für Remi*
*Schutz für Wren*
*Schutz für Josie*
*Schutz für Maggie (1 Apr)*
*Schutz für Addison (6 May)*
*Schutz für Kelli*
*Schutz für Bree*

### Ein Spiel des Glücks
*Ein Beschützer für Carlise*
*Ein Prinz für June (1 Jun)*
*Ein Held für Marlowe (1 Aug)*
*Ein Holzfäller für April (1 Okt)*

### Die Rescue Angels
*Hilfe für Laryn (1 Jul)*
*Hilfe für Amanda (4 Nov)*
*Hilfe für Zita*

*Hilfe für Penny*
*Hilfe für Kara*
*Hilfe für Jennifer*

## Die Männer von Silverstone

*Vertrauen in Skylar*
*Vertrauen in Taylor*
*Vertrauen in Molly*
*Vertrauen in Cassidy*

## Die Zuflucht in den Bergen

*Zuflucht für Alaska*
*Zuflucht für Henley*
*Zuflucht für Reese*
*Zuflucht für Cora*
*Zuflucht für Lara*
*Zuflucht für Maisy*
*Zuflucht für Ryleigh*

## Das Bergungsteam vom Eagle Point

*Ein Retter für Lilly*
*Ein Retter für Elsie*
*Ein Retter für Bristol*
*Ein Retter für Caryn*
*Ein Retter für Finley*
*Ein Retter für Heather*
*Ein Retter für Khloe*

## SEALs of Protection: Legacy

*Ein Beschützer für Caite*
*Ein Beschützer für Brenae*
*Ein Beschützer für Sidney*
*Ein Beschützer für Piper*

*Ein Beschützer für Zoey*
*Ein Beschützer für Avery*
*Ein Beschützer für Kalee*
*Ein Beschützer für Jane*

## Die SEALs von Hawaii:

*Die Suche nach Elodie*
*Die Suche nach Lexie*
*Die Suche nach Kenna*
*Die Suche nach Monica*
*Die Suche nach Carly*
*Die Suche nach Ashlyn*
*Die Suche nach Jodelle*

### Delta Team Zwei

*Ein Held für Gillian*
*Ein Held für Kinley*
*Ein Held für Aspen*
*Ein Held für Jayme*
*Ein Held für Riley*
*Ein Held für Devyn*
*Ein Held für Ember*
*Ein Held für Sierra*

## Mountain Mercenaries:

*Die Befreiung von Allye*
*Die Befreiung von Chloe*
*Die Befreiung von Morgan*
*Die Befreiung von Harlow*
*Die Befreiung von Everly*
*Die Befreiung von Zara*
*Die Befreiung von Raven*

## Ace Security Reihe:

*Anspruch auf Grace*
*Anspruch auf Alexis*
*Anspruch auf Bailey*
*Anspruch auf Felicity*
*Anspruch auf Sarah*

## Die Delta Force Heroes:
*Die Rettung von Rayne*
*Die Rettung von Emily*
*Die Rettung von Harley*
*Die Hochzeit von Emily*
*Die Rettung von Kassie*
*Die Rettung von Bryn*
*Die Rettung von Casey*
*Die Rettung von Wendy*
*Die Rettung von Sadie*
*Die Rettung von Mary*
*Die Rettung von Macie*
*Die Rettung von Annie*

## SEALs of Protection:
*Schutz für Caroline*
*Schutz für Alabama*
*Schutz für Fiona*
*Die Hochzeit von Caroline*
*Schutz für Summer*
*Schutz für Cheyenne*
*Schutz für Jessyka*
*Schutz für Julie*
*Schutz für Melody*
*Schutz für die Zukunft*
*Schutz für Kiera*
*Schutz für Alabamas Kinder*
*Schutz für Dakota*

# Eine Sammlung von Kurzgeschichten
## Ein langer kurzer Augenblick

# BIOGRAFIE

Susan Stoker ist die New York Times, USA Today und Wall Street Journal Bestsellerautorin der Buchreihen »Badge of Honor: Texas Heroes«, »SEAL of Protection«, »Die Delta Force Heroes« und einigen mehr. Stoker ist mit einem pensionierten Unteroffizier der US-Armee verheiratet und hat in ihrem Leben schon überall in den Vereinigten Staaten gelebt – von Missouri über Kalifornien bis hin zu Colorado. Zurzeit nennt sie die Region unter dem großen Himmel von Tennessee ihr Zuhause. Sie glaubt ganz und gar an Happy Ends und hat großen Spaß daran, Geschichten zu schreiben, in denen Romantik zu Liebe wird.

Besuchen Sie Susan im Netz!
www.stokeraces.com
facebook.com/authorsusanstoker
twitter.com/Susan_Stoker
bookbub.com/authors/susan-stoker
instagram.com/authorsusanstoker
Email: Susan@StokerAces.com